Jürgen Ebertowski

Knabenlese

Jürgen Ebertowski

Knabenlese

Roman

Ullstein

ISBN 3-550-08383-1

Gesetzt aus der Minion bei Pinkuin Satz und Datentechnik, Berlin
Druck und Bindung: Clausen & Bosse, Leck
Printed in Germany

Für Tarık Seden

Inhalt

Knabenlese

Jannis' Geschichte

Der Schehzade Selim

Kostas Geschichte

Werdegang eines Janitscharen

»Schatten Gottes auf Erden«

Kenans Lehrjahre in der »Strengen Schule«

Malta

Weitere Kämpfe und Intrigen

Selim Ibn Süleyman, König der Könige

Sultan Selims Ende

Knabenlese

Kaptan Sokrates' Kaik verschlägt es umständehalber in eine verschwiegene Bucht

Es war Mitte April, und der Morgennebel begann sich zwischen den Inseln und der Landzunge aufzulösen. Die bewaldete Halbinsel mit dem verfallenen heidnischen Heiligtum aus weißem Marmor schob sich wie ein Sperriegel aus dem Küstengebirge vor das Schiff. Wattegleicher Nebel und sanfte Dünung verhießen Kaptan Sokrates einen sonnigen Tag.

Der Skipper der »Seeschwalbe«, einer robusten Kaik, seegängig und verläßlich, lehnte sich wohlig an die Heckreling, während die beiden Schiffsjungen und der Matrose das Segel ausrichteten, denn der Wind wehte jetzt landwärts. Der Skipper war ein stämmiger, kurzbeiniger Mann mittleren Alters mit einem Brustkorb wie eine Tonne.

Sein Steuermann sah ihn erwartungsvoll an. Kaptan Sokrates nickte, worauf der Steuermann sich mit aller Kraft gegen den Balken der Ruderpinne stemmte. Die »Seeschwalbe« drehte augenblicklich scharf nach Backbord ab und umschiffte eine Untiefe, deren einziges Anzeichen aus einem Kamm gischtiger Wellen bestand. Schon so manchem Segler war diese tückische Stelle zum Verhängnis geworden, Kaptan Sokrates jedoch kannte jede Klippe, jede Strömung, kannte jede Landmarke an diesem Küstenstrich. Er befuhr die Gewässer, seit der Vater – der Allmächtige sei seiner armen Seele gnädig! – ihn als Knaben zum ersten Mal auf die Südreise mitgenommen hatte. Vom Vater hatte er nicht nur das Handwerk des Seemanns, sondern auch das des umsichtigen Schmugglers erlernt. Schmuggel war eine lohnende Tätigkeit, da Sultan Süleyman, der von allen der »Gesetzgebende« genannt wurde und der nun schon seit einer Ewigkeit über das Reich der Osmanen herrschte, beständig neue Handelsgüter mit einem Aus- oder Einfuhrbann beziehungsweise mit hohen Steuern belegte. Es hatte sogar Aufstände in entlegensten Landesteilen gegeben, als wegen der ständigen Heerzüge gegen die Habsburger und Perser Sonderabgaben sowohl von Muslimen als auch von Christen und Juden erhoben worden waren. Vor Jahresfrist hatte sich im Reich des »Gesetzgebenden« der Preis für Olivenöl innerhalb von nur einer Woche verdreifacht. Nun, Kaptan Sokrates und seine Schmugglerzunft erfreute, was die einfache Bevölkerung in die Revolte trieb: Öl von Zypern und Kreta, den Venetianern untertan, war billiger denn je gewesen. Kaptan Sokrates strich sich über den struppigen Bart und lächelte. Das Aufruhrjahr hatte sich für ihn als ein höchst profitables erwiesen.

Sommers wie winters hatte der Skipper der »Seeschwalbe« die schneeweißen Säulen des Tempels auf der Landzungenspitze angepeilt, selbst bei rauhem Wetter, wenn die ansonsten wagemutigen Fischer der Gegend schon längst in einer der zahlreichen geschützten Buchten vor Anker gegangen waren. Und bislang hatte sich stets das Risiko ausgezahlt, mit der bulligen, verläßlichen Kaik auch stürmische Gewässer nicht zu meiden.

So florierten also die Geschäfte des Kapitäns: Aus anatolischem Weizen, aus Wolle und hin und wieder auch aus Kupferplatten bestand die Konterbande für die Venezianer auf Zypern oder Kreta; auf der Rückfahrt transportierte die »Seeschwalbe« dann Wein für die Christen und Juden im Istanbuler Stadtteil Fener, brachte auch hin und wieder eine Ladung gepökeltes Schweinefleisch für die Genuesen am Nordufer des Goldenen Horns nach Galata oder Pera.

War Kaptan Sokrates erst in der Dardanellen-Straße, die ins Marmarameer führte, und hatte er es auch vermeiden können, von den Zoll- und Patrouillenschiffen der Küstenstatthalter kontrolliert zu werden, dann winkte ihm trotz der noch aufzubringenden Bestechungsgelder erfreulicher Gewinn.

Ein wenig verdüsterte sich indes die Miene des Kapitäns, als er an all das gute Silber dachte, das er stets verlor, damit die richtigen Leute zur rechten Zeit die Augen zudrückten. Bei der letzten Reise im Herbst hatte er zwar für eine Ladung Zypern-Wein einen extrem guten Preis bei seinen Stammabnehmern in Fener und Pera erzielen können, doch auch die Bestechungstarife der Hafenbehörden in Gelibolu waren leider hochgeschnellt, was dann die Profitsumme unterm Strich empfindlich geschmälert hatte.

Ein Weißer Eunuch, der regelmäßig und heimlich mit ein paar Kameraden von der Palastwache in der Schenke von Nico, dem hinkenden Rhodier, zechte, hatte dafür die Habgier des Großwesirs Rüstem Pascha verantwortlich gemacht, der von allen nur die »Glückslaus« genannt wurde. Seit Rüstem – der Allmächtige strafe seine Unersättlichkeit! – der Schwiegersohn des »Gesetzgebenden« und nun auch noch dessen erster Minister war, konnte man sich gegen eine entsprechende Geldsumme sogar außerplanmäßige Beförderungen im Saray-Dienst erkaufen. Nichts schien mehr unmöglich im Reiche Süleymans, wenn die »Glückslaus« nur davon zu profitieren vermochte. Das galt für Palastbeförderungen ebenso wie für die Ausfertigung von Zoll- oder Einfuhrdokumenten. Und besonders die Gebühren für die Frachtpapiere, die der *Defterdar* von Gelibolu ausstellen mußte, damit man Handelsgüter auf dem Seeweg durchs Marmarameer nach Istanbul schaffen durfte, hatten sich neuerdings schmerzlich verteuert.

Desungeachtet besaß Kaptan Sokrates keinen wirklich triftigen Grund zur Klage. Eine zweite Kaik war von ihm in Samos in Auftrag gegeben worden, das Haus auf der heimatlichen Insel hatte einen geräumigen Anbau bekommen, und gleich drei Hirten kümmerten sich um die vielköpfigen Schaf- und Ziegenherden. Und wenn erst das zweite Schiff auf der Zypern-Route laufen würde …

Kaptan Sokrates' angenehmer Tagtraum wurde durch einen heiseren Ausruf des Matrosen am Bug abrupt beendet.

»Kaptan, da schwimmt jemand auf die Landzunge zu!«

»Nein«, sagte der Steuermann und starrte in den sich lichtenden Nebel. »Es sind zwei! Ich sehe zwei Köpfe!«

Kaptan Sokrates rannte nach vorne. Die Punkte in der drei Schiffslängen messenden Durchfahrt zwischen der nächsten Insel und der Landzunge wurden größer: Die Schwimmer hatten die Halbinselspitze erreicht und richteten sich unterhalb der heidnischen Ruine aus dem flachen Wasser auf.

»Was zum Teufel hat das denn zu bedeuten!« knurrte der Skipper den Steuermann an.

»Keine Ahnung, sie scheinen von der Möweninsel zu kommen. Wahrscheinlich ein paar Fischerkinder.«

Die Möweninsel, so hieß das der Landzunge am nächsten liegende Eiland, war eine unbewohnte und steinige sternförmige Insel, von hartem Gestrüpp überwuchert, und nur im Sommer brachten die Fischer vom Festland manchmal ein paar Ziegen hinüber.

Der Kapitän schüttelte nachdenklich den Kopf, denn die beiden Gestalten, die jetzt sichtbar erschöpft auf das Ufer zuwankten, trugen leuchtendrote Hemden und Hosen. »Nein«, sagte er. »Das sind Devschirme-Knaben. Sie fliehen vor den Janitscharen.«

»Verflucht sollen sie sein, diese Bluthunde!« knurrte der Steuermann.

Kaptan Sokrates rief den Schiffsjungen und dem Matrosen ein barsches Kommando zu und rannte zum Heck. »Schnell! Wir müssen hier weg, bevor ihre Verfolger auftauchen!«

Es war wenig ratsam, ausgerechnet von den wütenden Häschern gesichtet zu werden, die garantiert den Rotgekleideten nachstellten: Der Bauch der »Seeschwalbe« barg eine Ladung süßen Zypern-Weins. Würde das Schiff aufgebracht und die Besatzung vor einen unbestechlichen Kadi geschleppt werden, dann drohte unter Umständen allen sogar der Pfahl.

Gemeinsam mit dem Steuermann drückte der Skipper den Ruderbalken hart nach Steuerbord.

»Wohin?«

»Zur Schildkrötenbucht!«

Die »Seeschwalbe« nahm Kurs auf eine Gruppe steil aufragender Klippen am Festlandufer. Die Durchfahrt zur Schildkrötenbucht lag hinter dem »Fischstein« und dem »Affenfelsen«. Jedes Schiff, größer oder mit mehr Tiefgang als eine Kaik, würde unweigerlich auf die Klippen in der Buchteinfahrt laufen.

Kaum war der Anker ausgeworfen, wurde in aller Eile das Segel eingeholt und der Mast umgelegt. Dann wateten der Kapitän und der Steuermann ans Ufer. Sie kletterten den bewaldeten Hang an der

Südseite der Bucht hinauf, bis sie eine lichte Stelle fanden, von wo aus sie die Inseln und die Landzungenspitze gut überschauen konnten.

›Devschirme – Knabenlese!‹ dachte der Kapitän und verfluchte lautstark Sultan Süleyman und sein Geschlecht. Es war also wieder soweit! Alle fünf Jahre kamen die Häscher des »Gesetzgebenden« in die Dörfer und forderten ihren Tribut an den Kindern der Christen, um sie zum Militärdienst zu pressen. Nie hörte man jemals wieder etwas von den Unglücklichen, auch wenn einige Leute wissen wollten, daß es auf dem Festland Männer gäbe, die man als Knaben entführt hatte und die als wohlhabende Veteranen zu ihren Familien zurückgekehrt waren.

Der Kapitän ballte die Fäuste, denn er dachte an seine zwei Jungen daheim, die zwar noch nicht das Mindestalter von acht Jahren erreicht hatten, um sie zur Knabenlese tauglich zu machen, aber er mußte auch wieder an den Tag denken, als die Janitscharen mit dem Kadi zu seinem Vater gekommen waren, um zwei seiner Brüder abzuholen. Der Dorfpope, der verpflichtet war, die Taufbücher vorzuzeigen, hatte noch versucht, den Kadi gnädig zu stimmen, damit er nur einen von Kaptan Sokrates' Brüdern einfordere. Vergeblich. Die Janitscharen hatten Anweisung gehabt, zwei Jungen auf der Heimatinsel des Skippers zu rekrutieren, und sie waren eisern geblieben. Später erfuhr man, daß ein reicher Kaufmann auf der Nachbarinsel Leros seine beiden jüngsten Söhne freigekauft hatte und die Janitscharen sich deshalb auf der Insel des Kapitäns für diese Ersatz beschaffen mußten. Irgendwann war der Vater dann nach Leros gefahren, und eine Woche später fand man die verstümmelte Leiche des Kaufmanns in einem Olivenhain. Der Skipper spuckte aus. *Seine* Brüder waren nie als reiche Männer zurückgekehrt!

Solche und ähnliche Erinnerungen gingen Kaptan Sokrates durch den Kopf, während seine Augen die Landzunge nach den Knaben absuchten. Sie schienen sich in den dichten Waldrücken der Halbinsel geflüchtet zu haben, jedenfalls zeigte sich nicht der geringste Schimmer Rot zwischen den Bäumen und dem Gestrüpp in Ufernähe.

»Ich sehe sie nicht mehr. Und du?«

Der Steuermann schüttelte den Kopf. »Nein, aber da sind schon ihre verfluchten Häscher!« Er wies zur Möweninsel hinüber. Der Bug einer Galeere durchschnitt eine Nebelbank und verlangsamte die Fahrt vor der Landzungenspitze.

Kaptan Sokrates lachte heiser. »Wenn sie es wagen sollten, durch die Enge zwischen Insel und Halbinsel zu laufen ...«

Aber der Kommandant des Kriegsschiffs war umsichtig oder kannte die Untiefen, die ihn erwarteten und denen auch Kaptan Sokrates kundig ausgewichen war.

Ein Beiboot mit vier Ruderpaaren wurde zu Wasser gelassen. Außer den Ruderern stiegen sechs Janitscharen die Strickleiter hinunter. Die Soldaten hielten lange Jagdbögen in den Händen. Ihre hohen, hellen Filzmützen mit dem weißen Nackentuch zeichneten sich gegen den dunklen Galeerenrumpf ab.

Das Beiboot umrundete langsam, sich immer dicht ans Ufer haltend, die Landzungenspitze und fuhr bis zu dem Sandstrand, wo sich die Halbinsel vom Festland abspreizte. Dort wendete es.

Der Kapitän und sein Steuermann warteten, bis die Ruderer wieder an der Galeere festgemacht hatten und das Boot an Deck gezogen wurde. Erst als das Heck des Kriegsschiffs völlig von der Möweninsel verdeckt war, kletterten die Männer den Hang hinunter.

»Wir bleiben bis zur Abenddämmerung in der Bucht«, sagte der Skipper.

»Besser wäre es«, erwiderte der Steuermann, denn er hatte einmal der Pfählung eines Räubers im Hafen von Gelibolu beigewohnt.

Drei Weiße Eunuchen begeben sich im Auftrag ihres Aghas auf Seereise

Die Sonne stand im Zenit und brannte schon sommerlich bei der anhaltenden Windstille, die bereits seit den Morgenstunden über dem Meer lag. Das zerklüftete Küstengebirge im Osten war zu einem vagen blaßgelben Streifen geschmolzen.

Eine Galeere, die mit dem grünen Banner des Propheten beflaggt war und auch die scharlachrote Flagge der Pfortenmarine mit dem silbernen Halbmond und dem Stern zeigte, hielt Kurs auf einen Archipel flachkuppiger Inseln am Horizont. Gleichmäßig bewegten sich zwanzig Ruderpaare im Takt von dumpfen Trommelschlägen.

Der Kommandant der Galeere, ein Hauptmann der Janitscharen und ein Koloß von einem Mann saßen unter dem Sonnensegel auf der Heckplattform des Kriegsschiffs.

Der Schiffsführer betrachtete mit zusammengekniffenen Lippen die rotgekleideten Knaben, die aneinandergefesselt unterhalb der Heckempore hockten, dann schüttelte er energisch den Kopf.

»Nein, meine Herren, wenn ich durch die Möweninsel-Enge gesteuert wäre, hätte ich riskiert, das Schiff zu verlieren. Außerdem: die beiden Flüchtigen waren bestimmt schon in den Küstenwäldern untergetaucht – und ohne Bluthunde könnte sie dort selbst eine vollzählige Orta Janitscharen nicht mehr aufspüren!«

›Eine Orta, eine Kompanie!‹ dachte der Hauptmann bitter. ›Hätte ich eine ganze Orta gehabt, wäre mir niemand unbemerkt vom Schiff entkommen!‹

Die Knaben hatten sich im Schutze der Dunkelheit geräuschlos vom Deck der Galeere abgeseilt und waren zu einer der der Landzunge vorgelagerten Inseln geschwommen. Natürlich hatten die anderen Jungen ihre Flucht gedeckt, weshalb sie allesamt kräftig die Peitsche zu spüren bekamen – wie im übrigen auch die vier nachlässigen Janitscharen der Nachtwache. Und der Janitscharenhauptmann dachte voller Groll an seinen Oberst, der ihm bloß eine halbe Kompanie zur Knabenlese mitgegeben hatte, weil dieser verdammte Rüstem Pascha wieder einmal alle irgendwie entbehrlichen Soldaten als Jagdtreiber abkommandiert hatte.

Mit dem Hauptmann waren dann drei Weiße Eunuchen und ein halbes Dutzend Schwertträger von den Saray-Wächtern an Bord der Galeere gegangen. Weiße Eunuchen bewachten das Tor zum Privatquartier des Sultans.

Zuerst hatte der Hauptmann vermutet, daß die Schwertträger als Ersatz für die fehlenden Janitscharen bestimmt waren. Aber er wurde bald eines Besseren belehrt: Der Anführer der drei Eunuchen hieß Ahmed, war ein Fettberg von einem Verschnittenen, besaß eine auffällige sternförmige Narbe über der rechten Augenbraue und trug ein prunkvolles Brokatgewand. Er hatte ihm und dem Galeerenkommandanten sogleich ein Schreiben aus der Kanzlei des Großwesirs vorgelegt, welches nichts anderes besagte, als daß alle Janitscharen und die gesamte Schiffsbesatzung formell ihm, dem Eunuchen, unterstellt waren. Die Schwertträger waren seine Leibwächter. Dann hatte der Verschnittene quasi als erste Amtshandlung die Kabine des Kommandanten in Beschlag genommen.

Der Hauptmann war altgedient und hatte schon viele Vorgesetzte gehabt, aber daß er sich einem Eunuchen unterordnen mußte, das war ihm noch nie widerfahren. Der Janitscharenhauptmann mochte die arroganten Kastraten nicht, denen die hohen Herren lieber ihr Ohr liehen als ehrlich kämpfenden Soldaten. Dem Galeerenkommandanten erging es ähnlich.

Wenn keiner der Eunuchen oder Saray-Schwertträger in Hörweite war, lästerten die beiden Offiziere zu Beginn der Reise noch häufig über ihren ungewöhnlichen neuen Vorgesetzten mit der hohen Kastratenstimme, der wächsernen Gesichtsfarbe und dem massigen Körper, der nur aus Fettwülsten zu bestehen schien. Dieses Lästern wich aber einer ungeheuchelten Hochachtung, als der Anführer der Weißen Eunuchen einmal von einem der Schiffsoffiziere angerempelt wurde und er den Mann aufs gröbste deswegen beschimpfte. Die Hand des Offiziers glitt daraufhin zu dem Krummdolch, der in einer silberbeschlagenen Scheide in seinem Gürtel steckte. Noch bevor er die Waffe auch nur halb entblößt hatte, wurde ihm von einem einzigen wuchtigen Säbelhieb der Schädel bis zum Hals gespalten. Wie der Verschnittene ansatzlos seine Waffe gezogen hatte, grenzte für einige der Augenzeugen dieses Vorfalls schon fast an Zauberei. Der Hauptmann jedenfalls hatte nur selten in seinem Leben jemanden beobachten können, der derart schnell und treffsicher auf einen Angriff reagiert hatte wie dieser Eunuch. Auch der Galeerenkommandant hatte sich fortan mit unüberlegten Bemerkungen zurückgehalten.

Die Galeere zog auf dem ruhigen Meer einen gleichmäßigen Fächer von Bugwellen hinter sich her, ansonsten glich die Wasserfläche einem Spiegel, und nur der laue Fahrtwind bewegte das grüne Banner des Islam an der Hauptmastspitze gelegentlich kaum wahrnehmbar.

Der Anführer der Weißen Eunuchen räusperte sich ausgiebig, bevor er dem Kommandanten antwortete: »Ich verstehe natürlich, Kapitän, daß Ihr das Schiff nicht wegen zweier flüchtiger Knaben gefährden durftet, nur hatte ich einen Auftrag, den ich bereits erfüllt zu haben glaubte. Einer der Knaben entsprach genau den Vorstellungen meines Herrn, und es wird wohl schwer sein, auf die Schnelle wieder Ersatz für ihn zu finden. Zumal«, der Verschnittene befingerte die sternförmige Narbe über der rechten Augenbraue und richtete das Wort scharf an den Hauptmann, »zumal mir gesagt wurde, daß die Inseln, die wir gerade ansteuern, von der Devschirme befreit sind!«

Der Hauptmann senkte den Blick, der Eunuch hatte recht. Die Inseln vor ihnen waren per Dekret des Sultans von der Knabenlese befreit. Neben dem Hauptmann lag auf den teppichbedeckten Schiffsplanken ein großes, in braunes Glattleder gebundenes Buch. Die Namen der zur Devschirme gepreßten Jungen waren darin ebenso verzeichnet wie die ihrer Eltern und der Dörfer und Provinzen, aus denen man sie geholt hatte. In dem Buch standen auch die Namen der Popen und die der jeweiligen Kadis. Bei den Kadis verblieb ein ähnliches Buch, das auf gesondertem Weg, keinesfalls aber zusammen mit den Knaben und der Begleitmannschaft, nach Istanbul geschickt wurde. Dort verglich der Janitscharen-Agha, der oberste Befehlshaber der Truppe, die Eintragungen. Wehe, es tauchten Ungereimtheiten auf! Sämtlichen Beteiligten an dieser Knabenlese, ob Richter, Offizier oder einfacher Soldat, drohte dann strengste Bestrafung. Nur allzuoft hatte sich herausgestellt, daß reiche Christen es trefflich verstanden, ihre Söhne selbst noch nach der Aushebung bei einem Provinz-Kadi oder dem Janitscharenoffizier von der Devschirme freizukaufen. Die Bestochenen rekrutierten dann zum Beispiel den Sohn eines Rinder- oder eines Schafhirten. Das war nicht statthaft, denn Hirten, der jeweils einzige Sohn einer Familie, ein Knabe ohne Kopfhaarwuchs, einer mit einer sichtbaren Erkrankung oder ein bereits verehelichter älterer Junge (der Pope mußte anhand des Kirchenbuchs die Heirat beweisen) waren ausdrücklich von der Devschirme ausgenommen. Muslime durften überhaupt nicht eingezogen werden und auch keine Christenknaben, die ohne Vorhaut zur Welt gekommen waren. So jedenfalls lauteten die detaillierten Vorschriften von Sultan Süleyman. Akribisch wurde außerdem in den beiden identischen Devschirme-Listen das Aussehen der Knaben beschrieben.

Genau hierin lag das Problem für die Männer auf der Heckempore der Galeere, und auch der Anführer der Weißen Eunuchen wußte das. Ahmed stand zwar hoch in der Saray-Hierarchie, aber wie alle im Palast tätigen Personen, einfache Wasserträger genauso wie hochvermögende Paschas, war er, der Verschnittene, letztlich doch nur ein »Kul«, ein Militärsklave des Sultans. Und je nachdem, woher der politische Wind wehte, war auch ein Weißer Eunuch und Torwächter des Sultans keineswegs dagegen gefeit, daß die Großherrlichen Henker ihn zur Richtstätte vor das »Mitteltor« im Ersten Palasthof schleiften, wenn dem »Herrscher über alle Menschennakken«, wenn Sultan Süleyman, dem »Gesetzgebenden«, ein Vergehen eines seiner entmannten Sklaven ruchbar wurde.

Ein Flüchtling immerhin, überlegte der Hauptmann, konnte ohne großen Aufwand durch einen beliebigen anderen Jungen ersetzt werden, weil dessen Personenbeschreibung auf die meisten Kinder dieser Inselchristen zutraf: gedrungen waren sie, dunkelhäutig und muskulös. Und das Devschirme-Buch ließ sich mit etwas Geschick bestimmt auch fälschen.

Er und der Kommandant der Galeere hatten sich bereits vor dem Treffen mit dem Verschnittenen abgesprochen und wechselten einen schnellen Blick.

Der Janitschar griff nach dem braunen Lederband und schlug ihn auf. »Es gäbe da schon noch eine Möglichkeit, allerdings …«

Der Anführer der Weißen Eunuchen machte eine ungeduldige Handbewegung. »Und die wäre …?«

Der Schiffskommandant schnalzte mit der Zunge. »Nun, der Knabe, auf den Ihr besonders ein Auge geworfen hattet, war doch blond und blauäugig, von geradem Wuchs und ohne jedwede körperliche Versehrtheit, sei es auch nur die kleinste Narbe, etwa am Knie, wie Knaben seines Alters sie sich fast zwangsläufig beim Spielen zuziehen.«

»Laut Eintragung des Popen ins Kirchenbuch war er fünfzehn Jahre alt«, sagte der Hauptmann und legte den Lederband wieder neben sich.

»Ja, und?« knurrte der Verschnittene verärgert, denn er wußte nicht, worauf die beiden Offiziere hinauswollten. »Redet gefälligst etwas deutlicher, wenn Ihr einen Vorschlag habt, der uns alle vor dem Henker bewahren könnte!«

Der Galeerenkommandant lächelte verschmitzt. »Seht, Herr! Es ist vielleicht einfacher, als Ihr denkt, einen Knaben gleichen Aussehens aufzutreiben.«

Ahmed grinste höhnisch. »So? Ich höre!«

Der Janitscharenhauptmann räusperte sich nachhaltig, dann erst sprach er. »Hoher Herr! Der Kapitän und ich haben vorhin einen Matrosen ausgefragt, der mehrmals für längere Zeit auf allen Inseln da vor uns gewesen ist. Er meint, daß dort viele Christenfamilien mit Kindern im richtigen Alter leben, und mehrere von ihnen sollen auch hellhaarig und blauäugig sein wie der Entkommene.«

Der Verschnittene dachte nach und befühlte die sternförmige Narbe auf seiner Stirn. Rüstem Pascha hatte unter Mitwisserschaft des Aghas, des Obersten aller Weißen Eunuchen, einen gerade erst von der letzten Knabenlese eingetroffenen blonden Jungen ohne Wissen des Sultans aus seinem Privat-Saray an den Heeresrichter von Anadolu verkauft. Es war üblich, daß die als Pagen auszubildenden Knaben nach der Devschirme in den verschiedenen Palästen der Paschas eine erste höfische Erziehung erhielten, bevor sie in die »Strenge Schule«, so hieß die Großherrliche Palastschule im Dritten Hof des Sarays, geschickt wurden. Die Weißen Eunuchen bewachten nicht nur das »Tor der Glückseligkeit« zu den Privatquartieren des Sultans, das auch das »Tor der Weißen Eunuchen« genannt wurde, sie leiteten dort ebenfalls die »Strenge Schule«, die Pagenschule. Er selbst, Ahmed, war der erste Fechtlehrer der Knaben. Andere unterrichteten sie in den Reitkünsten, aber auch in den verschiedensten Wissenschaften.

Ein Pagenschüler war bei einem Reiterspiel tödlich gestürzt. Als Ersatz wollte der Sultan nun ausgerechnet den blonden Jungen, den der Großwesir an den Heeresrichter verkauft hatte. Rüstem Pascha hatte sich vorerst herausreden können, indem er vorgab, daß der Knabe schwer erkrankt wäre. Daraufhin schickte der »Gesetzgebende« seinen Leibarzt Garsüddinzade in Rüstems Palast. Und Allah sei Dank: Der Leibarzt verschmähte das Gold des Großwesirs nicht. Nur, ein anderer, ähnlicher Knabe mußte schnellstens herbeigeschafft werden. Der Heeresrichter von Anadolu – unter seiner Begleitmannschaft befanden sich auch dessen Pagen – war auf einer Inspektionsreise zu den östlichen Grenzen des Reiches und daher unerreichbar. So konnte der Großwesir vorerst seinen ehemaligen Pagen auch nicht gegen ein gern gezahltes Aufgeld zurückkaufen.

Es war eine heikle Aufgabe, die ihm, Ahmed, dem Großherrlichen Torwärter zweiten Grades und Fechtlehrer an der »Strengen Schule«, vom Obersten der Weißen Eunuchen übertragen worden war, eine Aufgabe, bei der man beständig Gefahr lief, den Kopf zu riskieren, weil der Auftrag unlösbar war, ohne die Gesetze der Pforte zu brechen. Knabenlese in einem davon ausgenommenen Gebiet zu betreiben war ein eklatanter Bruch dieser Gesetze und wurde ähnlich streng bestraft wie eine Unstimmigkeit in einer Devschirme-Liste. Selbst wenn sich ein geeigneter Knabe auftreiben ließ – in Istanbul würden die Probleme nicht enden. Im Gegenteil: vielen, *zu vielen* Mitwissern mußte der Großwesir mit edlem Metall den Mund verschließen.

Der Verschnittene preßte die Lippen aufeinander, denn er wußte: Wenn der Schwindel aufflog, würde nicht nur der Kopf der »Glückslaus« rollen. Sultan Süleyman hatte am Beispiel von Großwesir Ibrahim Pascha und Kara Ahmet Pascha, Rüstems Vorgängern, gezeigt, daß er hart durchzugreifen vermochte, wenn jemand, ob hoch oder niedrig, es wagte, die Gesetze der Pforte zu mißachten.

Mürrisch schaute der Verschnittene zu den gefesselten Devschirme-Jungen vor der Heckplattform hinab. Nur einer der Knaben war blond, glich ansonsten aber dem einen der beiden Geflohenen überhaupt nicht.

Der Galeerenkommandant und der Hauptmann der Janitscharen sahen den Anführer der Weißen Eunuchen erwartungsvoll an.

Der Verschnittene dachte: ›Stimmt ihre Liste nicht, wenn sie zurückkommen, dann ist der Hauptmann nach der Bastonade wieder ein einfacher Rekrut und der Kommandant ein simpler Matrose. Und bringe ich Rüstem Pascha keinen Ersatz für den Knaben, trifft uns Verschnittene mit Sicherheit sein Zorn, selbst meinen Herrn, den Agha – denn noch besitzt die »Glückslaus« uneingeschränkt das Wohlwollen des »Gesetzgebenden«.‹ Laut sagte er: »Gut, meine Herren, laßt uns bei Dunkelheit diese Inseln anlaufen und unser Glück versuchen! Holt mir den Matrosen, der schon einmal dort war! Ich will ihn auch befragen.«

Nur zu gern erfüllten der Hauptmann und der Schiffskommandant den Befehl des Eunuchen.

Als die Sonne weit im Westen der Inseln ins Meer sank, nahm die Galeere Kurs auf Thiratois, das kleinste Eiland des flachkuppigen Archipels. Es fand sich ein günstiger Ankerplatz in einer Bucht, die von einer mit dichtem Dornengestrüpp bewachsenen Hügelkette umgeben war. Hinter diesen Hügeln lagen die Siedlungen der Christen.

Einen Ziegenhirten, der in einer Strandhütte von der Besatzung des Galeerenbeiboots überrascht wurde, erschlugen die Soldaten kurzerhand, nachdem er ihnen die Aussagen des Matrosen weitgehend bestätigt hatte. Sollte der Aktion Erfolg beschieden sein, durfte es keine Augenzeugen von der Landung einer Pfortengaleere geben.

Während der ortskundige Matrose drei Stunden vor Tagesdämmerung die Weißen Eunuchen mit ihren Leibwächtern und den Hauptmann sowie dessen unvollständige Orta Janitscharen in der mondlosen Nacht auf gewundenen, dornenbuschgesäumten

Pfaden über die Hügel führte, hatte Kaptan Sokrates schon lange die Meerenge zwischen der Schildkröteninsel und der Landzunge durchschifft und Kurs auf das offene Meer genommen.

Nur Verrückte segelten bei den vielen Untiefen in der Dunkelheit, Verrückte oder Schmuggler mit der Erfahrung des »Seeschwalben«-Skippers.

Jannis und Kosta

Der Großvater der Zwillinge, so wußten die alten Leute im Dorf zu berichten, war einer der fränkischen Ritter auf Rhodos gewesen, denn als Iolanthe nach Thiratois zurückkehrte, kam sie als verhältnismäßig reiche Frau, die sogar eine Ikone mit einem Bildnis der Heiligen Jungfrau Maria für die Kapelle der Fischer stiften konnte. Viele der armen Dorfbewohner, ob Mann oder Frau, hatten sich nach Rhodos verdingt, bevor der »Gesetzgebende« die Ritter vom Orden des heiligen Johannes dort vertrieb. Wenn die Dörfler es zu einem gewissen Wohlstand gebracht hatten, kehrten sie häufig zu ihren Familien nach Pharnox, Pserlendos und Thiratois heim. Die Leute von Thiratois nannten ihre und die anderen Inseln übrigens nie mit Namen. Pharnox war die »Große«, Pserlendos die »Mittlere« und Thiratois die »Kleine Insel«. Meist waren es ältere Heimkehrer, aber auch immer wieder unverheiratete, schwangere Frauen wie Iolanthe. Der Pope fühlte sich dann zwar bemüßigt, wortgewaltig gegen das »Sündenbabel Rhodos« zu wettern, nahm aber die zumeist reichlichen Geldspenden der Frauen doch immer an.

Gleich nach ihrer Ankunft hatte Iolanthe eine Tochter geboren, die Mutter der Zwillinge, und dieses Mädchen Helena war nicht das einzige hellhaarige Kind mit blauen Augen auf Thiratois. Aus diesem Grund entrüstete sich der Pope auch nur sehr moderat über ein weiteres uneheliches Kind in seiner Gemeinde, denn er hatte das Geld für eine neue Marien-Ikone bereits eingestrichen.

Helena wuchs auch ohne Vater wohlbehütet in der großen Familie ihrer Mutter auf. Iolanthe verstarb ein paar Jahre nach der Geburt ihrer Tochter an einem Schlangenbiß.

Helena heiratete, als sie in das richtige Alter kam, den Fischersohn Manolis aus dem Nachbardorf. Auch unter dessen Vorfahren hatten etliche für längere Zeit in Rhodos gelebt: Manolis war blond und blauäugig wie ein Franke.

Seit die Insel an die Osmanen gefallen war und die Ritter schließlich auf dem fernen Malta heimisch wurden, ging niemand mehr nach Rhodos, und damit endeten auch die reichen Jahre, in denen der Kapelle beinahe jährlich Ikonen gestiftet werden konnten.

Das Leben für die Insulaner war dennoch kaum beschwerlicher als früher, als noch die Lehensträger der Ritter über den Archipel geherrscht hatten. Zwar mußten unter dem Sultan Süleyman alle, die nicht Anhänger der Religion des Propheten Mohammed waren, eine Kopfsteuer entrichten, aber sie fiel eher gering aus, verglichen mit den Abgaben, die man an die alten Grundbesitzer zu leisten hatte. Da die ehemaligen Herren der Inseln sich zudem dem »Gesetzgebenden« noch vor Beginn seines Rhodos-Feldzugs bedingungslos unterworfen und sogar Schiffe für die Invasionsarmada zur Verfügung gestellt hatten, waren Pharnox, Pserlendos und Thiratois »auf ewig« von der Devschirme ausgenommen.

Manolis, der Fischer, war ein ruhiger, wortkarger Mann, der lieber alleine zum Fang auslief und auch eine ausreichende räumliche Entfernung zu seinen Nachbarn schätzte. Er baute für sich und seine junge Frau Helena ein Haus abseits vom Dorf. Bald gab es einen Garten und kleine terrassierte Felder, auf denen genügend Getreide und die verschiedensten Gemüse geerntet werden konnten. Manolis' Boot lag außer Sichtweite des Hauses in einer fjordähnlichen Einbuchtung an einen Felsen vertäut. Der schweigsame Mann galt als der geschickteste Oktopusfänger der Insel.

Helena brachte erst eine Tochter zur Welt, die man nach der Großmutter Iolanthe taufte und die alle nur Io nannten. Drei Jahre später gebar Helena zwei Knaben: Jannis und Kosta. Letzterer wurde vermutlich nur bei der Taufe mit seinem vollen Namen Kostandino gerufen. Bald nach Iolanthes Hochzeit, sie heiratete einen Bauern auf Pharnox, starb Manolis an einer Muschelfleischvergiftung.

Die Zwillinge Jannis und Kosta waren mit ihren fünfzehn Jahren schon alt genug, um für sich und die Mutter zu sorgen. Beide waren wie der Vater hervorragende Fischer, und auch die Feld- und Gartenarbeit ging ihnen leicht von der Hand. Sie waren schlank, von muskulöser Gestalt, mittlerer Größe und hatten die Eigenschaft von ihrem Vater geerbt, recht wortkarg zu sein. Dennoch gab es viele Eltern unverheirateter Töchter, die die beiden blonden Knaben gerne als Schwiegersöhne gesehen hätten, denn Jannis und Kosta waren fleißige Arbeiter.

»Es scheinen Brüder zu sein«, flüsterte der Hauptmann.

»Zwillinge«, korrigierte ihn der Anführer der Weißen Eunuchen erfreut. »Ich bin mir sicher: Die beiden da unten sind Zwillingsbrüder!«

Ein Dutzend Augenpaare beobachtete in der ersten Morgendämmerung das Haus der Witwe Helena. Von der Hügelkuppe aus blieben die anderen Inseln des Archipels unsichtbar, über dem Wasser lag dichter Frühnebel. Ein linder Wind strich durch die Baumwipfel.

Zwei Knaben, fast schon junge Männer, bewässerten sorgfältig ein Gemüsefeld, fütterten das Federvieh und knoteten schließlich ein längliches Fladenbrot und eine Handvoll Zwiebeln in ein Baumwolltuch, das einer der Jungen sich an einem Bootshaken über die Schulter hängte. Der andere schulterte ein engmaschiges Wurfnetz. Die Knaben riefen einen Abschiedsgruß in Richtung Haus. Eine Frauenstimme antwortete.

Der Anführer der Weißen Eunuchen nickte dem Hauptmann vielsagend zu.

Als die Janitscharen die Zwillinge auf dem Weg zum Meer umstellten, versuchte Jannis sich mit dem Bootshaken zu wehren. Der Hauptmann schlug ihn von der Seite mit dem Stiel seines Streitkolbens nieder. Kosta wurde gezwungen, den bewußtlosen Bruder über die Dornenbuschhügel zur Bucht der Galeere zu schleppen. Ein Soldat zischte ihm auf griechisch zu, daß man sie augenblicklich töten würde, falls er auf die Idee käme, um Hilfe zu rufen.

In der Bucht untersuchte ein Leibwächter des Eunuchen den immer noch reglosen Knaben. »Er ist jung und kräftig und wird es überleben, Herr.«

Der Verschnittene nickte zufrieden und dankte dem Schicksal, das ihm gleich zwei blonde, blauäugige Jungen beschert hatte. Einen als Ersatz für den Pagen und einen, der die Devschirme-Liste wieder stimmig werden ließ. Ein anderer Janitscharentrupp hatte, bevor sie die Zwillinge hier auf dem abgelegenen Anwesen entdeckten, schon einen Dorfknaben auf der Nachbarinsel Pserlendos aufgegriffen, der ohne weiteres für den zweiten am Vortag geflohenen Knaben durchgehen würde.

›Das Schicksal hat es sogar in mehrfacher Hinsicht mit uns wohlgemeint‹, dachte der Verschnittene erleichtert und betrachtete den reglosen Jannis. ›Die Narbe, die der Streitkolben auf seiner Stirn hinterlassen wird, würde es mir unmöglich machen, ihn als Rüstem Paschas Pagen auszugeben. Aber – Allah sei Dank und Lob! – es gibt ja diesen Zwillingsbruder.‹ Der Dicke drückte die Säbelspitze leicht gegen Kostas Kehlkopf. »Wie heißt du?«

»Kosta.«

»Und er?« Die Säbelspitze zeigte auf den immer noch leblos wirkenden Bruder.

»Jannis.«

»Ihr seid Geschwister, nicht wahr?«

»Ja.«

»Ja, *Herr*!« Die Säbelspitze berührte wieder den Kehlkopf des Knaben.

»Ja, Herr.«

Kosta, der nun gefesselt neben Jannis im Beiboot der Galeere lag, verstand zwar kein Wort von der Sprache, in der sich die Ruderer und Soldaten jetzt gedämpft unterhielten, aber er wußte, daß die muselmanischen Fischer vom Festland, denen sie bisweilen auf dem Meer begegneten, auch in dieser Zunge redeten.

Auf der Galeere kam bald darauf auch Jannis wieder zu Bewußtsein, und man befahl ihnen, die leuchtendrote Kleidung der Devschirme-Knaben anzulegen. Kosta mußte seinem Bruder dabei helfen. Die Brüder erfuhren von ihren Schicksalsgenossen, daß sie nun im fernen Istanbul zu Soldaten des Sultans Süleyman erzogen werden sollten. Augenblicklich dachten Jannis und Kosta an Flucht, Jannis trotz der Kopfschmerzen – ihm wurde bereits bei der kleinsten Bewegung schwarz vor Augen.

Unter ihren Leidensgefährten entdeckten sie auch einen Jungen namens Spiro von der Nachbarinsel Pserlendos, aber sie konnten nicht mit ihm reden, da er weit entfernt von ihnen saß und niemand seinen Platz an Deck ohne Aufforderung der Soldaten verlassen durfte.

Der Gedanke an eine Flucht beschäftigte die beiden beständig, bis sie sahen, wie ihre Fänger mit einem Mitgefangenen umsprangen, der nur ansatzweise zu fliehen versucht hatte. Mehrmals täglich kontrollierte jemand ihre Fesseln. Die Soldaten des Hauptmanns waren nach dem geglückten Entkommen zweier Devschirme-Knaben erklärlicherweise ungleich wachsamer als zu Beginn ihrer Rückreise nach Norden. Es hatte ausgereicht, daß man bei dem besagten Jungen einen durchgescheuerten Strick der Fußfessel entdeckte, um ihn bäuchlings an den Mast in der Schiffsmitte zu binden und seinen Rücken bis aufs Blut zu peitschen.

Bald schon lernten die Knaben, daß viele der Soldaten und Matrosen die griechische Sprache beherrschten, auch wenn sie untereinander die Zunge der Muselmanen bevorzugten. Die Matrosen hatten keine einheitliche Bekleidung, aber die Soldaten trugen alle die gleiche Uniform: blaue Pluderhosen und rote Jacken. Besonders seltsam sah ihre Kopfbedeckung aus, eine eigenartige hohe Filzmütze, die mit einem weißen Tuch umwunden war. Das Tuch hing breit wie ein Schal von der Mützenspitze bis auf den Rücken der Soldaten. Aber das merkwürdigste war, daß auf der Stirnseite der Mütze in einem Stoffutteral ein länglicher Gegenstand steckte, der wie ein Suppenlöffel aussah. Nur ihr Anführer – die Soldaten redeten ihn mit »Tschorbadschi« an – besaß ein aus Silberblech getriebenes, oben geschlossenes Futteral, dem man nicht ansah, was es enthielt.

Einige der Knaben beherrschten die Sprache der Muselmanen. Sie sagten, »Tschorbadschi« würde »Suppenkoch« bedeuten. Jannis und Kosta fanden es reichlich merkwürdig, daß Kriegsleute sich mit Löffeln schmückten und ihre Hauptmänner Suppenköche genannt wurden.

Die Zwillinge trösteten sich gegenseitig, so gut es ging, daß sich bestimmt irgendwann eine günstigere Gelegenheit ergeben würde, als ausgerechnet von einer gutbemannten Galeere auf hoher See zu fliehen. Sie ahnten nicht, daß der dicke Riese mit der wächsernen Gesichtsfarbe, der immer ein glänzendes Brokatgewand mit einem kostbaren Säbel am reich verzierten Leibgurt trug und des öfteren zu ihnen kam, um sie minutenlang stumm anzustarren – daß dieser Anführer der drei Weißen Eunuchen sie gleich nach ihrer Ankunft in Istanbul für immer zu trennen beabsichtigte.

Nach Istanbul

Es war die längste Zeit, die die Fischerjungen Jannis und Kosta jemals auf See verbracht hatten. Am Tag nach ihrer Gefangennahme überholte die Galeere eine tiefgehende Kaik, dann sahen sie nur hin und wieder in der Ferne ein winziges Fischerboot.

Der Kurs verlief mehr oder minder nach Norden. Nie steuerte das schnelle Kriegsschiff einen Hafen an, nie wurde in einer der weiten Buchten der Festlandsküste, die sich im Osten zeigten, vor Anker gegangen, um zum Beispiel Frischwasser zu ergänzen. Die Galeere schien über schier unerschöpfliche Vorräte an Lebensmitteln und Trinkwasser zu verfügen, denn das Essen, das an die Devschirme-Knaben ausgeteilt wurde, war von stets gleichbleibender Qualität, und das Wasser schmeckte süß, als würde es aus einem klaren Quell geschöpft.

Was die Leidensgefährten Jannis und Kosta zuraunten, wenn sich zufällig einmal kein Wächter in Hörweite aufhielt – miteinander zu sprechen wurde unerbittlich mit Prügelstrafe geahndet–, all diese Geschichten, die ihnen zugeflüstert wurden, waren kaum dazu angetan, sie heiter zu stimmen. Grundlos wurden die Jungen nicht geschlagen, dennoch waren etliche der Verzweiflung nahe, denn sie sehnten sich nach ihrem Zuhause und vermißten ihre Familien. Keiner der Knaben wußte wirklich genau, was man mit ihnen vorhatte. Besonders die jüngeren Kinder weinten oft hemmungslos und so lange, daß nur die völlige Erschöpfung sie zu beruhigen vermochte, wenn sie in den Schlaf fielen.

Jannis und Kosta bissen die Zähne zusammen und schworen, dennoch bei der nächsten sich bietenden Gelegenheit zu fliehen, mochte man sie, falls man sie dann ergriff, auch auspeitschen oder sogar töten.

Manches, was die Zwillinge erfuhren, war widersprüchlich. Ein Mitgefangener behauptete zum Beispiel, daß man sie alle zu Ruderknechten machen würde, aber das glaubten sie ihm nicht. Die Ruderer unter ihnen an den langen Riemen, deren Schmerzensschreie gelegentlich bis an Deck zu vernehmen waren, wenn die Aufseher sie züchtigten, diese Elenden wurden bestimmt nicht gut gespeist, und sie trugen sicherlich auch keine Hosen und Jacken aus weichem Tuch dort unten, wo der Gestank der Exkremente unerträglich sein mußte, da schon die üble Luft, die bei offenen Luken über das Deck strömte, nur schwer zu ertragen war. Plausibler klang, was der Junge hinter ihnen erzählte: Militärsklaven des Sultans waren sie jetzt und sein Eigentum, über das er nach Gutdünken verfügen konnte.

Aber was genau das bedeutete, »Kul«, Militärsklave, zu sein, und was das für ihr zukünftiges Schicksal bedeuten würde, diese Fragen konnte er seinen Mitgefangenen nicht beantworten. Ein anderer Junge wußte zu sagen, daß die dicken Männer mit den wächsernen Gesichtern Eunuchen, Verschnittene, waren. Daraufhin ging bei allen die Angst um, daß man sie vielleicht auch verschneiden könnte.

Nach einigen Tagen begegneten ihnen mehrere Schiffe aller Größen, darunter auch etliche Galeeren und hochbordige, wuchtige

Lastensegler. Schon seit geraumer Zeit waren Jannis und Kosta die Gewässer nicht mehr vertraut, die das Kriegsschiff durchpflügte.

Die Galeere mit den Devschirme-Kaben durchfuhr eine Meerenge, an deren Ufern die Zwillinge Dörfer, bebaute Felder, Obsthaine und sogar die hohen Befestigungsmauern und Türme einer Hafenstadt sahen. Am Ufer vor der Stadt gab es Werften, in denen seegängige Schiffe auf Kiel lagen, um die Rümpfe von Muscheln und angewachsenen Algen zu befreien. Auch neue Schiffe wurden dort gebaut. Die Zwillinge zählten zehn fast vollendete Galeeren. Zwischen den Schiffswerkstätten und den Befestigungsmauern befanden sich riesige Holzlager. Jannis und Kosta kamen aus dem Staunen nicht mehr heraus; Mastbäume wie der ihrer Galeere waren gleich dutzendweise aufgestapelt, und der harzige Geruch frisch gehobelter Deckplanken drang bis zu ihnen aufs Schiff herüber.

Dann steuerte die Devschirme-Galeere in ein Meer, dessen Namen einer der Knaben kannte, denn sein Vater, ein Kaufmann vom Festland, hatte ihn einmal auf eine Handelsreise durch die lange Wasserstraße mitgenommen. Das Meer hieß Marmarameer. Auch den Namen der befestigten Stadt wußte der Knabe: Gelibolu. Und irgendwo an den Gestaden dieses Meeres lag die Hauptstadt Istanbul, in der Sultan Süleyman der »Gesetzgebende« einen prunkvollen Palast bewohnte.

Das Wetter war gut und die See, durch die sie glitten, ruhig. Der Galeere kamen nun regelmäßig Schiffe entgegen, zumeist vor dem leichten Wind aus Nordosten segelnd. Auch überholten sie viele Kaiks, die auf dem gleichen Kurs liefen.

Am dritten Tag, als die Sonne gerade den höchsten Stand erreicht hatte, bemerkte Jannis linkerhand Land, und kurz darauf entdeckte Kosta zu ihrer Rechten einige kleinere Inseln.

Ein Matrose im Mastkorb begann aufgeregt, immer wieder dieselben Worte zu rufen. Bald sahen auch Jannis und Kosta die Stadt.

Die größte Ansiedlung, mit der sie vertraut waren, war das Dorf Pilos auf der Nachbarinsel Pharnox gewesen und dann vor drei Tagen dieser Hafen, Gelibolu. Istanbul nun mit seinen endlosen hohen Mauern und den in den Himmel ragenden Kuppeln und Türmen erschien den Knaben allein wegen der ungeheuren Ausdehnung unwirklich wie ein Traum oder ein Märchen.

Das Kriegsschiff steuerte auf zinnenbewehrte Mauern zu, die sich, so weit das Auge reichte, scheinbar direkt aus dem Meer erhoben. Eckige Türme, runde Türme, Türme mit Dächern, geformt wie eine Speerspitze, oder Türme mit Abdeckungen, die die Zwillinge an Schildkrötenpanzer erinnerten, Türme jedweder Form und Größe unterbrachen meerseitig diese gigantische Stadtumwallung.

Die Galeere glitt vor eine Mole, an der etliche Kriegsschiffe lagen. Dahinter erhob sich mit dem Stadtwall verbunden ein Kastell. Jannis zählte sieben Türme.

»Wir scheinen hier anzulegen«, flüsterte Kosta und verstummte sogleich. Der bleichgesichtige Dicke mit dem kostbaren Gewand und der sternförmigen Narbe über der rechten Augenbraue näherte sich mit zwei von seinen Schwertträgern. Kostas Fußfesseln wurden gelöst. Ihm wurde befohlen, sich die Beine zu massieren, dann zerrten ihn die Soldaten hoch und führten ihn an die Reling.

Obwohl Jannis den Matrosen mit dem Bambusrohr fürchtete, der durch die Reihen der Gefesselten patrouillierte, rief er: »Denk an unseren Schwur, Bruder!« Der Matrose holte aus. Das Bambusrohr pfiff durch die Luft und traf klatschend auf Jannis' Rücken.

Das große Beiboot der Galeere war bereits zu Wasser gelassen, und Seeleute warfen eine Strickleiter über die Reling. Die Schwertträger durchschnitten nun auch Kostas Handfesseln. Mit blanker Klinge zwangen sie ihn, über die Bordwand zu klettern.

»Ja, Bruder, ich gelobe!« rief Kosta noch, ehe er unsanft von den Schwertträgern die Leiter hinuntergedrängt wurde.

›Maria, hilf!‹ betete Jannis. ›Hilf, daß sie ihn nicht verschneiden!‹

Jannis' Geschichte

Im Vorhof des Yeni Sarays

Als Kosta fort war, fühlte sich Jannis elend wie noch nie in seinem Leben. Solange er mit dem Bruder wenigstens täglich ein paar heimliche Worte wechseln konnte, war ihm sein Los noch einigermaßen erträglich erschienen, aber nun versank er in Hoffnungslosigkeit und begann stumm vor sich hin zu brüten.

Die Galeere nahm wieder Fahrt auf und hielt sich parallel zum Seewall. Im Osten zeigte sich ebenfalls Land. Auch dort gab es große Steinbauten, aber die Ansiedlungen waren nicht so eindrucksvoll von Mauern und Wehranlagen geschützt wie die Stadt, an deren Befestigungen das Kriegsschiff gerade entlanggerudert wurde.

Hinter dem Siebenturm-Kastell und der Seemauer erhoben sich zahlreiche Hügel. Fast alle wurden von großen Kuppelbauten gekrönt, neben denen lanzengleiche Türme standen. Jemand raunte ihm zu, daß diese Kuppeln die Kirchen und Tempel der Muselmanen wären. Jannis spuckte aus. Er sah auf dem Rücken einer Seemauerzunge prachtvolle Gebäude, terrassierte Gärten und eine lange Reihe von grauen gewölbten Dächern mit rohrartigen Auswüchsen.

Die ansonsten wenig gesprächigen Bewacher der Knaben wiesen ehrfurchtsvoll nach oben und sagten, daß sich dort das Neue Saray – das Yeni Saray –, der Palast des allmächtigen Sultan Süleyman befände. Jemand nannte den Palast auch Dar-üs Saadet, »Haus der Glückseligkeit«. Erneut spuckte Jannis aus.

Das Kriegsschiff begann die Landspitze, auf der der Palasthügel lag, zu umrunden. Ein prächtiges geschlossenes Tor in der Saray-Mauer, das Topkapi, das »Tor der Kanonen«, das von zwei wehrhaften Türmen flankiert wurde, stand dicht an der Uferlinie.

Eine breite Meeresenge tat sich auf. »Das ist der Bosporus«, flüsterte ein Knabe hinter Jannis. Gleich darauf glitt das Schiff nach Westen in eine seitliche Bucht dieser Meerenge. Jannis' Hintermann wußte auch den Namen dieses Seitenarms: Goldenes Horn.

An dessen Nordufer, fast genau dem Neuen Saray gegenüber, gab es auf einer Erhebung dicht am Wasser ebenfalls eine Stadt. In ihrer Mitte erhoben sich unterhalb des Hügels ein gewaltiger runder Turm mit einer spitzen Haube und mehrere wuchtige Kuppelbauten.

Die Galeere steuerte tiefer in den Seitenarm hinein und machte dann an einer Kaimauer der Palastuferseite fest. Rechts und links von den Soldaten eskortiert, marschierten die Knaben in Dreierreihen durch die Stadt. Man hatte ihnen die Fesseln abgenommen. In ihrer auffälligen roten Kleidung wären sie im Fall eines Fluchtversuchs keine drei Schritte weit gekommen, denn überall liefen die Städter zusammen und säumten ihren Weg. Kinder und Alte, verschleierte Frauen, Bettler und prächtig gekleidete Herren, alle drängten sie sich heran, um einen Blick auf die Devschirme-Knaben werfen zu können.

Jannis, der als Fischer die Orientierung auch bei völliger Dunkelheit auf dem offenen Meer nie verloren hatte, war bald nicht mehr in der Lage zu bestimmen, in welche Himmelsrichtung man sie trieb. Die teils mit mehrgeschossigen Holzhäusern gesäumten, gewundenen Gassen in der Stadt des »Gesetzgebenden« glichen einem unendlichen Irrgarten. Und überall wohnten und arbeiteten Menschen! An den hohen Kirchenfesten auf den Heimatinseln waren auch alle Bewohner zusammengekommen, aber nie waren es annähernd so viele gewesen wie hier in einer einzigen Gasse der Sultansstadt an einem Tag, der ein ganz normaler Tag zu sein schien. Jannis fiel auf, daß alle Holzhäuser einfarbig angestrichen waren. Es gab graue und dunkelgraue, etliche rote oder gelbe und nur sehr wenige schwarze. Grüne oder blaue Häuser sah er nicht.

Nachdem die Devschirme-Knaben an mehreren riesigen, berghohen Kirchen der Muselmanen vorbeimarschiert waren, neben denen immer speergleiche Türme sich gen Himmel reckten, gelangten sie schließlich an ein großes doppelstöckiges Tor, dessen Flügel weit geöffnet waren. Rechts und links vom Eingang befand sich eine Reihe von Nischen, in denen Männerköpfe lagen. Einer sah aus, als wäre er gerade erst vom Rumpf seines Besitzers getrennt worden, denn niemand hatte dem Schädel des Enthaupteten die Augen geschlossen. Später erfuhr Jannis, daß dieser Palasteingang den poetischen Namen Bab-i Hümayun hatte – »Tor des vom Paradiesvogel beschatteten Kaisers«.

Wächter mit braunen Turbanen auf dem Kopf, aber ansonsten ähnlich gekleidet und bewaffnet wie die Soldaten von der Galeere, bewachten dieses Portal, das auf einen weiten Hof führte. Der Hof bildete ein unregelmäßiges Rechteck und war von steinernen Bauten umstanden. Links hinter dem Tor gab es etliche Gebäude, die teils aus Marmor oder Felsstein gemauert, teils aus Holz errichtet waren. Am Hofende lag eine mit niedrigem Gras bewachsene Fläche. Dort erhob sich eine riesige Platane, unter der, bewacht von Soldaten, eine lange Reihe großer Bronzekessel aufgereiht stand. Gepflasterte Wege durchschnitten den Hof in alle Richtungen. Ein weiteres Tor, flankiert von zwei spitzen Türmen, öffnete sich an der Stirnseite des Hofes.

Jannis sah Hunderte von Menschen, die allen möglichen Beschäftigungen nachgingen. Einige schleppten riesige Holzbündel, andere schoben Karren mit Mehlsäcken, wieder andere fegten die Wege. Dennoch herrschte eine geradezu gespenstische Ruhe. Das lauteste Geräusch war das Plätschern zahlreicher Brunnen und das Zwitschern von Vögeln auf den Dächern der steinernen Häuser.

Die Jungen wurden in ein Gebäude geführt, wo man sie mit Bohnensuppe und Fladenbrot speiste und ihnen zu trinken gab. Danach mußten sie wieder in den Hof zurück und sich zu zehnt in vier Reihen hintereinander auf der Grasfläche mit der riesigen Platane aufstellen. Andere Soldaten als die, die sie nach Istanbul geführt hatten, umringten sie. Nur der Tschorbadschi der Galeerensoldaten war auch unter den Saray-Janitscharen. Wieder verwunderte sich Jannis über die Stille, die trotz der vielen Menschen herrschte.

Jannis kam bei aller Furcht, die ihn befallen hatte, seit Kosta von ihm getrennt worden war, aus dem Staunen nicht heraus, und seinen Schicksalsgefährten erging es ähnlich. Daheim auf der Insel gab es auch Häuser aus Stein, aber sie waren, verglichen mit den Hofgebäuden, winzig wie Ziegen- oder Schafställe. Und die in den Himmel ragende Kuppel hinter der Torseite des Hofes, von der er nun wußte, daß es ein Gotteshaus der Muslime war – wie oft mochte die kleine Kapelle von Thiratois darin wohl Platz finden?

Aus einem Gebäude, vor dem wie unter der Platane mehrere große bronzene Kochkessel standen, die jedermann, der daran vorbeiging, mit einer tiefen Verbeugung grüßte, traten weitere Soldaten auf den Hof. Sie bildeten einen Ring um die Knaben. Einer, offenbar ihr Befehlshaber, trug ebenfalls eine hohe weiße Filzmütze, aber an der Stelle des Stoffutterals über der Stirn, in dem bei den einfachen Soldaten der Suppenlöffel steckte, war bei ihm eine aus Goldblech gefertigte geschlossene Hülse befestigt. Auch war seine Kleidung unvergleichlich prunkvoller. Als Zeichen der Würde hielt er ein armlanges silbernes Zepter in der Hand. Langsam und wortlos schritt er die Reihen der Knaben ab und musterte jeden von Kopf bis Fuß. Dann ging er auf den Hauptmann der Galeerensoldaten zu, der neben den Knaben stand und nun ein braunes ledergebundenes Buch aufschlug. Ein Begleiter des Befehlshabers öffnete ein ähnliches. Es war das Buch des Kadi, der die Knabenlese auf dem Festland im Südosten von Pharnox, Pserlendos und Thiratois geleitet und dieses Buch, wie es die Vorschrift besagte, mit einer anderen Galeere auf gesondertem Weg nach Istanbul geschickt hatte.

Mit gedämpfter Stimme las der Begleiter des Befehlshabers die Namen der Knaben vor. Die Aufgerufenen hatten einen Schritt vorzutreten. Der Befehlshaber schaute in das Buch des Hauptmanns, musterte die betreffenden Knaben erneut und nickte dann, worauf diese sich wieder einzureihen hatten.

Der Begleiter des Befehlshabers las weitere Namen, die Prozedur wiederholte sich, bis alle vierzig Knaben aufgerufen waren.

Als Jannis und Spiro, der Junge, den die Soldaten in Pserlendos geraubt hatten, vortraten, standen dem Hauptmann Schweißperlen auf der Stirn.

Aber die geschickten Korrekturen an zwei Zeilen der Liste, die einer der Weißen Eunuchen bereits auf dem Schiff vorgenommen hatte, wurden vom Befehlshaber, dem Agha der Janitscharen, nicht bemerkt. Und er ahnte nicht, daß sein Offizier, der die Namen verlas, von einem verschnittenen Großherrlichen Saray-Wächter mit einer markanten Stirnnarbe aufgesucht worden war, während man die Knaben gespeist hatte.

Sowohl im Buch des Hauptmanns als auch in dem des Offiziers waren die Namen Theodosius gegen Jannis und der eines gewissen Leonidas gegen Spiro meisterhaft ausgetauscht worden.

Als alle Namen aufgerufen waren, hielt der Janitscharen-Agha eine kurze Rede in der Sprache der Muselmanen, die einer seiner Offiziere übersetzte:

»Ihr seid von nun an Söhne des Sultans. Erweist euch seiner Gnade würdig!«

Die Sonne begann zu sinken. Der Befehlshaber und sein Begleiter kehrten in das Steinhaus zurück. Der weite Ring, den die Soldaten um die Knaben bildeten, öffnete sich. Auch der Hauptmann von der Galeere trat mit einer tiefen Verbeugung zur Seite und ließ eine große Gruppe bärtiger Männer vorbei. Der jüngste von ihnen mochte das Alter des Tschorbadschi haben, der älteste hingegen sah aus wie ein Greis. Die Männer trugen hohe Filzmützen, die denen der Soldaten ähnelten, aber keinen Rückenschleier hatten. Ihre Oberkleidung bestand aus mit derben Stricken umwundenen, dunkelfarbigen wollenen Mantelkutten, deren Saum fast bis zur Erde reichte. ›Aus der Entfernung könnte man sie leicht mit Popen verwechseln‹, dachte Jannis. Der Pope auf Pharnox hatte auch einen langen Vollbart und kleidete sich in ähnlich dunkle Gewänder.

Erst jetzt fiel Jannis auf, daß außer dem Befehlshaber keiner der Soldaten einen Kinnbart trug.

Die Bärtigen gesellten sich zu den Knaben und redeten freundlich auf sie ein. Sie sprachen nicht, wie man auf Jannis' Heimatinseln redete, aber er verstand alles, was sie sagten.

Die Bärtigen bedeuteten den Jungen, Platz zu nehmen, und setzten sich zu ihnen ins Gras. Es waren genauso viele Männer wie Knaben. Vor Jannis hockte sich ein dürrer Alter mit schütterem weißem Kinnbart hin. Sein Gesicht war wettergegerbt. Jannis schaute trotzig zu Boden.

»Friede sei mit dir! Wie heißt du, mein Sohn?«

Jannis hatte eine Greisenstimme erwartet. Er war erstaunt, daß die Worte des Alten zwar fast geflüstert, aber dennoch kräftig und klar wie die eines jungen Mannes waren. Der Bärtige sprach griechisch, langsam und bedächtig, ähnelte darin dem Popen auf Pharnox, der aus dem fernen Kreta stammte, wo alle so redeten, als würden Steine die Zungen beschweren – das jedenfalls hatte die Mutter immer behauptet.

»Jannis. Ich heiße Jannis.« Der Knabe schaute hoch und blickte in ein Paar strahlend blauer Augen, leuchtende, wache Augen, wie sie auch der Vater gehabt hatte.

»Weißt du, wo du hier bist?«

»Nein.«

»Du befindest dich im Ersten Hof, dem Vorhof des Neuen Sarays unseres erhabenen Sultans – Gott schütze ihn! Es ist sein Großherrlicher Wille, daß hier im Palast kein lautes Wort fällt, also halte dich daran und senke deine Stimme, wenn du mir antwortest.«

Jannis blickte in die Runde. Das also war der berühmte Palast des »Gesetzgebenden«, den er vom Schiff aus gesehen hatte! Wenn schon der Vorhof so beeindruckend war, wie prachtvoll mußte dann wohl erst das Innere des Sarays sein?

»Du bist doch ein Christ, mein Sohn, oder?« Der Bärtige verschränkte die Arme.

»Ja«, sagte Jannis stolz. »Ich bin getauft worden.«

Der Alte nickte freundlich. »Das ist gut, denn das bedeutet, daß du an Gott glaubst und daß du glaubst, daß er allmächtig ist. Auch wir glauben an ihn, aber wir nennen ihn Allah.«

Jannis und Kosta waren zwar sonntags und an den hohen Feiertagen mit den Eltern und nach dem Tod des Vaters häufiger als zu dessen Lebzeiten mit der Mutter nach Pharnox gesegelt und hatten an den Gottesdiensten in der Kirche dort teilgenommen, aber so richtig hatten sich weder er noch der Bruder dafür interessiert, was der Pope zelebrierte und redete. Als die Mutter Witwe wurde, hatte sie auch begonnen, regelmäßig die kleine Kapelle auf Thiratois zu besuchen, um dort zu beten und Kerzen vor der Marien-Ikone zu entzünden, die einst von der Großmutter Iolanthe gestiftet worden war. Am meisten hatte die Knaben beeindruckt, wenn der Pope aus der Bibel vorlas, denn niemand sonst auf den Inseln war des Lesens oder Schreibens mächtig.

»Aber wenn du irgend etwas nicht verstehst, mein Sohn, frage mich ohne Scheu.«

Jannis überlegte einen Augenblick und sagte dann: »Du sagst mir, daß ihr an Gott glaubt, den ihr Allah nennt. Aber glaubt ihr auch an die Heilige Jungfrau Maria?«

»Sicher, mein Sohn. Wir verehren sie auch, schließlich ist sie die Mutter des Propheten Jesus.«

Diese Antwort überraschte Jannis. Der Pope hatte von den Muselmanen immer behauptet, daß sie den Teufel verehrten, da sie Jesus nicht anbeteten. *Verehren* und *anbeten* – gab es da einen Unterschied? Und warum nannte der Alte Jesus einen Propheten wie Moses? Jesus war doch Gottes Sohn!

»Weißt du, wer wir sind?« Der Alte deutete auf die anderen bärtigen Kuttenträger.

Jannis schüttelte den Kopf.

»Wir sind Derwische und eifern unserem schon lange verstorbenen Meister Hadschi Bektasch nach. Hast du schon einmal von ihm gehört? Er war ein großer Diener Gottes.«

»Nein. Ich kenne ihn nicht.«

»Ich will dir erzählen, was er gepredigt hat.«

Die Soldaten hatten die Bärtigen voller Ehrfurcht begrüßt. Der Alte war demzufolge trotz der milden Augen ein Freund seiner Peiniger. Jannis nahm sich vor, den sanften Worten des Derwischs keinen Glauben zu schenken, mochte der auch mit Engelszungen auf ihn einreden.

Lange sprach der Bärtige über das, was sein Meister gelehrt hatte. »›… und ob Christ oder Jude, ob Feueranbeter oder ohne Religion – Allah seid ihr alle gleichermaßen willkommen!‹ hat Hadschi Bektasch gesagt. Auch dich, mein Sohn, der du ein Christ bist, wird ER in seiner unermeßlichen Güte und Gerechtigkeit nicht abweisen.« Der Alte rupfte einen Grashalm aus. »Ohne die Liebe des Allmächtigen verdorrt der Mensch wie welkes Laub. ›Wer nicht an

Allah und seine Engel glaubt, an die Schriften und seine Propheten und an den Jüngsten Tag, der ist in einem großen Irrtum befangen.‹ So steht es in dem heiligen Buch Koran geschrieben, das Allah dem Propheten Mohammed offenbart hat. Im Koran steht aber auch: ›Den, der sich zu IHM, DER ohne Ebenbild und einzig ist, bekennt, den wird ER ins Paradies führen.‹« Der Alte warf den Grashalm fort und begann die blauen Steinperlen einer Kette durch die Finger gleiten zu lassen.

›Die Mutter besitzt eine ähnliche Gebetskette, nur sind die Perlen aus poliertem Holz‹, dachte der Knabe und überlegte. ›Der Pope hat zwar nicht »Allah« gesagt, aber so ähnlich wie der Alte hat er auch immer geredet.‹

»Morgen früh wird man euch alle beschneiden«, sagte der Derwisch unvermittelt.

Jannis starrte den Bärtigen erschrocken an. Es stimmte also, was man sich manchmal schon auf den Inseln erzählt hatte, daß die Muselmanen Knaben einfingen, um sie zu verschneiden, wie man es den Stieren antat, damit sie fett und gefügig wurden. »Wenn man mich oder Kosta verschneidet, dann, dann …« Der Knabe preßte die Lippen aufeinander und ballte die Fäuste. Und ihm erschien das Bild des Bruders vor Augen, als der mit den fetten Kastraten von der Galeere gegangen war.

Der Alte lachte verhalten. »Ich sagte ›beschneiden‹, nicht ›verschneiden‹, mein Sohn! Jeder, der an Allah und Mohammed, seinen Propheten, glaubt, ist beschnitten worden, ich bin es, der Tschorbadschi und alle Soldaten sind es. Sehen wir etwa fett und träge aus wie kastrierte Kater? Ich verspreche dir, euch wird morgen nichts Schlimmes zugefügt werden! Man bringt euch in das Hospital der Palastschule.« Der Alte zeigte auf ein Gebäude gleich neben dem Eingangstor. »Dort entfernt man dir das vorderste Stück der Haut von deinem Glied mit einem scharfen Messer, und es schmerzt auch nicht besonders. Danach sehen wir uns wieder. Im übrigen ist es Muslimen strengstens verboten, Menschen und sogar Tiere zu verschneiden.«

»Aber die dicken Männer, die mich und meinen Bruder von unserer Insel geraubt haben, waren Verschnittene *und* Muselmanen. Sie haben an Deck der Galeere die Gebete verrichtet wie alle anderen auch!«

»Daß Kastratensklaven des Großherrlichen Haushaltes auf einer Devschirme-Fahrt mit dabei waren und wie die Janitscharen Rechtgläubige sind, das mag natürlich so gewesen sein. Dennoch: Muslime dürfen niemanden verschneiden!«

»Aber …«

»Man überläßt die Arbeit den Heiden oder Christen, mein Sohn. Sei ohne Sorge, auch dein Bruder wird bestimmt nicht zum Kastraten gemacht.«

Es war unterdessen dunkel geworden. Der Alte erhob sich.

Man trieb die Knaben in eines der anderen Steinhäuser, wo man sie erneut speiste. Unter den Pilaw, den sie dieses Mal vorgesetzt bekamen, waren saftige Hammelfleischstücke gemischt. Danach verteilten die Soldaten Decken und dünne, harte Schlafmatten. Zum ersten Mal nach seiner Gefangennahme durfte Jannis frei mit seinen Leidensgenossen sprechen. Von den Inseln in der Nähe von Pharnox, Pserlendos und Thiratois stammte keiner der Jungen. Alle kamen von der Festlandküste im Osten des heimatlichen Archipels.

Jannis' Hauptsorge war, was wohl die dicken Verschnittenen mit dem Bruder vorhaben mochten, und er fand in der kommenden Nacht keinen Schlaf. Wieder und wieder mußte er auch an die Mutter und die Schwester daheim denken, die sich wegen ihres plötzlichen Verschwindens bestimmt zu Tode grämen würden. Erst als es zu dämmern begann, übermannte Jannis die Müdigkeit.

Der Zufall wollte es, daß er als erster kurz nach Sonnenaufgang vom Tschorbadschi zur Beschneidung aufgerufen wurde. Als er sich nicht sofort erhob, zog der Hauptmann den Säbel und knurrte: »Wenn du nicht augenblicklich …«

Angesichts der blanken Klinge an seiner Halsschlagader zog der Knabe es vor, der Aufforderung Folge zu leisten.

Zwei Soldaten führten den Widerwilligen mit festem Griff aus dem Schlafsaal. Der Himmel war bewölkt, und es wehte ein frischer

Wind. Auf dem großen Ersten Hof des Sarays herrschte bereits geschäftiges Treiben, ohne daß ein menschlicher Laut zu vernehmen war. Männer mit hochbepackten Gemüsekörben wichen einer Reiterschar in kostbaren scharlachroten Gewändern aus, die auf das Hoftor zutrabte, Gärtner mit weichen Kappen auf dem Kopf bepflanzten einen Wegrand mit niedrigen Büschen, und ein Trupp Soldaten besserte unter der Aufsicht eines Hauptmanns eine Mauer aus.

Die Soldaten gingen mit dem Knaben in eines der Steinhäuser auf der gegenüberliegenden Hofseite und brachten ihn in ein ebenerdiges Zimmer, das sein spärliches Licht von einer verglasten Kuppel in der Decke empfing.

Der Begleiter des Befehlshabers vom Vortag saß mit einem aufgeschlagenen Buch auf den Knien in einer Raumecke. Neben ihm brannte eine Öllampe. Die Soldaten packten den Knaben an den Oberarmen und drehten ihn mit dem Gesicht zu dem Sitzenden hin.

»Dein Name?«

»Jannis.«

Der Mann schaute in das Buch, lächelte und nickte. Dann griff er zur Schreibfeder und gab den Soldaten ein Zeichen, Jannis wegzuführen.

Zwei weitere Männer standen hinter einem Holzschemel in der Zimmermitte unter der Deckenkuppel. Sie trugen weiße Turbane, weite rote Kaftane und Bärte wie die Derwische. In mehreren bronzenen Kesseln kochte Wasser. Einer der Männer reichte Jannis ein dampfendes heißes Tuch und befahl ihm, sich das Glied zu waschen. Dann mußte er sich auf einen Schemel setzen. Die beiden Soldaten traten mit gezogenem Krummsäbel an seine Seite und ließen keinen Zweifel daran, daß sie ihn auch notfalls zu der Beschneidung zwingen würden.

Nun verfiel einer der Turbanträger in den monotonen Singsang einer kehligen Sprache, die ganz anders klang als die der Soldaten. Er zog die Vorhaut des Knaben in die Länge und streifte sie dabei über ein abgerundetes, eingefettetes Bambusrohr vom Durchmesser seines kleinen Fingers. Dann tauchte er die Klinge eines kurzen Messers, wie man es auch zum Rasieren benutzte, in kochendes Wasser.

›Sie verschneiden mich doch!‹ durchfuhr es Jannis.

Danach ging alles sehr schnell. Mit zwei geschickten Schnitten entfernte der Mann die Haut. Die Wunde blutete nur schwach. Sofort strich der andere Turbanträger eine gelbliche Paste auf, die stark nach Kamille roch.

Jannis biß die Zähne zusammen, als die Soldaten ihn über den Hof zurück in den Schlafsaal führten und sogleich den nächsten Beschneidungskandidaten nach draußen geleiteten. Die Wunde brannte, aber der Schmerz war erträglich, wie es der alte Derwisch vorausgesagt hatte. Und – die Heilige Jungfrau sei gepriesen! – verschnitten hatten die Männer ihn nicht.

Im Schlafsaal wurde Jannis sofort von seinen Leidensgefährten ausgefragt, und er berichtete mit stockender Stimme.

Einer der Knaben sagte dann, daß man diejenigen, die lesen und schreiben konnten, bestimmt in die Palast-Pagenschule aufnehmen würde.

Ein anderer Junge, der auch die Sprache der Soldaten verstand, schüttelte den Kopf. »Pagen werden zur Zeit nicht benötigt. Man will uns alle zu Militärsklaven machen.«

Jannis schaute durch die runde Fensteröffnung oben in der Saalwand und sah dunkle Wolken. Es würde bald Regen geben.

La Ilaha illa 'Allah! Mohammed rasul Allah!

Nachdem man um die Mittagsstunde herum allen Knaben die Vorhaut entfernt hatte, wurden sie gespeist und mußten sich danach wieder in Zehnerreihen auf die Hofwiese stellen. Das Gras war noch naß, und der Himmel zeigte sich in einheitlichem Grau, aber es regnete nicht mehr. Bald darauf erschien der Befehlshaber. Über dem

Brokatgewand trug er einen offenen pelzverbrämten Mantel. Ihn begleiteten die bärtigen Derwische.

Der Alte vom Vortag hatte Jannis in der ersten Reihe ausgemacht und trat auf ihn zu. »Friede sei mit dir, mein Sohn!« Er lächelte. »Nun, hat man dich *verschnitten*?«

»Nein, aber warum hat man mir die Haut abgetrennt?«

»Weil das der erste Schritt ist, um deinen Unglauben abzulegen und ein wahrer Muslim, ein Rechtgläubiger, zu werden.«

Jannis wollte den Alten anbrüllen, daß er niemals die Religion der Muselmanen annehmen würde, beherrschte sich aber, als er die Soldaten sah, die wieder einen Kreis um ihn und seine Mitgefangenen gebildet hatten. Nein, im Moment war offen kundgetaner Widerstand nicht klug. Hier hieß es listig sein. »Stimmt es, was die anderen sagen, daß wir alle zu Militärsklaven ausgebildet werden?«

»Ja. Ihr seid dazu auserkoren, einmal in der Großherrlichen Gardetruppe der Janitscharen zu dienen. Deshalb müßt ihr auch eurem alten Glauben abschwören.«

»Ihr sagtet, das Beschneiden ist der erste Schritt, um Muselmane zu werden. Und was wäre der zweite?«

»Du wirst ihn gleich vollziehen. Sprich mir nach: ›La Ilaha illa 'Allah!‹«

Jannis zögerte, es waren Worte der gleichen kehligen Sprache, die er in der Frühe bei der Beschneidung vernommen hatte.

»La Ilaha illa 'Allah! Sprich mir das nach!« sagte der Alte freundlich, aber nachdrücklich. »Und du darfst in diesem Fall auch laut und deutlich sprechen, denn es sind gottgefällige Worte, die dem Herrscher aller Gläubigen zur Freude gereichen. Ich weiß, für die ungeübte Zunge ist es anfangs schwierig, aber versuch es, so gut es dir gelingen will.« Er wiederholte langsam.

Jannis hörte, wie die Knaben rechts und links neben ihm bereits den Derwischen die kehligen Worte nachsagten. ›Mach, was man von dir verlangt, sei listig!‹ dachte der Junge. Stockend begann er: »La Ilaha illa 'Allah! …«

»… Mohammed rasul Allah!« half der Alte ihm weiter.

Jannis sprach ihm nach.

Doch der Derwisch schüttelte den Kopf. »Du mußt die Worte anders betonen. Hör genau hin!« Ganz langsam sagte er die kehligen Laute noch einmal auf.

Als Jannis endlich alles zur Zufriedenheit des bärtigen Alten nachgesprochen hatte, erschien der Begleiter des Befehlshabers wieder mit dem braunen Buch und redete kurz mit dem Derwisch. Dann baute er sich vor Jannis auf und sagte mit leiser, gepreßter Stimme: »Du heißt jetzt Dschengis. Jannis gibt es nicht mehr!« Ohne ihn weiter zu beachten, ging er zum nächsten Knaben in der Reihe.

Jannis schaute den Alten fragend an.

»So ist es, mein Sohn. Als Rechtgläubiger bekommst du auch einen neuen Namen«, flüsterte der Alte. »So will es die Sitte.«

»Aber ich bin doch getauft worden!«

Der Alte nickte. »Das war, als du noch im falschen Glauben erzogen wurdest. Man hat dich heute beschnitten, und du hast dich soeben zu Allah und Mohammed, seinem Propheten, bekannt. Was früher war, zählt nicht mehr als ein Wassertropfen im Ozean.«

»Es waren meine eigenen Worte, die mich zum Muselmanen gemacht haben? So ist es doch, oder?«

»Ja, du hast die Formel ausgesprochen, die dir den Zugang zum Paradies geöffnet hat.«

Jannis verzog keine Miene, aber in ihm wirbelten die Gedanken. ›Der Teufel soll dich holen‹, dachte er, ›dich und alle Muselmanen!‹ Dann sagte er leise: »Ich verstehe.«

Konnte der Alte Gedanken lesen, oder warum schüttelte er langsam den Kopf? »Nein, mein Sohn. Du gibst nur mit den Lippen vor zu verstehen. Aber so Allah will, ändert sich das mit der Zeit.«

»Und woher nehmt Ihr Eure Überzeugung, daß es einmal so kommen wird?« entfuhr es Jannis.

»Weil«, der Alte lächelte, »weil auch ich einmal von einem Popen getauft wurde und erst nach vielen langen Jahren zum rechten Glauben fand, mein Sohn.«

Am nächsten Morgen sah Jannis den Alten zum letzten Mal.

»Ich habe vom Tschorbadschi gehört, daß man euch morgen

fast alle nach Konya zur Arbeit aufs Land schickt, damit ihr unsere Sprache lernt und richtige Muslime werdet. Die dortigen Hodschas werden euch eingehend in der wahren Religion unterweisen. Wahrscheinlich sind es auch Brüder meines Ordens, Bektaschi-Derwische, die sich um euch kümmern.«

»Ich dachte, ich soll zum Soldaten ausgebildet werden.«

»Erst wenn du dich bei harter körperlicher Arbeit bewährst und beim Lernen eifrig bist, kommst du in eine Schulungstruppe der Janitscharen. Also streng dich an!«

›Sei unbesorgt, Alter‹, dachte der Knabe, ›mich anstrengen, um ein guter Krieger zu werden – bei der Heiligen Jungfrau Maria! –, daran will ich es nicht fehlen lassen!‹ Aber wieder hatte er das Gefühl, daß der bärtige alte Derwisch in seinen Kopf blicken konnte und dort las, was er wirklich dachte, so als hätten die in einer weiteren schlaflosen Nacht in dem riesigen Schlafsaal ausgebrüteten Rachepläne verräterische Spuren auf seinem Gesicht hinterlassen.

Noch am gleichen Morgen erhielten die Knaben einen Reisesack. Er enthielt außer der Marschverpflegung – bestehend aus hartem Brot, Dörrfleisch, Zwiebeln und Oliven – eine Schlafdecke, einen Wasserschlauch und Eßnapf sowie andere Dinge des täglichen Gebrauchs.

Wieder ging es durch die verwirrenden Gassen der Stadt hinunter zu den Ankerstellen unterhalb des Palasts. Dann überquerte Jannis, nun Dschengis genannt, mit seinen Leidensgenossen und begleitet von einer Orta Janitscharen die Meerenge hinter der Saray-Spitze.

Eine tief im Wasser liegende Kaik, gerade im Begriff, das der Saray-Halbinsel gegenüberliegende Galata-Viertel anzusteuern, wechselte mit einer geschickten Positionsänderung des Segels den Kurs und glitt knapp hinter dem letzten Boot einer Flotille am »Tor der Kanonen« in das Goldene Horn, und der griechische Skipper der Kaik stieß einen Schwall von wüsten Flüchen angesichts der rotgekleideten Knaben aus, die auf den Schiffen von den Gardesoldaten des Sultans hinüber ans anatolische Ufer transportiert wurden.

Der Marsch ins Innere von Anadolu

Es war eine große Karawane, die sich am anderen Ufer vor den Mauern eines berghohen Muselmanentempels sammelte, den die Janitscharen Moschee nannten. Üsküdar hieß der Ort. Zu den Soldaten und Devschirme-Knaben gesellten sich Händler mit schwerbepackten Saumpferden. Zum ersten Mal sah Jannis Tragtiere mit Köpfen, die entfernt an die von Maultieren oder Pferden erinnerten, nur waren die Tiere ungleich größer. Auf dem Rücken hatten sie ein oder auch zwei riesige Höcker. Die Höckertiere hießen bei den Muselmanen Kamele.

Mit den immer öfter erhobenen Sondersteuern des Sultans hatte sich auch die Anzahl der landflüchtigen Bauern erhöht. Sie rotteten sich zu Räuberbanden zusammen und verunsicherten die Karawanenwege. Die wohlbewaffneten Janitscharen waren ein willkommener Geleitschutz. Die Soldaten waren zur Residenz von Prinz Selim abgeordnet. Der Sohn des »Gesetzgebenden« übte in Konya die Statthalterschaft aus. Einer der Spitznamen von Prinz Selim lautete »der Gelbe«, da er blond und hellhäutig war. Aber die Janitscharen und Händler belegten den Prinzen hinter vorgehaltener Hand auch noch mit einem weiteren, wenig schmeichelhaften Namen, denn seine Vorliebe für Zypern-Wein war kein Geheimnis. »Säufer-Selim« nannten sie ihn dann.

All das erfuhr der Knabe in der leuchtendroten Kleidung von dem redseligen Soldaten, der ihm als Bewacher zugeteilt worden war.

»Wie heißt du?« hatte er gefragt.

»Jannis.«

»Nenn diesen Namen nie wieder!« hatte der Janitschar gesagt. »Sonst werde ich dich schlagen! Also, wie heißt du?«

»Dschengis«, hatte der Knabe schnell geantwortet, als der Soldat, um die Ernsthaftigkeit seiner Drohung zu unterstreichen, den Schaft seiner Lanze zielgenau und spielerisch gegen einen Baum am Wegesrand schnellen ließ.

Die Karawane rastete bei Dunkelheit und zog im ersten Morgengrauen weiter. Außer dem Karawanenführer der Kaufleute besaß nur der Tschorbadschi ein Reitpferd. Es dauerte einige Zeit, bis Jannis das stramme Marschieren nichts mehr ausmachte, denn es war ihm verboten, sein Bündel einem Saumpferd aufzuladen.

Die Soldaten trugen dünne gelbe Lederstiefel. Die Devschirme-Knaben liefen barfuß. Das waren sie gewohnt, unangenehm war nur der Staub, den die Lasttiere aufwirbelten. Er machte durstig, aber trinken durften die Jungen nur, wenn gerastet wurde.

Einmal entkorkte Jannis nach einer extrem sandig-trockenen Wegstrecke – unbeobachtet, wie er meinte – den Wasserschlauch. Sein Janitscharenbewacher bemerkte es dennoch und prügelte mit hochrotem Gesicht mit dem Lanzenstiel auf den Jungen ein. Der Soldat war zwar redselig, aber auch jähzornig, und der Knabe nahm sich nach dieser Züchtigung in acht, ihm fortan keinen Anlaß zu einem Wutausbruch zu bieten.

Anfangs trafen sie noch häufig auf große Schafherden mit verwegen aussehenden Hirten und wolfsähnlichen Hütehunden, dann wurde der Marsch von Tag zu Tag eintöniger. Die staubigen Straßen führten nun seltener durch Dörfer oder kleinere Städte. Die Landschaft bot wenig Abwechslung. Sie war kaum bewaldet, erst hügelig und dann zunehmend gebirgiger. Manchmal zogen sie tagelang über kahle Hochebenen, ohne irgendwelchen Reisenden oder selbst Hirten zu begegnen. Um die Mittagsstunden herum brannte die Sonne bereits unangenehm, aber es gab auch noch Nächte, wo das Trinkwasser in den Lederschläuchen eiskalt wurde.

Mit der Zeit lernte Jannis das eine oder andere Wort der Muselmanensprache von seinem geschwätzigen Bewacher. Er war ein älterer Mann, der schon im Alter von acht Jahren zur Devschirme gepreßt worden war und trotzdem das Griechische noch einigermaßen fließend beherrschte. An den Namen seines Heimatdorfs konnte der Soldat sich nicht mehr erinnern, nur daß es weit im Westen Rumeliens hoch in den Bergen gelegen hatte. Rumeli, erklärte der Janitschar dem Knaben, hieß das ganze Land des Sultans auf der Saray- und Galata-Pera-Seite von der Bosporus-Meerenge.

Der Janitschar trauerte der Zeit nach, die er gerade in Istanbul verbracht hatte. Ungeachtet des strengen Verbots des »Gesetzgebenden« schien er sich häufig in Pera und Galata in verschwiegenen Weinschenken vergnügt zu haben. Seine Hauptsorge war, ob er wohl auch in Konya eine Kneipe finden würde. Von seinem Bewacher erfuhr Jannis auch, was ihn in Prinz Selims Provinz erwartete. Die Aussicht, in Zukunft hart arbeiten zu müssen, womöglich bei schmaler Kost, schreckte den Jungen wenig. Er war es gewohnt, karg zu leben. Und daß er von den Derwischen Unterweisung in der Religion der Muselmanen erhalten würde, ließ sich vermutlich nicht vermeiden. Jannis nahm sich vor, ein gelehriger Schüler zu sein, denn er wußte, daß er seine Peiniger in Sicherheit wiegen mußte, um baldmöglichst zu fliehen.

Manchmal sehnte sich Jannis die Begegnung mit einer Räuberbande geradezu herbei. Bestimmt würde sich bei einem Überfall eine Fluchtmöglichkeit bieten. Aber eine von einer Orta Janitscharen geleitete Karawane war keine leichte Beute. Hin und wieder zeigten sich zwar vereinzelte Reiter in der Ferne, aber sie wagten sich nie näher an die vielköpfige Marschkolonne der Soldaten und Händler heran.

Gleichförmig verliefen die Tage. Fünfmal täglich mußte Jannis Füße, Hände, das Gesicht, Augen und Ohren mit Wasser reinigen: zu Sonnenaufgang, mittags, nachmittags, bei Sonnenuntergang und abends. Wenn kein Bach oder See in der Nähe war, deutete man die Waschbewegungen nur an. Danach kniete der Knabe sich mit allen Karawanenreisenden zum Gebet hin, nachdem der Tschorbadschi die Richtung festgelegt hatte, in die man sich verbeugen mußte. Ein Vorbeter intonierte dann in der kehligen Sprache der Muselmanen: »La Ilaha illa ...«

Ein halbes Dutzend Aufseher blieb zur abendlichen Rast bei den Knaben, die anderen Soldaten versammelten sich gesondert von den Händlern in einem engen Kreis um einen großen Bronzekessel, den »Kazan«. Darin bereiteten die Köche der Janitscharen-Orta meist ein Reisgericht mit Hammel oder Schaffleisch oder gelegentlich auch eine dicke Bohnensuppe zu. Die Knaben aßen außerhalb des Kreises, wurden aber aus demselben Kessel gespeist. Es war die einzige Zeit, wo Jannis Gelegenheit hatte, mit Spiro von der Nachbarinsel Pserlendos zu reden. Spiro trug jetzt den Namen Hamza. Er war weder betrübt noch heimwehkrank. Jannis fand es rätselhaft, wie schnell der eine oder andere Knabe sich in sein Schicksal ergeben hatte.

Wenn außer den Wachen schon alle schliefen, starrte Jannis noch lange in den unendlichen Sternenhimmel und dachte wehmütig an die Inseln, dachte an Mutter und Schwester daheim und den Bruder, den man ebenfalls entführt hatte. Wie mochte es Kosta jetzt wohl ergehen in der Fremde?

Je mehr sie sich der Stadt des Prinzen Selim näherten, desto häufiger verließen zwei Janitscharen mit einem Knaben die Karawane, um ihn zu seinem neuen Herrn zu bringen. Der war zumeist ein Gutsherr oder Großbauer, der die Aufgabe übernommen hatte, den Devschirme-Jungen zu erziehen und auf die Janitscharenausbildungstruppe vorzubereiten.

Die Karawane erreichte Konya zur Mittagsstunde. Die Stadt lag in einem fruchtbaren Oasengebiet inmitten einer großen Trockensteppe. Die Staubwolke, die die Karawane hinter sich herzog, blieb noch lange sichtbar, denn seit Tagen war es völlig windstill.

Die Bewohner von Prinz Selims Residenzstadt schienen die Räuberbanden nicht sonderlich zu fürchten. Zahlreiche Ansiedlungen, selbst eine Moschee, lagen unbewehrt außerhalb der Befestigungen.

Die Karawane machte an einem Brunnen vor der Stadtmauer halt. Der Brunnen stand im Zentrum eines mit quadratischen Steinplatten ausgelegten Platzes und war mit einem Bambusgestell überdacht, das man mit enggeflochtenen Binsenmatten als Sonnenschutz belegt hatte. Eine Doppelreihe alter Bäume mit staubigem Blattwerk führte auf den Brunnenplatz. Das ausladende Blattwerk der Bäume, deren Wurzeln teilweise die Steinplatten angehoben oder sie sogar zerbrochen hatten, spendete den Reisenden den ersten Schatten seit dem Aufbruch in der Morgendämmerung.

Die Kaufleute und ein Großteil der Soldaten zogen mit dem

Tschorbadschi sogleich durch ein niedriges Tor in die Stadt. Zurück blieben die Devschirme-Knaben und ihre Janitscharenbewacher. Es wurde den Knaben gestattet, sich am Brunnen zu erfrischen, dann mußten sie sich dicht an dicht mit den geschulterten Reisebündeln auf die Steinplatten hocken. Von den vierzig Knaben aus Istanbul waren nur noch zwanzig beisammen, die übrigen waren bereits während des Marsches bei den Gutsbesitzern in der Konya-Ebene abgeliefert worden.

Der Tschorbadschi kehrte schon bald mit einer großen Reiterschar durch das Stadttor zurück. Sie umringten die Knaben, und der Hauptmann verteilte die Zöglinge auf die Reiter. Einige von ihnen verließen den Brunnenplatz mit bis zu drei Knaben, aber die meisten führten nur einen mit sich fort. Jannis war unter den letzten, die der Tschorbadschi aufrief.

Ein hagerer, wohlbewaffneter älterer Mann, der eine gefleckte Stute neben sich am Zaum führte, beugte sich von seinem Rappen zu dem Jungen hinunter.

Die Karawanserei von Aktepe

Der Reiter redete freundlich auf Jannis ein, bis ihm klar wurde, daß der keines seiner Worte verstand. Er bedeutete ihm alsdann, den Inhalt des Reisebündels auf die Satteltaschen der Stute zu verteilen und aufzusitzen. Der Knabe steckte seinen linken Fuß in den Steigbügel und zog sich am Sattelknauf wie an einem Baumast hoch. Das Tier, eine ältere, gutmütige Stute, nahm Jannis' ungeschickten ersten Versuch, einen Pferderücken zu erklimmen, gelassen hin. Kaum saß der Junge, gab der Reiter ein halb geflüstertes Kommando, und die Pferde setzten sich gemächlich in Bewegung. Bis auch der rechte Fuß Halt im Steigbügel fand, versuchte Jannis durch verzweifeltes Armrudern die Balance zu halten.

Der Reiter beobachtete einen Augenblick mit sichtlichem Vergnügen, wie der Knabe sich abmühte, auf dem Pferd zu bleiben. Als er sah, daß Jannis sich im Sattel halten konnte, setzte er sich mit seinem Rappen vor die Stute und trabte los. Jannis klammerte sich mit beiden Händen am Sattelknauf fest.

Die Karawane hatte sich der Stadt aus dem Norden genähert, jetzt entfernte sich der Reiter mit Jannis in Richtung Westen. Solange die Einzelheiten der Befestigungsmauern noch deutlich auszumachen waren, ritten sie durch Felder, die aus steingefaßten Brunnen bewässert wurden. Esel oder Maulesel, denen man die Augen verbunden hatte, zogen einen Balken im Kreis um das Brunnenloch. Diese Balken waren durch ein Gestänge mit einem Schöpfrad verbunden, das Wasser in ein System aus Bambusrohren hob, welches sich über die Felder verteilte wie das Netz einer Spinne. Wo die Felder endeten, begann Weideland.

Jannis fand heraus, daß es sich bequemer ritt, wenn er sich aufrecht hielt und die Beine nicht um den Bauch des Pferdes krampfte.

Er betrachtete die breiten Schultern des voranreitenden Mannes. Ein Köcher am Sattel enthielt ein Dutzend Pfeile, ein anderer den Bogen. Der Reiter hatte den Schaft einer Lanze unter die rechte Achsel geklemmt, das Mittelstück der Waffe lag quer vor ihm über dem Sattelknauf. Im Leibgurt aus breitem, eisenbeschlagenem Leder steckten ein Krummsäbel und zwei Dolche. Hin und wieder blickte der Mann sich zu dem Knaben um und nickte ihm aufmunternd zu. Manchmal sagte er auch etwas, aber Jannis blieb als Antwort nur ein hilfloses Achselzucken. Dann lachte der Reiter, und Jannis spürte irgendwie, daß er ein gutmütiger Mann war. Er hieß Hassan, und der Knabe überlegte, ob er wohl sein neuer Herr war. Wenn das der Fall sein sollte, dann hatte es das Schicksal noch einigermaßen gut mit ihm gemeint, denn als die Knaben auf dem Platz vor der Stadt auf die Reiter verteilt worden waren, hatte Jannis gesehen, wie Spiro und ein anderer Junge von einem der Reiter aneinandergefesselt wurden und an einem langen Seil hinter dem Pferd herlaufen mußten.

Die Landschaft war karg, nur einmal ritten sie über einen buschbewachsenen Hügel und scheuchten einen Schwarm großer Vögel auf.

Im Nu hatte Hassan den Bogen angelegt und ein Rebhuhn geschossen. Er stieg ab, um den Vogel zu holen, und Jannis dachte für einen Moment daran, einfach auf der Stute davonzupreschen, verwarf aber diesen Gedanken gleich wieder. Hassan, der eine kleine Beute wie ein Rebhuhn fast beiläufig erlegt hatte, würde ihn, den ungeschickten Reiter, gewiß sofort einholen und auch mit dem Bogen nicht verfehlen. Hassan köpfte das Rebhuhn mit dem Säbel, hängte es eine Weile an einen Busch, damit es ausbluten konnte, und ließ den Vogel dann in einer der zahlreichen Satteltaschen seines Rappen verschwinden.

Als der Tag sich neigte, ritten sie genau in den sinkenden Sonnenball. Hassan zügelte sein Pferd und wartete, bis die Stute des Knaben neben ihm trabte, dann deutete er auf eine Ansammlung grauer Mauern weit vor ihnen. »Aktepe Hane«, sagte er mehrmals, führte unsichtbare Speisen zum Mund, machte Kaubewegungen und trank aus einem durch Daumen und Zeigefinger angedeuteten Becher.

Sie erreichten die Karawanserei im letzten Tageslicht. Die Herberge lag am Fuße eines kahlen Hügels. Ein bogenförmiges Tor öffnete sich auf einen von einer hölzernen Galerie gesäumten Hof. Kurz vor ihnen war eine Händlergruppe eingetroffen. Hassan und Jannis hatten gesehen, wie die Kaufleute über die Hügelkuppe zum Hoftor geritten waren. Im Hof wurden jetzt Pferde gestriegelt, Kamele am Brunnen in der Hofmitte getränkt, Traglasten unter dem hölzernen Galerieumlauf gestapelt, und in einer Hofecke brieten zwei Männer über einem offenen Feuer einen Hammel. Sie scherzten laut miteinander. Jannis fiel auf, daß ihre Gesichter über und über durch Pockennarben entstellt waren.

Der Reiter schwang sich federnd von seinem Rappen, aber als Jannis abstieg, spürte er jeden Muskel, jeden Knochen. Dazu brannten die Innenseiten seiner Oberschenkel, als hätte er sich die Haut verbrüht. Vorsichtig löste er den Hosenstoff von den wunden Stellen. Hassan beobachtete ihn dabei und griff in eine Satteltasche. Dann reichte er Jannis eine hölzerne Dose. Sie enthielt eine nach Kamille riechende Paste, die auch die blaßgelbe Farbe der Medizin besaß, die die Beschneider nach der Entfernung der Vorhaut aufgetragen hatten. Jannis' Begleiter machte die Geste des Einreibens.

Der Junge nickte und führte seine rechte Hand ans Herz, so wie er es bei den Janitscharen gesehen hatte, wenn sie sich für die Mahlzeiten bedankten, die sie von den Köchen aus dem großen Kessel zugeteilt bekamen.

Er schaute suchend umher.

Der Reiter verstand, band die Pferde an eine Säule und ging mit dem Knaben in einen geweißten Raum mit verschieden großen steinernen Wassertrögen. Dort ließ er ihn allein.

Als Jannis wieder in den Hof trat, sah er weder Hassan noch die Pferde. Nur ihre Satteltaschen hingen über einem Balken neben einer Türöffnung unter der Holzgalerie. Jannis spähte in das Halbdunkel des Raums.

»Dschengis, gel!« Es war Hassans Stimme.

Jannis trat ein. Im Verlauf des Marsches hatte er sich an den neuen Namen gewöhnt und reagierte schnell, wenn man ihn so anrief. Selbst das geringste Zögern hatte sein jähzorniger Janitscharenbewacher während des Marsches nach Konya durch Hiebe und Stöße mit dem Lanzenschaft geahndet.

Hassan saß auf einer Matte vor einer im Boden versenkten Kochstelle und war damit beschäftigt, ein Feuer in Gang zu bringen.

»Otur!«

Dieses Wort kannte Jannis. Er setzte sich.

Hassan gab dem Knaben einen Tonbecher. »Itsch!«

Jannis trank hastig. Es war mit Wasser verquirlter Joghurt, kalt und köstlich erfrischend.

Hassan legte das Rebhuhn vor den Knaben, zupfte seiner Jagdbeute eine lange Schwanzfeder aus und zeigte nach draußen.

Jannis nickte, nahm das Rebhuhn und begann es in der Türöffnung zu rupfen. Während er arbeitete, sah er Hassan beim Brotbakken zu. Der mischte viel Mehl und wenig Wasser in einer Holzschüssel und drückte eine flache Eisenpfanne in die Glut. Dann formte er Kugeln aus der Teigmasse und rollte die Stücke mit einem runden

Stab auf einem Brett zu handtellergroßen Fladen aus, die er in der Pfanne buk. Als der Teig verbraucht war und sich neben der Feuerstelle mehrere Lagen Fladenbrot stapelten, hatte der Knabe auch das Rebhuhn vom Federkleid befreit.

Es war unterdessen dunkel geworden, und Hassan entzündete zwei Öllampen. Er wusch das Rebhuhn, trocknete es mit einem Tuch und zerteilte es. Die Stücke bestreute er mit Salz aus einer verschraubbaren Blechhülse.

Bald erfüllte verlockender Bratenduft den Raum. Kurz darauf setzten sie sich auf die Binsenmatten neben der Feuermulde und aßen schweigend. Nach der Mahlzeit lehnte sich Hassan wohlig zurück und streckte die Beine aus.

›Sollte er jetzt einschlafen‹, dachte Jannis, ›dann wäre es ein leichtes …‹

In diesem Augenblick erschien ein Mann in der Türöffnung. Er rief fragend Hassans Namen, trat aber, ohne auf Antwort zu warten, ein.

Jannis' Bewacher sprang mit einem Freudenschrei auf, eilte dem Fremden entgegen, kniete vor ihm nieder und küßte seine Hände, die er dann unter ehrfürchtigem Gemurmel an seine Stirn drückte. Im trüben Schimmer der Ölflammen sah Jannis das faltige Gesicht eines alten, bärtigen Mannes. Er steckte in einer staubigen Kutte und trug einen zerschlissenen Turban auf dem Kopf. Der Alte erinnerte ihn stark an den Derwisch im Saray-Hof des Sultans.

Hassan und der Fremde unterhielten sich eine Weile. Jannis vermeinte mehrmals seinen neuen Namen Dschengis herauszuhören. Erneut küßte Hassan den Handrücken des Alten. Der Mann berührte daraufhin leicht Hassans Stirn und bedachte den Knaben mit einem langen, forschenden Blick. Dann schüttelte er kaum wahrnehmbar den Kopf. Jannis schaute betreten zu Boden. Der Blick des Alten war keineswegs furchteinflößend, im Gegenteil, seine Augen waren milde, aber wie auch bei dem Derwisch im Sultanspalast hatte Jannis das Gefühl, daß der Fremde tief in sein Innerstes zu schauen vermochte. ›Er hat gesehen, daß ich fliehen will‹, dachte Jannis bestürzt, ›und warnt mich davor, es zu tun!‹

Der Fremde verließ den Raum.

Die Zeit für das Abendgebet nahte. Nach den vorgeschriebenen Waschungen versammelten sich alle Reisende in einem Saal in der süd-östlichen Hofecke. Der bärtige Alte war der Vorbeter.

Mitten in der Nacht erwachte Jannis auf seiner dünnen Schlafmatte von einem eigenartigen Geräusch. Er richtete sich auf und stellte fest, daß noch Glut in der Herdasche schimmerte. Mit einem Strohhalm zündete er eine der Öllampen an. Hassan war nicht mehr im Raum. Jannis ging zur Tür. Sie war von außen zugesperrt worden. Durch eine Ritze konnte der Knabe auf den Hof sehen. Zwei Wächter hockten an einem Feuer vor dem Karawansereitor.

Wieder hörte er das Geräusch. Es klang wie ein entferntes Dröhnen und kam von der rückwärtigen Mauer. Jannis preßte das Ohr gegen die Wand. Jemand trommelte im angrenzenden Raum.

Eine Leiter führte zu einer Luke in der Zimmerdecke. Der Junge hob sie einen Fingerbreit an. Sie öffnete sich zur Hofgalerie. Jede hastige Bewegung vermeidend, kletterte der Knabe durch die Luke. Das Trommeln war jetzt deutlicher vernehmbar. Auch eine Flöte hörte er. Sie spielte eine sich ständig wiederholende Melodie.

Die den Hof umlaufende Galerie zog sich an den Wohnräumen der Reisenden im Karawansereiobergeschoß entlang. In einem Zimmer brannte ein flackerndes Öllicht. Jannis spähte durch eine enge Fensteröffnung in den Raum. Er war bis auf die Ölleuchte und einen Holzschemel vollkommen leer.

Die Türen und Fenster lagen im Schatten der Galerieüberdachung. Jannis schaute zu den Wächtern am Hoffeuer hinunter. Sie hatten nichts bemerkt.

Der Knabe zwängte sich durch die Fensteröffnung und befand sich in einem Zimmer direkt über der Musik. Er kniete nieder und legte das Ohr gegen die glatten Eichenplanken des Fußbodens. Trommel und Flöte waren verstummt, dafür hatte ein vielstimmiger Gesang eingesetzt, erst leise, dann beständig anschwellend.

Die Öllampe flackerte noch einmal auf und erlosch.

Unter Jannis wurde nun wieder die Trommel angeschlagen, und gleich darauf ertönte erneut die monotone Flötenmelodie. Jetzt verstand der Knabe auch die ständig wiederkehrenden Worte des Gesangs: »Allah hu!«

In einer Zimmerecke bemerkte Jannis einen Lichtschimmer. Er erhob sich und tastete sich auf den hellen Fleck zu. Es war ein Astloch in einer Eichenplanke. Der Junge legte sich flach auf den Boden.

Der Saal unter ihm war vom Schein unzähliger Lampen erhellt. Eine Gruppe weißgekleideter Männer mit hohen Filzkappen hockte verstreut um den bärtigen, alten Vorbeter. Zwei weitere Männer erkannte Jannis sofort wieder. Es waren die beiden pockennarbigen Kaufleute, die den Hammel auf dem Karawansereihof gebraten hatten.

Der Alte trug nicht mehr seine zerschlissene Kutte, sondern ebenfalls einen weiten weißen Mantel. Im Gegensatz zu den Männern bedeckte seinen Kopf ein grüner Turban. Der Alte und die Männer wiegten sich im Takt der Trommel, die außerhalb von Jannis' Blickfeld geschlagen wurde. Auch der Flötenspieler war dem Blick des Knaben entzogen.

Immer aufreizender ertönte die Flötenmelodie, immer energischer erklang die Trommel, und auch der Sprechgesang schwoll an: »Al-lah hu! Al-Al-lah-hu!«

Plötzlich sprang einer der Männer auf und begann, sich mit ausgebreiteten Armen um seine Achse zu drehen, erst langsam, dann immer schneller, bis sich sein weiter Mantel wie ein rotierendes Rad bauschte. Während er sich drehte, rezitierten die anderen Männer weiterhin laut: »Al-lah hu! Al-Al-lah-hu!«

Ein weiterer Sänger gesellte sich zu dem Kreisenden. Es war Hassan.

Bald drehten sich bis auf den Alten alle im Takt der Trommel. Die Gesichter der Tänzer glänzten vor Schweiß. Ein Mann sackte erschöpft, aber mit einem ekstatischen Lächeln auf den Lippen zu Boden. Die pockennarbigen Händler stolperten über den Liegenden.

Der Alte warf die Arme in die Luft und schaute mit dem Ausdruck höchster Verklärung nach oben. Sein heiserer, langgezogener Schrei übertönte alles. »Allah huuuu!«

Die Tänzer schleuderten mit einem Ruck die Köpfe in die entgegengesetzte Richtung der Drehung, und ein vielstimmiges »Hu, hu, hu!« ging in keuchendes Atmen über. Hassan sank langsam auf die Knie und begrub sein Gesicht in den Handflächen.

Jannis schlich zum Fenster zurück. Die Hoftorwächter saßen noch immer reglos am Feuer. Wenig später hatte er die Deckenluke leise hinter sich geschlossen und lag wieder auf der dünnen Schlafmatte neben der Feuermulde.

Noch lange beschäftigten ihn die Bilder des Gesehenen, und er vermeinte noch immer die aufreizende Musik zu hören. Dieser seltsame, verzückte Tanz der Männer, was mochte er bedeuten? War es womöglich eine Art von Messe, in der die Muselmanen ihren Gott Allah verehrten? Seinen Namen hatten sie schließlich ständig gerufen. Und der Alte, der die Gedanken anderer zu lesen vermochte – konnten das alle Muselmanen-Popen? Daß der alte Mann ein Priester war, daran zweifelte der Knabe nicht. Hassan hatte dessen Hand an den Mund geführt, wie er und Kosta die Hände des Popen von Pharnox geküßt hatten.

Als Hassan zurückkam, wälzte sich Jannis unruhig im Schlaf, als träumte er gerade einen besonders bedrückenden Traum.

Jannis hat Skrupel

Die Händler reisten schon bei Sonnenaufgang ab. Jannis und sein Bewacher warteten, bis der letzte Reiter mit seinem Saumpferd durch das Karawansereitor verschwunden war, dann zeigte Hassan dem Jungen, wie man einen Sattel richtig auflegte. Die Innenseiten von Jannis' Schenkeln brannten noch immer. Auf Hassans Geheiß mußte der Knabe sie erneut dick mit der Kamillensalbe einreiben und mit langen Baumwollappen umwickeln, bevor er aufsitzen durfte.

Trotz des Verbands wurde das Reiten zur Qual. Jannis nahm sich zusammen, so gut es ihm gelang, um sich die Schmerzen nicht anmerken zu lassen. Hassan indes war ein aufmerksamer Beobachter. Er bemerkte die verkrampfte Haltung des Knaben und verkürzte daraufhin die Gurte der Steigbügel, so daß Jannis' Knie fast auf gleicher Höhe wie das Becken waren. Nun bekam der Junge zwar extreme Probleme mit dem Gleichgewicht, aber die wunden Stellen scheuerten dafür nicht mehr am Sattel.

Das Gelände war abschüssig, eine spärlich bewaldete Hügellandschaft erstreckte sich bis an einen großen See am Rande einer Ebene, und das Fortkommen wurde von Stunde zu Stunde beschwerlicher. Seit Konya waren sie mehr oder weniger auf einer von Menschenhand geglätteten Straße gereist. Diese hatte bis zur Karawanserei von Aktepe aus einer Piste bestanden, auf der fast immer drei bis vier Pferde nebeneinander Platz fanden, aber jetzt war der Weg, auf dem sie ritten, nur noch ein selten benutzter Saumpfad.

Hassan deutete auf die Wasserfläche in der Tiefebene vor ihnen. »Beyschehir Gölü«, sagte er.

›Er meint sicher den See‹, dachte der Junge und versuchte, die Entfernung abzuschätzen. ›Wenn der See unser Ziel ist – und der Weg nicht schlechter wird –, könnten wir ihn wahrscheinlich noch vor Einbruch der Dunkelheit erreichen.‹

In einem Gehölz rechts vom Pfad stieg lärmend ein Krähenschwarm auf, auch meinte Jannis das Wiehern eines Pferdes zu hören.

Hassan, der ein Stück vorangeritten war, wendete hastig seinen Rappen und lenkte ihn neben Jannis. Er bedeutete dem Knaben, daß Eile geboten war, und ergriff die Zügel von Jannis' Stute. Dann dirigierte er die Pferde in einen seitlich abzweigenden Hohlweg.

Der Hohlweg endete in einem bewaldeten Hügeltal. Hassan befahl Jannis abzusteigen. Er knotete die Zügel an den niedrigen Ast einer Kiefer und bedeutete dem Knaben, ihm leise zu folgen. Hassan zog den Bogen aus dem Sattelfutteral und hängte sich den Pfeilköcher um. Die Lanze drückte er dem überraschten Jannis in die Hand und zeigte hoch zum Talrand. Dann legte er einen Pfeil an die Bogensehne. Mit schußbereitem Bogen kletterte Hassan neben dem Jungen die Talböschung hinauf. Oben angekommen, mußte sich der Knabe hinter einen Felsen kauern.

Hassan spähte vorsichtig über den Felsrand und spuckte aus. »Haydutlar!«

Jannis' Blick folgte Hassans abschätziger Handbewegung in Richtung Saumpfad. Dann sah er die Reiter auch. Er zählte über zwanzig. Sie überquerten den Pfad etwa zehn Pferdelängen vor dem Hohlwegabzweig. Alle waren wohlbewaffnet. Zwei Männer besaßen sogar Hakenbüchsen.

Hassan steckte den Pfeil in den Köcher zurück und schulterte den Bogen.

›Jetzt!‹ dachte der Junge. ›Ramm ihm einfach die Lanze in den Leib und flieh!‹

Hassan winkte dem Knaben, ihm zu folgen, und machte sich an den Abstieg.

Jannis' Hände krampften sich um den Lanzenschaft, aber er brachte es einfach nicht fertig, seinen freundlichen Bewacher zu erstechen, der ihn so ohne jedweden Argwohn mit einer Waffe beim Klettern hinter sich gehen ließ.

Im Tal wartete Hassan noch eine Weile, bevor er die Pferde losband. Jannis wollte Hassan die Lanze zurückgeben, aber der schüttelte den Kopf. Der Knabe durfte die Waffe behalten.

Sie kehrten auf den Saumpfad zurück. Im letzten Tageslicht ritten sie auf ein mauerbewehrtes Gehöft am Seeufer zu.

Der Gutshof am Beyschehir See

»Dschengis?«

»Ja, Herr?« Der junge Mann rannte über das Feld und nahm Hassan die Jagdbeute ab.

»Und was hast du?«

»Einen Rehbock, Herr. Der Hund bewacht ihn.«

»Gut, dann zünde jetzt den Holzstoß an!«

Das Feuer war das vereinbarte Zeichen für Ali, den ältesten Sohn des Gutsherrn, sie mit dem Boot abzuholen.

Annähernd zwei Jahre waren vergangen, die Jannis nun bereits auf Hassans Gut am Beyschehir See lebte. Aus dem Knaben war ein junger Mann geworden, der nicht nur mit Pfeil und Bogen umzugehen wußte. Beim Ringkampf hatte er sogar Hassans Bruder Omar bezwingen können. Dschengis gerufen zu werden war ihm nun so vertraut wie einst der alte Name Jannis. Den Fischersohn Jannis von der Insel gab es noch, wenn in den langen Winternächten manchmal die Erinnerung an Thiratois, an Mutter, Schwester und den Bruder den Schlaf in Bann hielt; aber diese Nächte, in denen er vor Heimweh geradezu krank war, wurden mit der Zeit immer seltener. Zum einen, weil Hassan der gutmütige Herr blieb, den der Junge zu Beginn seiner Gefangenschaft in Anadolu kennengelernt hatte, zum anderen aber auch, weil Hassan trotz aller Milde darauf sah, daß aus Dschengis ein Kriegsmann wurde, der sein Handwerk beherrschte. Der junge Mann, von Natur aus schon kein Schwächling, wurde zusehends kräftiger und sehniger. Er genoß es, gefordert zu werden, und gab sich stets erst dann zufrieden, wenn er von allen Gleichaltrigen auf dem Gut den Speer am weitesten schleudern, den schwersten Stein stemmen oder das bockigste Pferd bezwingen konnte. Zur Schulung von Hassans Zöglingen gehörte außer harter körperlicher Feld- und Waldarbeit ein regelmäßiges Waffentraining. Neben dem Fechtunterricht mit dem Yagatan, dem Krummsäbel, legte der Gutsherr besonderen Wert auf das Bogenschießen und den Ringkampf. In beiden Disziplinen machte Dschengis rasche Fortschritte. Besonders Pfeil und Bogen wußte er bald so sicher zu handhaben wie sein Herr und Lehrmeister.

Jede Woche ritten Dschengis und der etwas jüngere Sohn Hassans, Ali, zum Kloster der Derwische am südlichen Seeufer. Das Kloster, eine ehemalige Burg, war ein mächtiger Mauerring auf einer kahlen Landzunge. Dort erhielten die Knaben Unterricht, nicht nur im Rezitieren des heiligen Korans, sondern auch im Lesen und Schreiben. Vorsteher der Derwischgemeinschaft war der bärtige

Alte, der den Kreiseltanz in der Karawanserei geleitet hatte. Die anderen Derwische, aber auch Dschengis und Ali, redeten den Alten ehrfürchtig mit »Scheich« an. Damit Dschengis schnell die fremde Sprache erlernte, erhielt er gesonderten Unterricht bei einem der frommen Männer, der des Griechischen mächtig war. Geduldig und freundlich unterwies er den Jungen. Keine einzige von Dschengis' Fragen ließ er unbeantwortet. Als der wissen wollte, ob Muslime einen Mann verschneiden dürften, erhielt er im Kloster die gleiche Antwort wie von dem bärtigen Alten im Großherrlichen Saray-Hof und war wenigstens darüber beruhigt, daß man seinen Bruder Kosta nicht zum Eunuchen gemacht hatte.

Tief im Innern sagte zwar eine Stimme dem Fischersohn Jannis, daß die Derwische in Wahrheit seine Peiniger waren, die mit süßen Zungen redeten, und daß er ihnen auf keinen Fall Glauben schenken sollte. Aber der junge Mann, der zum Krieger reifte und den man Dschengis rief, wußte auch immer häufiger zu schätzen, daß die Bärtigen nie ein hartes Wort an ihn richteten, wenn er sich beim Lernen oder Rezitieren ungeschickt anstellte. Ihre Geduld schien ohne Grenzen, und auch die von Hassan, dem Gutsherrn. Nie wurde Dschengis geschlagen. Nie sah Jannis den Herrn seine Söhne mit der Hand oder dem Stock züchtigen.

Einmal kam ein Janitscharenhauptmann auf den Gutshof, um zu kontrollieren, wie Dschengis sich unter Hassans Obhut entwickelte. Er reiste befriedigt ab und meinte, daß der junge Mann bestimmt schon nach zwei Jahren reif für die Ausbildungstruppe der Großherrlichen Garde sein würde. Normalerweise wären drei Jahre Anatolien für Devschirme-Knaben vorgesehen.

Dschengis konnte bald nach der Abreise des Tschorbadschi seine Geschicklichkeit mit Pfeil und Bogen nutzbringend anwenden, als eine Bande von Briganten, Haydutlar, in Abwesenheit von Hassan und der meisten wehrfähigen Männer versuchte, den Gutshof zu stürmen. Dschengis, Ali und einem halben Dutzend waffenfähiger Knechte gelang es, die Angreifer von den Hofmauern fernzuhalten, bis Hassan, der mit seinen Gefolgsleuten den Statthalter Prinz Selim auf Entenjagd am Seeufer begleitet hatte, die Haydutlar vertrieb.

Prinz Selim liebte es, mit dem Großherrlichen Prinzenerzieher, Lala Mustafa Pascha, und seinen Freunden in den Marschen des Beyschehir Sees den begehrten Smaragdenten nachzustellen. So blieb der Gutshof von Zeit zu Zeit ohne kopfstarke Bewachung. Lala Mustafa Pascha war eigentlich der Lehrer von Selims jüngerem Bruder Beyazit. Dessen herrische, überhebliche Art war dem Pascha jedoch zuwider. So kam es, daß er mit dem Schehzade Selim auf weitaus vertrauterem Fuß stand als mit Prinz Beyazit und mehr Zeit in Konya als in Beyazits Residenz verbrachte.

Vor dem Mauerabschnitt, den Dschengis verteidigt hatte, lagen drei Leichen. Eine davon war die des Bandenchefs. Ein Pfeil hatte dessen Hals durchbohrt.

Der Prinz und seine Janitscharenleibwache verfolgten die Banditen noch eine Weile und kehrten dann in bester Laune zum Gutshof zurück. Räuber zu jagen war weitaus kurzweiliger, als Enten zu schießen, zumal die Soldaten die Pferde und Waffen von fünf Männern erbeutet hatten, deren Köpfe zur Abschreckung aufgespießt vor dem Gutshoftor zur Schau gestellt wurden.

Prinz Selim hatte höchstpersönlich einen der Räuber mit einem meisterhaften Fernschuß aus dem Sattel geholt.

Als Hassan ihm und dem Gefolge einen Erfrischungstrunk bringen ließ, fragte der Schehzade, wer der Schütze sei, der den Anführer der Briganten getötet hatte.

Man brachte ihm Dschengis, und Hassan erklärte dem Großherrlichen Statthalter, daß er ein Devschirme-Knabe war.

Der Schehzade war ein korpulenter Mann mit einem runden Gesicht, das ein gelber Vollbart zierte. Er war mittelgroß und besaß einen unproportionierten Körper mit sehr langen Beinen und kurzem Rumpf. Auffällig waren auch seine hohe Stirn sowie die dünnen, fast farblosen Augenbrauen.

Der Prinz musterte den jungen Mann anerkennend, der vor ihm im Staub kniete. »Du hast außerordentliche Treffsicherheit bewiesen. Wenn du mit der Militärausbildung fertig bist, nehme ich dich in meine Leibwache auf.« Und er befahl Mustafa Pascha: »Gib ihm eine Belohnung, Lala!«

Der Großherrliche Prinzenerzieher warf Dschengis eine kleine Goldmünze zu.

Der junge Mann drückte seine Stirn auf den Boden. Er hatte kaum verstanden, was der Prinz gesagt hatte. Der Sohn des »Gesetzgebenden« lispelte stark.

Auf Anweisung von Hassan nähte Dschengis die Münze als glückbringendes Amulett in ein Stück Seidentuch, das er fortan immer bei sich trug.

Zwei Tage nachdem der Prinz wieder nach Konya zurückgekehrt war, begann eine Hundertschaft von Haydutlar Hassans Gutshof zu belagern, um ihren getöteten Anführer zu rächen.

Die Belagerung der Haydutlar

Bereits seit den Morgenstunden war der Himmel wolkenverhangen, ohne daß es regnete. Ein Jäger meldete das Nahen der Räuberbande am späten Nachmittag. Zufällig hatte er beobachten können, wie die Briganten sich in einer Senke neben dem Konya-Weg sammelten. Hassan ließ daraufhin das Vieh von den umliegenden Weiden in den Hof treiben und die Mauern und Schießscharten besetzen.

Das Gut war ein rechteckiger, nach außen hin fensterloser Gebäudekomplex mit einem Tor zur Seeseite hin. Dieses Hofportal war aus dicken Eichenholzbalken gefügt. Dort, wo die Häuser nicht direkt aneinanderstießen, war Hassans Herrensitz mit dicken, zinnenbewehrten Mauern verbunden.

Hatten die Haydutlar bei ihrem vorangegangenen Versuch, ins Gut einzudringen, sich bemüht, durch eine frontale Reiterattacke die Torwächter auszuschalten, so gingen sie jetzt umsichtiger vor und umstellten die Gebäude erst einmal in sicherem Abstand. Da ein Ausfall der zahlenmäßig unterlegenen Verteidiger – Hassan besaß zwanzig waffenfähige Streiter – nur aus dem Hofportal zu befürchten war, konzentrierten die Briganten den Hauptteil ihrer Leute dem Tor gegenüber und verteilten die übrigen Belagerer in regelmäßigem Abstand rund um die Anlage. Als die Abenddämmerung nahte, begannen sie Weidenkörbe mit Sand und Kies zu füllen, und ein Trupp der Belagerer schob mehrere hochbordige Eselskarren neben die Arbeiter.

Die Ostmauer des Guts verlief dicht am Seeufer, wo auch die Fischerkähne vertäut waren. Die Briganten lagen – ebenfalls in sicherem Abstand – mit zwei wohlbemannten Booten dort auf der Lauer, falls die Verteidiger es wagen sollten, auf dem Wasserweg Verstärkung herbeizuholen.

Hassan blickte grimmig auf die schaufelnden Banditen. »Sie werden sich im Schutz der Körbe Stück für Stück vorarbeiten. Um sie wirksam zu stoppen, müßten wir ein Geschütz besitzen.«

Von Hassans Leuten waren nur drei mit einer Hakenbüchse bewaffnet. Die Haydutlar hoben die gefüllten Körbe auf die Eselskarren.

Der Gutsherr winkte die Musketiers zu sich heran. »Wenn die Karren in Schußweite sind, konzentriert euch ausschließlich auf sie. – Dschengis?«

»Ja, Herr?«

»Du kannst doch schwimmen.«

»Ja, Herr.«

»Traust du dir zu, bei Dunkelheit unbemerkt an den Booten vorbeizukommen?«

»Schon, Herr, aber …«

»Sprich!«

»Es wäre gut, wenn man sie währenddessen irgendwie weglocken könnte – es sieht zwar so aus, als würde der Himmel bedeckt bleiben, aber wir haben fast Vollmond.«

Hassan überlegte einen Moment, dann sagte er: »Wir werden einen unserer Kähne auf sie zutreiben lassen. Nachts weht der Wind meist ablandig. Bis sie bemerkt haben, daß unser Boot unbemannt ist, müßtest du es allerdings geschafft haben.«

Dschengis nickte. »Das erscheint mir machbar, zumal ich den Hauptteil der Strecke tauchen werde.«

Der Gutsherr nickte zufrieden. »Lauf dann zum Derwischkloster! Der ehrwürdige Scheich soll umgehend alle Nachbarn mobilisieren.«

Näher und näher wurden die Karren mit den Weidenkörben in der Abenddämmerung herangeschoben. Kurz bevor sie in Reichweite der Verteidigermusketen gelangten, hielten sie an.

»Sie warten natürlich mit dem Vorrücken, bis es richtig dunkel ist«, knurrte Hassan und gab Anweisung, rings um den Gutshof langsam brennende Holzstapel aufzuschichten, damit sich niemand ungesehen anschleichen konnte. Als die Sonne ihre letzten Strahlen über den See schickte, wurde das Holz in Brand gesetzt.

Dschengis wartete ab, bis es völlig dunkel war, dann rieb er den ganzen Körper dick mit Öl ein und verstaute Jacke und Hose in einem wasserdichten Lederschlauch, den er sich quer über die Schulter band. Seine einzige Bewaffnung war ein langer Dolch, dessen Scheide an den Leibriemen geknüpft war, der das Schamtuch festhielt.

Die Angreifer arbeiteten sich im Schutz der Eselskarren bis zu den Feuern vor. Bald brannten nur noch die unmittelbar vor den Mauern aufgeschichteten Holzstöße. Das Näherrücken der Briganten war trotz der drei Musketiers und der guten Bogenschützen unter den Verteidigern nicht aufzuhalten, denn die mit Erdreich gefüllten Körbe erwiesen sich als idealer Kugelfang.

Hassan lauschte in die Nacht. »Sie werden bald versuchen, Sturmleitern anzusetzen. Geh jetzt, Dschengis! Das Boot ist vorbereitet. Und möge Allah seine schützende Hand über dich halten!«

Dschengis schlüpfte durch eine schmale Pforte neben dem Haupttor auf den Uferstreifen vor dem Gutshof. Ali und zwei weitere Männer schoben einen Fischerkahn ins Wasser. An einem behelfsmäßigen Mastbaum bauschte sich ein helles Segel. Der Gutsherr hatte mit seiner Voraussage recht gehabt, daß nach Einbruch der Dunkelheit ein ablandiger Wind einsetzen und den Kahn geradewegs auf die beiden Blockadeboote zutreiben würde. Es blieb nur zu hoffen, daß der Segler die Briganten lange genug beschäftigte. Um den Kahn bedrohlicher erscheinen zu lassen, hatte man ihn mit vier stoffumwickelten Strohpuppen bemannt. Die Puppen wurden mit langen Stangen versehen, damit sie aus der Ferne wie mit Lanzen bewaffnete Kämpfer wirkten.

Hin und wieder durchbrach das Mondlicht die Wolkendecke für einen Augenblick, dann sah Dschengis die Silhouetten der Belagererschiffe. Deren Besatzungen hatten offenbar den Kahn mit den Strohpuppen gesichtet, denn beide Schiffe steuerten auf den hellen Fleck des Segels zu.

Dschengis ließ sich ins Wasser gleiten. Als erfahrener Schwimmer und Taucher blieb er, ohne Luft zu schöpfen, eine weite Strecke unter Wasser. Er schwamm dann in Rückenlage an die Oberfläche, so daß nur das Gesicht aus dem Wasser ragte, und tauchte nach zwei, drei tiefen Atemzügen sogleich erneut unter. Fünfmal wiederholte Dschengis dieses Tauchmanöver, bis er es wagte, ganz normal zu schwimmen. Da sah er, daß die Blockadeschiffe sich anschickten, das Segelboot aufzubringen: Das Ablenkungsmanöver war also geglückt!

Dschengis schwamm noch eine Weile parallel zum Ufer nach Süden, um dann durch den Schilfgürtel, der fast den ganzen See einfaßte, an Land zu waten.

Die Wolkendecke riß auf. Der Wind bog das übermannshohe Riedgras in gleichförmigen Wellen seewärts. Die sich aneinanderreibenden Stengel verursachten ein Geräusch, das dem verhaltenen Knistern eines Reisigfeuers ähnelte. Die Schneise, die Dschengis im Röhricht hinterlassen hatte, glänzte im Mondlicht wie ein zerbrochener Spiegel.

›Wenn ich erst jetzt losgeschwommen wäre, hätten sie mich bestimmt entdeckt!‹ Dschengis wrang das Lendentuch aus und erbrach die Wachsversiegelung des Lederschlauchs. Die Abdichtung hatte das Tauchen unbeschädigt überstanden. Er zog Jacke und Hose an, dann steckte er den Dolch in den Gürtel.

Durch die lanzettenförmigen Schilfblätter leuchtete hier und da ein Streifen heller Sandstrand. Der junge Mann war bestens mit diesem Teil des Ufers vertraut, denn es war Hassans bevorzugtes Jagdgebiet. Er wußte, daß er jetzt besonders vorsichtig sein mußte: Der Sandstreifen, der sich durch die Blätter zeigte, war eine der wenigen Uferstellen, wo man bequem Pferde tränken konnte. Das wußten auch mit Sicherheit die Briganten.

Und richtig! Als der Wind für einen Moment aussetzte, hörte Dschengis eine menschliche Stimme. Sie kam vom Seeufer. Dann schnaubte ein Pferd. Verdeckt durch die Schilfwand pirschte sich Dschengis an.

Ein Bewaffneter stand inmitten der Sandfläche und redete begütigend auf ein ungesatteltes Pferd ein, während er es voller Hingabe striegelte. Zwischendurch warf der Mann einen Blick auf den See. Plötzlich näherte sich ein Schiff. Dschengis erkannte eines der Belagerungsboote. Es wurde bis dicht an die Uferlinie gerudert.

»Was gibt es?« rief der Bewaffnete und führte sein Pferd näher ans Wasser.

»Sie planen etwas. Ist dir hier Ungewöhnliches aufgefallen?«

»Nein. War bei euch was?«

»Ja. Reite zum Kumandan und sag ihm, sie haben gerade ein unbemanntes Boot auf uns zutreiben lassen. Dahinter steckt doch sicher irgendeine Teufelei!«

»Hier jedenfalls war alles ruhig«, sagte der Reiter.

Das Boot wendete und steuerte auf die Seemitte zu. Der Bewaffnete hatte es nicht besonders eilig. Sorgfältig sattelte er sein Reittier.

›Das Pferd!‹ dachte Dschengis. ›Wenn ich ihm das Pferd …!‹

Er erinnerte sich an den Pfad, der sich durch das Röhricht zum Sandstrand wand. Er verlief nicht gradlinig zur Küstenstraße, sondern beschrieb einen weiten Bogen. An einer Stelle führte er dicht an einer Felswand vorbei.

Der Wind setzte wieder ein. Er übertönte mühelos die Geräusche, die Dschengis verursachte, als er sich durch den Schilfgürtel pirschte. Mit etwas Glück würde er vor dem Briganten bei den Klippen sein.

Der Pfad zwischen der Wand und der Wasserlinie war geröllbedeckt und bot gerade Platz für einen Reiter. Dschengis suchte zwei faustgroße Steinbrocken und kletterte mit ihnen auf einen säulenförmigen Felsen, wo er sich niederkauerte. Der Kopf des Reiters würde in Reichweite sein.

Dschengis hörte das Pferd des Briganten auf dem Pfad, bevor er es sah. Ein Stein traf die Schläfe des Mannes, der andere dessen Rücken. Das scheuende Pferd warf seinen Reiter ab und sprengte davon.

Dschengis kletterte vom Felsen. Der Brigant lag bäuchlings auf dem Schotterpfad und rührte sich nicht. Dschengis nahm ihm das Messer und den Säbel ab und rannte dem Pferd hinterher. Es stand auf der Küstenstraße, zupfte an den jungen Trieben der Wegrandsträucher und ließ sich ohne Anstrengung einfangen.

Zwei Stunden später schickten die Derwische berittene Boten in alle Himmelsrichtungen los, und bereits am nächsten Morgen vertrieb die vereinigte Streitmacht von Hassans Nachbarn die Räuberbande endgültig vom Beyschehir See.

Der Entsatz war gerade noch rechtzeitig eingetroffen, denn der Kampf um das Gut hatte schon auf den Hofmauern getobt.

Unter den Verteidigern und den Nachbarn gab es viele Verwundete, aber nur ein paar Tote waren zu beklagen gewesen. Dafür war reiche Beute an Reittieren und Waffen gemacht worden, denn die Räuber hatten an die zwanzig Mann eingebüßt.

Der Schehzade Selim

Kaptan Sokrates' erlauchter Kunde

Nico, der rhodische Tavernenwirt, hatte alles bestens organisiert. Kaptan Sokrates' Kaik »Seeschwalbe« lag kaum sichtbar hinter einem entladenen Schwarzmeersegler. Offiziell hatte die Kaik Essig geladen, das bestätigte dem Skipper ein teuer erkauftes Dokument, das er sich in Gelibolu beschafft hatte. Rüstem, einstiger Devschirme-Knabe aus Bulgarien und schon seit langem himmelhoch aufgestiegen zu Rüstem Pascha, dem »Träger der Reichslasten«, berechtigt, eine Standarte mit vier Roßschweifen als Ehrenzeichen zu führen, war todkrank, das berichteten alle, die ihn in letzter Zeit gesehen hatten, und jeder in Istanbul rechnete mit seinem baldigen Ableben. In seiner Geldgier indes blieb der Großwesir des »Gesetzgebenden« unersättlich wie eh und je. Den Spitznamen »die Glückslaus« verlor er auch auf dem Totenbett nicht beim einfachen Volk. Aber wer im Reich der Osmanen die Möglichkeit und Macht besaß, Rüstem Pascha in Sachen Bestechlichkeit nachzueifern, tat es mit Fleiß.

Die kurdischen Träger, die der Wirt (gegen gutes Geld) angeheuert hatte, warteten, bis die Janitscharenwache auf dem Galata-Kai ihre Runde beendet hatte, dann bildeten die Männer eine Kette und löschten in Windeseile die Ladung der »Seeschwalbe«. Während sie die eimergroßen Weinfäßchen auf der Hafenmauer stapelten, vergewisserten sich Wirt und Skipper, ob die Janitscharen auch wirklich zum Werftgelände weitermarschiert waren, das im Nordwesten an den Galata-Kai grenzte. Nur ein paar Katzen balgten sich um eine tote Taube.

Nico gab das verabredete Zeichen. Er verstand es trefflich, den Ruf eines Käuzchens zu imitieren. Die Träger machten sich mit den Weinfäßchen an den Aufstieg ins Pera-Viertel. Niemand begegnete den Männern in den verwinkelten Gassen. Nico hatte in der Schlacht um Rhodos – auf osmanischer Seite – als Bogenschütze in einer von Süleymans Hilfstruppen eine Beinverwundung erlitten und hinkte seitdem. Dennoch hielt er mit allen gut Schritt.

Seine Weinschenke lag unweit des Pera-Turms, versteckt vor zufälligen Blicken, im zweiten Hof einer Holz- und Brennstoffhandlung. Wer sich nicht auskannte, der mochte die zwölf ausgetretenen Stufen, die bei Dunkelheit von zwei Lampen notdürftig beleuchtet wurden und hinab in das geräumige Kellergewölbe unter dem halbverfallenen Steinschuppen führten, für den Zugang zu einem Öllager halten. Die Vorderfront des Schuppens und auch die Treppe waren mit Olivenölbehältnissen jeglicher Form und Größe verstellt. Nicos Bruder Theo und drei wolfsähnliche Hunde wachten darüber, daß kein Unbefugter das Durchgangstor zum zweiten Hof erreichte. Dort lagerte das Bauholz: Bretter, Bohlen, aber auch lange Vierkantbalken.

Die Hunde blieben weggesperrt, als die Träger dem Wirt die Zypern-Wein-Fäßchen durch ein Kellerfenster reichten. Nach getaner Arbeit wurden alle Hoftore sorgfältig abgesperrt und die vierbeinigen Wächter wieder freigelassen. Nico entzündete eine Wachskerze und warf einen Geldbeutel auf den Teppich zwischen sich und den Kapitän.

Theo brachte Brot, Oliven und einen kleinen Laib Feta-Käse.

Der Wirt stach eins von den gerade gebrachten Fässern an. Tonbecher wurden gefüllt.

Nico leerte seinen Becher in einem Zug und wischte sich dann die Mundwinkel mit dem Handrücken. »Ah – vortrefflich!«

Sein Bruder Theo machte es ihm nach und nickte dann ebenfalls anerkennend. »Wahrlich. Ein guter Tropfen, den du uns da gebracht hast, Kaptan!«

Der Skipper lachte und verschränkte die kräftigen Arme über seinem tonnenförmigen Brustkorb. »Hattest du etwa Zweifel an meiner Ware?«

»Letztens hat mir ein Händler aus Kappadokia gekippten Wein unterjubeln wollen«, sagte Nico ernst. »Nun – es empfiehlt sich, heutzutage alles doppelt und dreifach zu prüfen, denn zum Kadi kann man ja nicht gehen, um einen Panscher anzuzeigen.«

»Reine Routine, Kaptan«, beschwichtigte Theo schnell, als er Sokrates' säuerliche Miene sah. »Bei dir ist derartige Vorsicht natürlich überflüssig. Wir waren stets mit deinem Wein zufrieden.«

»Ja, Kaptan«, sagte der Wirt. »Und wir wollen baldmöglichst wieder beliefert werden. Hier ist erst einmal dein Geld. Bitte!« Nico entnahm dem Beutel vier Goldstücke und reichte sie dem Skipper.

»Ich sagte fünf!« protestierte der Kapitän.

Nico machte ein bestürztes Gesicht. »Oh, ja, fünf sagtest du. Verzeih, ich vergaß!« Er fingerte umständlich ein weiteres Goldstück hervor. »Wie nachlässig von mir!«

Kaptan Sokrates strich es grinsend ein. Er kannte den Rhodier schon seit Jahren. Nico würde nie den hundertsten Teil einer Kupfermünze vergessen, den ihm jemand schuldete. Vergeßlichkeit überkam ihn ausschließlich zu seinen eigenen Gunsten. »Ich nehme natürlich auch Kupferplatten in Zahlung, Nico.«

»Vergiß Kupfer, Kaptan! Die Werften zahlen zur Zeit Höchstpreise dafür. Da braut sich etwas zusammen. Überall werden neue Schiffe auf Kiel gelegt.«

»Schade. Kupfer würden die mir auf Zypern auch gerade günstig abnehmen. Aber egal, Nico. Nur eines noch: Ich kann dir momentan leider nicht versprechen, ob ich das nächste Mal noch zum gleichen Preis liefern werde.«

Es hätte nicht viel gefehlt, und der Rhodier und sein Bruder Theo wären in Tränen ausgebrochen.

»Du willst uns ruinieren, Sokrates!« wimmerte der Wirt. »Bei der Heiligen Jungfrau! Mehr als fünf Goldstücke für zehn Fäßchen sind einfach nicht machbar!«

Der Kapitän zuckte mit den Achseln. »Dann wird eben nichts aus einem neuen Geschäft zwischen uns. Der nächste Transport kostet bei gleicher Qualität sieben Goldstücke und keine Kupfermünze weniger! Erstens sind die Preise für Zypern-Wein inzwischen geklettert, und zweitens hat mein Bekannter beim Zoll in Gelibolu mir schon dieses Mal verkündet, daß er demnächst gezwungen sein wird, seine ›Bearbeitungspauschale‹ erneut anzuheben.«

Nico seufzte. »Sechs, Kaptan, dann werden wir handelseinig!«

Der Skipper schüttelte entschieden den Kopf. »Unmöglich, Nico. Dann wäre es für mich weitaus profitabler, den Wein gleich in Gelibolu zu verkaufen.«

Nico hob beschwörend die Hände. »Nun sei doch nicht gleich so vergrätzt, Sokrates! Sieben Goldstücke, das treibt uns in den sicheren Ruin!« Der Wirt verdrehte schmerzlich die Augen. »Aber einverstanden – weil du es bist und unserer alten Freundschaft wegen!«

»Dein Wort drauf, Nico: sieben?«

»Sieben«, sagte der Wirt. »Bei der Heiligen Jungfrau!«

›Wenn sich dieser Geizknochen auf sieben einläßt, dann hat er einen Abnehmer, der mindestens das Doppelte dafür hinlegt‹, dachte der Skipper. ›Paolo wird bestimmt wissen, wer das ist.‹

Als Kaptan Sokrates am nächsten Morgen Paolo de Teresta in seinem Ladengeschäft auf der Saray-Seite des Goldenen Horns unterhalb der Süleyman-Moschee aufsuchte, regnete es in Strömen. Dem Skipper war das nur recht, denn das bedeutete, daß kaum Menschen unterwegs sein würden, die sich gegebenenfalls an ihn erinnern konnten. Jedesmal, wenn er zu dem Portugiesen ging, beschlich ihn ein ungutes Gefühl. Paolo de Teresta war Seiler und belieferte die Großherrliche Flotte mit besonders strapazierfähigen Tauen, die in christlichen Ländern gefertigt und auf verschlungenen Wegen in das Reich des »Gesetzgebenden« gebracht wurden, mal durch ein Schiff der Genuesen, mal durch einen Segler des französischen Königs. Keiner der Agenten, die im Auftrag des Kapudan Paschas, des Großadmirals, für die Ausrüstung der Galeeren und Galeoten zuständig waren, ahnte, daß der Portugiese der Kopf der Spione war, die Informationen für den Großmeister der Maltaritter zusammentrugen. Auch Kaptan Sokrates wußte nicht, an wen die Nachrichten weitergeleitet wurden, die Paolo ihm entlockte. Seine beiläufigen Fragen, wie viele Kriegsschiffe wo mit welcher Bewaffnung auf welchem Kurs der »Seeschwalbe« von Zypern bis Istanbul begegnet waren, diese Fragen waren zu gezielt, als daß Kaptan Sokrates, der es sehr wohl verstand, eins und eins zusammenzuzählen, sie sich mit bloßer Neugier erklären konnte. Aber der Fluß der Neuigkeiten war nicht einseitig. Paolo diente den christlichen Kapitänen als Nachrichtenbörse, Makler, Postagent und Bankier, der über allerbeste Beziehungen zum Saray verfügte.

Kaptan Sokrates fand den Portugiesen über einen Frachtbrief gebeugt, den das Großherrliche Siegel, die Tugra Süleymans, schmückte. Mehr als den Schriftzug des »Gesetzgebenden« konnte der Skipper von dem Schriftstück nicht erblicken, denn der Portugiese bedeckte die Urkunde schnell mit einem Stück Segeltuch.

»Kaptan Sokrates, was verschafft mir die Ehre?«

Er schnippte mit den Fingern, ein Knabe erschien augenblicklich aus einem der hinteren Räume der Seilerei. Paolo trug ihm auf, Kaffee vom Kahvehane zu holen. Der Knabe eilte davon.

Sokrates schlüpfte aus den Sandalen und setzte sich zu dem Portugiesen auf das teppichbedeckte Podest unter dem überdachten Ladeneingang. Der Blick über das Goldene Horn auf Pera und Galata wurde nur von der Krone einer einzigen Zypresse verstellt. Einen günstigeren Aussichtspunkt für das Geschehen auf dem Wasser und den Marinewerften gegenüber hätte Paolo de Teresta schwerlich finden können.

»Erzähl, Sokrates, wie gehen deine Geschäfte?«

Der Skipper schnaubte erbost. »Hoffentlich besser, wenn die ›Glückslaus‹ einmal das Zeitliche gesegnet haben wird! Dieses glückliche Ereignis scheint ja unmittelbar bevorzustehen!«

»Oh, darauf würde ich nicht bauen. Schon seit Jahren gibt es immer wieder Gerüchte über sein baldiges Ableben.«

»Sehr tröstlich! Und was ist mit dem Sultan? Auch über ihn sagt man, daß er es vermutlich nicht mehr lange macht.«

Paolo deutete auf die Werften. »Die gewaltige Flotte, die dort gerade entsteht, wird auf ausdrücklichen Befehl des ›Gesetzgebenden‹ gebaut. Gerüchte, Kaptan, Gerüchte sind viele im Umlauf.«

»Nico hat mir gesagt, die Werften kaufen derzeit Kupfer zu Höchstpreisen an. Das kann ja nur bedeuten, daß sie einen immensen Bedarf an rostfreien Nägeln und Klammern haben. Meines Wissens werden die teuren kupfernen Nägel nur bei Galeeren und Kriegsschiffen verwendet.«

»Das, Kaptan, ist wohl wahr.«

Der Junge brachte den Kaffee und stellte die Tassen mit einer Verbeugung vor Paolo und seinen Gast ab. Der Portugiese sprach erst weiter, als der Knabe sich wieder ins Innere des Geschäfts zurückgezogen hatte.

»Also: Es heißt, Süleyman will im nächsten oder übernächsten Jahr gegen Malta segeln. Die Ritter auf den Inseln dort sind ihm schon lange ein Dorn im Auge. Ohne die Eroberung von Malta kann die Pforte nicht nach Sizilien greifen. Wie gesagt, Sokrates, mit dem ›Gesetzgebenden‹ und Rüstem Pascha sollte man schon noch eine Weile rechnen. Aber nun berichte du! Wie verlief deine Fahrt?«

So war es immer, wenn der Skipper Paolo besuchte. Erst mußte er Bericht erstatten, dann konnte er Fragen stellen. Da der Portugiese gelegentlich ebenfalls ein Kunde für Zypern-Wein war, fügte sich der Kapitän dem Ritual ohne großes Sträuben. Als er seinen Bericht beendet hatte, faltete der Seiler die Hände und schaute nachdenklich auf das gegenüberliegende Ufer und das geschäftige Treiben auf den Werften, wo gerade eine Galeere vom Stapel gelassen wurde.

Kaptan Sokrates legte die Stirn in Falten und sagte ohne Umschweife: »Weißt du, wen der hinkende rhodische Halsabschneider mit meinem Wein beliefert?«

Paolo grinste. »Das ist nun wirklich kein Geheimnis. Er versorgt unseren zukünftigen Padischah, den Schehzade Selim in Konya, und dessen Zechgenossen damit. Und natürlich auch diverse Paschas hier in Istanbul.«

»Wie! Daß Nico den Großwesir und die Weißen Palasteunuchen beliefert, das habe ich gewußt – aber er schafft den Wein auch zum Prinzen Selim nach Konya? In Kappadokia soll es doch auch gute Weinberge geben. Und der Weg dorthin ist viel kürzer als der zur Hauptstadt, habe ich mir sagen lassen. Weshalb denn bloß dieser enorme Aufwand?«

Der Portugiese schüttelte ungläubig den Kopf. »Das weißt du nicht, Sokrates? Jeder auf der Straße könnte dir darüber ohne groß nachzudenken Auskunft geben! Prinz Selim ist geradezu verliebt in Zypern-Wein. Sein persischer Bogenmeister kommt zweimal im Jahr nach Istanbul zu Nico, um den Nachschub in die Provinz zu organisieren.«

»Bin ich womöglich sogar der einzige Lieferant?«

»Bewahre! Du solltest doch deinen hinkenden Rhodier kennen, Kaptan! Nico geht da schon auf Nummer Sicher. Ich weiß mindestens noch von drei anderen Kapitänen, die ihn mit Schmuggelwein beliefern.«

Kaptan Sokrates pfiff leise durch die Zähne. »Könntest du gegebenenfalls herausfinden, was Nico ihnen pro Fäßchen zahlt?«

Aber der Portugiese zuckte nur entschuldigend mit den Achseln. »Sie würden mir eh nicht die Wahrheit sagen, Sokrates.«

Paolos Auskunft erfreute den Skipper: Nico, der alte Gauner, belieferte den Kronprinzen! Deshalb hatte er also nur mehr oder weniger symbolisch gegen die Androhung einer Preiserhöhung protestiert! Kein Wunder, der designierte Thronfolger war als großzügig bekannt.

Kaptan Sokrates rieb sich verstohlen die Hände. Wenn der Rhodier an den Schehzade Selim weiterverkaufte, dann schmerzten ihn auch acht oder neun Goldstücke für eine Ladung Zypern-Wein nicht!

»Du scheinst guter Dinge zu sein, Sokrates!«

»Ich will es nicht verhehlen.« Er grinste den Seiler an. »Schließlich bin ich ja quasi zum Hoflieferanten aufgestiegen.«

»Deine lukrative Tätigkeit mag nicht lange währen. Es ist nicht zum besten um die Eintracht zwischen dem Schehzade Selim und seinem jüngeren Bruder Beyazit bestellt.«

»Du mußt dich schon deutlicher ausdrücken, Paolo.«

»Verzeih, ich vergaß, daß du ja eben erst nach Istanbul gekommen bist. Also: Prinz Selim ist von niemandem so recht gelitten.« Er lachte. »Außer natürlich von den Weinhändlern! Aber die Janitscharen, Kaptan, die verehren Prinz Beyazit. Er ist ein kriegerischer junger Anführer ganz nach ihrem Geschmack. Und die Mullahs sind selbstverständlich auch gegen einen Thronanwärter, der im Volksmund nur ›der Betrunkene‹ heißt. Sultan Süleyman und Rüstem Pascha scheinen allerdings dennoch zu Prinz Selim zu halten. Noch!«

»Na, das ist doch wohl das wichtigste«, sagte der Skipper.

Der Portugiese verdrehte die Augen. »Süleyman hat schon oft

anders gehandelt, als man es vermutet hatte. Aber eines zeichnet sich ab: Prinz Beyazit wird um den Thron kämpfen. Es gibt viele im Reich, die mit dem ›Gesetzgebenden‹ unzufrieden sind und auf deren Unterstützung er bauen kann. Du wirst dich an meine Worte noch erinnern, Sokrates!«

Der Kapitän nickte bedächtig. »Mag sein, mein Freund! Aber von heute auf morgen wird sich dieser Bruderzwist ja wohl nicht gleich zu einem Krieg ausweiten, der das ganze Reich erfaßt.« Und die Gedanken des Skippers kehrten zu den weitaus angenehmeren Kalkulationen zurück, wie viele Goldstücke er dem hinkenden Rhodier tatsächlich für die nächste Ladung Zypern-Wein abnehmen konnte.

Konya

Während Hassan und seine Nachbarn den Sieg über die Räuberbande feierten und Dschengis vom Gutsherrn wegen seiner Tapferkeit mit einem erbeuteten, reichverzierten Krummsäbel belohnt wurde, und während sich Kaptan Sokrates auf zukünftige Geschäfte mit dem von Prinz Selim so geschätzten Zypern-Wein freute, war die Stimmung des Schehzade in der Konyaer Residenz düster.

Der Prinz saß mit dem Großherrlichen Erzieher Lala Mustafa Pascha im Garten des schlichten Amtsgebäudes, wo er sich sonst immer mit seinen Leibwächtern beim Bogenschießen die Zeit vertrieb. Er hatte soeben erfahren, daß sein jüngerer Bruder Beyazit gegen ihn Truppen sammelte. Beyazit war Statthalter im fernen Amasya, aber Selims dortige Freunde ließen dem Schehzade regelmäßig Nachrichten über die Pläne Beyazits zukommen.

Nun war es also soweit: Der endgültige Machtkampf, wer einmal Herr aller Gläubigen, Sultan aller Sultane werden würde, war offen entbrannt, und auch der schwere, süße Zypern-Wein vermochte die trüben Gedanken der beiden Zecher in Konya nicht zu verscheuchen. Die Situation war für den Schehzade mehr als bedrohlich.

Beyazit besaß nicht nur die Unterstützung der Janitscharen, die hohe Geistlichkeit mochte Süleymans Ältesten ebenfalls nicht, denn Prinz Selim hatte Freunde unter den Derwischen, die den Heiligen Koran höchst eigenwillig auslegten. Und was sein Vater trotz aller Loyalitätsbezeigungen im Grunde von ihm hielt, den das Volk nur »Säufer-Selim« nannte, darüber war sich der Schehzade im klaren. Daß der »Gesetzgebende« dennoch Sokollu Mehmet Pascha mit Janitscharen und dreißig Feldgeschützen zu seiner Unterstützung in Marsch gesetzt hatte, verwunderte den Prinzen außerordentlich, bis ihm Lala Mustafa die Großherrliche Entscheidung erklärte:

»Euer Vater liebt Euch nicht und verhehlt es auch niemandem gegenüber. Es hat ihn aber erzürnt, daß Beyazit noch zu seinen Lebzeiten die Nachfolgerfrage erzwingen will. Und er fürchtet nicht zu Unrecht, daß Euer Bruder, nachdem er Euch beseitigt hat, auch mit ihm verfahren könnte wie damals Euer Großvater mit seinem Vater.«

Der Schehzade hatte zu Lala Mustafas Ausführungen nur schweigend genickt. Sultan Beyazit war von seinem Sohn Selim dem Gestrengen abgesetzt worden und kurz darauf an einer Vergiftung gestorben. Nicht väterliche Fürsorge um das Wohl des Ältesten hatte Süleyman bewogen, seinen Zorn gegen Prinz Beyazit zu richten, sondern lediglich die Angst, daß der beliebte Prinz seinem Vorfahren Selim dem Gestrengen nacheifern würde.

»Wann soll Sokollu eintreffen?«

»Ich denke, der Pascha wird noch im Laufe des Abends hier sein.«

Prinz Selim hob seinen Becher. Sofort sprang ein Page herbei und füllte ihn wieder randvoll auf.

Der Schehzade leerte ihn auf einen Zug. »Wenn Beyazit vor ihm seine Truppen in Stellung bringen kann, dann gnade uns Gott!«

Lala Mustafa Pascha winkte den Pagen herbei und ließ sich ebenfalls von dem schweren tiefroten Wein nachschenken. »Wie sollte ihm das wohl gelingen, Hoheit? Egal, wie sehr Prinz Beyazit seine Truppen auch antreiben mag, Sokollu Mehmet Pascha hat den kürzeren Weg hierher! Und Kanonen!«

»Gebe Gott, daß es so ist!« Prinz Selim verließ, begleitet von seinem Schwertträger, der sich respektvoll an der Pforte neben dem Mundschenk postiert hatte, den Garten und begab sich in den Teil der Residenz, der den Frauen und Kindern vorbehalten war. Auf seinem Weg dorthin kam er am Schießstand vorbei.

Murad, sein Ältester, ein Junge von nunmehr dreizehn Jahren, wurde von Hussein, dem persischen Bogenmeister, im Gebrauch des kurzen Jagdbogens unterwiesen. Der Schehzade blieb stehen und beobachtete zwei ungeschickte Versuche seines Sprößlings, eine mannsgroße Strohpuppe zu treffen, die gegen die Holzwand des Schießstands lehnte. Die Entfernung zwischen dem Schützen und dem Ziel maß allerhöchstens fünf Pferdelängen, dennoch blieben die Pfeile weit neben der Puppe zitternd in der Wand stecken.

Prinz Selim schüttelte betrübt den Kopf und ging weiter. Egal, wie sehr sich Hussein auch bemühte, ja selbst wenn er die Übungsstunden verdoppelte: aus Murad würde nie ein guter Bogenschütze werden. Dafür sorgte schon Haseki Nûrbanu, seine *Erste*.

Murads Mutter vergötterte ihren Sohn geradezu. Wenn der Prinz ihr vorhielt, daß sie den Knaben auf eine für einen zukünftigen Osmanenherrscher unziemliche Weise verzog, widersprach sie zwar nie, fuhr aber dennoch insgeheim fort, Murad von allem abzuhalten, was ihm einmal als Padischah von Nutzen sein könnte. Und dazu gehörte nach Meinung des Prinzen das Bogenschießen und die Jagd. Stets wußte Nûrbanu es unter einem Vorwand zu verhindern, daß Murad mit dem Schehzade ausritt. Befremdlich war dem Prinzen das Verhalten seiner Gemahlin, aber er ließ sie gewähren, denn er haßte schlechte Stimmung im Harem, dem sie nun einmal als Erste Kadin, als Hauptfrau, vorstand. Während Hürrem Sultan, Selims gerade erst verstorbene eigene Mutter, sich nur selten um die Erziehung ihrer Kinder gekümmert hatte, sah Haseki Nûrbanu Murad und dessen jüngere Geschwister täglich.

Zwei Schwarze Eunuchen bewachten mit gezogenem Krummsäbel die Tür zu den prinzlichen Frauengemächern. Sie senkten devot den Blick, als sich der Schehzade und sein Schwertträger näherten.

»Warte hier, bis ich wieder zurück bin!«

Der Schwertträger verneigte sich und nahm neben den Eunuchen Aufstellung. Die Haremspforte schloß sich hinter dem Schehzade.

»Wie sind die Neuigkeiten?« fragte einer der Torwächter.

Der Schwertträger schürzte die Lippen. »Wenn Sokollu Pascha vor Beyazit eintrifft – was Allah geschehen lassen möge –, dann wird unser Herr den Sieg davontragen. Sonst ...«

Die Eunuchen nickten. Der Schwertträger mußte den Satz nicht zu Ende sprechen. Jeder in der Residenz des Schehzade wußte, daß es bei einem Erfolg Beyazits für niemanden, der zum Gefolge Selims gehörte, Schonung geben würde.

Die Schlacht in der Ebene

Hassan hatte einen gefangenen Briganten foltern lassen und erfahren: Die Haydutlar, die seit Wochen die Gegend um Konya heimsuchten, waren die Vorausabteilungen, die Spähtruppen von Prinz Beyazit. Daraufhin hatte der Gutsherr sich mit seinen Nachbarn beratschlagt und Kundschafter ausgeschickt. Beyazits Hauptstreitmacht näherte sich der Konya-Ebene noch von Norden, während Sokollu Mehmet Pascha bereits aus Westen heranmarschiert war und sich verschanzte.

Selims jüngerer Bruder besaß zahlenmäßig das größere Heer, aber es waren viele irreguläre, schlecht bewaffnete Einheiten darunter. Vor allen Dingen führte Prinz Beyazit nur ein paar veraltete Kanonen mit sich.

Sokollu Pascha, wohl wissend, daß die Janitscharen im allgemeinen schwer gegen Beyazit zu mobilisieren waren, hatte Kompanien ausgewählt, die dem »Gesetzgebenden« blindlings ergeben waren. Einige von den Tschorbadschi hatten bereits als junge Soldaten an Süleymans Wien-Feldzug teilgenommen. Wenn der Padischah befahl, Prinz Beyazit zu vernichten, dann würden diese Truppen ihrem Herrn den Befehl nicht verweigern, egal, wie der Rest der Kameraden darüber dachte.

Und dann gab es noch diese dreißig Feldgeschütze. Sie waren das Neueste an Artillerie, das die Pforte aufzubieten hatte, und ihre Reichweite und Zielgenauigkeit waren einmalig.

Die imposante Feuerkraft dieser Artillerie gab den Ausschlag, daß sich auch diejenigen unter den Lehnsherren am Beyschehir See, die es insgeheim mehr mit Beyazit hielten, doch entschlossen, ihre Bewaffneten dem Schehzade Selim zur Verfügung zu stellen.

Dschengis und Ali ritten dicht hinter dem Gutsherrn zum Sammellager der Hilfstruppen, die Sokollu Mehmet Pascha als Reserve am äußersten Rand seines linken Flügels in einem Wäldchen postiert hatte. Gerade als Prinz Beyazits Truppen sich zum Angriff in Bewegung setzten, begann ein Sandsturm aus Süden den Angreifenden entgegenzuwehen.

Bis auf einige Geplänkel mit feindlichen Spähern kamen die Reiter vom Beyschehir See vorerst nicht zum Einsatz. Da das Waldgelände etwas höher gelegen war als die Konya-Ebene, konnte Dschengis den Verlauf der Schlacht gut überblicken, wenn der Sturm hin und wieder etwas an Heftigkeit verlor. Dann sah er auch die eingegrabenen Geschütze, dicht gestaffelt unmittelbar vor den Zelten des Schehzade Selim. Prinz Beyazits Truppen stürmten in Keilform gegen dessen Lager an. Sokollu Paschas Janitscharen wichen vor ihnen seitlich zurück und öffneten so den Angreifern eine breite Schneise, die direkt auf das Prunkzelt Selims zulief.

Hatte der Sturm die Angreifer blind gemacht und ihnen den Blick auf die Artilleriemassierung direkt vor ihnen verwehrt? Oder trieb Prinz Beyazit seine Truppen in der Hoffnung an, daß Sokollus Soldaten es nicht wagen würden, auf ihn, den Liebling der Janitscharen und Prinzen des Hauses Osman, das Feuer zu eröffnen? Sahen die Angreifenden nicht die Massen an dichtgedrängten Musketiers hinter den beiden niedrigen Sandwällen, von denen die Artilleriestellungen geschützt wurden?

Dann zeigten sich orangefarbene Zungen in den Geschützmündungen, und der Donner der Kanonen rollte über die Ebene. Augenblicke später war Beyazits Hauptstreitmacht vernichtet. An die Hilfstruppen Sokollus erging der Befehl, den Fliehenden nachzusetzen: Janitscharen verfolgten nie einen geschlagenen Gegner.

Als Hassan und seine Männer am Abend ins Lager zurückkehrten, hatten sie zwei Troßwagen mit Teppichen, Waffen und Lebensmitteln erbeutet, ohne selbst irgendwelche Verluste erlitten zu haben. Wieder gab es einen Grund, ausgiebig zu feiern.

In der Residenz von Konya verteilte noch am selben Abend der Schehzade Selim großzügige Geschenke an seine siegreiche Gefolgschaft und Sokollus Truppen. Sokollu Mehmet Pascha reichte er höchstpersönlich einen edelsteinbesetzten Prunksäbel und gab ihm zu Ehren ein Bankett. Dank der gerade vor Ausbruch der Kampfhandlungen aus Istanbul eingetroffenen Faßladung floß der Zypern-Wein bei dieser Gelegenheit überreichlich.

Selbst die hohe Geistlichkeit in Konya überging die dionysischen Geselligkeiten der nächsten Wochen mit beflissenem Schweigen. Es schien Allahs Wille zu sein, daß Prinz Selim dem »Gesetzgebenden« auf den Thron folgen würde, denn Prinz Beyazit hatte nach seiner Niederlage selbst in den Augen seiner Anhänger einen unverzeihlichen Frevel begangen: Er war zum Erzfeind, dem persischen Schah, geflohen.

Dschengis blieb noch einen Monat auf dem Gut am Beyschehir See, dann sammelte ein Janitscharentrupp die Devschirme-Knaben in der Konya-Ebene ein. Ihre Zeit für den Eintritt in die Acemi-Truppen, die Ausbildungseinheiten der Großherrlichen Elitesoldaten, war gekommen. Die jungen Männer würden an die Acemi-Standorte von Gelibolu, Edirne und Istanbul überstellt werden. Dschengis war für die Istanbuler Kaserne eingeteilt worden.

Er hatte es mit Hassan und den geduldigen Derwischen am Beyschehir See gut getroffen gehabt, aber dennoch dachte er zum ersten Mal seit langem auch wieder daran, wie es wohl dem Bruder inzwischen ergangen sein mochte.

Prinz Selims Monolog in Kütahya

Nach der Schlacht von Konya wies der »Gesetzgebende« dem Prinzen Selim die Statthalterschaft von Kütahya zu, denn Kütahya lag näher an der Hauptstadt. Rüstem Pascha verstarb bald darauf an Wassersucht, und Sokollu Mehmet Pascha, der Besieger Beyazits, wurde mit dem Amt des Großwesirs betraut und erhielt so das Recht, vier Roßschweife als Ehrenzeichen zu führen. Im Januar des Jahres 1562 nach christlicher Zeitrechnung zog der Schehzade mit seinem gesamten Hofstaat um. Ende Juni desselben Jahres traf ein berittener Bote in der prinzlichen Residenz von Kütahya ein.

Lala Mustafa Pascha, der Großherrliche Prinzenerzieher, kreuzte die Arme vor dem Leib, als wäre der »Schatten Gottes auf Erden« selbst gegenwärtig, und verbeugte sich tief. Dann erst drückte er das Schreiben mit der Tugra von Sultan Süleyman, das der Bote aus Istanbul ihm soeben ausgehändigt hatte, an seine Stirn, räusperte sich vernehmlich und steckte den Kopf durch die Türöffnung zum Privatgemach des Schehzade. »Hoheit?«

»Komm ruhig näher, Lala. Was gibt es?« Prinz Selim saß mit übereinandergeschlagenen Beinen an einem niedrigen Pult vor einem Stoß rechteckig geschnittener Papiere und beschwerte die dicken weißen Blätter mit Gewichten aus Silber, die die Form von Schildkröten und Tintenfischen hatten. Er winkte Mustafa Pascha heran und griff zu einem halbvollen Weinkelch aus geschliffenem Kristallglas. Der Kelch war ein Geschenk des venezianischen Gesandten.

Haseki Nûrbanu, Selims Erste, war ursprünglich das Präsent eines nordafrikanischen Korsaren an Süleyman. Das Mädchen war auf einer Kaperfahrt erbeutet worden und eine der Töchter des Gouverneurs von Zypern. Der venezianische Gesandte schickte regelmäßig Kostbarkeiten in die prinzliche Residenz, denn er war ein guter Kenner der Gepflogenheiten des osmanischen Hofes. Als Roxelane, die Russin und einzige Frau des »Gesetzgebenden«, noch gelebt hatte, wurde sie nur »die Hexe« genannt, weil sie stets ihren Willen durchsetzen konnte. Der Schehzade Selim, so dachte der Gesandte, war wohl kaum willensstärker als sein Vater: Nûrbanus Herkunft konnte irgendwann einmal von Nutzen für Venedig sein – zumal Nûrbanu überdies dem Prinzen den ältesten Sohn geboren hatte.

»Hoheit haben gedichtet?«

»Nur eine flüchtige Eingebung, die ich zu Papier bringen mußte. Möchtest du hören, was ich geschrieben habe, Lala?« Er schnippte mit den Fingern. Der Mundschenk brachte dem Erzieher ein Glas Wein, stellte es vor ihm auf ein Tablett mit silberbeschlagenen Beinen und schenkte seinem Herrn randvoll nach.

Lala Mustafa verneigte sich, hielt die Arme weiterhin vor dem Leib gekreuzt und machte keinerlei Anstalten, sich zu seinem Herrn zu setzen. »Zu gütig, Hoheit. Wenn Ihr mir die Ehre widerfahren laßt …«

Der Prinz schaute hoch. »Was ist los mit dir, Lala? Du bist doch sonst nicht so förmlich. Ist etwas Außerordentliches geschehen? Rede!«

»Sehr wohl, Hoheit. Soeben traf ein Bote aus der Hauptstadt ein.« Lala Mustafa reichte dem Prinzen den Brief des »Gesetzgebenden«.

Der Schehzade runzelte die Stirn, als er die mit goldener Tinte vom Hofkalligraphen gezeichnete Großherrliche Tugra sah. Der kunstvolle Schriftzug von Süleymans Namen beanspruchte mehr Platz auf dem Papier als die eigentliche Nachricht. Die Botschaften, die der »Herrscher über alle Menschennacken«, der »Schatten Gottes auf Erden« an seinen Sohn und designierten Nachfolger schickte, waren stets knapp und nur selten erfreulich.

Der Schehzade trat ans Fenster zum Residenzgarten. Ein Sonnenstrahl brachte die goldenen Lettern der Tugra zum Glänzen. Prinz Selim lehnte sich an den Fenstersims und las.

Als er den Brief aus der Hand legte, tat er es mit einem Kopfschütteln. Plötzlich begann er zu lachen. Erst verhalten, dann ungehemmt, bis das Lachen in einen Hustenanfall überging. Mit dem Handrücken wischte er sich die Tränen aus den Augen und rang nach Luft.

Mustafa Pascha verharrte reglos, bis der Schehzade wieder normal atmete.

Prinz Selim ließ sich neben das Schreibpult auf die dicken Teppiche fallen und begann erneut zu lachen. »Komm, setz dich endlich zu mir, Lala!«

Der Großherrliche Prinzenerzieher verneigte sich und streifte die Pantoffeln ab. »So Ihr gestattet, Hoheit!«

Prinz Selim zupfte seinen Lehrer am Ärmel. »Du kennst den Inhalt des Schreibens?«

»Ja, Hoheit.«

»Und, was sagst du dazu?«

»Nun, was Euer Vater – Allah halte seinen schützenden Arm über ihn – Euch mitteilt, hat mich nicht sonderlich überrascht.«

Der Schehzade tätschelte Mustafa Paschas Hand. »Mein guter Lala! Mein unerschütterlicher Fels in der Brandung der Zweifel! Wie hast du es nur geschafft, alles so vorauszusehen, wie es der Allmächtige in seiner unergründlichen Weisheit schließlich geschehen ließ?«

Der Pascha senkte bescheiden den Blick und murmelte etwas von »unverdienter Gnade« und verschmähte jetzt auch den Wein nicht, den ihm der Prinz eigenhändig kredenzte.

»Von allen Vertrauten warst immer du es, der nie daran zweifelte, daß ich einmal der einzige Anwärter auf den Thron der Osmanen sein würde, so mein Vater – Gott schenke ihm noch ein langes Leben – einmal nicht mehr ist.« Der Prinz trank dem Pascha zu. »Lala! Mein ältester Bruder, Mustafa, sein erklärter Liebling, verspielte bereits vor vielen Jahren rätselhafterweise das sichere Erbe, indem er sich schon Sultan nannte, während unser Großherrlicher Erzeuger noch straffer als heute die Zügel des Reiches in den Händen hielt. Warum? Er war doch so klug, dieser Mustafa. Sagten das nicht alle von ihm? Und nun trat auch noch Beyazit fehl, Beyazit, dem mein Vater von Anfang an – im Gegensatz zu mir – mit Zuneigung begegnete! Er hätte sich nur in Geduld fassen müssen, mein kleiner ehrgeiziger Bruder, bis einer meiner erklärten Feinde mich irgendwann aus dem Weg geräumt hätte oder mein Vater selbst meiner doch schließlich überdrüssig geworden wäre. Aber nein! Beyazit – auch seine Klugheit wurde allerorts gerühmt, obgleich das einzige Gedicht, das ich von ihm kenne, unsäglich schlecht ist –, Beyazit, der stolze Krieger, verfällt in den gleichen Machtwahn wie einst Mustafa und verstößt gegen die ehernen Gesetze des Hauses Osman, denen mein Vater wie der geringste seiner Sklaven gehorchen muß! Warum, Lala, warum, sag es mir, läßt die Gier nach Macht auch die sogenannten klugen Menschen blind und obendrein überheblich werden?«

»Ich weiß auch nicht genau, weshalb es gekommen ist, wie es kam, Hoheit. Aber Gottes Wege sind bisweilen sehr verschlungen. Euer Bruder, ich weiß es schließlich besser als jeder andere, war hochfahrend und herrschsüchtig – schon als Knabe.« Mustafa Pascha nippte am Wein. »Prinz Beyazit hat die gerechte Strafe für seinen Frevel ereilt. Er und seine Nachkommen werden Euch jedenfalls nicht mehr den Thron streitig machen. Sie alle sind durch die Seidenschnüre der Großherrlichen Henker unwiderruflich ausgelöscht worden. Es gibt kein Hindernis mehr zwischen Euch, Hoheit, und dem Thron der Osmanen!«

Der Schehzade Selim schlug sich belustigt auf die Schenkel. »Man könnte es wirklich für die Fügung des Allerhöchsten halten, Lala. Erinnere dich nur! Was haben Mustafa und Beyazit nicht alles angestellt, um würdige Herrscher zu werden. Sie haben sich bei den Janitscharen eingeschmeichelt, und sie haben die Mullahs umgarnt.«

»So ist es, Hoheit!«

Prinz Selim leerte sein Glas und hielt es dem Mundschenk entgegen. »Und ich, Lala? Wie habe ich um die Macht gebuhlt?«

Mustafa Pascha wußte, daß der Schehzade keine Antwort von ihm verlangte, und schwieg, so wie er immer schwieg, wenn die Weinseligkeit von seinem Herrn Besitz ergriffen hatte. Lala Mustafa streckte sich dem Schehzade gegenüber auf den weichen Teppichen aus und lauschte geduldig dem Monolog Selims, wie er dem Murmeln eines Baches zuhören würde.

»Gedichte geschrieben habe ich, Lala. Hunderte! Gedichte über den Schmerz und die Vergänglichkeit, Gedichte über Freundschaft und Liebe.« Der Prinz erhob sich erneut und begann mit dem Weinkelch in der Hand im Raum umherzuwandeln.

Der Großherrliche Prinzenerzieher blieb liegen. Das war eine

Vertraulichkeit, die er sich bei Mustafa und Beyazit, dessen Lehrer er früher auch gewesen war, nie hätte erlauben dürfen. Sich nicht zu erheben hätte ihm vermutlich bei Selims Brüdern den Kopf gekostet, denn Beyazit und Mustafa waren aufbrausend und herablassend gewesen. Der Schehzade Selim indes blieb, selbst wenn er betrunken war, freundlich und beherrscht. Sicher, er hatte seine Eigenarten, aber blutrünstig wie seine Brüder war er gewiß nicht. Lala Mustafa murmelte von Zeit zu Zeit geduldig: »So ist es, Hoheit!«, während er gegen den Schlaf ankämpfte.

Ein viertes Glas Wein wurde ihm vom Schehzade gereicht. »Ich danke dir, mein guter Lala, daß du bei allem immer zu mir gehalten hast und nicht zu Beyazit. Wenn ich erst einmal den Thron der Osmanen bestiegen habe, werde ich mich erkenntlich zeigen. Das verspreche ich dir!«

Er war gut, der Tropfen, aber er machte den Prinzenerzieher schläfriger und schläfriger. Lala Mustafa war kein erklärter Freund des Rebensaftes, der die Menschen dazu verleitete, mehr zu reden, als sie im Grunde genommen zu sagen hatten. Der Pascha bevorzugte das beruhigende Opium, das die Seele wattegleich in die Träume entführte, aber dem Prinzen Selim einen Trunk auszuschlagen war eine der wenigen Taten, die ihn zu einem Wutanfall reizen konnten. Also trank Lala Mustafa und hoffte, daß es wie immer enden würde, wenn der Schehzade zuviel zechte.

Der Schehzade begann gerade über die Schönheit des Gesangs einer Nachtigall zu philosophieren.

»Jetzt sollst du auch endlich das Gedicht hören, das ich vorhin verfaßt habe, Lala!«

»Welch große Ehre, Hoheit!«

Prinz Selim ließ sich leicht schwankend am Schreibpult nieder und entfernte die silbernen Papiergewichte in Tiergestalt von dem Blätterstoß. Ein Page eilte mit Kissen herbei. Der Schehzade strich zärtlich über das oberste Blatt und sagte mit tränenerstickter, aber – trotz seines angeborenen Lispelns – noch immer erstaunlich klarer Stimme: »Willst du es wirklich hören, mein guter Lala?«

Der Großherrliche Prinzenerzieher vernahm die belegte Stimme seines Herrn und wußte, daß der Prinz bald ermattet von den unzähligen randvoll gefüllten Weinkelchen in den Schlaf hinübergleiten würde.

»Aber ja doch, mein Gebieter. Eure Poesie ist Balsam für die Zuhörenden.«

Der Schehzade lächelte. »So denn!«

Und mit einem Mal schien alle Trunkenheit von dem Prinzen zu weichen. Sogar sein Lispeln störte nicht mehr, denn das Bild, das der Schehzade mit dem Gedicht erweckte, war klar und stark und ließ auch den müden Pascha plötzlich aufmerksam zuhören.

»Wir sind der Rosengarten,
nach dem die Nachtigall sich verzehrt.
Der sanfte Ostwind
darin wird zum Lied der Sterne.«

Kaum hatte der Prinz zu Ende gelesen, bettete er, das Blatt noch in der Rechten haltend, den Kopf auf die weichen Seidenkissen. »Und jetzt laß meinen Bogenmeister und den Schwertträger rufen, Lala! Ich möchte, daß sie mit uns weiterpokulieren!«

Mustafa Pascha nickte, rührte sich aber ansonsten nicht. Wenig später war Prinz Selim eingeschlafen. Lala Mustafa bedeutete den Pagen mit einer Geste, ihren Herrn mit dem leichten Angoraüberwurf zu bedecken, der gefaltet neben dem Schreibpult lag. Er verließ das prinzliche Privatgemach und nickte den beiden Leibwächtern zu, die mit entblößtem Krummsäbel, dem Yagatan, vor der Tür Wache hielten. Die Soldaten verneigten sich vor dem Pascha. Sie würden, bis der Schehzade Selim wieder aufwachte, außer den persönlichen Pagen niemanden passieren lassen.

Mit dem Großherrlichen Boten aus Istanbul war auch Hussein, der persische Bogenmeister, wieder in der Residenz eingetroffen. Mit ihm war ein hinkender rhodischer Weinhändler gereist, der den Schehzade bereits in Konya mit seinem Lieblingswein versorgt hatte. Lala Mustafa war zwar müde, den neuesten Hauptstadtklatsch wollte er sich aber dennoch anhören, bevor auch er sich zur Ruhe begab.

Kostas Geschichte

Der Palast auf dem Stadthügel

Die Galeere legte vom Kai der Sieben-Turm-Festung ab und glitt an der Seemauer entlang auf die Saray-Spitze zu. Kosta stand eingezwängt zwischen den drei dicken Verschnittenen und versuchte vergeblich, einen letzten Blick von der Galeere zu erhaschen, die ihm den Bruder und die anderen Devschirme-Leidensgefährten entführte.

Man zerrte den Knaben zu einem breiten Tor in der Seemauer. Ein Verschnittener ging voraus, einer löste Kostas Handfesseln, dann wurde er vom Anführer der Weißen Eunuchen mit dem Knauf seines Krummsäbels durch den schattigen Torgang gestoßen. Der Gang mündete in einen engen Hof. Von dort aus folgte man gewundenen, belebten Gassen, die zu einer Hügelkuppe anstiegen. Die Holzhäuser, die die Gassen säumten, waren alle mehrstöckig. Manchmal hatte Kosta das Gefühl, daß sich die Giebel hoch über ihm berührten. In dem Labyrinth der Straßen und Gassen hatte der Junge bald die Orientierung verloren. Wie auch seinem Bruder fielen ihm die verschiedenfarbig gestrichenen Häuser auf.

Plötzlich gab es linker Hand ein schwarzes Steingebäude. Der Anführer der Verschnittenen klopfte gegen eine schmale Pforte. Eine handtellergroße Luke in Kopfhöhe öffnete sich. Der Verschnittene zischte nur ein einziges Wort, und die Pforte schwang auf. Kosta wurde in einen Saal geschoben, in dem wohl an die dreißig Männer entweder geschäftig umhereilten oder emsig an riesigen Feuerstellen mit innen verzinnten Kupferkesseln und Kupferpfannen hantierten.

In der Küche, in der er stand, durchfuhr es den Knaben, war vermutlich genügend Platz für ein halbes Dutzend heimatlicher Fischerhütten!

Zwei Männer zerlegten auf einer Marmorplatte ein Lamm, aus dem glühenden Schlund eines Backofens wurden köstlich duftende Fladenbrote gezogen, in einem Becken glitzerten die silbrigen Körper von schlanken Fischen.

Ein hinkender älterer Mann dirigierte zwei Träger durch die Küche. Jeder von ihnen schleppte einen großen bauchigen Tonkrug, wie man ihn auf Thiratois zum Aufbewahren von Wein benutzte.

Der Mauerpforte gegenüber lag der Hauptkücheneingang. Die beiden Türflügel standen offen. Kosta sah einen sonnenbeschienenen, begrünten Innenhof. Aus einer großen Kupferschale stieg zwischen hohen, feinblättrigen Stauden eine funkelnde Fontäne auf. Zwei Jungen, etwa in seinem Alter, schleppten ein mit gebratenen Hühnern beladenes Tablett aus dem Küchensaal. Sie trugen kurze, goldbestickte Jacken und enganliegende Hosen in einem glänzenden Blau.

Der Hinkende trat eilig zur Seite, als die Verschnittenen Kosta in den Hof brachten.

Der Knabe wurde in einen Raum hinter dem Springbrunnen geführt und mußte seine rote Oberkleidung ablegen. Dann kleidete man ihn wie die Jungen ein, die das Bratentablett getragen hatten.

Der Anführer der Verschnittenen musterte Kosta und nickte zufrieden. »Stell dich jetzt neben das Brunnenbecken und rühr dich nicht von der Stelle!« herrschte er den Knaben an. »Sonst hacken wir dich in Stücke, mein Kleiner!« Wie um die Ernsthaftigkeit seiner Drohung zu untermauern, prüfte der Dicke vorsichtig die Schärfe seines Säbels mit der Daumenkuppe und schnalzte drohend mit der Zunge.

Kosta verstand nur, daß es klüger war, dem Befehl des Verschnittenen ohne Widerrede zu folgen, ging ins Freie und stellte sich neben das Fontänebecken. Einer der Eunuchen hastete an ihm vorbei und stieg dann eine Treppe zu einer Galerie hinauf. Dort verschwand er hinter einem Vorhang. Kosta schaute sich um. Außer einem alten Mann, der in einer Ecke die Pflanzen bewässerte, war niemand im Hof. Der Knabe begriff nicht so recht, was man von ihm wollte, bis er plötzlich das Gefühl hatte, daß er beobachtet wurde. Nicht von den Verschnittenen in der Ankleidekammer und auch von keinem aus der Küche. Der Junge fühlte, daß ihn jemand von oben, von der Galerie aus ansah. Unmerklich drehte er den Kopf und betrachtete aus den Augenwinkeln die oberen Stockwerke des Hauses.

Der Eunuch, der die Treppe hinaufgehetzt war, stand im Schatten einer Säule neben einer männlichen Gestalt, von der nur das Gesicht zu sehen war. Die Augenlider, Wangen, das Kinn und sogar die Stirn des Mannes waren aufgequollen wie der Kopf einer Wasserleiche und hatten die Farbe von altem Blei. Der Turban und das Gewand des Unbekannten auf der Galerie waren aus Seide und leuchteten in einem intensiven Rot, wie Kosta es noch nie gesehen hatte.

Die Lippen des Verschnittenen bewegten sich, die des Mannes blieben geschlossen. Den Blick, mit dem der Unbekannte ihn reglos musterte, empfand der Junge so, als wären die Augen eines riesigen Raubvogels auf ihn gerichtet.

Kosta gab vor, sich für den Springbrunnen zu interessieren, schaute aber weiterhin verstohlen nach oben zur Galerie. Der Unbekannte nickte dem Verschnittenen einmal zu, dann verschwand sein aufgedunsener Kopf hinter der Säule, und Kosta sah nur noch den Eunuchen. Der beugte sich über die Brüstung und rief etwas in Richtung der Kleiderkammer, woraufhin der Anführer der Verschnittenen in die Türöffnung trat.

»Komm her!« befahl er dem Knaben. Zum ersten Mal fiel Kosta auf, daß der Verschnittene lächelte. Er betastete seine Stirnnarbe und sagte: »Du solltest dich glücklich schätzen, mein Kleiner! Der erhabene Rüstem Pascha, der edle ›Träger der Reichslasten‹, geruht, dich als Pagen in seinen Haushalt aufzunehmen!«

Weder wußte der Junge, wer dieser Rüstem Pascha war, noch wußte er, was das Wort »Page« bedeutete.

Die Verschnittenen übergaben Kosta einem grimmig dreinschauenden Bewaffneten, der ihn in den Küchensaal führte. Dort erfuhr der Junge von einem Koch, der griechisch sprach, daß Großwesir Rüstem Pascha – der von der Wassersucht gezeichnete Besitzer dieses Palastes, den er zuvor auf der Hofgalerie gesehen hatte – nach dem Sultan der mächtigste und reichste Mann im ganzen Reich war, deshalb auch sein Titel »Träger der Reichslasten«. Und er erfuhr auch, daß ein Page ein Haussklave war, der in allerlei Fertigkeiten ausgebildet wurde. Und noch etwas wurde dem Knaben eindringlich zu verstehen gegeben: Wenn er in der Gegenwart von Rüstems

Leibwächtern auch nur das Wort »Laus« laut aussprach, hatte er sein Leben verwirkt.

Als erstes mußte ein Neuling im Saray der »Glückslaus« in der Küche arbeiten.

Kenans Küchendienst

Kosta entging der Beschneidung ebensowenig wie sein Bruder Jannis, und auch die Unterweisungen in der Religion der Muselmanen blieben ihm nicht erspart.

Sein neuer Name lautete jetzt Kenan, und der Knabe gewöhnte sich schnell daran, so gerufen zu werden. Dreimal in der Woche ging er nachmittags mit den anderen Pagen, streng bewacht von den Leibwächtern des Großwesirs, in eine nahe gelegene Moschee, wo er von alten Muselmanenpriestern Unterricht in der neuen Religion sowie in Lesen und Schreiben erhielt. Von ihnen erfuhr er auch, was für eine Bewandtnis es mit den Farben der Häuser hatte. Die Vorschrift, sie in bestimmten Farben zu schmücken und damit die Religion ihrer Bewohner anzuzeigen, ging auf den Sultan Fatih zurück, den Eroberer der Stadt. Grau bedeutete, daß in ihnen Armenier wohnten, dunkelgrau, daß sie Griechen gehörten. Schwarz war den Mitgliedern des Hofes vorbehalten und gelb oder rot den muslimischen Untertanen des Sultans. Es gab auch ganze geschlossene Stadtteile oder Straßenzüge, die gelb angestrichen waren: In ihnen lebten die Juden. Für die Kleidung der Angehörigen der verschiedenen Religionen existierten ebenfalls präzise Bestimmungen. Ein Grieche zum Beispiel durfte keinen weißen Turban tragen wie ein Muselmane, sondern war gezwungen, sich ausschließlich einen blauen um den Kopf zu wickeln, ein Jude oder Armenier hingegen einen gelben. Obgleich Armenier wie Juden gelbe Turbane hatten, mußten sie sich in der Farbe des Schuhwerks voneinander unterscheiden: Die Juden trugen hellblaue Stiefel, die Armenier karmesinrote.

Die Stunden in der Moschee waren die einzigen, die die Knaben nicht im Palast des wassersüchtigen Rüstem verbrachten.

Man verköstigte und kleidete ihn gut, aber der Junge litt sehr stark unter dem Eingesperrtsein in eine Welt steinerner Kammern und Mauern, wo das einzige Grün die feinblättrigen Stauden im Innenhof waren und der Himmel sich auf ein Rechteck darüber reduzierte. Natürlich dachte er oft an Flucht, aber Rüstem Paschas Leibgarde bewachte die Pforten und Tore des Palastes streng. Beinahe beneidete er den Bruder, den man ja offensichtlich zu den Soldaten gesteckt hatte. Er würde bei den Janitscharen bestimmt nicht von morgens bis abends das Leben eines Höhlenbewohners führen müssen.

Kosta teilte sich die Kammer mit einem Pagen, der schon ein Jahr seinen Dienst bei Rüstem versah. Er hieß Yussuf und stammte aus einer Provinz weit im Westen des Reiches. Nach und nach erfuhr Kosta, was man mit ihm und den anderen Jungen vorhatte: Wer sich hier im Saray des Großwesirs bewährte, der wurde irgendwann zur weiteren Ausbildung in den Großherrlichen Palast geschickt.

Die Küchenarbeiten gingen Kosta leicht von der Hand. Naturgemäß stellte er sich besonders geschickt an, wenn es darum ging, Fische zu entschuppen, auszunehmen oder zuzubereiten. Da der kranke Pascha nur leichte Nahrung zu sich nehmen konnte, aß er vorzugsweise Meeresfrüchte – außer Krustentieren wie Krabben oder Garnelen, denn die galten einem Muselmanen als unrein. Kosta verstand sich bald bestens mit dem Koch, der für die Fischgerichte zuständig war.

Seinen hohen Herrn bekam der Knabe selten und dann auch nur aus der Ferne zu Gesicht. Es hieß, daß der »Träger der Reichslasten« nicht mehr lange zu leben habe. Seine Wassersucht verschlimmerte sich von Woche zu Woche zusehends.

Über den Fischkoch, der außerhalb des Palastes lebte und mit einem Janitscharen befreundet war, versuchte der Knabe etwas über das Schicksal seines Bruders Jannis zu erfahren, aber das Bemühen des Kochs erwies sich als fruchtlos: Kosta wußte natürlich Jannis' Muselmanen-Namen nicht, unter dem er in den Devschirme-Listen der Janitscharen geführt wurde.

Mit der Zeit gewöhnte er sich an das Leben im Palast, und das Heimweh wurde etwas erträglicher, als er auch die neue Sprache besser beherrschte.

Zu seinem großen Erstaunen erfuhr er von Yussuf, seinem Zimmergenossen, daß die meisten von Rüstems Pagen nicht zur Devschirme gepreßt, sondern von ihren Familien freiwillig gestellt worden waren.

»Du willst mir erzählen, daß du freudig dein Heimatdorf verlassen hast, Yussuf? Deine Familie, deine Freunde?«

Kostas Zimmernachbar zuckte mit den Achseln. »Na, freudig vielleicht gerade nicht. Aber du kennst die unfruchtbaren Gebirge im Westen nicht, wo ich aufgewachsen bin! Seit ich zurückdenken kann, waren wir immer dem Verhungern nahe. Da erscheint mir das Leben hier wie ein andauerndes Fest.«

Kosta teilte Yussufs Meinung nicht, denn obgleich das Leben auf Thiratois auch nicht gerade üppig gewesen war, so hatten er und Jannis doch stets ausreichend zu essen gehabt. »Sehnst du dich nicht manchmal zurück nach deinen Bergen?«

Yussuf schaute Kosta nur verständnislos an.

Eines Tages tauchte Rüstem Paschas Küchenmeister mit einem Leibwächter des Großwesirs in der Türöffnung zum Innenhof auf.

Kosta stand mit bloßem Oberkörper vor dem Backofen und zog an einem langen Eisenhaken goldgelbe Brotlaibe aus dem riesigen Ofenschlund.

»He! Kenan!«

»Ja, Meister?«

»Der Herr möchte dich sehen, spül dir erst den Schweiß ab.«

»Sofort, Meister!« Kenan rannte zum Wasserbecken. Er wusch sich hastig und eilte dann zum Küchenportal.

»So nicht, Kenan!« Der Meister zeigte auf den nackten Oberkörper.

»Ja, Meister.« Der Junge begann in einem Berg von Kleidungsstücken auf einem Holzpodest neben der Tür zu wühlen. »Ich finde meine Jacke nicht!«

»Egal. Nimm irgendeine, aber komm endlich!«

Kenan griff sich eine Jacke. Sie war ihm zu groß und wirkte an ihm wie ein Mantel. Flankiert vom Küchenmeister und dem Leibwächter, durchquerte der Knabe den Hofgarten. Man führte ihn in eine ebenerdige Halle und befahl ihm niederzuknien. Auch der Leibwächter und der Koch kauerten sich auf die harten Steinfliesen. Ein Perlenvorhang teilte sich. Rüstem Pascha betrat mit einem älteren Saray-Diener den Saal.

»Verneig dich!« zischte der Küchenmeister.

Der »Träger der Reichslasten« schnippte mit den Fingern und deutete auf ein Sitzpolster. Augenblicklich schleppte es der Diener herbei. Rüstem Pascha mußte sich von ihm stützen lassen, als er sich setzte. Jede Bewegung bereitete ihm offenbar große Schmerzen, und es dauerte eine kleine Ewigkeit, bis er endlich saß, dennoch blieb sein bleigraues Gesicht völlig ausdruckslos. Ein blaßgrünes Augenpaar richtete sich auf den Knaben, kalt und starr wie die Augen eines großen Reptils.

Kenan wich dem Blick seines Herrn aus und schaute zu Boden.

»Steh auf!« Rüstems Stimme erstaunte den Jungen. Sie war melodisch und warm, der einer Frau nicht unähnlich.

»Erheb dich!« zischte der Küchenmeister, als Kenan zögerte.

Der Atem des Großwesirs ging stockend. »Man sagte mir, daß du ein williger Arbeiter bist und auch unsere Sprache schnell erlernt hast.«

»Antworte mit: ›Ja, Herr!‹« flüsterte der Küchenmeister.

»Ja, Herr!«

Rüstem Pascha wurde von einem Hustenanfall geschüttelt. Der Diener begann sogleich, ihm den Rücken zu massieren. Als der Anfall allmählich verebbte, wagte der Knabe es, den Großwesir anzusehen. Rüstems Augen waren blutunterlaufen, und er wandte den Kopf seinem Diener zu.

»Ab morgen bringst du ihm alles bei, was ein guter Page können muß!«

»Ja, Herr!« antwortete der Diener und half Rüstem Pascha, sich vom Sitzpolster zu erheben.

»Runter auf die Knie!« knurrte der Leibwächter und zupfte Kenan am Jackensaum.

»Verbeug dich!« zischte der Küchenmeister.

Kenan, der Wächter und der Koch verharrten mit auf die Fliesen gedrückter Stirn, bis der Großwesir, gestützt auf den Diener, den Saal wieder durch den Perlenvorhang verlassen hatte.

Des Paschas nächtliche Audienzen

Kenan bekam eine Kammer neben der des Dieners. Dieser mochte bereits an die sechzig Jahre alt sein, hieß Mahmut und war schon lange Rüstems Leibsklave. Er war ein umgänglicher Mensch von bewundernswerter Geduld. Nie schalt er Kenan mit lauten Worten, geschweige denn, daß er ihn körperlich züchtigte, falls der Junge einmal säumig war. Mahmuts Leidenschaft war das Opium. Er aß es in Form einer klebrigen Paste, die ihm der Küchenmeister aus süßen Früchten kochte. Wenn der Diener von der Droge gegessen hatte, verhielt er sich noch bedächtiger als gewöhnlich, und er war wohl die einzige Person im Palast, zu der die »Glückslaus« so etwas wie Vertrauen besaß.

Nach ein paar Wochen, in denen der Diener den Knaben auf Herz und Nieren geprüft hatte, wußte er – um sich häufiger ungestört seinen Opiumträumen widmen zu können – es einzurichten, daß Kenan ihn des öfteren beim Großwesir vertrat. Da der Knabe sich gelehrig anstellte, verlangte der Pascha zur Verwunderung der anderen Haussklaven sogar immer häufiger selbst nach ihm. Kenan war flink und bewegte sich lautlos wie ein Schatten. Rüstem gewöhnte sich schnell an den intelligenten Pagen.

Schon bald begriff Kenan, was es mit den nächtlichen Besuchern auf sich hatte, die vom Hauptmann der Leibwache in den Audienzsaal gebracht wurden. Es handelte sich um Bittsteller verschiedenster Art. Nicht wenige von ihnen trugen fremdländische Kleider und konnten ihr Anliegen nur mit Hilfe eines Dolmetschers vorbringen.

Der Großwesir antwortete ihnen nie sofort. Während der Audienz war stets der Schreiber zugegen. Erst wenn die Bittsteller den Saal wieder verlassen hatten, diktierte der »Träger der Reichslasten« seine Entscheidung, die hauptsächlich davon abhing, wie kostbar das Geschenk ausgefallen war, das der Bittsteller beim Palasthauptmann hinterlassen hatte.

Zwei von den nächtlichen Besuchern erschienen mehrmals im Monat, sie hätten in ihrer Erscheinung nicht gegensätzlicher sein können: Einer war ein in Seide und Brokatgewänder gekleideter Weißer Eunuch aus dem Sultanspalast, dessen Turban glitzernde Steine schmückten, der andere Besucher war der hinkende Mann, den Kenan am ersten Tag in Rüstems Palast in der Küche gesehen hatte. Er war ein griechischer Schankwirt aus dem Stadtteil Pera.

Der Verschnittene brachte nie Geschenke mit, im Gegenteil, fast jedesmal wenn er Rüstems Saray verließ, händigte ihm der Schreiber einen größeren Betrag an Silber-, manchmal sogar an Goldmünzen aus.

Der Schankwirt trug einen blauen groben Leinenkittel und war barhäuptig. Obwohl seine Bestechungsgelder im Vergleich zu denen der anderen Bittsteller eher dürftig ausfielen, verbrachte er oft lange Zeit mit dem Großwesir, der ihn über die Stimmung im Volk aushorchte, aber sich besonders dafür interessierte, was in der Residenz des Prinzen Selim vor sich ging. Der Grieche war Weinlieferant des Schehzade und konnte deshalb immer mit interessanten Informationen aufwarten.

Und dann gab es da noch ganz andere Besucher. Es handelte sich stets um Frauen. Kenan erfuhr von ihnen erst, als er schon einige Monate dem Großwesir als Leibpage aufwartete. Sie trafen den Großwesir nicht wie die Bittsteller nach Einbruch der Dunkelheit, sondern tagsüber in einem Raum, der von den jüdischen und armenischen Händlerinnen aufgesucht wurde, die die Gattinnen und Sklavinnen des Paschas mit allerlei Tand oder Süßigkeiten versorgten.

Kenan konnte sich, seitdem er zu einem von Rüstems Leibpagen avanciert war, freier im Palast bewegen als noch während seines Küchendienstes. Er entdeckte die mit einem Tuch verhangene Öffnung zum Zimmer der Tändlerinnen zufällig, als er plötzlich die Stimme seines Herrn, den er noch im Audienzsaal vermutete, neben sich hörte.

Die Frau, mit der sich der »Träger der Reichslasten« unterhielt, war eine Dienerin von Haseki Nûrbanu, der Ersten des Prinzen Selim. Sie war eine pockennarbige Alte in einem schwarzgrauen Mantel, hieß Fatma und war aus der Provinz angereist, um Süleymans Großwesir – wie es auch der rhodische Schankwirt getan hatte – aus dem prinzlichen Haushalt zu berichten.

Die »Glückslaus«, das lernte der Junge schnell, hatte seine Spione und Informanten überall, und aus allem, was man ihm zutrug, wußte er gebührend Kapital zu schlagen. Der Reichtum von Süleymans Großwesir war sprichwörtlich und erregte natürlich den Neid all derer, die nicht an ihm teilhaben konnten. Zu ihnen gehörte auch Prinz Beyazit, der im Gegensatz zu Selim die Statthalterschaft in einer von der Hauptstadt weit entfernten Provinz ausübte und so das Nachsehen hatte, was die lukrativen Geschäfte im Zentrum des Reichs betraf. Prinz Beyazit haßte den Großwesir seines Vaters, saß aber im fernen Amasya am kürzeren Hebel der Intrigen.

Rüstem Pascha vergalt Beyazits bodenlosen Haß mit ebenbürtigem Ränkespiel. Es gelang ihm, dem »Gesetzgebenden« einzuflüstern, daß der Prinz Pläne hegte, noch zu seinen Lebzeiten nach dem Thron der Osmanen zu greifen, obgleich alle Welt wußte, daß Beyazit lediglich seinen älteren Bruder Selim aus dem Weg räumen wollte.

Die Informationen, mit denen der »Träger der Reichslasten« die Intrigen gegen Beyazit untermauern konnte, lieferte ihm eine vom Prinzen vernachlässigte Nebenfrau. Auch sie ließ mittels einer vertrauenswürdigen Sklavin dem Pascha Nachrichten zukommen.

Das Eintreffen der Frauen im Palast wurde meist am Tag vorher durch eine schriftliche Botschaft angekündigt, die der Schreiber dem Pascha vorlegte. Tags darauf war es allen Sklaven striktest untersagt, das Saray zu verlassen oder sich in den Palastbereichen aufzuhalten, die an die Haremsgemächer grenzten. Kenan schlich sich dann immer in die Kammer neben dem Raum der Händlerinnen und spitzte die Ohren. Vielleicht ergab sich ja einmal die Gelegenheit, das erlauschte Wissen sinnvoll zu verwenden. Zum Beispiel zur Flucht.

Ein ergiebiger Umtrunk im »Tor der Glückseligkeit«

Der alte Orhan wischte sich die Schweißperlen von der Stirn und zog seine Zimmertür im linken seitlichen Anbau des Tors hinter sich zu. Bab-üs Saadet, »Tor der Glückseligkeit«, hieß das dritte große Palasttor, das in den Enderun-Hof des Neuen Sarays führte. Niemand außer dem Sultan und dem Großwesir kam unkontrolliert von seinen Wächtern, den Weißen Eunuchen, in den inneren, den privaten Palastbereich des »Gesetzgebenden«.

Der alte Agha setzte sich auf einen mit kostbaren Seidenkissen überhäuften Diwan und zählte fluchend die verbliebenen Goldstücke im Geldkästchen. Orhan, Kapi Agha, Agha der Weißen Eunuchen, Oberster aller weißhäutigen Verschnittenen im Großherrlichen Palast auf der Spitze des Goldenen Horns und Kommandant der Inneren Saray-Wache, Orhan, Leiter der Pagenschule im Dritten Hof des Yeni Sarays, verschloß sodann mit unbewegtem Gesicht das Eisenkästchen auf seinem Schoß. Drei Goldstücke zusätzlich aus seiner Privatschatulle hatte der Janitscharenschreiber für das Vertuschen erhalten, und die Affäre mit dem vom »Träger der Reichslasten« widerrechtlich an den Militärrichter verkauften Pagen war hoffentlich ein für alle Male ausgestanden. Nie hätte er Rüstem Paschas Wunsch nachgeben dürfen, einen der ihm anvertrauten Pagen weiterzuveräußern! Orhan seufzte. Aber wer im Neuen Saray hätte es schon gewagt, dem mächtigen Großwesir Süleymans einen Wunsch abzuschlagen? Noch immer stand Rüstem in höchstem Ansehen beim »Gesetzgebenden«. Ob der »Schatten Gottes auf Erden« wohl den Spitznamen kannte, den das Volk dem Großwesir gegeben hatte?

Der Agha schob das Kästchen unter seinen Diwan. Ärgerlich war die ganze Angelegenheit gewesen, bloß weil Rüstem Pascha wieder einmal seine Goldgier nicht zu beherrschen vermocht hatte. Der Heeresrichter von Anatolien hatte sich in den blonden Pagen verliebt und dem Großwesir, in dessen Palast der Junge zur Ausbildung war, eine horrende Summe geboten. Rüstem Pascha hatte das Geld eingestrichen und ihm, Orhan, für sein Mitwirken nur ein Bakschisch angedeihen lassen, dieser Geizkragen!

Der Agha der Weißen Eunuchen erhob sich schnaufend von seinem Kissenlager. Außer daß man den Heeresrichter fortan gut erpressen konnte, hatte sich das Geschäft insgesamt als unvorteilhaft erwiesen.

Der Knabe war dem »Gesetzgebenden« irgendwann einmal während eines Besuchs beim »Träger der Reichslasten« aufgefallen, und ausgerechnet nach diesem Knaben hatte der Sultan dann vor einiger Zeit des öfteren gefragt. Da der Junge wie fast alle aus der Devschirme stammte, war er formal Eigentum des Großherrn. Und wer das Eigentum des »Herrschers über alle Menschennacken« ohne dessen Einwilligung veräußerte, der war des Todes.

Orhan sprach ein stummes Dankgebet, daß seine Leute bei der letzten Devschirme einen Knaben aufgetrieben hatten, der dem verkauften Pagen täuschend ähnlich sah. Alles Weitere würde sich finden. Die Aushebungslisten und Bücher stimmten jedenfalls auf Grund der klingenden finanziellen Nachhilfe überein. Außerdem hatte der »Gesetzgebende« sich nun schon länger nicht mehr nach dem Pagen erkundigt, und es war gut denkbar, so wie Orhan seinen Herrn kannte, daß der auch nie wieder nach ihm fragen würde.

Aber sicher war sicher. Der Neue in Rüstem Paschas Saray mußte so schnell wie möglich in die Lage versetzt werden, die Großherrliche Schule zu besuchen, ohne daß er dort auffiel. Besonders weil Süleyman nach dem Tod von Hürrem Sultan, seiner vergötterten

Gemahlin, gereizter denn je war, rollten im Neuen Palast die Köpfe unbotmäßiger Sklaven derzeit nur so in den Staub. Bereits die allerkleinste Verfehlung ließ die Bostandschi, die Großherrlichen Henker, emsig die Richtschwerter schwingen.

Der Agha trat an das Fenster, das einen Blick auf einen Teil des Enderun-Hofes ermöglichte, und beobachtete eine Weile die Großherrlichen Pagenschüler beim nachmittäglichen Fechtunterricht.

Garsüddinzade, der Leibarzt Süleymans, überquerte mit zwei Gehilfen den Hof in Richtung auf die Privatgemächer des Sultans.

›Seit Prinz Beyazit ganz offen gegen den Schehzade Selim intrigiert, ist nicht nur der Gesundheitszustand von Rüstem ein Thema hier im Saray‹, dachte der alte Orhan. ›Allah verhüte, daß Beyazit seinem Vater auf den Thron des Hauses Osman folgt! Nichts würde bleiben, wie es ist!‹ Und der Agha der Weißen Eunuchen malte sich aus, wie Beyazit als erstes ein Blutbad unter seinen Widersachern im Neuen Palast anrichten würde.

Er, Orhan, der nie einen Hehl daraus gemacht hatte, daß er den Schehzade Selim favorisierte, wäre einer der ersten, den der Zorn Beyazits treffen würde. Der Agha schüttelte sich und versuchte die trüben Gedanken zu vertreiben. Vergeblich. Er brauchte Zerstreuung.

Er öffnete das Fenster zum Enderun-Hof. Sein bester Fechtlehrer, Yildirim Ahmed, »Ahmed der Blitz«, der auch den Ersatz für Rüstems Pagen bei der Devschirme aufgetrieben hatte, scheuchte einen Pagenschüler mit einem stumpfen Säbel quer über den kiesbestreuten Kampfplatz. Die Hiebe und Stiche erfolgten beiläufig, fast nachlässig, dennoch hatte der Page, ein muskulöser junger Mann, Mühe, den raffinierten ansatzlosen Angriffen des dicken Kastraten auszuweichen. Es endete damit, daß der Lehrer dem Pagen mit einer blitzschnellen Finte die Waffe aus der Hand schlug.

›Bravo!‹ dachte der Agha, denn auch er war einmal ein Meisterfechter gewesen, und was Yildirim Ahmed konnte, hatte er ihm beigebracht.

Ein Diener holte den Fechtmeister ins Zimmer des Aghas, ein anderer brachte eine Weinkaraffe und zwei rubinrote Gläser.

»Was verschafft mir die Ehre, Herr?«

»Ich werde alt, mein guter Ahmed, und fühle mich einsam. Komm, leiste mir Gesellschaft!« Der Oberste der Weißen Eunuchen bedeutete dem Fechtmeister, sich zu ihm auf den Diwan zu setzen.

»Zu gütig, Herr!« Ahmed hob das Glas und trank auf das Wohl des Aghas.

Der alte Eunuch blinzelte seinen Zögling verschmitzt an. »Und nun erzähl mir einmal in Ruhe und ganz ausführlich, wie du an einen so guten Ersatz für den Pagen der ›Glückslaus‹ gelangt bist!«

Als der Fechtmeister seinen Bericht beendet hatte, blickte der Alte nachdenklich in sein Glas, trank es auf einen Zug aus und sagte: »So weit, so gut, mein lieber Ahmed! Dieser Kosta, oder Kenan, wie er jetzt heißt, scheint ein umgänglicher, auffassungsfähiger Junge zu sein und damit ein guter Ersatz für den verkauften Pagen. Er wird wegen der Umstände seiner Aushebung auf der Insel kaum auf den Gedanken kommen, daß seine und seines Bruders Versklavung gegen die Gesetze des Sultans verstoßen haben.«

Der Fechtmeister nickte. »Rüstems Sklaven stammen nicht alle aus der Devschirme, sondern meist vom großen Markt in Edirne.«

Der alte Eunuchen-Agha spielte mit dem leeren Weinglas. »Schon richtig, was du sagst, mein Lieber. Und wenn der Junge dann erst hier in der Palastschule ist, wird er lernen, daß viele der Großherrlichen Sklaven sogar als Kriegsgefangene in das Saray gekommen sind, und hoffentlich noch immer nichts Ungewöhnliches an der Art und Weise finden, wie er von euch geraubt wurde. Aber was ist, wenn er einmal zufällig auf seinen Bruder trifft, der als Janitscharenzögling ganz bestimmt in den nächsten zwei, drei Jahren nach Istanbul kommen wird?«

Der Fechtmeister schenkte seinem Herrn nach, legte die Stirn in Falten und betastete wie immer, wenn er nachdachte, die sternförmige Narbe über seiner rechten Augenbraue. »Ich habe vorhin noch einmal mit dem Janitscharenschreiber gesprochen. Kenans Bruder ist im Moment irgendwo in der Nähe von Konya. Aber Ihr habt selbstverständlich recht, Herr, es wäre nicht klug, sie aufeinandertreffen zu lassen.«

»Das einfachste wäre natürlich, man schafft einen von beiden aus der Welt. Man könnte diesen Kenan zum Beispiel vergiften.«

Der Fechtmeister machte ein bedenkliches Gesicht. »Ich fürchte, das geht nicht.«

Der Agha seufzte. »Leider. Ich weiß. Es gibt bereits viel zu viele Mitwisser. Und wenn Gift im Spiel ist, würden wir auch Süleymans Leibarzt nicht mehr beeinflussen können. Für das Wohl der Saray-Pagen in Ausbildung ist er verantwortlich. Jemanden für unpäßlich zu erklären, das ginge schon an, aber einen Giftmord zu vertuschen, wird er sich wegen der eifersüchtigen Kollegen garantiert nicht wagen.«

Der junge Eunuch sagte mit ernster Stimme: »Mir kommt da ein Gedanke, Herr.«

Der Agha der Weißen Eunuchen musterte seinen Schützling liebevoll und lächelte. »Das überrascht mich keineswegs, mein lieber Ahmed. Sprich!«

»Ich treffe doch regelmäßig in der Weinschenke den Adjutanten vom Janitscharen-Agha. Er scheint mir ein umgänglicher Mensch zu sein. Ich denke, er könnte es einrichten, daß Kenans Bruder später in Edirne oder Gelibolu stationiert wird und nicht hier in Istanbul.«

»Das wäre auf jeden Fall sehr hilfreich. Triff dich gelegentlich einmal mit ihm und vergiß ein passendes Geschenk nicht!«

»Er liebt die Knaben, Herr.«

»Na, um so einfacher.« Der Oberste der Weißen Eunuchen lehnte sich behaglich in die weichen Kissen zurück. »Fällt dir noch etwas Gescheites ein, wie wir den Heeresrichter ein wenig daran erinnern könnten, daß er gegen die ehernen Gesetze des ›Herrschers über alle Menschennacken‹, gegen die Gebote des ›Schatten Gottes auf Erden‹ verstoßen hat?«

»Wie wäre es, ihn zu bitten, einen von seinen Buhlknaben an den Adjutanten des Janitscharen-Aghas abzutreten? Akzeptiert der Adjutant das Geschenk, haben wir ihn ebenfalls in der Hand.«

Der alte Eunuch kicherte und schlug sich auf die Schenkel. »Nicht schlecht, und es wäre überdies die billigste Lösung, mein Sohn!«

»Morgen«, sagte Ahmed, »gleich morgen werde ich die Schenke in Pera aufsuchen, Herr!«

Der Agha zeigte auf die geleerte Karaffe. »Der hinkende Rhodier soll uns rechtzeitig Bescheid geben, wenn eine Lieferung aus Zypern eintrifft, nicht daß er wieder den gesamten Wein an Selims Bogenmeister Hussein weitergibt!«

»An seinen *Bogenmeister*? Das ist mir neu! Ich dachte immer, der Haushofmeister würde das für den Schehzade erledigen.«

»Ich weiß es genau. Hussein ist es, der seinem Prinzen den Wein heranschafft.«

Als Yildirim Ahmed Orhans Zimmer im Seitenflügel des »Tors der Glückseligkeit« verließ, war sein Schritt beschwingt.

Paolo de Teresta hält sich bei einem Weingelage zurück

Ein Blick auf Rüstem Pascha genügte, um zu wissen, daß die Tage des »Trägers der Reichslasten« gezählt waren. Er bewegte sich nur noch schleichend, auf seine Diener gestützt, und sein ganzer Körper war grausam von der Wassersucht im letzten Stadium gezeichnet. Die Habgier des Paschas minderte der sich ankündigende Tod indes keineswegs. Im Gegenteil: Der Großwesir Süleymans raffte Reichtümer zusammen, als könnte er damit sein Leben auf ewig verlängern. Die Zahl der »Bittsteller« wuchs von Tag zu Tag. Jede Vorschrift, jedes Gesetz im Reiche des »Gesetzgebenden« ließ sich umgehen, freizügig auslegen oder mißachten – wenn man nur die passenden Geschenke für die »Glückslaus« aufzubringen vermochte. Von dem beständigen Geldsegen profitierte nicht nur der Pascha. Die »Besucher« verteilten, um die Bediensteten seiner Umgebung für sich einzunehmen, beachtliche Beträge. So mancher Geizhals scheiterte bereits an den Torwächtern des Großwesir-Sarays. Wer sichergehen wollte, zu Rüstem vorgelassen zu werden, gab vorsorglich großzügig nach links und rechts. So kamen auch Mahmut und Kenan in den Genuß der einen oder anderen »Spende für Naschwerk oder Limonade«, denn ihre Aufgabe war es, die Bittsteller nach der Audienz zum Palastausgang zu geleiten. Während Rüstems alter Diener das dezent überreichte Silber fast ausschließlich in Opium ummünzte, legte sich Kenan eine Fluchtkasse an.

Einer von Rüstems nächtlichen Besuchern gab reichlicher als die anderen. Er hieß Paolo de Teresta und versorgte Mahmut auch hin und wieder mit einem Klumpen seines geliebten Opiums. Mit dem Pascha stand Teresta auf ungewöhnlich vertrautem Fuß. Während bei den normalen Bittstelleraudienzen entweder der Schreiber oder Kenan und Mahmut anwesend blieben, bestand der Großwesir darauf, mit Paolo de Teresta ausschließlich ohne Zeugen zu reden. Welche geheimen Angelegenheiten der »Träger der Reichslasten« dann mit dem Portugiesen verhandelte, war dem alten Mahmut einerlei, er interessierte sich nur noch für seine Rauschträume. Aber Kenans Neugier war erregt. Er fand heraus, daß man, wenn man die schwere Hoftür des Audienzsaales einen Spalt geöffnet hielt, noch recht gut verstand, was drinnen gesprochen wurde.

Der Portugiese wollte von Rüstem Pascha nicht mehr und nicht weniger als den Zuschlag für die Verproviantierung aller Kriegsschiffe der osmanischen Flotte, die Istanbul oder Gelibolu als Heimathafen hatten. Da es viele Bewerber für dieses lukrative Privileg gab und der Großwesir die Konkurrenten jederzeit mit bewundernswerter Geschicklichkeit gegeneinander auszuspielen pflegte, zogen sich die Verhandlungen in die Länge, und Paolo de Teresta erschien beinahe jede zweite Nacht im Palast. Mit seinen Besuchen schwoll Rüstems Schatzkammer immens an. Schließlich gelang es dem Portugiesen, alle anderen Bewerber aus dem Rennen zu werfen. Sein Bestallungsschreiben als Verproviantierer der Pfortenflotte zierte die prächtige, goldglänzende Tugra des »Gesetzgebenden«. Fortan durfte Paolo de Teresta sich Großherrlicher Flottenausrüster oder Flottenverproviantierer nennen und wurde jederzeit unverzüglich zum Großwesir vorgelassen.

»Wie heißt du, mein Junge?«

»Kenan, Herr.«

»Und woher kommst du?«

»Von der Insel Thiratois, Herr. Kennt Ihr sie?«

»Ja.« Paolo de Teresta steckte ihm eine Münze zu. »War …?« Der Portugiese nannte den Namen eines Galeerenkommandanten.

»Nein, Herr. Er hat sich für morgen angekündigt.«

Eine weitere Silbermünze, schwerer und größer als die erste, fand den Weg in Kenans Hand. Schnell lernte der Knabe, daß sich bei de Teresta ein gutes Gedächtnis bezahlt machte, wenn es sich um Rüstems Besucher aus Marinekreisen handelte. Der Portugiese achtete immer darauf, daß niemand in der Nähe war, wenn er den Knaben befragte. Kenan konnte eins und eins zusammenzählen.

Als die Gelegenheit günstig war, wagte er, de Teresta darum zu bitten, nach dem Verbleib seines Bruders zu forschen, da seine eigenen bisherigen Bemühungen ergebnislos geblieben waren, und er erzählte dem Portugiesen, wie man ihn und seinen Zwillingsbruder geraubt hatte.

»Wie ist der Name von deinem Bruder?«

»Er wurde Jannis getauft, Herr. Aber wie er jetzt heißt, weiß ich nicht.«

Der Portugiese versprach zu tun, was in seinen Möglichkeiten lag. Und er hielt Wort. Nur sagte er Kenan nicht alles, was er herausgefunden hatte. Zum Beipiel, daß die Bevölkerung von Thiratois und die der anderen Inseln des Archipels eigentlich von der Knabenlese ausgenommen waren.

Wer von der Existenz der geräumigen Kellertaverne im zweiten Hof der Holzhandlung in Pera Kenntnis hatte, kannte auch die Parole, die den Bruder des Wirts die Hunde zurückpfeifen ließ, die jeden bestürmten, der sich dem Straßenfronttor näherte. Nicos Gäste kamen meistens erst spät, wenn der für den Bezirk zuständige Janitscharenunteroffizier und dessen Leute ihre Runde beendet hatten. Selbstverständlich wußten die Soldaten, die im Revier den Polizeidienst versahen, von der Weinschenke. Eine regelmäßige Einladung zum Gratiszechen und eine nicht unbeträchtliche Geldsumme sorgten dafür, daß die Taverne des Rhodiers von Razzien verschont blieb, zumal der Wirt etliche hohe Janitscharenoffiziere zu seinen Kunden zählte.

Paolo de Teresta trank gerade einem Tschorbadschi zu, als Yildirim Ahmed in Begleitung von Rüstem Paschas Palasthauptmann das Kellergewölbe betrat.

Der Fechtlehrer der Enderun-Pagen schaute sich in dem dämmrigen Raum um und musterte de Terestas Trinkgefährten im Schein der flackernden Öllampen und einiger Wachskerzen einen Moment, bevor er ihn begrüßte. Der Tschorbadschi bat den Verschnittenen und seinen Begleiter an den Tisch. Dann stellte er Teresta dem Eunuchen vor.

»Ich habe von Eurer Bestallung zum Großherrlichen Flottenverproviantierer gehört«, sagte der Fechtlehrer, »aber leider noch nie die Gelegenheit gehabt, Euch zu treffen.«

Der Portugiese und Rüstems Palasthauptmann zwinkerten sich zu.

»Natürlich – die Herren müssen sich ja kennen!« kommentierte Yildirim Ahmed die vertrauliche Begrüßung.

Nico brachte zwei randvolle Becher.

Der Verschnittene roch an seinem. »Ah, Zypern-Wein!« sagte er anerkennend.

»Ja, Herr!« Der Wirt machte eine Verbeugung. »Eine ganz frische Lieferung!«

»Deswegen spreche ich später noch mal mit dir«, sagte der Eunuch.

»Gerne, Herr! Mein Lager ist wieder gut aufgefüllt!«

Man trank auf die Gesundheit. Yildirim Ahmed und der Tschorbadschi steckten die Köpfe zusammen, tuschelten und kicherten von Zeit zu Zeit. Die Art, wie sie miteinander redeten, zeigte dem Portugiesen, daß sie auf sehr vertrautem Fuß standen.

Paolo de Teresta saß Rüstem Paschas Saray-Hauptmann gegenüber. Der mußte bereits anderenorts gezecht haben, denn seine Bewegungen waren fahrig, und er lallte leicht, obgleich er versuchte, sich seine Trunkenheit nicht anmerken zu lassen.

Der Wein war ausgezeichnet, Nico brachte Becher um Becher.

Oben schlugen die Hunde an. Bald darauf klopfte jemand an die Kellertür. Der Wirt schaute erst durch einen Sehschlitz – die Treppe wurde von zwei Öllampen beleuchtet –, bevor er die dicke Tür aufsperrte und dann den Gast sogleich zu einer entlegenen Nische führte. Dennoch hatte de Teresta den Ankömmling erkannt. Er war kurzbeinig und von tonnenförmiger Gestalt, niemand anders als Kaptan Sokrates. Es war nur allzu begreiflich, daß Nico kein Interesse daran hatte, daß er mit den anderen Zechern zusammentraf.

Plötzlich ertönte aus einer Ecke des Gewölbes leise Flötenmusik, und eine Handtrommel wurde angeschlagen. Sie kündigte die Tänzerin an. Nico räumte ein paar Schemel aus der Raummitte.

Es waren fast immer blonde Tscherkessenmädchen, die spärlich bekleidet höchst eindeutige Schleiertänze darboten. Der Wirt hatte eine bildschöne Tochter im gleichen Alter wie die Tanzmädchen, wachte aber eifersüchtig darüber, daß sie nie mit den Tavernengästen in Berührung kam. Sie hieß Sophia. Die Töchter von Paolo de Terestas Gesellen, einem Serben, waren mit ihr befreundet. De Teresta selbst war unbeweibt. Ein Rechtsritter vom Orden des heiligen Johannes hatte auch das Keuschheitsgelübde abgelegt. Wenn jemand den Portugiesen wegen des ausgedehnten Haremsteils auf seinem Anwesen neckte – der serbische Geselle bewohnte ihn mit seiner Frau und den Töchtern –, dann beließ de Teresta die Menschen bei ihrer Meinung.

Die Tscherkessinnen tanzten nicht nur für Nicos Gäste. Der geschäftstüchtige Rhodier war auch Mitinhaber eines Bordells direkt am Pera-Turm. Wer nach den Weingelagen noch Lust auf Frauen oder Buhlknaben verspürte, hatte es von der Taverne aus nicht weit. Selbstverständlich wurden die diensthabenden Janitscharen des Reviers auch im Freudenhaus umsonst bedient.

Die Flöte intonierte eine getragene Melodie. Das Mädchen begann sich langsam im Kreise zu drehen. Rüstems Palasthauptmann konnte nur noch unter größter Anstrengung aufrecht sitzen, dennoch starrte er gierig auf die prallen Brüste der Tänzerin, die sich unter ihrem luftigen Gazehemd abzeichneten.

Ein Mann, der ein Turbantuch so gewickelt hatte, daß von seinem Gesicht nur die Augen und die Nase sichtbar blieben, wurde vom Wirt zu einer Nische der Treppe gegenüber geleitet.

Paolo de Teresta gab vor, die üppige Schönheit aufmerksam zu betrachten, konzentrierte sich aber voll darauf, weiter der Unterhaltung Yildirim Ahmeds und des Tschorbadschi zu lauschen.

Der Janitschar und der Eunuch hatten noch lange nicht den Grad der Trunkenheit von Rüstems Saray-Hauptmann erreicht, weinselig aber waren auch sie schon. De Teresta entnahm ihrer Unterhaltung, daß sie sich lange Zeit nicht mehr gesehen hatten. Je länger sie miteinander zechten, desto mehr schwelgten sie in Erinnerungen an eine gemeinsam unternommene Devschirme-Fahrt.

Während die Tscherkessin das Gazehemd abstreifte und Rüstems Hauptmann vor Lüsternheit unbeholfen mehrmals nach ihr grabschte, sie aber mit großer Regelmäßigkeit um Armeslänge verfehlte, erfuhr der Portugiese vom Schicksal der Zwillingsbrüder, die man gegen das Gesetz des Sultans von der Insel Thiratois entführt hatte, und er hörte auch die Geschichte von der Fälschung der Devschirme-Bücher in diesem Zusammenhang. Besonders wie es ihnen gelungen war, den geizigen »Träger der Reichslasten« um die Hälfte des Silbers zu prellen, das dieser dem Verschnittenen für die Bestechung des Janitscharenschreibers gegeben hatte, belustigte de Terestas Sitznachbarn derart, daß sie immer wieder darauf zu sprechen kamen. Wenn der schwergewichtige Fechtlehrer sich dann vor Lachen schüttelte, erschien er dem Portugiesen wie eine riesige, erregte Qualle.

Befriedigt vernahm de Teresta, daß der Tschorbadschi und der Weiße Eunuch tief in den Sumpf der Korruption hinabgesunken waren. Hier ließen sich mit etwas Geschick neue Informationsquellen aus dem Großherrlichen Neuen Saray erschließen.

Der Kopf von Rüstems Palasthauptmann sank plötzlich auf die Tischplatte, und augenblicklich war der Mann fest eingeschlafen.

Das Tscherkessenmädchen näherte sich mit ein paar akrobatischen Tanzschritten der Nische des Verschleierten. Ein durchsichtiger Seidenschal, locker um die Hüften geschlungen, war das einzig verbliebene Kleidungsstück der Tänzerin. Fast alle Blicke folgten ihr. Der Verschleierte warf dem Mädchen ein Geldstück zu, das es geschickt auffing. Die Tscherkessin tanzte noch ein paar Takte vor der Nische, bevor sie wieder in die Raummitte zurückkehrte.

»Wer mag der Bursche wohl sein?« hörte de Teresta den Tschorbadschi fragen.

»Wenn ich mich nicht ganz gewaltig irre, ist das der persische Bogenmeister von Prinz Selim, Hauptmann«, antwortete der Weiße Eunuch. »Er kommt zwei-, dreimal im Jahr nach Istanbul, um für seinen Herrn gewisse Geschäfte abzuwickeln.«

Der Janitschar zog fragend die Augenbrauen hoch.

»Nun, er ist aus dem gleichen Grund hier bei Nico wie ich. Er will für seinen prinzlichen Gebieter Zypern-Wein einkaufen«, sagte Yildirim Ahmed und winkte dem Wirt. »Schaff uns noch eine Runde herbei, Rhodier!«

Der Wirt deutete auf Rüstems obersten Saray-Wächter: »Für den auch, Herr?«

Der kurze Schlaf auf der Tischplatte hatte Wunder gewirkt. Der Palasthauptmann öffnete die Augen und sagte mit fast klarer Stimme: »Aber selbstverständlich, du mieser, alter Gauner! Und bring mir ja einen großen Becher!« Mit diesen Worten sank sein Kopf wieder nach unten. Wenig später weilte er tief und ruhig atmend endgültig im Land der Träume.

Paolo de Teresta verabschiedete sich von den Zechgenossen und zahlte. Nico ging mit seinem Gast nach oben und rief seinem Bruder im vorderen Hof zu, er solle die Hunde für einen Augenblick wegsperren. Dann brachte der Wirt den Portugiesen bis zum Straßenfronttor.

»Beehrt uns bald wieder, Herr!«

De Teresta versprach es gern. Es war nicht das erste Mal, daß er im Weinkeller des Rhodiers interessanten Gesprächen gelauscht hatte.

Vergnügt machte sich der Portugiese auf den Weg zum Pera-Turm, wo er ganz in der Nähe des Bordells bei einem Landsmann zu nächtigen gedachte.

João de Teixeiras war Mitglied der französischen Kolonie und galt den Osmanen deshalb als Franzose. Er handelte mit Stoffen und segelte in den nächsten Tagen via Sizilien nach Marseille. Er würde das Frachtschiff in Sizilien verlassen und unverzüglich von einer Galeere nach Malta gebracht werden, um Jean Parison de la Valette, dem Großmeister des Ordens vom heiligen Johannes, über das riesige Flottenbauprogramm der Pforte Bericht zu erstatten. João de Teixeiras war auch ein Ritter des Ordens – aber das wußte im Reich des »Gesetzgebenden« nur noch Paolo de Teresta.

Der Portugiese stellte sich gerade Nicos Überraschung vor, wenn der wüßte, daß er, Paolo de Teresta, dafür sorgen würde, daß zukünftig Yildirim Ahmed und der Bogenmeister von Prinz Selim ihren Zypern-Wein direkt und billiger bei Kaptan Sokrates erwerben konnten. Eigentlich mochte de Teresta den hinkenden Rhodier, aber um das Vertrauen des prinzlichen Bogenmeisters und das eines Enderun-Fechtlehrers zu gewinnen, blieb ihm keine andere Wahl, als den Wirt als Zwischenhändler zu umgehen. Die Sache mußte sehr dezent eingefädelt werden, schließlich durfte de Teresta es sich mit niemandem offen verscherzen.

Der Portugiese bog in eine von Weinlaub überdachte Gasse ab und klopfte wenig später an eine niedrige Pforte in einer aus Naturstein geschichteten Mauer, hinter der der Garten von João de Teixeiras' Haus lag.

»Wer da?«

Der Portugiese nannte seinen Namen. Als Teixeiras' Hausknecht öffnete, fiel de Teresta dessen Ähnlichkeit mit Rüstems Leibpagen Kenan auf. Während er durch die Pforte schlüpfte und darauf wartete, daß der junge Mann den Eingang mit einem Riegel wieder umständlich sicherte, kam ihm eine Idee.

Mit etwas »Nachdruck« bei den rechten Leuten war es sicherlich möglich, schnell herauszufinden, wo sich Kenans Bruder derzeit befand und wie sein neuer Name lautete. De Teresta hegte keinerlei Zweifel: Würde ihm das gelingen, so hätte er den eifrigsten Spion im Haus des Großwesirs für sich gewonnen, den man sich denken konnte.

»Ist dein Herr noch wach?«

Der Hausknecht nickte.

»Dann bring mich gleich zu ihm!«

Ein vergoldeter Auftrag

Der Portugiese war länger als gewöhnlich beim »Träger der Reichslasten« geblieben. Als Kenan ihn über den Hof zum Tor begleitete, staunte er nicht schlecht, daß Paolo de Teresta ihm am Brunnen statt der üblichen Silbermünze ein kleines Goldstück in die Hand drückte.

»Kannst du lesen und schreiben?«

»Ja, Herr.«

»Meinst du, du könntest bei günstiger Gelegenheit einen Blick auf die Papiere werfen, die der Pascha dem Großadmiral schickt?«

Kenan schaute den Portugiesen verblüfft an. Woher wußte der bloß von den Briefen? Gab es noch jemanden im Palast, der ihm Auskunft gab?

»Ich will es gerne versuchen, Herr.«

»Du mußt sehr vorsichtig sein, mein Junge. Mir reicht es zu wissen, welche Schiffstypen in den Briefen genannt werden. Besonders wenn von großen Frachtschiffen die Rede ist, merk dir genau ihre Stückzahl!«

»Der Schreiber trifft sich nach dem Mittagsgebet immer mit Freunden irgendwo außerhalb des Sarays. In dieser Zeit ließe es sich für mich leicht einrichten, unter einem Vorwand in sein Zimmer zu gehen.«

»Gut, mein Junge. Übrigens, ich habe mich nach deinem Bruder erkundigt.«

»Und, Herr?« fragte der Knabe aufgeregt. »Habt Ihr etwas in Erfahrung bringen können?«

»Vorerst leider nicht viel. Aber ich weiß, daß er jetzt Dschengis heißt und in der Nähe von Konya auf die Janitscharenausbildung vorbereitet wird – so wie du hier bei Rüstem Pascha auf den Pagendienst im Großherrlichen Neuen Saray.«

»Bitte, Herr, findet für mich heraus, für welche Ausbildungstruppe man ihn vorgesehen hat, wenn er in Konya fertig ist!«

»Dazu ist es jetzt noch zu früh, aber wenn es soweit ist, werde ich es schon in Erfahrung bringen. Das verspreche ich dir.«

»Danke, Herr!«

Paolo de Teresta wußte, daß die Janitscharenanwärter aus der Konya-Gegend zumeist in die Ausbildungstruppe von Gelibolu gesteckt wurden, aber das durfte er dem Knaben noch nicht preisgeben. Zuerst einmal sollte der herausfinden, wie viele großräumige Frachtschiffe die Pforte insgesamt in Auftrag zu geben plante. Waren es mehr als ein Dutzend, dann galt der verstärkte Flottenausbau wirklich der Eroberung Maltas. Eine osmanische Armee, die die Ordensfestungen auf dem maltesischen Archipel erstürmen wollte, war darauf angewiesen, daß alles, vom Holz fürs Herdfeuer bis zum Trinkwasser der Pferde, per Schiff herangeschafft wurde. Die Inseln waren steinig und kahl. Die Erträge der Felder reichten kaum für die Bewohner, sogar das Brotgetreide mußte regelmäßig aus Sizilien geholt werden, und die wenigen Quellen würde man beim ersten Anzeichen eines Invasionsheeres mit Tierkadavern vergiften. Der Kapudan Pascha, der Großadmiral, war dem Großwesir verpflichtet – de Teresta hatte es soeben seiner Unterhaltung mit dem »Träger der Reichslasten« entnommen –, denn er verdiente durch dessen Fürsprache am Bau der neuen Flotte ein Vermögen. In der Korrespondenz zwischen Rüstem und dem Großadmiral würden große Frachtschiffe mit Gewißheit erwähnt werden: Sie kosteten mehr als dreimal soviel wie eine Galeere. Und der Portugiese dankte dem Herrn im Himmel, daß er ihm rechtzeitig diesen Knaben direkt im Innern des Großwesir-Sarays geschickt hatte und daß er zur Mitarbeit bereit war. Wenn große Transportschiffe geplant waren, dann würde Rüstem seinen Anteil daran fordern und das dem Großadmiral mitteilen.

Kenan lieferte Rüstem Paschas nächtlichen Besucher bei der Torwache ab und ging in seine Kammer. Dort legte er das Goldstück in das Versteck unter der losen Fußbodenfliese am Kopfende seiner Schlafstelle und dachte nach. Ob er dem Bruder durch den Portugiesen ein Lebenszeichen schicken sollte? Über die notwendigen Verbindungen verfügte de Teresta wahrscheinlich.

Mit diesen und ähnlichen Gedanken, die alle um seine und seines Bruders Flucht kreisten, schlief der Junge schließlich ein.

Ein neuer Page in der »Strengen Schule«

Hatte Paolo de Teresta gehofft, daß Kenan ihn zukünftig mit wertvollen Informationen aus dem Saray des Großwesirs versorgen konnte, so mußte er bald eine Enttäuschung hinnehmen.

Rüstems alter Leibsklave Mahmut lief, so schnell er es vermochte, über den Innenhof des Palastes zum Wohntrakt der Bediensteten und stöberte den Knaben in seiner Schlafkammer auf. »Schnell, du sollst sofort zum Herrn kommen!«

Kenan zog seine glänzende Pagenjacke an und folgte dem Alten, der sich bereits wieder auf dem Hof befand. Er holte ihn am Brunnen ein. »Was ist denn geschehen? Du bist ja völlig außer Atem!«

»Keine Ahnung. Einer von den Oberen der Weißen Eunuchen ist momentan bei ihm im Audienzsaal. Ich habe nicht zugehört, worüber sie geredet haben. Aber plötzlich hat der Herr nach dir verlangt.«

Kenan kniete mit Mahmut am Saaleingang nieder. Der Junge erschrak. Der Weiße Eunuch neben dem Pascha war niemand anderes als der Anführer der Verschnittenen von der Devschirme-Galeere mit der markanten Stirnnarbe über der rechten Augenbraue!

Yildirim Ahmed richtete den Zeigefinger auf Kenan. »Du bist im heiligen Koran unterrichtet worden?«

»Ja, Herr.«

»Dann sprich die Al-Fatiha!«

»Ja, Herr.« Und Kenan sagte die Eröffnungssure des Koran auf:

»›Im Namen Allahs, des Allbarmherzigen!
Lob und Preis sei Allah, dem Herrn aller Weltenbewohner,
dem gnädigen Erbarmer, der am Tage des Gerichtes herrscht.
Dir allein wollen wir dienen,
und zu dir allein flehen wir um Beistand.
Führe uns den rechten Weg,
den Weg derer, welche sich deiner Gnade freuen –
und nicht den Pfad jener, über die du zürnst
oder die in die Irre gehen!‹«

»Das genügt nicht! Sprich auch den Anfang von ›Der Barmherzige‹!« befahl der Pascha.

Fehlerfrei rezitierte der Knabe auch den Beginn der fünfundfünfzigsten Sure:

»›Im Namen Gottes, des Barmherzigen, des Erbarmers!
Der Barmherzige!
Er hat den Koran gelehrt.
Er hat den Menschen geschaffen.
Er hat ihn gelehrt, sich auszudrücken.
Sonne und Mond dienen der Zeitrechnung.
Sterne und Bäume werfen sich vor ihm nieder.
Den Himmel hat er erhoben …‹«

»Gut, ich denke, das reicht jetzt!« unterbrach der Enderun-Fechtlehrer den Knaben. Er verbeugte sich vor Rüstem Pascha. »Seid unbesorgt, Edler Träger der Reichslasten. Der Junge scheint auf den Dienst im Großherrlichen Neuen Saray bestens vorbereitet zu sein.«

»Ich lasse ihn ungern gehen, denn er war fügsam und anstellig, aber was ist mein nichtiges Begehr gegen den Befehl meines Herrn, des Sultans aller Sultane? Gott schütze ihn!«

»Gott schütze ihn!« wiederholte Yildirim Ahmed. Zu Kenan sagte er: »Pack jetzt deine Sachen! Ich werde das Abendgebet noch zusammen mit deinem Herrn verrichten, aber gleich danach kommst du mit mir in das Yeni Saray.«

»Geh und hilf ihm!« sagte der Großwesir und schickte auch den alten Mahmut weg.

In aller Eile – der Alte wartete unten im Hof – klaubte Kenan die Münzen aus dem Hohlraum unter der Fußbodenfliese und knüpfte sie in ein Tuch, dann schnürte er seine Kleider zu einem Schulterbündel.

Im Audienzsaal lehnte sich Rüstem Pascha in die reichbestickten Kissen des Diwans zurück. Das Gespräch mit dem Weißen Eunuchen hatte ihn über alle Maßen erschöpft.

Yildirim Ahmed seufzte. »Ich hätte es auch nicht mehr für möglich gehalten, daß der ›Gesetzgebende‹ noch einmal nach dem Verbleib des blonden Pagen fragen würde, Herr. Er tat es zwar nur beiläufig, aber nun hat es sich ausgezahlt, daß Ersatz für ihn beschafft wurde. Wenn der ›Herrscher über alle Menschennacken‹ demnächst einen blonden Pagenschüler im Enderun-Hof sieht, wird er keinen Zweifel daran haben, daß es der Knabe ist, der ihm einst bei Euch hier im Palast auffiel.«

Rüstem Pascha murmelte matt: »Möge der Allmächtige es so geschehen lassen!« und begab sich, gestützt auf einen Leibsklaven, mit dem Verschnittenen in den Gebetsraum des Sarays.

Während der Großwesir seinen siechen, aufgedunsenen Körper zum Saalausgang schleppte, mußte Yildirim Ahmed an die Worte seines Aghas denken: Nicht nur die Tage des »Gesetzgebenden«, auch die seines »Trägers der Reichslasten« waren gezählt.

Kenan lief hinter der Sänfte des Eunuchen her, argwöhnisch von einem Trupp Bewaffneter beäugt. Jetzt einen Fluchtversuch zu unternehmen wäre undenkbar gewesen. Die Begleiter des Verschnittenen hatten blankgezogen und scheuchten mit spitzen Schreien jeden aus dem Weg, der ihnen in den engen Gassen unterhalb von Rüstems Palasthügel begegnete. Bald verbreiterten sich die Gassen, und hin und wieder passierte der Trupp baumbepflanzte Plätze, die aber um die Stunde nach dem späten Gebet fast immer menschenleer waren. Dann ragte plötzlich die Silhouette einer gewaltigen Moschee gegen den sternengesprenkelten Nachthimmel vor ihnen auf, und der

Weg führte an einer hohen Mauer entlang zu einem wuchtigen Tor, das ein kastellartiger Aufbau krönte. Das Tor war geschlossen, ein Torflügel öffnete sich jedoch lautlos genau in dem Moment, als der Trupp mit dem Enderun-Fechtlehrer vor dem Portal anhielt.

Nachdem sie durch einen großen, von verschieden hohen Gebäuden gesäumten Hof gegangen waren, in dem auch eine riesige Platane stand, kletterte der Verschnittene vor einem weiteren Tor, das von zwei spitzen Türmen flankiert wurde, aus der Sänfte. Es war das »Tor der Begrüßung« – Bab-üs Selaam. Außer den Torwärtern sah Kenan niemanden.

»Komm!« herrschte der Eunuch den Knaben an.

Yildirim Ahmeds Bewaffnete blieben bei den Torwärtern zurück. Kenan und der Fechtlehrer durchschritten den Torbogen und kamen durch einen reich gestalteten Portikus, dessen Säulen ein pilzhutartig vorgezogenes Dach stützten, in einen zweiten Hof. Auch er war menschenleer, aber der Knabe vermeinte, ein Rudel rehähnlicher Tiere in einer Hofecke zu sehen. Vereinzelte Zypressen ragten empor, ansonsten war die Hoffläche grasbewachsen.

Hinter dem Torgebäude begannen gepflasterte Wege, die strahlenförmig in alle Richtungen auseinanderliefen. Yildirim Ahmed schlug mit dem Knaben den mittleren Weg ein. Rechter Hand zeigte sich eine Kuppelreihe über den Hofgebäuden. Aus einem Schornstein stieg Rauch auf.

Der Weg endete vor einem dritten Tor.

Schon im ersten Hof war dem Jungen die Ruhe aufgefallen, die überall herrschte. In Rüstem Paschas Saray hatte es fortwährend irgendwelche Geräusche gegeben. Mal stammten sie aus der Küche, mal war es das Schwatzen der Sklaven, das im Innenhof widerhallte. Aber hier im Neuen Saray des Sultans war außer dem leisen Flüstern der nächtlichen Brise kein Laut vernehmbar.

Alle Wächter des dritten Tors waren Verschnittene wie Kenans Begleiter. Sie grüßten den Fechtlehrer achtungsvoll und ließen ihn und den Knaben unter vielen Verbeugungen passieren. Er führte den Jungen sofort in einen seitlichen Anbau in den Salon seines Aghas. Kenan mußte niederknien.

Der alte Obere der Weißen Eunuchen nickte Yildirim Ahmed anerkennend zu. Der Junge sah dem Buhlknaben des anatolischen Heeresrichters zum Verwechseln ähnlich. »Hast du ihn schon dem Saray-Hodscha vorgestellt?«

»Gleich morgen früh will ich es tun, Herr. Ich habe ihn selbst schon kurz geprüft. Er scheint den Koran fleißig studiert zu haben.«

»Um so besser, mein Sohn! Liefer ihn jetzt beim Aufseher der Schlafsäle ab und komm dann sofort wieder zu mir, es gibt einiges zu bereden! Der Aufseher soll ihn aber vorerst von den anderen getrennt unterbringen, bis der Hodscha ihn gesehen hat.«

»Ja, Herr!«

Yildirim Ahmed ging mit Kenan über einen Hof, der dem vor dem dritten Tor ähnelte, nur daß er nicht ganz so weiträumig war.

»Was hat er beim ›Träger der Reichslasten‹ getan?« fragte der Aufseher, als ihm der Knabe überstellt wurde.

»Er war jetzt sein persönlicher Diener, aber vorher hat er kochen und backen gelernt.«

Der Aufseher, der auch die Aufgabe hatte, die Enderun-Knaben auf die diversen Palastdienste zu verteilen, blätterte in einem dicken Buch. »Das fügt sich ausgezeichnet, Herr! In der Großherrlichen Küche ist gerade ein Knabe krank geworden.«

»Gut, dann soll er dort arbeiten. Aber als erstes bring ihn morgen früh zum Hodscha. Der muß noch seine Eignung für die ›Strenge Schule‹ bestätigen.«

»Sehr wohl, Herr!«

Noch am selben Abend wurde Kenan neu eingekleidet. Die Uniformen der Pagen waren optisch schlichter als die im Großwesirpalast, aber aus feinstem Material, aus reiner Seide geschneidert: weiße Pluderhosen, rote enganliegende Jacken und als Kopfbedekkung weiche Feze. Auch das Nachtlager in der Kammer war weitaus spartanischer als das bei Rüstem Pascha. Es gab nur eine brettharte Schlafunterlage und eine grobe Wolldecke.

Der Hodscha fand am nächsten Morgen an Kenan nichts auszusetzen, und der Knabe zog in einen der Pagenschlafsäle um. Dort waren die Jungen jeweils in Zehnergruppen untergebracht. Das Reglement der Großherrlichen Zöglinge war rigide. Bei strenger Disziplin hatten sie sich außer der jeweiligen Ausbildung in Küche, Kleiderkammer oder Marstall die »drei Sprachen« – das bedeutete Osmanisch, Persisch und Arabisch – perfekt anzueignen. Vor dem Morgengrauen bereits ertönte die Trommel. Ein tägliches Bad war Pflicht, und einmal in der Woche mußten sie sich Füße und Hände pflegen lassen. Jeden Morgen erhielten die Knaben frische Taschentücher, einmal im Monat einen Haarschnitt. Im Frühstückssaal las vor dem Tee einer der Knaben immer erst eine Sure aus dem Koran vor. Wer säumig war oder sich etwas zuschulden hatte kommen lassen, dem drohte von den Weißen Eunuchen die Bastonade.

Und dann gab es den Unterricht in Kalligraphie, Religionskunde, Militärwissenschaften und die praktische Waffenunterweisung sowie Reitunterricht. Kenan fiel Abend für Abend vor Erschöpfung wie ein Stein auf seine harte Schlafmatte.

Besonders anstrengend waren die Übungsstunden beim Fechtlehrer der »Strengen Schule« auf dem Platz unterhalb des Zweiten Saray-Hofs, wo auch der Reitunterricht abgehalten wurde. Yildirim Ahmed war ein unerbittlicher Ausbilder. Kenan fürchtete ihn sogar mehr als den sadistischen Küchenmeister, der das kleinste Vergehen mit Prügel bis aufs Blut ahndete. Yildirim Ahmed züchtigte niemanden körperlich direkt. Wenn er mit der Leistung eines Pagen unzufrieden war, tauschte er die stumpfen Übungssäbel mit scharf geschliffenen aus und focht eine Runde mit dem Gescholtenen. Am Ende kauerte der betreffende Page zitternd vor Angst und schweißgebadet in einer Hofecke. Yildirim Ahmed hatte ihm dann meist irgendwann schon die Waffe aus der Hand geschlagen und wirbelte jetzt seinen Säbel in Millimeterabstand an Kopf, Hals und Oberkörper des Unglücklichen vorbei. Jedes Zucken hätte den Knaben eine ernsthafte Verletzung eingetragen, deshalb schlossen die meisten die Augen und verharrten reglos, bis der Fechtlehrer von ihnen abließ. Manchmal gab der Verschnittene vor zu stolpern, und die Zuschauenden hielten unwillkürlich den Atem an, obwohl sie wußten, daß der Dicke noch nie jemanden bei diesen Übungskämpfen verwundet hatte.

Kenan mußte erst mehrmals in den nervenaufreibenden Genuß dieser Behandlung kommen, um das zu begreifen. Von da an zwang er sich jedoch, die Augen während Yildirim Ahmeds finalem Schlag-und-Stoß-Gewitter offenzuhalten.

Der Enderun-Fechtlehrer quittierte seinen Mut zwar mit einem spöttischen Lächeln, kümmerte sich hinfort aber intensiver um Kenans Waffenausbildung. Der Knabe spürte, daß er im Vergleich zu den anderen Pagenschülern ein wenig in der Achtung des Lehrers gestiegen war. Wenn Yildirim Ahmed einen Partner zum Vorführen einer komplizierten Fechtübung brauchte, wählte er immer öfter Kenan aus. Je häufiger das geschah, desto sicherer wurden dessen Bewegungen und Reaktionen. Bald führte er den rasiermesserscharf geschliffenen Krummsäbel am geschicktesten von allen Knaben seiner Altersgruppe. Die meisten von ihnen wurden schon viel länger im Neuen Palast ausgebildet. Wenn der eine oder andere meinte, Kenan das spüren lassen zu müssen, und der Fechtlehrer dies mitbekam, schaltete er sich immer zugunsten des Knaben ein – was den nicht unbedingt bei seinen Mitschülern beliebt machte, aber offen äußerte das niemand. Kenan war nach ein paar Monaten im Yeni Saray nicht nur ein brillanter Fechter geworden, sondern auch ein guter Ringkämpfer und überhaupt einer der kräftigsten Pagenschüler. So mancher Widersacher zog es nach einer Konfrontation mit dem Inseljungen vor, ihm in Zukunft aus dem Weg zu gehen.

Yildirim Ahmed beobachtete Kenans Durchsetzungsvermögen mit Interesse.

»Er hat das Zeug dazu, ein Meisterfechter zu werden«, sagte er zum Agha. »Wäre er ein Verschnittener, dann würde ich ihn als meinen Nachfolger aufbauen.«

»Worin bestehen denn außer der Waffentüchtigkeit seine Fähigkeiten?«

»Er scheint sich gut als Koch zu machen – meint jedenfalls der Küchenmeister.«

Der Obere der Weißen Eunuchen blickte zum Übungsplatz mit der kiesbestreuten Kampffläche. Kenan assistierte Yildirim Ahmeds Vertreter beim Einüben einer komplizierten Schlag-und-Stoß-

Kombination. »Und wie sind seine Fortschritte in den Wissenschaften?«

Der Enderun-Fechtlehrer zuckte mit den Achseln. »Durchschnittlich. Ein überragender Gelehrter wird der Junge nicht. Er ist eher praktisch veranlagt. Seht doch selbst, Herr! Er verspricht ein wirklich guter Kämpfer zu werden.«

Kenan lieferte sich mit Yildirim Ahmeds Vertreter einen perfekten Scheinkampf, um den anderen Pagenschülern eine Schlag-und-Stoß-Kombination zu illustrieren. Er griff mit geschmeidigen Bewegungen an, die sein Partner im allerletzten Moment gerade noch unbeholfen abzuwehren vermochte. Sowohl Yildirim Ahmed als auch sein Agha hatten den Eindruck, daß der Knabe sich sogar zurückhielt, um den Hilfsfechtlehrer nicht in wirkliche Bedrängnis zu bringen.

»Wenn das jetzt ein echter Waffengang wäre, hätte er souverän gewonnen«, sagte der Obere der Weißen Verschnittenen.

»So ist es, Herr. Der Junge ist ein Naturtalent. Es wäre schade, wenn er in der Küche verbliebe.«

Der Agha sah Yildirim Ahmed forschend an. »Du scheinst ihn zu mögen?«

Der Enderun-Fechtlehrer nickte. »Ich will es nicht verhehlen, Herr. Kenan erinnert mich daran, wie ich als Knabe war, bevor ...«

Der alte Weiße Eunuch schürzte die Lippen. Yildirim Ahmed mußte den Satz nicht zu Ende sprechen. Im siebten Lebensjahrzehnt stand der Agha, aber vergessen hatte auch er nicht. Nicht das blitzende Messer, nicht den Schmerz, den keine Ohnmacht gelindert hatte, und die Wochen im Fieber nach der Kastration auch nicht. Fast eine Lebensspanne zurück lag der Tag des Verhängnisses und war dem alten Mann dennoch so präsent, als wäre es erst gestern gewesen. Der Agha schüttelte sich.

»Hat der ›Gesetzgebende‹ eigentlich noch mal nach ihm gefragt, seit er hier im Saray ist?« wollte Yildirim Ahmed wissen und vermied es, seinen Oberen dabei anzusehen.

Der alte Eunuch hatte sich wieder in der Gewalt. Er seufzte. »Den ›Herrscher über alle Menschennacken‹ beschäftigen vermutlich derzeit andere Probleme als ausgerechnet die Frage, wer von den Pagen ihm aufwartet.«

»Malta?«

»Was sonst? Die Ordensgaleeren bringen fast wöchentlich ein Handelsschiff der Pforte auf. Die Inseln sind wie ein Pfahl im Fleisch des Reichs.«

»Steht bereits fest, Herr, wann der Feldzug beginnen wird?«

»Nun, dieses Jahr ist bereits zu weit fortgeschritten. Bis zum Einsetzen der Herbststürme lassen sich die starken Inselfestungen bestimmt nicht mehr erobern.«

Der Agha der Weißen Eunuchen schürzte die Lippen. »Die Vorbereitungen in den Werften haben zwar schon begonnen, aber es wird noch einige Zeit dauern, bis die Flotte für ein derartiges Unternehmen stark genug ist. In ein, zwei Jahren vielleicht mag es soweit sein.«

»So Allah es will!«

»So Allah es will!« Und in Gedanken fügte der alte Eunuch hinzu: ›Falls der Padischah dann überhaupt noch lebt!‹

Um die Gesundheit des Herrschers der Osmanen stand es wahrlich nicht zum besten.

Werdegang eines Janitscharen

Dschengis’ Ritt nach Gelibolu

Der Zug der Jünglinge, die an die Ausbildungsbataillone in Edirne, Gelibolu und Istanbul überstellt werden sollten, kam auf dem Marsch von Konya ans Marmarameer auch durch Kütahya. Nach Prinz Beyazits gescheitertem Versuch, die Thronfolge zu seinen Gunsten zu entscheiden, war der Schehzade vom »Gesetzgebenden« als Statthalter in eine Residenz versetzt worden, die der Reichshauptstadt näher lag als Konya.

Der Weg zur Stadt Kütahya verlief durch bergiges Land, gesäumt von verkrüppelten Eichen, kleinen Fichten und Wacholderbüschen.

Sie ritten in das Tal eines reißenden Flusses hinab, der wohl an die dreißig Fuß breit war und dessen Quelle einem Berg unmittelbar hinter der Stadt entsprang. Kütahya erstreckte sich teils am Flußufer, teils an den Hängen der Berge, die eine weitläufige, bewaldete Ebene nach Süden hin begrenzten. Die Stadt nahm eine große Fläche ein. Gewundene Straßen führten hoch zu ihren Karawansereien. Sie kamen in einem Han direkt am Stadteingang unter.

Die Janitscharen hielten während der Reise auf strenge Disziplin, schikanierten aber keinen von den jungen Männern mehr grundlos wie damals, als man sie als frische Devschirme-Zöglinge auf die Gutshöfe der Konya-Ebene verteilt hatte.

Alle Jünglinge waren bewaffnet, zumeist führten sie einen Säbel oder eine Lanze mit sich. Nur wenige außer Dschengis besaßen zusätzlich Pfeil und Bogen.

Dschengis war der Abschied von seinem Herrn Hassan schwergefallen. Er war auf dem Gut am Beyschehir See wahrlich nicht verhätschelt worden, hatte aber dennoch die Konya-Ebene mit einem Gefühl verlassen, als würde er – wieder – von Menschen getrennt werden, die ihm lieb und teuer geworden waren. Hassan hatte Dschengis die Jahre über ausnahmslos so gerecht – und nachsichtig zugleich – behandelt wie einen leiblichen Sohn.

Der Tschorbadschi, der den Trupp befehligte, hatte eine Karawanserei in unmittelbarer Nähe der prinzlichen Residenz von Kütahya als Übernachtungsquartier ausgewählt. Seine Unteroffiziere sorgten dafür, daß die jungen Männer keinen Augenblick lang unbeaufsichtigt blieben, und hielten besonders die Pferde sorgsam im Auge.

In der Karawanserei stießen weitere Rekrutenanwärter mit ihren Bewachern dazu. Spiro von Thiratois' Nachbarinsel Pserlendos war einer von ihnen. Kenan erinnerte sich, daß die Derwische ihn Hamza getauft hatten. Der Jüngling bestand auch darauf, so genannt zu werden, wenn keiner der Janitscharenaufpasser zuhörte. Spiro war mit seinem Los zufrieden. Kenan spürte, daß er ihm die Fluchtgedanken, die er nun wieder verstärkt hegte, wohl besser nicht anvertrauen sollte.

Am Beyschehir See hatte er oft wochenlang nicht an daheim gedacht, aber seit er in Richtung Westen reiste, waren die Bilder von Thiratois wieder deutlicher und drängender in seinem Kopf erschienen und damit die Erinnerung an Mutter und Schwester, an das Meer und natürlich auch an den Bruder – das Meer, sein Meer, lag im Westen!

»Wo wirst du hinkommen?«

»Nach Istanbul.« Das jedenfalls hatten die Janitscharen Dschengis gesagt, als sie ihn am Beyschehir See abgeholt hatten.

»Und du?«

Spiro war für die Acemi-Truppe in Edirne eingeteilt worden.

Nach dem Mittagsgebet mußten sich die jungen Männer zum Appell im Karawansereihof aufstellen. Lala Mustafa Pascha hatte sich zur Inspektion angekündigt. Der Großherrliche Prinzenerzieher erkannte Dschengis unter den angetretenen Janitscharenanwärtern und fragte den Tschorbadschi nach dessen Ausbildungsstandort. Der Hauptmann rief den Unteroffizier, der die Kompaniedokumente verwaltete.

Lala Mustafa betrachtete stirnrunzelnd die Liste mit den Marschbefehlen. »Hier ist ein seltsamer Vermerk, Hauptmann. Der Stellvertretende Janitscharen-Agha hat eigenhändig seine Acemi-Kaserne abgeändert. Wißt Ihr, weshalb?«

Der Tschorbadschi hatte keine Ahnung, aber Dschengis erfuhr so zum ersten Mal, daß er nicht wie ursprünglich für Istanbul, sondern für Gelibolu eingeteilt worden war. Ihm war es recht. Gelibolu lag dem heimatlichen Meer näher als die Reichshauptstadt. Außerdem würde er dort leichter etwas über das Schicksal des Bruders in Erfahrung bringen können als in den Jahren am Beyschehir See.

»Gebt gut auf ihn acht, Hauptmann!« sagte Lala Mustafa Pascha ernst. »Er hat das Wohlwollen des Schehzade gewonnen. Wenn er ein vollwertiger Soldat geworden ist, wird er bei meinem Herrn Dienst in der Leibwache versehen. So ist es der prinzliche Wille.«

Der Tschorbadschi verbeugte sich tief. Der Prinzenerzieher verließ mit seinen bewaffneten Begleitern die Karawanserei.

In einer Hofecke brodelte auf einem eisernen Dreifuß das Mittagsmahl der Truppe in einem großen Bronzekessel. Ein Unteroffizier schlug zwei Suppenkellen aneinander. Es war das Signal zum Essenfassen.

Dschengis schaute dem Pascha und seiner Leibwache hinterher und befühlte die in den Leibgurt eingenähte Münze, die ihm der Prinz für die Verteidigung von Hassans Gutshof geschenkt hatte. ›Weder werde ich irgendwann einmal deinem Herrn dienen, noch beabsichtige ich, ewig den Staub auf dem Exerzierplatz von Gelibolu zu schlucken! Nein!‹ dachte er grimmig. ›Ich werde Kosta finden, und dann werden wir gemeinsam heimkehren!‹

Das Gold im Gürtel war mehr als ausreichend, um in Gelibolu ein kleines seetüchtiges Boot zu erwerben.

Bursa war nach Kütahya die nächste Wegetappe, wo in einer Karawanserei gerastet wurde. Dort teilten sich die Acemi-Anwärter auf. Eine halbe Orta Janitscharen begleitete Dschengis und zehn andere junge Männer nach Westen, der Rest der Truppe ritt nach Norden. Dschengis verabschiedete sich von Spiro, der es im Gegensatz zu seinem Landsmann kaum erwarten konnte, daß man ihn in Edirne zu einem Janitscharen machen würde.

Von den meisten Städten, die er nach Kütahya passierte, bis sie endlich die lange, schmale Meerenge erreichten, durch die ihn einst die Devschirme-Galeere nach Istanbul transportiert hatte, blieben bei Dschengis keine sonderlichen Eindrücke haften.

Gelibolu, die Hafen- und Garnisonsstadt mit den ausgedehnten Werften und riesigen Materiallagern für die osmanische Flotte, lag am gegenüberliegenden Ufer der Wasserstraße. Dschengis erinnerte sich genau an die turmhohen Mastbäume, die damals zuhauf am Ufer gestapelt lagen. Die Bauholzberge, die er nun in der Ferne sah, erschienen ihm noch weitaus größer.

Sie wurden ohne Pferde von einem Fährboot übergesetzt. Die Matrosen scherzten mit den Janitscharen, vermieden es aber, mit den Acemi-Jünglingen zu reden. Untereinander sprachen sie einen Dialekt, den Dschengis problemlos verstand, denn er ähnelte dem der Heimatinseln. Er überlegte, ob die Schiffsbesatzung aus Muslimen oder Christen bestand, hatte aber keine Gelegenheit, die Männer heimlich danach zu fragen.

Die Acemi-Kaserne

Dschengis' Hoffnung, in Gelibolu bald eine günstige Möglichkeit zur Flucht zu finden, zerrann geradezu vor seinen Augen, als er die Kaserne der Acemi-Truppen erblickte. Die glatten Außenmauern waren auch mit den längsten Leitern nicht zu überwinden, und die Tore wurden Tag und Nacht von einem Dutzend Janitscharen bewacht. Nachdem man ihn in eine Ausbildungseinheit etwa gleichaltriger junger Männer gesteckt hatte, blieb er faktisch keinen Moment mehr unbeaufsichtigt oder auch nur allein. Beginnend mit der Morgenwäsche an den eiskalten Brunnen unter den riesigen Schlafsälen bis zum Abendappell auf dem gepflasterten Kasernenhof: Alle Tätigkeiten der Janitscharenzöglinge – sei es Waffendrill im Gelände oder Transporteinsatz auf dem Werftgelände – wurden in der Gruppe ausgeführt. Ein Feldwebel kümmerte sich um jeweils zehn bis fünfzehn Rekruten. Mal exerzierte die ganze Acemi-Truppe gemeinsam, mal schlug ein Teil der jungen Männer Brennholz in den Hügeln hinter der Stadt, während andere Soldatenschüler sich auf dem Schießplatz an den Hakenbüchsen übten. Ob bei Scheingefechten mit langen Bambuslanzen gegeneinander oder beim täglichen Fechtunterricht: In den ersten Monaten ihres Aufenthalts in der Kaserne gab es selten eine Stunde, in der die Auszubildenden den Janitscharen auch nur zahlenmäßig überlegen gewesen wären. Lediglich wenn nach dem Abendappell das Trommelsignal zur Nachtruhe geschlagen wurde und sich alle todmüde und erschöpft in die riesigen Schlafsäle begaben, in denen jeweils eine komplette Acemi-Orta nächtigte, waren es bloß vier oder fünf Unteroffiziere, die innerhalb des Raums darauf achteten, daß nicht miteinander geredet wurde.

Dschengis' Bogenschießkünste wurden zur Kenntnis genommen, imponierten aber den Waffenausbildern nicht sonderlich. Wichtiger war es, daß die Jünglinge lernten, in der Gruppe zu agieren, sämtliche Befehle ohne zu zögern auszuführen, und daß sie mit Hakenbüchsen und Pistolen schlafwandlerisch sicher umgehen konnten.

Der Drill war unbarmherzig, und etliche Rekruten wurden im ersten Jahr wegen Unvermögens ausgesondert. Wohin die Gescheiterten kamen, erfuhr niemand.

Immer wieder wurden sie beim Schiffsbau eingesetzt. Wozu eine so riesige Flotte notwendig war, versuchte Dschengis zu erfahren. »Um Tunis zu erobern«, lautete dann die Antwort. »Tunis oder Malta.« Aber wo genau diese Orte lagen, konnte dem Jüngling niemand sagen. »Irgendwo in Afrika«, war die geknurrte Erwiderung, wenn er einen der Feldwebel darauf ansprach, denn auch die Unteroffiziere besaßen offenbar keine Informationen, welchen von den vielen Feinden des »Gesetzgebenden« die unzähligen Galeeren einmal bezwingen sollten.

Dschengis überstand stoisch die Härte der Schleifer und ihre Schikanen. Viele der Janitscharenschüler in Gelibolu waren viel jünger als er. Sein Antrieb, die mannigfaltigen Schindereien zu überleben, war der beständige Gedanke an Flucht. Nach außen hin zeigte er sich wie die Kameraden als willenloser Kämpfer, bereit, jederzeit auf Befehl der Vorgesetzten in den Tod zu gehen.

Weiterhin wurden alle in der Religion des Propheten Mohammed unterwiesen, aber Dschengis fand die Mullahs, die in die Kaserne kamen und ihnen den Heiligen Koran auslegten, weniger verständnisvoll und freundlich als die bärtigen Derwische, die er im Kloster am Beyschehir See kennengelernt hatte.

Mit aller gebotenen Vorsicht versuchte er zu erfahren, ob sich unter den Kameraden auch Gleichgesinnte befanden. Bald ließ er resigniert von seinem Bemühen ab. Wenn es Gesinnungsgenossen gab, so verhielten sie sich achtsam wie er selbst.

Worüber sich keiner beklagen konnte, war das Essen. Es gab stets reichlich und von bester Qualität. Wie in einer Janitscharenkompanie war der große Kochkessel, der geheiligte »Kazan«, vor dem Küchengebäude ein ehrwürdiges Symbol, an dem niemand vorbeizugehen wagte, ohne es mit einer tiefen Verbeugung und über der Gürtelschnalle gekreuzten Armen zu grüßen.

Am Kazan wurden die Beförderungen verkündigt und Bestrafungen vorgenommen. Man hatte Dschengis erzählt, daß die Janitscharen, wenn sie mit ihren Oberen – ja selbst mit dem Sultan oder seinem Großwesir – nicht einverstanden waren, mit ihren Suppenlöffeln gegen den Kessel schlugen, um so ihren Mißmut kundzutun. Und den Kessel gar umzustürzen bedeutete Rebellion. Einmal, so erfuhr Dschengis, als er zufällig eine Unterhaltung zwischen zwei altgedienten Unteroffizieren belauschte, hatten die Janitscharen sogar den jungen »Gesetzgebenden« kurz nach der Thronbesteigung mit umgestürzten Regimentskesseln unter dem riesigen Platanenbaum im Ersten Hof des Neuen Sarays gezwungen, ihren Sold beträchtlich zu erhöhen.

Alle Soldaten waren auf dem rechten Oberarm tätowiert. Jede Orta besaß ein eigenes Zeichen. Die Ausbilder der Acemi-Truppe trugen ein Schwert mit einer Doppelklinge auf dem Bizeps. »Es stellt das Schwert des Islam dar«, erklärte einer der Janitscharen Dschengis. »Wenn du ›zur Pforte hinausgehst‹, darfst du dir auch dein Zeichen einstechen und einen Schnurrbart wachsen lassen.«

»Tschikma« – »Zur Pforte hinausgehen« – hieß die Zeremonie, durch die die glattrasierten Soldatenschüler zu vollwertigen Janitscharen wurden. Dann bekamen sie auch die Ketsche, die sägemehlgefüllte hohe Filzkappe mit dem weißen Nackentuch. Die roten Jacken und blauen Pluderhosen der Soldaten trugen sie bereits.

Von Monat zu Monat verschärfte sich der Drill. Es gab die ersten Toten. Mit Übungswaffen focht die Acemi-Truppe schon lange nicht mehr.

Dschengis erging es wie seinem Bruder: Während so mancher Schicksalsgenosse beständig gegen den körperlichen oder geistigen Zusammenbruch ankämpfen mußte, wurde der junge Mann aus Thiratois mit jeder Woche kräftiger – und gefestigter in dem Entschluß, es bei seinem jetzigen Schicksal auf keinen Fall bewenden zu lassen.

Zwei Zufälle erleichterten zudem Dschengis' striktes Kasernenleben. Seine Acemi-Orta bekam einen neuen Tschorbadschi, der ein Meister im Bogenschießen war und Dschengis nach Kräften förderte, als er von dessen Begabung erfuhr.

Und dann wurde er häufig zur Galeerenwerft abkommandiert, wo Schiffszimmerleute aus aller Herren Länder an einer gewaltigen Flotte bauten. Auf der Werft war es den Janitscharenaufsehern nicht immer möglich, Gespräche zwischen den Soldatenschülern und den Arbeitern zu unterbinden. So erfuhr Dschengis von einem rhodischen Meister, der mit seinen Gehilfen Deckplanken schnitt, daß die Pforte wohl demnächst planen würde, gen Afrika zu segeln.

Einmal erschienen hohe Herrschaften auf dem Werftgelände.

»In den Staub mit euch!« brüllten die Feldwebel die Rekruten an, und auch die Arbeiter knieten nieder.

Der Kapudan Pascha, Piyâle, der Großadmiral der Pfortenflotte, besichtigte das Werftgelände. In seinem Gefolge war der Großherrliche Flottenausrüster, ein Christ, wie sich die Arbeiter neben Dschengis zuflüsterten. Der Kapudan Pascha war die Erhabenheit selbst. Er absolvierte den Rundgang durch die Werft schweigend und ohne jemanden eines Blickes zu würdigen. Der Großherrliche Flottenausrüster hingegen blieb gelegentlich stehen, um mit den Werftarbeitern ein paar Worte zu wechseln. Den Zimmermeister, der neben Dschengis kniete, fragte er, ob das Essen zufriedenstellend sei.

»Ja, Herr«, antwortete der Rhodier, und der Flottenausrüster nickte wohlwollend und schritt weiter. Dschengis hatte ihn aus allernächster Nähe betrachten können. Der Mann trug ein kostbares Gewand und ein kurzes, gerades Schwert am Gürtel. Er mochte im fünften Lebensjahrzehnt stehen. Sein braunes Haupthaar war stellenweise bereits etwas licht, aber der Körper war muskulös und ohne Fett wie der eines Zwanzigjährigen, der täglich harte körperliche Arbeit verrichtete.

›Wenn sogar ein Christ im Reich des »Gesetzgebenden« zum Pascha aufsteigen kann‹, dachte Dschengis, ›warum müssen wir dann eigentlich den Glauben der Muselmanen annehmen?‹

Der Mullah, den er bei nächster Gelegenheit befragte, wußte darauf auch keine befriedigende Antwort. Er sagte nur: »So schreibt es das Gesetz vom ›Schatten Gottes auf Erden‹ vor«, und begann alle Ungläubigen zu verwünschen, bis ein Hustenanfall seine Flüche verstummen ließ. Denn es gab nicht nur den Großherrlichen Flottenausrüster unter den Mächtigen im Reich, der anderer Religion war. Der jähzornige Mullah hatte mehrmals mit Schaum vor dem Mund einen Namen ausgestoßen, der wie »Naschi« geklungen hatte. Dschengis kannte auch jemanden, der diesen Namen trug. Es war ein jüdischer Händler, der den Heimatarchipel von Zeit zu Zeit mit Tuchwaren besucht hatte. Der Pope auf Pharnox hatte sich dann fast genauso aufgeführt wie der Mullah. Aber der Tuchhändler war im Besitz eines Schutzbriefes, und niemand konnte ihm etwas anhaben. Außerdem mochten die Frauen seine Stoffe, weil sie gut und billig waren. *Diesen* »Naschi« hatte der keifende Mullah bestimmt nicht gemeint, denn der Händler, der die Inseln bereiste, hatte nicht unbedingt wie ein vermögender Pascha ausgesehen.

Seit die Acemi-Orta den neuen Kommandeur besaß, wurde auch wieder öfter mit dem Bogen geübt. Bei Regenwetter waren Pfeil und Bogen den anfälligen Hakenbüchsen überlegen, nur allzuschnell durchnäßten deren Baumwollunten. Auch bei der Jagd hatte der Bogen Vorteile: Ein Hakenbüchsenschuß verschreckte und vertrieb das Wild in weitem Umkreis.

Bei einem Wettbewerb in der Kaserne wurde Dschengis bester

Schütze von allen Acemi-Ortas. Sein stolzer Tschorbadschi lobte ihn abends vor allen Soldatenschülern am großen Kessel und belohnte ihn mit einem besonders leckeren Bratenstück von einem Mastochsen.

Dschengis hätte viel dafür gegeben, eine einfache Scheibe Schweinefleisch anstelle der Ochsenlende zu essen. *Schweinefleisch!* Manchmal träumte er davon, wieder daheim zu sein und ein Spanferkel über einem offenen Feuer zu rösten, wie es selten genug der Fall auf den Inseln gewesen war – zum Beispiel bei einer Hochzeits- oder Tauffeier.

Ob die Christen, die unter den Muselmanen lebten, wohl heimlich das verbotene Fleisch aßen? Seit sich Dschengis auf dem Festland im Reich des »Gesetzgebenden« aufhielt, hatte er jedenfalls nie ein einziges Schwein zu Gesicht bekommen, außer den wilden natürlich. Aber die waren am Beyschehir See bloß zur Übung geschossen worden und wurden niemals verzehrt. Seltsam waren die Vorschriften der Muselmanen bezüglich erlaubter und verbotener Speisen: Hasen oder Karnickel – es gab sie am Seeufer reichlich – hatte Dschengis noch nicht einmal jagen dürfen. Im Gegensatz zu den Schweinen galten sie den Muselmanen als heilig.

Drei Jahre hatte Dschengis in Anatolien auf Hassans Landgut verbracht, drei Jahre blieb er in Gelibolu kaserniert, bis er »zur Pforte hinausgehen« durfte. Gleich nach der Tschikma, einer nicht sonderlich feierlichen Zeremonie, bei der die betreffenden Soldatenschüler neu eingekleidet wurden und auch einen neuen Säbel erhielten, kommandierte man die frischgebackenen Janitscharen nach Istanbul in das Großherrliche Saray ab. Dort erst fand das wichtigste Ereignis der Tschikma statt. Die jungen Soldaten wurden zu verschiedenen Diensten in unmittelbarer Nähe des Sultans aller Osmanen, des »Schattens Gottes auf Erden«, eingesetzt. Als die neuen Elitesoldaten vom Agha der Janitscharen dem »Herrscher über alle Menschennacken« im Zweiten Palasthof präsentiert wurden, hatte der »Gesetzgebende« Goldmünzen an sie verteilen lassen und sie als seine Söhne bezeichnet. Der Agha trug bei diesem Anlaß ein goldbesticktes Ehrenkleid aus Karmoisinsamt, mit Luchspelz gefüttert, und auf dem Kopf einen mit einem Reiherfederbüschel geschmückten Turban.

Die Acemi-Absolventen waren nach der Tschikma vollwertige Muselmanen und freie Männer, da es keinem Muslim erlaubt war, einen anderen als Sklaven zu halten. Keinem – außer dem »Schatten Gottes auf Erden«, dem Kalif aller Kalifen, Herrscher am Goldenen Horn.

Sie waren jetzt wie jeder im Neuen Saray, wie jeder Wesir oder Admiral oder Agha, jeder Koch oder Verschnittene »Kapikulu«, Sklaven der Pforte und Eigentum des Padischah, der über sie verfügen konnte, wie es ihm beliebte. Sklaven und gleichzeitig Elitekrieger, geachtet und gefürchtet vom gemeinen Volk.

Kanunî Sultan Süleyman! Bis er ihn leibhaftig zu Gesicht bekommen hatte, war er in Dschengis' Vorstellung eine heroische Gestalt gewesen und den Erzählungen der altgedienten Janitscharen nach ein imposanter Herrscher, dem Propheten Mohammed – wie der Koran es beschrieb – nicht unähnlich in Erscheinung und Auftreten.

Sultan Süleyman hingegen, der »Gesetzgebende«, der Goldstükke unter seine »Söhne« streute, war ein hochgewachsener Mann, den das Alter und die Gicht gebeugt hatten. Hätten ihn nicht die prachtvollsten Gewänder geziert, die Dschengis je gesehen hatte – der »Schatten Gottes auf Erden« trug einen Kaftan aus jadegrüner Seide, dessen Falten von einer smaragdbesetzten Goldspange gerafft wurden, schon der kleinste der Edelsteine besaß die Ausmaße eines Pfirsichkerns –, mit seiner runzeligen Gesichtshaut und dem schütteren grauen Schnurrbart hätte der Padischah durchaus einer von den greisen Derwischen sein können, die den Devschirme-Knaben damals auf demselben Hof eine erste Einführung in die Muselmanen-Religion gegeben hatten.

Aber Dschengis war ein genauer Beobachter. Der Herrscher des Reiches war zwar von den Gebrechen des Alters gezeichnet, aber seine Augen nahmen bisweilen einen harten Glanz an, der erahnen ließ, daß im Innern des »Gesetzgebenden« noch das Feuer eines diamantharten Geistes brannte. Wer sehen konnte, der sah, daß Sultan Süleymans Wille zur Macht und zum Kämpfen noch keineswegs erloschen war.

Der Tag nach der Beschenkung war ein Freitag. Der »Schatten Gottes auf Erden« ritt an jedem Freitag mit einem riesigen Begleittroß zum Gebet in die große Moschee Hagia Sophia. Die Janitscharen und die Sipahis, das waren die Großherrlichen Kavalleristen, zählten nicht nach Hunderten, sondern nach Tausenden von Köpfen. Unmittelbar hinter dem Sultan ritten unter anderen die Wesire, Hofastronomen, Obersten Jäger, Schwertträger, Garderobenmeister und Steigbügelhalter. Der grüne Seidenturban, den Süleyman trug, war nur dem Herrscher der Osmanen vorbehalten. Die Janitscharen marschierten als geschlossener Block sowohl vor als auch hinter dem Kernteil des Zuges mit dem Padischah.

Obwohl er kaum Hoffnung hatte, zufällig den Bruder zu sehen, glitt Dschengis' Blick dennoch suchend über die Menschen, die in einer schweigenden Masse den Straßenrand säumten. Aber selbst wenn Kosta in der ersten oder zweiten Reihe der Schaulustigen gewesen wäre, hätte der junge Janitschar den Bruder vermutlich nicht erkannt, so unübersichtlich war das Gedränge.

Dschengis blieb nur noch ein paar Tage im Neuen Saray. Bei einem Appell mußte er mit zwei anderen vortreten. Der Adjutant des Janitscharen-Agha war in Begleitung von Hussein, dem Bogenmeister des Prinzen, erschienen. Dschengis wurde nach Kütahya abkommandiert. Hinter Hussein und dem Agha tauchte eine Gruppe dicker, verschwenderisch in glänzende Seidengewänder gekleideter Verschnittener auf, die aber nicht näher kamen. Dschengis hatte gute Augen: Einen der Fleischkolosse kannte er. Das Gesicht des Anführers der Weißen Eunuchen von der Devschirme-Galeere mit der sternförmigen Stirnnarbe über der rechten Augenbraue hatte sich ihm noch unauslöschbarer eingeprägt als das Schwert, das ihm ein Feldwebel nach der Tschikma mit der Tätowiernadel in den rechten Oberarm gestochen hatte.

Wenn Dschengis in düsteren Tagträumen geschworen hatte, Rache für die Unbill zu nehmen, die durch die Devschirme-Häscher über ihn und den Bruder gekommen war, dann hatte er in Gedanken diesem Fettwanst schon hundertfach ein Messer in den Schmerbauch gerammt.

»Was machen die Dicken dahinten?« flüsterte er einem Kameraden zu, der schon länger im Neuen Saray stationiert war.

»Es sind Weiße Eunuchen von der Großherrlichen Palastwache.«

»Und wer ist der in der Mitte, der mit der reichverzierten Säbelscheide?«

»Das ist Yildirim Ahmed.«

»Ahmed der Blitz?«

»Ja, er ist der Fechtlehrer von den Saray-Pagen. Man sagt, wer sich mit ihm duelliert, sieht den Schlag nicht, mit dem er ins Paradies – oder in die Hölle – geschickt wird. Deshalb der Spitzname. Der Kerl ist trotz seiner Körperfülle mit dem Säbel schnell wie der Blitz.«

Dschengis nickte, denn er erinnerte sich, wie der Dicke damals auf der Galeere einen Schiffsoffizier niedergestreckt hatte, noch bevor der seinen Krummdolch auch nur halb aus der Scheide ziehen konnte.

Der Adjutant des Janitscharen-Agha traktierte seinen armenischen Buhlknaben nun schon seit Stunden mit den erlesensten Weinen, die der Wirt der kleinen verschwiegenen Schenke auftischte. Es war nicht die Schenke des hinkenden Rhodiers in Pera, sondern ein luftiger Pavillon am Bosporus, und von der baumbeschatteten Veranda aus sah man die grünen Hügel Anatoliens. Nein, Nicos Schankwirtschaft am Pera-Turm würde der Adjutant in naher Zukunft ein wenig meiden, um nicht beständig mit Yildirim Ahmed zusammenzutreffen. Womöglich würde er sich sonst noch verplappern, wenn der Weinrausch ihm die Zunge ungebührend löste. Und Yildirim Ahmed wollte er nun wirklich nicht zum Feind haben!

Lind war der Abend, und der sinkende Sonnenball spiegelte sich als orangefarbener flimmernder Streifen im Spiel der Wellen. Es ging auf den Sommer zu, aber noch waren die Nächte angenehm kühl.

Der Adjutant des Janitscharen-Agha hatte allen Grund, ausgiebig zu feiern, denn das Schicksal hatte es heute gut mit ihm gemeint. Wohlig und zufrieden rekelte sich der Offizier auf dem weichen Kissenlager, das die Veranda wie ein Haremsboudoir aussehen ließ, und strich zärtlich seinem Buhlknaben über das lockige Haar. Er war vor drei Jahren durch die Vermittlung von Yildirim Ahmed an den Jungen gekommen. Der Enderun-Fechtlehrer hatte ihn gebeten, einen Devschirme-Knaben namens Dschengis nach dessen Landaufenthalt am Beyschehir See in die Acemi-Kaserne von Gelibolu abzukommandieren, statt wie vorgesehen in die von Istanbul. Der Adjutant hatte diesen ausgefallenen Wunsch des Eunuchen erfüllen können. Weshalb dieser Dschengis unbedingt nach Gelibolu sollte? Nun, der Adjutant hatte nicht weiter nachgefragt, als der Verschnittene sich erboten hatte, ihm als Belohnung für die Abänderung der Dokumente – kostenlos – einen jungen Gespielen aus den fernen Westregionen des Reiches zu vermitteln. Drei Jahre währte die Liebe nun schon zwischen dem armenischen Lockenkopf und dem Adjutanten und war so feurig und innig wie am ersten Tag.

Im Neuen Saray mußte Yildirim Ahmed diesen Dschengis dann aber doch vor nicht langer Zeit zu Gesicht bekommen haben. Der Adjutant grinste, als er sich daran erinnerte, wie der dicke Enderun-Fechtlehrer aufgeregt in seine Amtsstube gehetzt kam. Daß alle frischgebackenen Janitscharen aus Edirne – und natürlich auch die aus Gelibolu – nach ihrer Tschikma zumindest für ein paar Tage beim »Schatten Gottes auf Erden« Dienst tun würden, daran vermochte kein Bestechungsgeld der Welt etwas zu ändern, das war eine eherne Gepflogenheit, seit die Sultane im Neuen Saray residierten, und der Verschnittene wußte das natürlich auch. Dennoch hatte der Dicke ihm einen klirrenden Lederbeutel in die Hand gedrückt und gemurmelt: »Seht zu, daß er schnellstmöglich hier aus dem Palast verschwindet, Adjutant!«

»Du hättest sehen sollen«, sagte der Adjutant zu seinem Buhlknaben, »wie erleichtert er war, als ich ihm zusicherte, diesen Dschengis weit weg nach Anatolien zu schicken.«

Der Lockenkopf kicherte. »Was, glaubst du, würde Yildirim Ahmed wohl unternehmen, wenn er herausfinden würde, daß er sein

Geld an dir verschwendet hat, denn dieser Janitschar war ja ohnehin bereits zum Hof des Prinzen Selim abkommandiert?«

Aber darüber mochte der Adjutant im Augenblick nicht weiter nachdenken. Und auch nicht darüber, was noch alles an Ärger entstehen konnte, falls Hussein, der Bogenmeister des Schehzade, zufällig *doch irgendwo* in Istanbul mit Yildirim Ahmed zusammentreffen würde. Schließlich hatte auch Hussein an ihn gezahlt, damit dieser Dschengis schon vor Ablauf der vorgesehenen Palastdienstzeit nach Kütahya überstellt wurde.

Der Adjutant zog seinen Buhlknaben dichter zu sich heran und hauchte ihm höchst obszöne Koseworte ins Ohr.

Den Wirt, der leise die Verandatür öffnete, störte die innige Umarmung nicht, in die der Adjutant und sein Gespiele verstrickt waren, er hatte sich schon lange an den Anblick von Männern gewöhnt, die es miteinander trieben. Die meisten Janitscharenoffiziere, die Frauen verschmähten, zahlten zudem großzügig und stets mit barer Münze für das verschwiegene lasterhafte Refugium am Bosporus. Die Bordellbesitzer hingegen, so wußte der Wirt von seinem Landsmann Nico, die die hohen Herren mit Huren verkuppelten, hatten oft Probleme, von den arroganten Freiern ihr Geld zu bekommen.

Er schob ein Tablett mit gegrillten Lamminnereien auf die Veranda, stellte eine gefüllte Weinkaraffe daneben und schloß die Tür wieder behutsam.

Während sich der Adjutant und sein Gespiele den Freuden der Liebe hingaben, überquerte Dschengis im Gefolge von Prinz Selims persischem Bogenmeister Hussein die Meerenge zwischen Anadolu und Rumeli unweit der Schenke, wo sich die homoerotischen Gardeoffiziere des »Sultans aller Sultane« bevorzugt zu vergnügen pflegten.

Essig und Olivenöl

Der Bosporus lag schon zwei Tagesreisen hinter ihnen. Dschengis ritt nach dem Mittagsgebet an der Troßspitze.

Ein alter, ausgemergelter Bauer sah die Kolonne auf sich zukommen und versuchte seinen hochbepackten Esel mit matten Stockhieben an den Straßenrand zu scheuchen. Ohne Erfolg. Der Esel blieb trotz der Prügel mitten auf der Straße stehen. Der Bauer warf sich mit aller Wucht, deren sein dünner Körper fähig war, gegen den renitenten Begleiter und schob ihn mit einer letzten Kraftanstrengung endlich an den Straßenrand, als Dschengis sich schon auf eine Pferdelänge genähert hatte.

»Bitte verzeiht, Herr!« rief der Bauer und rang nach Luft.

»Schon gut, Alter«, antwortete Dschengis lachend. »Und bring den Esel nicht aus Versehen mit deinem Knüppel um!« Seit der Tschikma galt das strenge Redeverbot mit Nicht-Soldaten natürlich nicht mehr.

»Nein, Herr!« keuchte der Bauer.

Der Esel wieherte trotzig, so als wollte er kundtun, daß er von seinem Herrn nichts Ernsthaftes zu befürchten hatte, und begann gelangweilt Wegrandkräuter zu rupfen.

Dschengis war als Acemi-Rekrut einer von vielen gewesen und hatte überwiegend streng kaserniert gelebt. In der Kasernenhierarchie galt ein Soldatenschüler nichts, und auch bei den Arbeitseinsätzen auf der Werft, beim Straßenbau oder Holzfällen hatten die Arbeiter und Arbeitssklaven Dschengis in keiner Weise hofiert, sondern ihn stets wie ihresgleichen behandelt.

Zu seinem Erstaunen begegnete man nun dem Janitscharen Dschengis mit Ehrerbietung. Besonders das einfache Volk – wie soeben dieser alte Bauer mit seinem störrischen Esel – zollte den Großherrlichen Elitesoldaten den größten Respekt und grüßte die Gardesoldaten wie hohe Würdenträger der Pforte oder einen Mullah.

Der Troß, den der Bogenmeister Hussein nach Kütahya führte, bestand aus seinen beiden Dienern, der zehnköpfigen Abteilung Janitscharen, einer Gruppe bewaffneter Männer des prinzlichen Haushalts und einem hinkenden Griechen, der mit ein paar Knechten ein Dutzend Maulesel antrieb. Die Lasttiere transportierten eine Unzahl verschieden großer, mit Fellen bedeckter Amphoren. Olivenöl und Essig, hieß es. Dschengis hatte da seine Zweifel, was den Inhalt der bauchigen irdenen Gefäße betraf. Auf den Heimatinseln lagerte man in derartigen Krügen Wein.

Die Reisenden schlugen das dritte Nachtlager unter freiem Himmel im Gebirge auf. Nur der Bogenmeister schlief mit seinen Dienern in einem Zelt neben dem verglimmenden Lagerfeuer. Dschengis und ein weiterer Janitschar waren für die erste Wache eingeteilt. Nachdem sie am Ende der Doppelstunde das Lagerfeuer wieder mit harzigen Holzscheiten zum Lodern gebracht hatten, wurden sie vom Unteroffizier und dem hinkenden Rhodier abgelöst.

Die Nächte in den Bergen blieben auch im Frühsommer empfindlich kühl. Dschengis rollte sich in eine dicke Kamelhaardecke und betrachtete den ungetrübten Sternenhimmel. In Gelibolu und Istanbul waren die Nachthimmel um diese Jahreszeit fast immer von der Feuchtigkeit getrübt, die aus dem Meer und den grünen Küsten aufstieg. Wenn es wie jetzt in den Bergen windstill war und von den baumlosen Hochebenen Anadolus kein Staub aufwirbelte, glich der Anblick des Firmaments der Nacht über Thiratois und den Schwesterinseln.

Dschengis begann mit offenen Augen von zu Hause zu träumen.

Plötzlich gab es ein Geräusch, als würde ein Fuß auf einen trokkenen Ast treten. Dann hörte er, wie jemand leise sagte: »Laß uns lieber ein paar Schritte aus dem Feuerschein gehen!«

Es war die Stimme des Unteroffiziers. Dschengis richtete sich ein wenig auf, um besser sehen zu können, mit wem er sprach. Als eine Lage Holzscheite in sich zusammenfiel und einen Funkenregen in die Luft schleuderte, erkannte Dschengis den hinkenden Rhodier. Er trug eine von den kleineren Amphoren aus dem Lichtkreis.

Neugierig verfolgte Dschengis den Feldwebel und den Griechen mit den Augen. Bald darauf drang ein kaum vernehmbares Plätschern an sein Ohr.

Dschengis grinste und war sich ziemlich sicher, daß die beiden Männer sich nicht unbedingt an Essig oder Olivenöl delektierten.

Auch in den kommenden Nächten richteten der Unteroffizier und der Rhodier es ein, daß sie gemeinsam Wache halten konnten. Als man schließlich Kütahya erreichte, schätzte Dschengis, daß die beiden den Schehzade um eine beträchtliche Menge Weins erleichtert hatten, denn die Amphoren waren ausnahmslos für die prinzliche Residenz bestimmt.

Einer der Knechte des Rhodiers sprach auch ohne Scheu über den seltsamen Amphorentransport, wohl in der Annahme, daß alle, die den Troß begleiteten, sowieso über den Inhalt der Gefäße informiert waren. Von dem Knecht erfuhr Dschengis ebenfalls, daß Selims Bogenmeister zweimal im Jahr in die Hauptstadt reiste, um dort für seinen Herrn Wein einzukaufen.

Es war also richtig, was man sich auf den Straßen und Basaren zuraunte: Der Prinz war dem verbotenen Rebensaft zugetan – obgleich die Mullahs, die die Soldatenschüler in Gelibolu in der Lehre des Propheten unterwiesen, Weingenuß mit Teufelsanbetung gleichgesetzt hatten. Dschengis fand das bemerkenswert. Schließlich war der Schehzade Selim ein Muselmane, der einmal sogar der Kalif aller Gläubigen sein würde.

Antilopenjagd

In der Residenz von Kütahya waren neben der prinzlichen Leibwache und einem Reiterregiment eine Orta Janitscharen stationiert. Die Leibwächter seiner Hoheit rekrutierten sich aus Janitscharen, einigen Hellebardieren, aber überwiegend aus der Großherrlichen Palastreiterei. Besonders auffallend an deren kostbaren Uniformen waren die glänzenden scharlachroten Seidenjacken.

Das Kasernenleben in der Provinz gestaltete sich für Dschengis weitaus angenehmer, als er nach den Erfahrungen von Gelibolu vermutet hatte. Gewiß, es wurde weiterhin regelmäßig exerziert und der Waffendrill unvermindert fortgesetzt. Aber es machte sich für die Soldaten bemerkbar, daß der Prinz ein passionierter Jäger war. Kaum ein Tagesablauf glich dem anderen. Mal wurden die Janitscharen als Wildtreiber eingesetzt, mal mußten sie die Waidgründe in einer benachbarten Statthalterschaft erkunden.

Als Tschorbadschi diente ein älterer Janitschar, der die meiste Arbeit seinen Unteroffizieren überließ. Er gab sich zwar immer geschäftig, wenn der Prinz in der Nähe war, aber außer beim Morgenappell sah man ihn nur selten auf dem Kasernenhof. Die Janitscharenunterkünfte befanden sich neben denen der persönlichen Leibwache Selims, der auch der Bogenmeister Hussein angehörte. Er organisierte jedesmal bei Neumond Wettkämpfe im Bogenschießen innerhalb der Residenzgarnison. Der Sieger erhielt im Namen des Prinzen eine Belohnung, zumeist eine schwere Silbermünze.

Dschengis errang gleich nach seiner Ankunft in Kütahya den ersten Platz, bekam aber durch den Bogenmeister kein Geldstück überreicht, sondern der Schehzade, der den Wettkampf von einer Empore aus beobachtet hatte, stieg hinunter in den Kasernenhof.

»Es ist ungleich leichter, ein festes Ziel zu treffen als Banditen, die umherhasten«, scherzte der Prinz, der in Dschengis den Devschirme-Jüngling wiedererkannt hatte, der am Beyschehir See den Anführer der Haydutlar mit einem Meisterschuß getötet hatte. Er lachte. »Und damit du dich in der Kaserne nicht unterfordert fühlst, befehle ich hiermit, daß du mich morgen auf die Jagd begleitest. Dann kannst du mir zeigen, welche weiteren Fortschritte du unterdessen in der Bogenschießkunst gemacht hast!«

Wenn Dschengis bislang vom Tschorbadschi und den Unteroffizieren behandelt wurde wie all die anderen Kameraden, die erst vor kurzem »zur Pforte hinausgegangen« waren, so bedeutete der Befehl Selims eine größere Auszeichnung als eine Silbermünze, und die Vorgesetzten begegneten fortan dem jungen Janitscharen mit einem gewissen Respekt.

Der »Gesetzgebende« kränkelte, und der Schehzade Selim war der zukünftige Padischah, Sultan aller Sultane, der »Schatten Gottes auf Erden« – wer schon jetzt sein Wohlwollen errungen hatte, der mochte es vielleicht einmal weit bringen am Hof der Osmanen.

Man ritt bei Anbruch der Dämmerung auf die steinerne Brücke, die den Göksuyu-Fluß überspannte. Die Spitze des Zuges bildeten zwei Offiziere der prinzlichen Leibgarde, dann kamen der Schehzade, er saß auf einer prächtigen Schimmelstute, und Lala Mustafa Pascha und Hussein auf seidig glänzenden Rappen. Es folgten die auserwählten Leibgardisten und Janitscharen der Garnison. Am Ende des Zuges ritten Stallknechte, die die Lastpferde für die Zelte und die Verpflegung der Truppe sowie Tragetiere für die zu erwartende Beute führten.

In den Sommermonaten führte der Göksuyu-Fluß nur wenig Wasser, so daß er dem Betrachter die Sicht auf die bizarr geformten Felsen seines Bettgrundes freigab. Das stadtseitige Steilufer glich verblüffend der Stelle mit den Klippen am Beyschehir See, wo Dschengis den Meldereiter der Banditen während der Belagerung überwältigt hatte. Zu den wehmütigen Erinnerungen an die Heimat hatten sich schon in Gelibolu viele Erinnerungen an die gute Zeit bei Hassan in der Konya-Ebene gesellt.

Dschengis ritt neben einem Leibwächter Selims, einem Hauptmann der Sipahi, der Großherrlichen Kavallerie. Er hieß Necmeddin, war wie Dschengis ein ehemaliger Devschirme-Knabe, hatte aber dann die »Strenge Schule« durchlaufen. Nach der Tschikma war er zur Palastreiterei gekommen, denn nur den besten Absolventen der »Enderun« blieb es vorbehalten, nachdem sie »zur Pforte hinausgegangen« waren, dem »Gesetzgebenden« als Leibpagen zu dienen.

Necmeddin sprach freimütig darüber, daß es ihm an Begabung für die wissenschaftlichen Fächer wie Algebra, Grammatik und Astronomie gefehlt hatte. Dafür war er immer einer der Besten unter den Schwertkämpfern und Schützen gewesen. So war Selims Bogenmeister auf ihn aufmerksam geworden. Dschengis erfuhr von

Necmeddin, daß alle prinzlichen Leibwächter meisterhaft mit Pfeil und Bogen umzugehen wußten.

»Wer weiß?« Der Sipahi-Hauptmann lachte. »Vielleicht bewährst du dich ja weiter in den Augen unseres Herrn und wirst auch einer von uns.«

Dschengis konnte dem Offizier nicht antworten, denn hinter der Brücke verengte sich der Weg. Erst wieder gegen Abend, als sie eine wildreiche Hochebene erreichten, in der der Prinz die Zelte aufschlagen ließ, fand Dschengis Gelegenheit, mit ihm am Lagerfeuer zu reden.

»Er ist kein harter Herr, der Schehzade«, flüsterte der Leibwächter. »Und wenn du meine ehrliche Meinung wissen willst – ich diene ihm hundertmal lieber als dem ›Gesetzgebenden‹!«

»Warum das? Ich dachte immer, im Neuen Saray stationiert zu sein ist die größte Ehre, die einem Soldaten zuteil werden kann.«

Necmeddin schnaubte verächtlich. »Ja, so sagt man wohl. Aber wer jemals länger dort ohne Protektion gedient hat, der redet anders. Glaub mir, Janitschar, vom Großherrlichen Saray kommt man hurtiger ins Paradies oder in die Hölle als vom grimmigsten Schlachtfeld! Der Palast des ›Kanunî‹ am Goldenen Horn ist fürwahr der Nabel aller Intrigen im Reich. Kennst du jemanden, der ganz oben ist, dann hast du es gut getroffen, aber wehe den Unglücklichen, die sich nicht mit den diversen Saray-Aghas oder -Paschas gut zu stellen wissen! Bei der kleinsten Verfehlung …«

Necmeddin schaute sich um, ob auch niemand in der Nähe war, der ihn hören konnte, und machte eine Geste, als würde er Münzen abzählen.

»Und? Was passiert dann?« fragte Dschengis.

Necmeddin sagte nichts, fuhr sich nur mit dem Zeigefinger an die Halsschlagader.

Plötzlich verstummten die Gespräche rings um den großen Kessel, in dem das Abendpilaw zubereitet worden war. Es gab Reis mit gewürztem Hammelfleisch und gerösteten Pinienkernen, und köstlicher Speisegeruch erfüllte die Luft.

Prinz Selim, begleitet von seinem Bogenmeister Hussein und

vom Großherrlichen Prinzenerzieher Lala Mustafa Pascha, trat in den Lichtkreis des Lagerfeuers. Alle in der Runde verneigten sich.

Der Schehzade nahm mit seinen Begleitern auf einem schlichten Teppich dicht am Kessel Platz. Er trug einen grüngefärbten Lederrock, der reich mit Jagdszenen bestickt war. In dem gelben Vollbart glitzerte ein roter Edelstein.

Der persönliche Koch und Vorkoster ließ sich von dem Janitscharenunteroffizier, der das Mahl bereitet hatte, eine Portion Pilaw und Fleisch geben und verzehrte beides sorgfältig kauend.

Unterdessen erschien Selims Mundschenk mit einer tönernen Amphore. Bevor er seinen Herrn und dessen Jagdgefährten bediente, goß er dem Vorkoster einen Schluck von der Flüssigkeit aus dem Tongefäß ein. Der Vorkoster trank und nickte. Erst daraufhin bekam der Prinz den Becher gefüllt, dann wurde den Begleitern eingeschenkt. Prinz Selim leerte seinen Becher auf einen Zug, und ihm wurde sofort nachgefüllt. Danach bediente der Mundschenk Lala Mustafa Pascha und Hussein.

Der Vorkoster hatte unterdessen die Speisen für rechtens befunden und verbeugte sich in Richtung des Schehzade. Auf dessen Zeichen hin belud der Unteroffizier ein Silbertablett mit dem Hammelpilaw, das der Vorkoster zu seinem Herrn trug.

Wohl wissend, was sich in den Amphoren befand, sagte Dschengis scheinheilig, während er auf den Wasserkrug zwischen ihnen zeigte: »Seht nur, Necmeddin! Das Wasser für unseren Herrn wird in ganz besonderen Krügen aufbewahrt!«

Der Leibwächter kicherte. »Wasser?« flüsterte er. »Ich glaube, der Schehzade wäre augenblicklich tot zu Boden gesunken, wenn er eben Wasser statt Wein zu trinken bekommen hätte.«

Es gelang Dschengis, überrascht auszuschauen, denn Necmeddin fügte leise und verblüfft hinzu: »Wie? Sag bloß, du kennst seinen Spitznamen nicht!«

Der junge Janitschar gab weiterhin vor, nichts zu verstehen.

»Du willst mir doch nicht weismachen, nie den Namen ›Säufer-Selim‹ gehört zu haben«, flüsterte Necmeddin. »Das nehme ich dir einfach nicht ab!«

»So ist es aber!« log Dschengis, denn er wollte mehr über den Schehzade wissen.

Aber Necmeddin schüttelte nur fassungslos den Kopf und begann von seinen Jagderlebnissen mit dem Prinzen zu erzählen. Nur einmal noch, zu fortgeschrittener Stunde, als die meisten sich schon schlafen gelegt hatten, gelang es Dschengis, dem Sipahi-Hauptmann etwas über dessen Zeit als Saray-Pagenschüler zu entlocken. Nachdem sie sich ausgiebig über ihre Jagdabenteuer unterhalten hatten, war das Gespräch irgendwann auf die Waffenausbildung in Gelibolu und im Neuen Saray gekommen, und der junge Janitschar wurde hellhörig, als Necmeddin von den Weißen Eunuchen sprach, die an der »Strengen Schule« die Pagen in den Kriegskünsten unterrichteten. Die Verschnittenen, die dort Bogenschießen lehrten, hatten ihm nicht sonderlich imponiert, aber ein Fechtlehrer hatte großen Eindruck bei ihm hinterlassen.

»Es gab niemanden, der es gewagt hätte, ihn herauszufordern«, sagte Necmeddin, und in seiner Stimme schwang eine Hochachtung mit, die Dschengis bei dem Leibwächter nicht gespürt hatte, als er über seine anderen Lehrer im Saray gesprochen hatte.

»Ich muß nur die Augen schließen«, sagte Necmeddin, »und ich sehe ihn leibhaftig vor mir. Er war ein Berg von einem Mann, fetter als all die anderen Weißen Eunuchen und dennoch flinker mit dem Säbel als die besten Janitscharenfechter oder die muskulösen Bostandschi, die Palasthenker.«

»Er hatte nicht zufällig eine Narbe über dem rechten Auge?«

»Woher weißt du denn das?« sagte Necmeddin erstaunt. »Yildirim Ahmed unterrichtet doch keine Janitscharenschüler und erst recht nicht die von Gelibolu.«

Und zum ersten Mal, seit man ihn und den Bruder aus Thiratois entführt hatte, erzählte Dschengis daraufhin jemandem seine Geschichte.

Necmeddin lauschte geduldig, zeigte sich aber nicht sonderlich beeindruckt vom Schicksal der Zwillinge. »Sag selbst, Janitschar, kann man es besser haben, als beim Schehzade am Feuer zu sitzen und aus demselben Kessel zu essen wie er?«

»Schon, das ist wohl wahr. Aber was ist mit meinem Bruder?« Dschengis starrte in die zusammengesunkene Glut des Lagerfeuers.

Necmeddin legte Dschengis die Hand auf die Schulter. »Ich denke, du solltest dir keine Sorgen um ihn machen. Wenn er mit den Weißen Eunuchen davonging, dann ist das kein schlechtes Zeichen. Im Gegenteil. Auch mich hat damals einer der Saray-Wächter von den anderen Devschirme-Knaben abgesondert. Die Weißen Verschnittenen, Janitschar, werden jedes Jahr von ihrem Agha ausgeschickt, um die Enderun-Schüler zu ergänzen, die man durch die Tschikma oder Krankheit verloren hat. Wenn dein Bruder sich anstellig gezeigt und der Saray-Hodscha ihn für geeignet befunden hat, dann ist er jetzt in der Pagenschule.«

»Und wenn nicht?«

Necmeddin zuckte mit den Achseln. »Wer weiß? Vielleicht hat man ihn zum Stalldienst abkommandiert oder zu den Hamam-Bediensteten. Jedenfalls wird er weder Hunger noch Durst leiden und gewiß gut gekleidet sein.«

»Aber spracht Ihr nicht vorhin davon, daß man im Neuen Saray ohne Protektion kaum eine Möglichkeit hat aufzusteigen, ja, daß man jeglicher Willkür der Aghas ausgesetzt ist?«

»Wann war eure Devschirme?«

Als Dschengis es ihm sagte, lachte Necmeddin. »Sei unbesorgt! Wenn man die Tschikma gerade erst hinter sich hat, gerät man noch kaum sehr tief in das Gestrüpp der Saray-Intrigen. Aber vielleicht hat dein Bruder ja auch, so er denn wirklich in der ›Strengen Schule‹ aufgenommen wurde – anders als ich vor Jahren –, einen Förderer gefunden, der ihm Beistand gewährt. Undenkbar wäre das nicht.«

Noch lange lag Dschengis in dieser Nacht wach. Nur ein Gedanke beschäftigte ihn: Wie konnte er es anstellen, schnellstmöglich wieder nach Istanbul zurückversetzt zu werden?

Während der nächsten Tage wurde Dschengis als Wildtreiber eingesetzt. Die prinzliche Jagd galt den gestreiften Gelbantilopen, die die Hochebene östlich von Kütahya in kleinen Herden durchstreiften. Dschengis und seine Kameraden stellten sich geschickt an und trieben dem Schehzade mehrere Böcke zu, von denen der Prinz drei mit wahren Meisterschüssen erlegte. Der prinzliche Bogenmeister Hussein schoß zwei der flinken Tiere. Danach durften auch die Leibwächter und die anderen Teilnehmer der Jagdgesellschaft ihr Waidmannsheil versuchen.

Reich war die Beute am Ende des Jagdausflugs: zwölf Antilopen, acht Rehe und eine Strecke Fasane und Rebhühner. Ein Reh und etliche der Vögel gingen auf Dschengis' Konto, Schüsse auf die Antilopen waren den Offizieren vorbehalten gewesen. Necmeddin hatte sogar gleich drei erlegt. Dschengis trieb sein Pferd neben das des Leibgardisten. Der Weg war eben und erforderte von den Reitern keine besondere Aufmerksamkeit. Es gelang Dschengis, das Gespräch wieder auf die Saray-Schule zu bringen, wo Kosta wahrscheinlich untergekommen war, und Necmeddin gab dem jungen Janitscharen bereitwillig Auskunft auf alle seine Fragen.

Prinz Selims illustrer Freundeskreis

In der Woche, nachdem der Bogenmeister mit einer großen Karawane in Kütahya eingetroffen war, stand der Schehzade neben seinem Freund Amidi Süleyman Efendi, dem Derwisch und Scheich des Halveti-Ordens, auf dem geglätteten, von einer hüfthohen Mauer begrenzten Hof hinter dem Hauptgebäude der Residenz und schaute belustigt auf den Großherrlichen Prinzenerzieher. Lala Mustafa hatte die mannshohe Zielscheibe, die von Dschengis schon das dritte Mal näher zum Schützen getragen worden war, wiederum weit verfehlt.

»Laß es gut sein, mein bester Lala! Womöglich schaffst du es sonst noch, meinen Sohn in der Bogenkunst zu übertreffen! Was eigentlich kaum möglich ist!«

Selims Ältester, Prinz Murad, handhabte Pfeil und Bogen nicht minder ungeschickt als der Großherrliche Prinzenerzieher. Wenn der Schehzade seinen Sohn auf den Schießplatz bestellte, drückte sich, wer konnte, vor dem Platzdienst. Murad traf so gut wie nie die Scheibe. Dafür war es ihm mehr als einmal gelungen, einen Leibwächter oder Janitscharen nur knapp zu verfehlen. In letzter Zeit drückte sich Murad vor den Schießübungen, wann immer es ihm möglich war. Der Grund dafür war eine neue Sklavin. Sie hieß Safiye, »Die Helle«, war, wie der Name andeutete, blond und von makelloser Gestalt. Zudem konnte sie gut tanzen und verstand es auch mit allerlei weiteren Künsten, Prinz Murad zu bezirzen. Prinz Selims Ältester verließ so gut wie nie den Zimmertrakt, den er mit Safiye bewohnte. Die Sklavin stammte aus Venedig, und böse Zungen wußten zu berichten, daß Nûrbanu, Murads Mutter, die ja selbst eine Tochter des venezianischen Statthalters von Zypern war, die Sache eingefädelt hatte, um noch größeren Einfluß über ihren Erstgeborenen zu gewinnen, als es bereits der Fall war. Dem Schehzade Selim war es mehr oder weniger einerlei, was seine Erste im Harem trieb. Haremsintrigen und was die Frauen dort ausheckten, langweilten Seine Hoheit. Er zog dem immerwährenden Klatsch und der beständigen Unruhe in den inneren Gemächern die Gesellschaft seiner Freunde und Vertrauten vor.

Der Schehzade schaute auf die schnell heranziehende schwarze Wolkenwand über den Bergen, die die Stadt nach Westen begrenzten. Eines der seltenen Sommergewitter drohte sich über Kütahya zu entladen. Der Schehzade gab Hussein seinen langen, eleganten Eschenbogen und sagte: »Sorg dafür, daß er das nächste Mal noch etwas straffer gespannt ist! Er wird schon nicht brechen.«

Hussein kreuzte die Arme vor dem Leib und verneigte sich. »Ja, Hoheit.«

Der Prinz wartete, bis Mustafa Pascha seufzend einem Leibwächter den Bogen übergeben hatte und zu ihm und Amidi Süleyman Efendi trat.

»Wie wäre es mit einem Umtrunk, während die Elemente uns umtoben und Kizil Ahmed uns die neuesten Früchte seiner Dichtkunst vorträgt, meine Herren? Joseph Nasi wird unterdessen auch eingetroffen sein.«

Lala Mustafa Pascha schürzte die Lippen. »Wie Hoheit befehlen!«

Amidi Süleyman Efendi verbeugte sich.

Der Schehzade deutete auf Necmeddin, der in respektvoller Distanz zu den Schützen neben der Pfeilkiste stand, und sagte zu seinem Bogenmeister: »Er soll die Waffen in die Rüstkammer zurückbringen. Du kommst mit uns zu Kizil Ahmed!«

»Ja, Hoheit.«

Der Prinz und seine Freunde verließen den Schießplatz. Hussein instruierte den Leibwachenoffizier.

Necmeddin nahm die Bögen und nicht verschossenen Pfeile in Empfang und rief nach Dschengis. Der hatte die nicht ungefährliche Aufgabe gehabt, hinter einer niedrigen Bohlenwand in unmittelbarer Nähe der Scheibe die Treffer anzusagen, um darauf sofort die Pfeile aus den Brettern zu ziehen. Er eilte mit einem Bündel herbei.

»Falls irgendwelche Spitzen verbogen sein sollten – bring sie dem Schmied zum Richten, Dschengis!«

»Ja, Herr!«

Der Bogenmeister folgte dem Schehzade und dem Großherrlichen Prinzenerzieher.

Necmeddin entspannte die Bögen und steckte sie in gewachste Leinenhüllen.

Dschengis besah sich unterdessen die Pfeilspitzen. Er fand zwei schadhafte und sonderte sie aus. Die intakten Pfeile bündelte er und legte sie in die Kiste mit der prinzlichen Tugra.

Ein Stallknecht führte ein Maultier heran. Er belud es gemeinsam mit Dschengis, während Necmeddin die Zielscheibe begutachtete. Von den Dutzenden von Schüssen, die im Laufe des Nachmittags abgegeben worden waren, hatten nur die des Prinzen und die von Hussein die Scheibenmitte getroffen. Necmeddin sah es an der Form der Einschüsse. Selims bevorzugte Pfeilköpfe hinterließen ovale Löcher, und der Bogenmeister benutzte ausschließlich Pfeile mit einer Doppelspitze. Lala Mustafa Paschas konisch zulaufende Pfeile waren nur zweimal am äußersten Rand der Scheibe in die dicken Kiefernholzbretter eingedrungen.

Die ersten Regentropfen fielen, zerplatzten schwer wie dicke Insekten auf dem harten Untergrund des Schießplatzes.

Necmeddin schulterte die Bogenhüllen und rannte fluchend los.

»Schneller!« knurrte Dschengis den Stallburschen an. Aber das Maultier hatte seine eigene Vorstellung von »schnell« und bockte alle paar Schritte, weil es sich vor den Blitzen und besonders vor dem Donner fürchtete, der die schwarzen Wolken begleitete. Als das Maultier endlich vor dem Zeughaus stand, waren Dschengis und der Stallbursche bis auf die Haut naß. Necmeddin erwartete sie schon ungeduldig im Eingang.

Dschengis und der Stallbursche schnallten die Kiste ab und trugen sie ins Trockene.

»Ich hoffe nur, ihr habt sie sorgsam verschlossen. Wenn die Pfeilschäfte später aufquellen sollten, gibt es verdammten Ärger!« grummelte der Leibwächter und machte sich sogleich daran, den Kisteninhalt zu befühlen.

»Hhm, na gut! Scheint ja alles trocken geblieben zu sein!« Necmeddin befahl dem Burschen, die Kiste mit den Pfeilen zu den Bögen in die prinzliche Rüstkammer zu bringen.

Dschengis wollte gerade fragen, ob er sich entfernen dürfe, als der Offizier ihn anherrschte: »Zieh dich um, Janitschar, und finde dich danach umgehend in der Wachstube ein! Seine Hoheit bewirtet die hohen Herren später im Rosen-Kiosk. Ich habe dann im Garten Dienst – und du wirst mir dabei Gesellschaft leisten. Also trödel nicht herum! Halt, noch etwas! Laß dir vom Tschorbadschi eine Hakenbüchse geben!«

Obgleich Necmeddin harsche Worte gebraucht hatte, war sich Dschengis der Ehre bewußt, daß der Leibwächter ihn unter all den Janitscharen der Residenz auserkoren hatte.

Das Gewitter tobte nun seit Stunden über der Stadt, und das Unwetter schien kein Ende zu finden.

Dschengis und Necmeddin standen unter einem Teil des Rosen-Kiosk-Dachs, wo sie nur die heftigsten Regenböen erreichten. Die Hakenbüchse des jungen Janitscharen lehnte in ihrem wasserabweisenden Stoffutteral gegen einen der hölzernen Stützpfeiler des Gartenpavillons. Pfeil und Bogen wären bei dem Wetter die adäquaten Waffen gewesen, aber der Offizier hatte befohlen, eine Hakenbüchse zu bringen, und selbstverständlich hatte Dschengis dem Befehl ohne Widerspruch gehorcht.

Die Schiebetüren der Pavillonaußenwände waren auf Veranlassung des Prinzen von den Pagen ausgehängt worden. Daß der Regen bis hin zu den kostbaren Teppichen spritzte und ein Teil der Kissen durchweichte, störte anscheinend niemanden. Ein schmalbrüstiger, dunkelhaariger Mann, den Dschengis in der Residenz noch nie gesehen hatte, saß zwischen Lala Mustafa und dem Bogenmeister. Necmeddin erklärte ihm, daß er ein reicher Jude namens Joseph Nasi sei. Dschengis erinnerte sich an den Mullah in Gelibolu und wie der diesen Juden verflucht hatte.

Kizil Ahmed, der wohl intimste Freund des Schehzade, las mit getragener Stimme ein Gedicht vor. Er hätte ein Bruder seiner Hoheit sein können. Der imposante Vollbart und die buschigen Augenbrauen schimmerten rötlich, wenn ein naher Blitz den Himmel über dem Garten taghell erleuchtete, und wie sein prinzlicher Freund war Kizil Ahmed ein großer Liebhaber des Weins und ein zügelloser Schlemmer. Sein Leibesumfang konnte sich durchaus mit dem Selims messen. Natürlich lispelte Kizil Ahmed nicht wie der Prinz. Seine Stimme war wohlklingend und besaß die Kraft und Ausdauer eines Muezzins. Wenn das Rauschen des Regens gelegentlich abschwoll und das Donnergrollen aussetzte, konnte Dschengis jedes Wort klar und deutlich vernehmen, das der Dichter sprach. Nicht, daß Dschengis auch alles verstand, was Kizil Ahmed dem Schehzade und den anderen Herren im Kiosk vortrug. Viele der Worte hatte der junge Janitschar noch nie gehört. Er fragte hin und wieder Necmeddin, der alles zu verstehen schien. Aber der Leibwächter war nicht gut aufgelegt. Ein Windstoß hatte den Regen in ihren Unterstand gedrückt, Necmeddin bis zur Hüfte erwischt und auch einen Ärmel seiner scharlachroten Uniformjacke durchnäßt. Er antwortete Dschengis nur unwillig und einsilbig.

»›Bahar‹ ist Arabisch. Bedeutet: ›Meer‹.«

Schließlich gab Dschengis es auf, dem mürrischen Sipahi-Offizier Fragen zu stellen.

Selims Mundschenk war ständig gefordert. Nur Lala Mustafa hielt sich beim Pokulieren zurück.

Der Himmel über Kütahya schien zu explodieren. Ein Kugelblitz raste in wilden Sprüngen direkt über ihre Köpfe hinweg in den Berghang hinter der Residenz. Der Donner war ohrenbetäubend. Dschengis und Necmeddin zuckten vor Schreck zusammen. Im Kiosk hingegen ignorierten alle bis auf den Großherrlichen Prinzenerzieher und den Mundschenk das Toben der Elemente. Lala Mustafa erhob sich, schaute kurz nach draußen und hockte sich dann wieder zu den anderen Männern, in deren Mitte der Schehzade saß.

Kizil Ahmed deklamierte schon längst nicht mehr. Alle lauschten jetzt einem Monolog des Prinzen.

Anders als bei den Gedichten des rothaarigen Poeten verstand Dschengis das meiste von Selims Rede, wenn das Rauschen des Regens nicht allzu heftig war.

Der Prinz sprach über Malta und daß die Flotte bald fertiggestellt sein würde.

»Malta«, rief er verächtlich. »Was bedeuten dem ›Gesetzgebenden‹ bloß diese paar steinigen Inseln, daß er die größte Flotte aller Zeiten rüsten läßt, um ihrer habhaft zu werden? Ich weiß, Lala, Malta ist der Piratenhort dieser Johannes-Ritter, aber ich frage dich, wäre es nicht weitaus sinnvoller, den Christen das reiche Zypern oder Kreta zu entreißen?«

»Bitte vergeßt nicht, Hoheit, selbst Eure Schwester Mihrimah drängt auf einen baldigen Feldzug gegen die Ritter«, gab Lala Mustafa zu bedenken. »Und auch Euer Schwiegersohn, der Admiral Piyâle, brennt darauf, dem ›Schatten Gottes auf Erden‹ wieder einmal seine Kriegskünste zu beweisen.«

Der Schehzade schnaubte mißbilligend. »Ich weiß. Die Johannes-Ritter haben ein von meiner Schwester Mihrimah mitfinanziertes Schiff gekapert, das Kostbarkeiten aus Venedig geladen hatte.«

»So ist es, Hoheit. Aber was die Prinzessin mehr schmerzt als der

Verlust an Waren ist die Tatsache, daß ihre alte Amme sich auf dem Schiff befand und nun in einem Verlies der Piraten schmachtet.«

Prinz Selim zuckte resigniert mit den Achseln. »Und deshalb muß man gleich eine riesige Flotte ausrüsten, um ein paar wertlose, kahle Inseln zu erobern, mein guter Lala?«

Joseph Nasi nickte heftig Zustimmung. »Zypern, Hoheit! Zypern oder Kreta, das wären wirklich würdige Angriffsziele für die Hohe Pforte!«

Auch Necmeddin hatte aufmerksam zugehört. »Dennoch, es wird Krieg um Malta geben«, flüsterte er. »Krieg mit den Rittern! Nächstes Jahr, wenn die Frühjahrsstürme vorbei sind und die Flotte ohne Risiko eine Armee auf den Inseln landen kann.« Seine Augen blitzten. »Wer dann das Glück hat dabeizusein, dem winkt reiche Beute. Der ›Gesetzgebende‹ hat den Rittern, als er sie damals aus Rhodos vertrieb, ihre Waffen *und* all ihre Schätze belassen.« Er seufzte. »Es ist ein Jammer, daß ich die Plünderung verpassen werde! Aber vielleicht ist dir ja das Glück hold, Janitschar?«

Er beantwortete Dschengis' Frage, bevor der sie aussprechen konnte. »Malta, Janitschar, da braucht man nicht die gesamte Pfortenreiterei, Fußsoldaten und Pioniere schon! Artillerie selbstverständlich auch. Wie ich gehört habe, gibt es dort kaum Ebenen. Also, was soll man bei einem solchen Feldzug mit übermäßig viel Kavallerie? Außerdem sind wir Offiziere der prinzlichen Leibgarde nur im Feld, wenn Seine Hoheit selbst an einer Schlacht teilnimmt.«

Der Schehzade sprach jetzt über Prinz Beyazits Tod und auch darüber, wie vor vielen Jahren ein anderer Bruder, Prinz Mustafa, schon einmal versucht hatte, dem »Gesetzgebenden« die Macht vorzeitig zu entreißen. Bei Mustafas Hinrichtung im Zelt seines Vaters war er mehr oder weniger sogar Zeuge gewesen, denn er hatte sich damals in einem Nachbarabteil des riesigen Feldherrenzelts aufgehalten. Auch Mustafa war von den Henkern des Sultans, den Bostandschi, erdrosselt worden. Müde sagte Prinz Selim: »Nun, wenigstens muß ich nicht bei meiner Thronbesteigung dem ungeschriebenen Gesetz meines Ahnen Mehmed des Siegreichen Folge leisten!«

»Was redet er da?« flüsterte Dschengis.

»Er spricht vom Gesetz seines Ururgroßvaters«, sagte Necmeddin. »Es verlangt von jedem neuen Sultan möglichst noch vor der Thronbesteigung, alle seine Brüder und alle sonstigen möglichen Anwärter auf die Reichsherrschaft zu beseitigen.«

Als das Gewitter und der Regen endeten, waren außer dem Prinzen nur noch der Bogenmeister, der Mundschenk und Selims Leibpage wach. Hussein erwies sich bald darauf auch als der trinkfesteste Teilnehmer der gesamten Zecherrunde, denn der Schehzade Selim ließ sich vom Pagen ein Kissen unter den Kopf schieben und schlief auf der Stelle ein.

Hussein trat leicht taumelnd aus dem Pavillon. Sein Gesicht war gerötet. »Wache!«

Necmeddin zeigte sich dem Bogenmeister. »Ja, Herr?«

»Ach, du bist es!« Hussein lallte kaum, hatte aber Schwierigkeiten, sich aufrecht zu halten, und lehnte sich an den Offizier. »Los, bring mich zur Kaserne!«

»Ihr wißt, Herr, daß ich meinen Posten nicht verlassen darf!«

»Ah, richtig, ich vergaß. Dann ruf verdammt noch mal jemanden, der es macht!«

»Ja, Herr!«

Auf halbem Weg zur Kaserne sackte der Bogenmeister plötzlich wortlos zu Boden, und Dschengis schleppte ihn auf dem Rücken in die Wachstube.

Der diensthabende Unteroffizier nickte nur wissend. Es war derselbe, der während des Amphorentransports nach Kütahya sich immer mit dem hinkenden Rhodier eine Nachtwache geteilt hatte. »Leg ihn neben den Tschorbadschi, Janitschar. Mal sehen, wer eher seinen Rausch ausgeschlafen hat.«

Täuschte sich Dschengis, oder hatte der Feldwebel auch weingerötete Wangen? Er sah sich unauffällig in der Wachstube um.

Der bauchige Weinkrug war nur nachlässig von einem Tuch verdeckt. Dschengis hob es an und sagte erstaunt: »Oh, Essig!«

Der Unteroffizier grinste breit und reichte Dschengis die Amphore. »Tu bloß nicht so scheinheilig! Nimm lieber einen Schluck, bevor alle wissen, daß wieder eine neue Ladung eingetroffen ist!«

Dschengis trank gierig den ersten Wein seit vielen Jahren. Er wischte mit dem Handrücken über den Mund und gab dem Unteroffizier die Amphore zurück. »Köstlich!«

»Köstlich?« Der Feldwebel lachte. »Du scherzt, Janitschar. Das hier ist der beste Wein der Welt. Glaubst du, Seine Hoheit würde sich mit billigem Gesöff zufriedengeben? Nein, Janitschar, das hier ist Zypern-Wein vom Feinsten!«

»Ich habe den Rhodier gar nicht in der Garnison gesehen«, sagte Dschengis.

Der Feldwebel machte eine abfällige Geste. »Ach, der Hinker! Der war schon für den letzten Transport nicht mehr zuständig. Der Kaptan, der den Wein aus Zypern für den Rhodier herbeigeschafft hatte, beliefert jetzt Seine Hoheit direkt.« Der Unteroffizier strahlte über das ganze Gesicht. »Der Hinker war zwar nicht gerade geizig mit seinem Rebensaft, aber der Kaptan ist noch viel spendabler. Na ja, kein Wunder, schließlich hat er irgendwie den Hinker als Zwischenhändler ausschalten können.«

Dschengis nickte. »Verstehe!«

Vom Ende der Wachstube drang das laute Schnarchen des Tschorbadschi und des Bogenmeisters zu den beiden Janitscharen.

Dschengis bekam den Krug noch einmal. »Weiß der Mullah …?«

Der Feldwebel verstöpselte die Amphore und bedeckte sie wieder achtlos mit dem Tuch. »Ach, der!« Er kicherte. »Der Mullah geht doch nach dem Abendgebet gleich schlafen. Der ahnt nicht das geringste. Fast blind ist er außerdem. Taub wahrscheinlich auch. Und …«, er machte eine obszöne Bewegung, »davon ganz zu schweigen! Nein, unser Mullah weiß von allem nichts.«

Das mochte stimmen. Dschengis hatte den uralten Geistlichen der Residenz-Moschee nie nach Einbruch der Dunkelheit im Freien angetroffen.

»Kenne ich ihn, diesen Kaptan?« fragte Dschengis.

»Möglich.«

»Wie sieht er denn aus?«

»Er ist kurzbeinig und hat einen Brustkorb wie eine Tonne.«

»Dann habe ich ihn vor ein paar Tagen mit dem Bogenmeister gesehen, nachdem der aus Istanbul zurückgekehrt war«, sagte Dschengis. »So eine Gestalt prägt sich ein. Wo ist der Kaptan jetzt?«

»Soviel ich weiß, ist er schon wieder auf dem Rückweg.«

»Schade!«

»Was redest du da für Blödsinn, Janitschar«, fauchte der Feldwebel. »Glaubst du etwa, du hättest ihn bequatschen können, dir Wein zu überlassen, dir, einem einfachen Soldaten?«

›Nein‹, dachte Dschengis, ›das bestimmt nicht. Aber ich hätte ihm viele andere interessante Fragen stellen können!‹ Laut sagte er: »Nichts für ungut, Feldwebel. Ich bin ja neu hier und kenne mich mit den Gepflogenheiten noch nicht so recht aus. Wenn ich Wein will, dann könnte ich ihn vielleicht von dir bekommen?«

Der Unteroffizier rieb Daumen und Zeigefinger aneinander. »Ich merke, mein Kleiner, du bist nicht dumm.«

»Einverstanden«, sagte Dschengis und warf ihm ein Geldstück zu. »Für wieviel Wein ist das gut, Feldwebel?«

Zurück nach Gelibolu

Dschengis durfte noch im folgenden Herbst und Winter das angenehme Leben in Kütahya genießen und sich an dem vorzüglichen Wein erfreuen, der um so köstlicher mundete, da er Muselmanen, zu denen der junge Janitschar ja nun offiziell zählte, streng verboten war. Aber im Frühjahr, als die Stürme ihre Heftigkeit verloren, war es dann soweit, und Necmeddins Voraussage traf ein: Alle Janitscharen erhielten Befehl, in Eilmärschen nach Gelibolu zu ziehen. Ein Feldzug stand somit unmittelbar bevor.

Von seinem Sold erstand er wie die meisten seiner Kameraden kurz vor dem Abmarsch noch im Bazar eine der hauchdünnen Keramiktassen, für die Kütahya berühmt war.

In Gelibolu war Dschengis jetzt in einer Kaserne unmittelbar neben der der Acemi-Rekruten stationiert. Von seinen ehemaligen Kameraden traf er kaum noch jemanden an. Die Kompanie, in die man ihn gleich nach seinem Eintreffen an den Dardanellen steckte, zeichnete sich durch eine Besonderheit aus: Alle Soldaten waren danach ausgewählt worden, ob sie schwimmen konnten. Noch hieß es, die Flotte würde nach Afrika auslaufen, aber daran glaubten zumindest die Janitscharen von Dschengis' Kompanie bald nicht mehr. Wenn die Soldaten sich nicht mit Sturmleitern im Erklimmen von Mauern und Erklettern von Türmen übten oder im flachen Wasser vor den Schiffswerften im Schwimmkampf Mann gegen Mann, dann mußten sie immer wieder in den Werften arbeiten.

Der Hafen von Gelibolu quoll über von gerade fertiggestellten Kriegs- und Transportschiffen, und dennoch verließ beinahe täglich eine weitere Galeere die Docks. Was sich in der Meerenge zur Ägäis sammelte, war atemberaubend. Dschengis vermutete, man könnte von Rumelien nach Anatolien trockenen Fußes gehen, wären alle Schiffe mit Stegen verbunden. Und im Goldenen Horn sollte sich noch eine weitaus größere Flotte befinden!

Von den griechischen Werftarbeitern, von denen einige als Seeleute weit herumgekommen waren, erfuhr Dschengis gleich in den ersten Tagen, daß das gigantische Flottenunternehmen nur dem Archipel der Maltaritter gelten konnte. Dort gab es auf der Hauptinsel einen riesigen natürlichen Hafen mit von den Ordenskämpfern befestigten Halbinseln, und Dschengis ahnte, für welche Aufgaben man eine Kompanie von Kampfschwimmern einsetzen würde.

Ständig trafen neue Soldaten in Gelibolu per Schiff oder auf dem Landweg ein. Bald glich die Stadt und die Umgebung einem riesigen Truppenlager. Pioniere konstruierten unzählige Belagerungstürme, die in Einzelteilen auf den größeren Frachtschiffen verstaut wurden, und bauten einen Wald von Sturmleitern. In den Hügeln hinter der Stadt schossen die Artilleristen die neu gegossenen Kanonen ein. Der Geschützdonner verstummte selbst in den Nachtstunden nur sporadisch.

Auf freiem Feld zwischen den Werften errichtete man Zeltlager für die Vorräte. Karawane um Karawane brachte einen nie versiegenden Strom von Lebensmitteln, aber auch Berge von gebündeltem Feuerholz. Ein Dutzend rhodischer Küfnermeister fertigte mit vielköpfiger Gehilfenschar mannshohe Wasserfässer. Wasser war auch in den bauchigen Tonkrügen gespeichert, die Arbeitssklaven unentwegt auf die Schiffe schleppten.

Wasser, selbst für die Tragtiere, Holz, genug, um damit eine ganze Stadt zu errichten – langsam dämmerte es auch dem letzten Zweifler: Dieser Feldzug galt nicht Tunis oder einem anderen Ort in Afrika!

Dschengis hatte, als er bei seiner Ankunft aus Kütahya die Massen an Soldaten und das ameisengleiche Gewimmel auf der Gelibolu-Halbinsel gesehen hatte, gehofft, irgendwie, irgendwann eine günstige Gelegenheit zum Fliehen zu finden. Aber er wurde schnell durch eine Reihe gepfählter Deserteure auf der Stadtmauer belehrt, daß man die Halbinsel besser nicht ohne einen besonderen Paß verlassen sollte. Und einen solchen Paß erhielt dieser Tage nicht einmal ein Tschorbadschi mehr.

»Schatten Gottes auf Erden«

Kriegsrat im Diwan und geeister Wein in Pera

Selbstverständlich war Paolo de Teresta im Besitz eines Großherrlichen Geleitschreibens, eines Fermans, das ihm Bewegungsfreiheit auf allen Werften und in allen Häfen des Reichs einräumte. Seit Wochen schon hatten ihn die Geschäfte in Gelibolu festgehalten. Es war nach langer Zeit de Terestas zweiter Tag in der Hauptstadt, und er wartete ungeduldig im Ersten Hof des Neuen Sarays auf den armenischen Sekretär von Sokollu Mehmet Pascha.

Nach Rüstems Tod – die ihm zu Ehren errichtete Moschee übertraf an Pracht alle Gotteshäuser, die jemals von einem Großwesir in Istanbul gestiftet worden waren – hatte der »Gesetzgebende« Sokollu Pascha, den Bezwinger seines Sohnes Beyazit und siegreichen Feldherrn von Konya, zum »Träger der Reichslasten« ernannt.

War die »Glückslaus« auch die personifizierte Bestechlichkeit gewesen, so hatte er wenigstens den Schein zu wahren gewußt und das Gold als »Spende« für religiöse Werke oder für die »Armen« in Empfang genommen. Sokollu hielt dergleichen Umschreibung nicht mehr für nötig. »Wieviel?« ließ er den Bittsteller ungeschönt durch seinen Sekretär fragen. Wer nicht das Minimum von fünf Goldstücken mitbrachte, wurde erst gar nicht zum Pascha vorgelassen.

Paolo de Teresta hatte sich gleich nach dem Bekanntwerden von Rüstems Ableben mit einer schweren Truhe in Sokollus Palais eingefunden. Nach allem, was er von Yildirim Ahmed und dem Bogenmeister des Schehzade erfahren hatte, zweifelte de Teresta nicht daran, daß der Sieger von Konya der Nachfolger von Süleymans raffsüchtigem Schwiegersohn werden würde.

Der Inhalt der Truhe wurde für ausreichend befunden, um den Portugiesen als Flottenlieferant zu bestätigen. Allerdings verteuerte sich für de Teresta dieser ehrenvolle (und im Prinzip auch einträgliche Posten) in der Zukunft derart, daß man ihn kaum noch als lukrativ bezeichnen konnte. Sokollus Sekretär forderte für seine vorgebliche Fürsprache beim Großwesir beinahe soviel Geld, wie einst die »Glückslaus« *allein* von de Teresta bekommen hatte!

Aber das Geld hatte seinen Gegenwert. Das Flottenunternehmen »Malta« war vom Großherrlichen Diwan, der beratenden Versammlung der Wesire und Aghas, die regelmäßig an den ersten vier Tagen der Woche zusammentrat, mehrfach verschoben worden. Dank der Bestechung des Armeniers war de Teresta jedesmal einer von den ersten, die erfuhren, was im Diwan-Kuppel-Saal des Zweiten Hofes vom »Schatten Gottes auf Erden« beschlossen wurde.

Aber die Frühjahrsstürme waren vorbei, und es schien für den Sommer wirklich ernst zu werden mit Krieg! Der Portugiese fühlte nach dem Seidentuch mit den eingeknüpften Geldstücken für Sokollus Sekretär. Mehrmals schon hatte João de Teixeiras Nachschub an klingender Münze aus Malta heranschaffen müssen, denn allein mit dem Profit aus de Terestas Position als Verproviantierer der reichsunmittelbaren Kriegsflotte gelang es nicht, die notwendigen Bestechungsgelder aufzubringen.

De Teresta mußte sich in Geduld fassen. Der Sekretär tauchte erst auf, als er bereits nicht mehr mit dessen Kommen gerechnet hatte und der Sonnenball schon halb von der westlichen Saray-Mauer verdeckt war.

Der korpulente Armenier war völlig außer Atem. De Teresta steckte ihm unauffällig das Tuch mit den Goldmünzen zu. Der Sekretär prüfte beiläufig das Gewicht und wischte sich mit dem Handrücken den Schweiß von der Stirn. De Teresta bot ihm ein Taschentuch an. Der Armenier dankte, betupfte sein Gesicht und flüsterte: »Nächste Woche nach dem Freitagsgebet, de Teresta, werden die Roßschweife aufgesteckt!«

›Es ist also soweit!‹ dachte de Teresta, und es gelang ihm, seine Erregung zu verbergen. Er legte freundschaftlich seine Hand auf den Arm des Sekretärs. »Ihr scheint erschöpft zu sein. Was haltet Ihr von einem kühlen Trunk bei …, na, Ihr wißt schon! Oder habt Ihr heute noch dringende Aufgaben zu erledigen?«

»Allah sei Dank, nein! Der Tag war anstrengend genug, und mein Herr ist schon in den Palast heimgekehrt.«

Vorsorglich hatte der Portugiese zwei Sänften mit kräftigen Trägern vor dem Neuen Saray in Bereitschaft stehen, und am Hafen lag ein Boot, das sie über das Goldene Horn nach Galata hinüberbringen würde.

»Dann seid heute abend mein Gast!« De Teresta verbeugte sich vor dem Armenier. Als der in der Sänfte Platz genommen hatte, winkte de Teresta zwei Knaben heran. Einer war der Schiffsjunge von Kaptan Sokrates' »Seeschwalbe«, der andere ein Hausbursche von João de Teixeiras.

Nicos Bruder Theo rief die wolfsähnlichen Hunde zurück, als er sah, wie der Portugiese sich mit dem Großwesirsekretär dem ersten Hoftor näherte. Die verborgene Kellerschenke in Pera war zur frühen Abendstunde noch leer. De Teresta war es recht, denn so konnte er den Armenier, ohne Zeugen fürchten zu müssen, aushorchen. Natürlich glaubte der, daß sein Gastgeber die so erhaltenen Vorabinformationen nutzen würde, um in den nächsten Tagen vor Aufbruch der Flotte für seine diversen Lebensmitteleinkäufe auf den Märkten kostengünstiger zu disponieren.

Eine hübsche junge Frau hatte sogleich den Schankraum durch einen hinteren Ausgang verlassen, als die Männer die Treppe hinunterstiegen. De Teresta hatte ihr Gesicht nur kurz im Profil gesehen, hatte aber erkennen können, daß es die Wirtstochter Sophia war.

»Ich habe im Winter Eis eingelagert«, sagte der Wirt. »Falls die Herren den Wein gekühlt genießen wollen …«

»Trefflich«, erwiderte de Teresta. »Misch uns eine große Karaffe mit dicken Eissplittern und trag auch etwas Zukost auf!«

Die Zukost bestand aus luftgetrocknetem Rindfleisch, Pastirma, das in würzigen Bockshornklee eingelegt war. Die Scheiben wurden, hauchdünn geschnitten, mit frischen milden grünen Pfefferschoten serviert.

Das Eis war in einer tiefen Grube unterhalb des Kellerbodens verstaut. Nico hinkte zur Kellermitte, stellte den schweren Lukendeckel auf und stieg hinab. Er kehrte mit einer Schüssel faustgroßer Eisstücke zurück, die er zertrümmerte, damit sie durch den Hals der

Weinkaraffe paßten. Dann füllte er die Karaffe mit einem hellroten Wein auf, der nach Himbeeren roch.

»Aus Zypern?«

Nicos Gesicht verdüsterte sich. Kaptan Sokrates belieferte ihn schon lange nicht mehr mit der begehrten Konterbande von der venezianischen Insel.

»Nein, Herr. Zypern-Wein ist zur Zeit leider nicht zu bekommen. Weder für gute Worte noch für Geld.«

»Wie das denn?«

Der Wirt beugte sich verschwörerisch über de Teresta und Sokollus Sekretär. »Prinz Selims Vertrauter, sein Bogenmeister Hussein, kauft jede Amphore davon auf, die ins Reich geschmuggelt wird. Ihm Konkurrenz zu machen würde bedeuten …« Der hinkende Rhodier fuhr sich mit dem Zeigefinger den Hals entlang.

Er konnte nicht wissen, daß ausgerechnet sein portugiesischer Gast dafür verantwortlich war, daß der Schehzade seinen Lieblingswein nur noch direkt von Kaptan Sokrates bezog.

»Und woher kommt jetzt dein Wein, Nico?«

»Aus meiner Heimat, Herr.«

De Teresta und sein Gast tranken sich zu. Der Wirt beobachtete sie neugierig.

»Und, meine Herren. Mundet er?«

»Er ist ausgezeichnet«, sagte der Portugiese.

»Ja«, sagte Sokollus Sekretär und ließ sich von de Teresta nachschenken. »Vorzüglich!«

Zwei Stunden später hatte der Portugiese alles erfahren, was er wissen wollte. Von früheren Weingelagen war ihm noch gut in Erinnerung, daß sein Zechkumpan nicht sonderlich trinkfest war. Also sorgte er dafür, daß die Becher nie leer blieben.

»Die Roßschweife werden aufgesteckt!« lallte der Armenier nun zum wiederholten Mal, und de Teresta musterte ihn abwägend.

›Zwei, drei Becher noch, und er ist hinüber‹, dachte er.

Er mußte nicht mehr so lange warten. Der Armenier trank noch aus und fiel dann in sich zusammen, als hätte ihn jemand unvermittelt durch einen Hammerschlag betäubt.

Er rief Nico, der mit seinem Bruder eine Stufe der Kellertreppe ausbesserte. »Kümmere dich um ihn! Ich habe noch etwas vor!« Der Portugiese warf dem Wirt ein paar Silbermünzen zu.

Der Rhodier nickte. Er war es gewohnt, daß einige seiner Gäste nach dem Zechen erst bei ihm ausnüchtern mußten. Dafür gab es spezielle Kammern in einem zweistöckigen Holzhaus des ersten Hofes.

Paolo de Terestas Flucht

Paolo de Teresta fand das Tor von João de Teixeiras' Garten nur angelehnt. Während er sich den Kinnbart abschabte, informierte er Teixeiras über das Gespräch mit Sokollus Sekretär. Dann vertauschte er seine kostbaren Kleider gegen die Hose, das Hemd und die derbe Wolljacke eines einfachen Seemanns.

João de Teixeiras hatte sich schon umgekleidet. Mit seiner Schnürweste, dem weißen Leinenhemd und den hohen Lederstiefeln sah er aus wie ein kretischer Fischer. »Wo treffen wir uns mit Sokrates?«

De Teresta betrachtete kritisch sein ungewohntes Konterfei in dem kleinen, runden venezianischen Spiegelglas über dem Wasserbecken. »Der Kaptan wartet im Han von Rüstem Pascha auf uns.«

Rüstem Pascha hatte in seiner Glanzzeit als Großwesir eine prachtvolle Karawanserei am Galata-Ufer des Goldenen Horns errichten lassen. Überwiegend die Kapitäne, die aus der Ägäis nach Istanbul kamen, nutzten sie für ihre Geschäfte.

Der Spiegel war vermutlich der einzige verbliebene Gegenstand von Wert in de Teixeiras' Haus. Alles andere, was kostbar war – auch die wertvollen Gegenstände aus dem Haushalt de Terestas auf der gegenüberliegenden Seite des Goldenen Horns –, befand sich bereits an Bord der »Seeschwalbe«.

De Teixeiras hängte den kleinen Spiegel ab, schlug ihn in ein Tuch und klemmte ihn unter die Weste. »Fertig?«

»Ja.«
»Dann los!«

Als die beiden Maltaritter bei strahlendem Vollmond durch die engen Gassen von Pera zum Han des Rüstem hinuntergingen, begegnete ihnen die übliche Janitscharenstreife unterhalb vom Großen Turm. Die Verwandlung de Terestas und de Teixeiras' war perfekt. Den Großherrlichen Flottenverproviantierer und den begüterten Handelsherrn erkannten auch die Soldaten, die tagtäglich im Bezirk unterwegs waren, in den zwei unauffälligen Seeleuten nicht mehr wieder. Es wimmelte trotz der späten Stunde vor Menschen in den Gassen. Die Besatzungen der meisten Pfortenkriegsschiffe rekrutierten sich aus Inselgriechen. In Pera und Galata waren Nicos Schenke und Bordell beileibe nicht die einzigen Etablissements, die Seeleuten Zerstreuung bieten konnten.

Kaptan Sokrates tauchte aus dem Schatten eines Mauervorsprungs auf, als er die beiden Männer auf den Eingang der Karawanserei zugehen sah.

»Hier entlang!« Der Kaptan zeigte auf einen schmalen Mauerdurchlaß. Dahinter erstreckte sich ein verwildertes Grundstück, das bis ans Ufer des Goldenen Horns reichte. Der Mond schien durch den Mastwald unzähliger kleinerer Schiffe. Sie ankerten alle dicht an dicht an der Wasserfront. Auf einigen brannte noch eine Fackel oder Öllampe. Irgendwo spielte jemand eine Laute.

»Mehr nach links!« dirigierte sie der Kaptan.

Wenig später betraten de Teresta und de Teixeiras über einen schwankenden Steg die Kaik »Seeschwalbe«.

»Ihr habt die nötigen Papiere dabei?«

De Teresta nickte und klopfte gegen seine Jacke. Eines der dort befindlichen Dokumente bestätigte dem Skipper der »Seeschwalbe«, daß er im Auftrag des Kapudan Pascha Stückgut für den Hafenkommandanten von Gelibolu transportierte – ausgestellt und gesiegelt von der Admiralitätsschreibstube. De Teresta hatte sich beizeiten genügend Blankoformulare mit der Tugra des Großadmirals beschaffen können.

Ein weiteres Dokument unter seiner Jacke würde man erst den Autoritäten in Gelibolu zeigen. Kaptan Sokrates und die Besatzung der »Seeschwalbe«, darunter die Matrosen Paulo und Josua – die Mannschaft wurde in dem zweiten Schreiben vollzählig namentlich genannt –, segelten in allerhöchstem Auftrag. Der »Träger der Reichslasten«, Großwesir Mehmed Sokollu, gestattete ausdrücklich der »Seeschwalbe« (und der aufgeführten Besatzung), noch vor dem allgemeinen Flottenaufbruch die Dardanellen zu verlassen, »... um vorab die Gewässer der Ungläubigen zu erkunden«.

»Seht Ihr die beiden Galeeren?« Kaptan Sokrates deutete auf die Silhouetten zweier Kriegsschiffe vor der Saray-Spitze.

De Teresta und de Teixeiras bejahten.

»Vor Anbruch der Morgendämmerung darf kein Schiff aus dem Goldenen Horn auslaufen«, sagte der Kapitän.

De Teresta nickte. »Ich weiß. Wir werden dennoch genügend Vorsprung haben.«

›Das gebe Gott, der Allmächtige!‹ dachte Kaptan Sokrates und schickte sicherheitshalber ein inbrünstiges Stoßgebet an die Heilige Jungfrau hinterher. Auf was für ein Abenteuer hatte er sich bloß eingelassen!

Und der Skipper gelobte, der Heiligen Jungfrau eine kostbare Ikone zu stiften, wenn er erst den sicheren Hafen von Iraklion auf Kreta erreicht haben würde.

Der »Gesetzgebende« wandelt im Garten des Vierten Hofs

Ein heller, spitzer Schrei durchschnitt die Stille des Dritten Saray-Hofs.

Der »Sultan der Osmanen, Stellvertreter Allahs auf Erden, Herr der Herren dieser Welt, Herrscher über alle Menschennacken, König der Gläubigen und Ungläubigen, Kaiser der Chakans der Großen

Oberhoheit, Fürst und Herr des glücklichsten Sternbilds, Majestätischer Cäsar, Siegel des Sieges, Zuflucht aller Völker in der ganzen Welt, der Schatten des Allmächtigen, der Ruhe und Stille spendet«, Sultan Süleyman, der »Gesetzgebende«, schaute hoch zum Dach des Brunnenhauses hinter dem Arz Odasi, dem Audienzsaal.

Über dem Gebäude kreiste ein Raubvogelpärchen.

Der alte Padischah beobachtete die Vögel einen Moment gedankenversunken und kehrte dann zur Verwunderung der Leibwächter nicht in seine Privatgemächer im Westteil des Hofes zurück. Er überquerte den Enderun-Hof in Richtung der terrassenartigen Saray-Gärten, die die Spitze des Goldenen Horns bis hinunter zur Seemauer und zum Topkapi, zum Kanonentor, bedeckten.

Der Dritte Hof des Palasts war bis auf den von schlanken Marmorsäulen gestützten Audienzpavillon den privaten Angelegenheiten des Herrschers aller Osmanen vorbehalten.

Als seine geliebte Hürrem noch lebte, hatte der »Schatten Gottes auf Erden« oft den Weg zum Harem genommen, wenn die Angehörigen des Reichsrats ihm das Resultat ihrer Überlegungen im Arz Odasi mitgeteilt hatten. Seit Hürrem Sultan nicht mehr war, mied Sultan Süleyman den Haremsweg.

Nicht, daß der Reichsrat, der Diwan, etwas von Belang entscheiden durfte! Entscheidungen waren einzig und allein ihm, dem »König der Könige«, vorbehalten. Beraten durfte der Diwan – beraten und gegebenenfalls Bedenken äußern, wie der Heeresrichter von Rumelien es getan hatte, der darauf brannte, gegen Österreich zu ziehen: »Viele bedeutsamere Siege habt Ihr auf der Spitze Eures Schwertes heimgetragen als die Gefangennahme einer Handvoll Männer auf einem kleinen, schlecht befestigten Eiland.«

Der Großherrliche Steigbügelhalter näherte sich dem Padischah mit einem schildgroßen Porzellanteller. Süleyman warf einen kurzen Blick auf die monochrome Landschaft und schickte den Pagen dann mit einer Drehung seines Kopfes fort. Er fand jetzt keine Muße, die neueste Erwerbung für seine Chinoiseriesammlung ausführlicher zu betrachten. Der allgewaltige »Herr der Herren dieser Welt« war müde.

Vier Stunden hatte der Reichsrat im Zweiten Hof getagt. Vier Stunden war zum letzten Mal unter den Kuppeln des Diwan-Saals von den Wesiren, dem Großadmiral, dem alten, erfahrenen Korsaren Torgut Reis, dem Agha der Janitscharen, den beiden Obersten Heeresrichtern und dem Scheyhülisman das Für und Wider eines Flottenunternehmens gegen den Piratenhort der Johannes-Ritter erörtert worden.

»Solange Malta in der Hand der Ritter bleibt«, hatte Torgut Reis, dem der Padischah den Ehrentitel »Das gezogene Schwert des Islam« verliehen hatte, zu bedenken gegeben, »so lange wird aller Nachschub von Istanbul nach Nordafrika und sonstwohin Gefahr laufen, gekapert oder versenkt zu werden. Dieser verfluchte Felsen legt sich wie eine Barriere zwischen uns und unsere Besitzungen. Wenn wir uns nicht entschließen, ihn in aller Eile zu nehmen, wird er binnen kurzer Zeit alle Verbindungen zwischen Afrika, Asien und der Ägäis unterbrechen. Bedenkt allein das Schicksal, das dem Schiff der Prinzessin Mihrimah widerfahren ist, das sie mit dem Harem Agha ausgerüstet hatte!«

Mit dem letzten Satz hatte Torgut Reis auf den Verlust eines großen Handelsschiffs angespielt, das zwischen der Insel Zante und Kephalliona von drei Malteser Galeeren aufgebracht worden war.

Natürlich war wieder seinem Willen, *seinem Großherrlichen Willen*, Rechnung getragen worden: Die Flotten im Goldenen Horn und in den Dardanellen würden sich in der kommenden Woche vor Gelibolu vereinigen, um die verdammten Ordensritter von den maltesischen Inseln zu fegen und um ihre Festungen so zu schleifen, daß kein einziger Stein mehr auf dem anderen verblieb.

»Einzig dein unbesiegbares Schwert«, hatte der Scheyhülisman gerufen, »kann die Ketten der Unglücklichen zerschmettern, die jetzt alle in den Verliesen der Ritter schmachten oder als gepeitschte Rudersklaven ihr Leben fristen und deren Schreie zum Himmel dringen und selbst das Ohr des Propheten Allahs beleidigen. Der Sohn ruft nach seinem Vater, die Frau nach Mann und Kindern. Sie alle harren deiner Gerechtigkeit und Macht, damit du endlich an deinen unversöhnlichen Feinden Rache übst!«

Yildirim Ahmed, der mit einer Pagenschar vom Büyük Oda, einem Unterrichtsraum der Palastschüler, zur Aghalar Camii, zur Enderun-Moschee, unterwegs war, flüsterte seinen Zöglingen zu, daß sie reglos verharren sollten.

Sultan Süleyman betrat den Vierten Hof der Saray-Gärten durch einen schmalen Durchlaß am »Schatzkammerraum«. Mit einer Handbewegung bedeutete er den Leibwächtern, ihn nicht weiter zu eskortieren. Der Befehl galt offenbar nicht einem Weißen Eunuchen, der seinem Herrn und Gebieter in angemessenem Abstand wie ein verlängerter Schatten folgte.

Eine frische Meeresbrise befächelte die hohen Riedgräser am Ufer eines Teiches, der von zwei plätschernden Zuläufen gespeist wurde.

Der »Schatten Gottes auf Erden« beugte sich über die Einfassung des Teichs und betrachtete sich im vibrierenden Spiegel des Wassers. Unübersehbar waren sie, die Spuren des Alters. Der Padischah tauchte mit einer abrupten Bewegung seine Hände ins Wasser und verwirbelte sein Konterfei.

Gewiß, die Falten im Gesicht waren tief und die sorgenfreien Tage nach dem Tod Hürrems spärlich geworden. Aber der Wille, der ihn in rund einem Dutzend Feldzüge erfolgreich geleitet hatte, dieser eherne Wille, mit dem der Allmächtige ihn gesegnet hatte, war ungebrochen wie eh und je – Grund genug also, um in der verbliebenen Lebenszeit die Ungläubigen zu bekämpfen, solange die Kraft dazu noch ausreichte.

Er erinnerte sich an den Koranvers aus der Sure »Der Tisch«:

»Die Strafe für diejenigen, die gegen Gott und seinen Gesandten Krieg führen und Unheil im Lande zu stiften trachten, besteht darin, daß sie getötet oder gekreuzigt werden …«

Malta! Dieser verfluchte Archipel der Johannes-Ritter! Die Lippen des Herrschers über alle Osmanen verengten sich zu einem Strich. Wie sich die Fehler der jungen Jahre doch rächten! Und mit Bitterkeit dachte Süleyman an sein großherziges Angebot, auf dessen Einhaltung er dann sogar noch persönlich geachtet hatte. Er hatte die Johannes-Ritter mit all ihren Waffen und Schätzen nach der Kapitulation von Rhodos ziehen lassen. Vernichten sollen hätte er diese Piratenbrut. Ausrotten mit Stumpf und Stiel.

Aber er hatte Großmut gezeigt, und es war ihm nicht gedankt worden. Die Ritter mit dem achtspitzigen Kreuz als Wappen waren zu einer Geißel seiner Meere herangewachsen, zu einer Plage ohne Ende. Torgut Reis, sein wertvoller Admiral und Statthalter von Algier, hatte die Ritter schon oft auf ihrem Archipel heimgesucht, ein durchschlagender Erfolg war ihm jedoch versagt geblieben. Torgut Reis' Schiffe vermochten zwar mit den Galeeren der Maltaritter zu kämpfen, aber nicht deren Inselfestungen zu erobern. Was hatte der alte Korsar ihm wieder und wieder geraten? »Bevor Ihr das Vipernnest nicht ausgeräuchert habt, könnt Ihr nirgendwo sonst etwas erreichen!« Und so, beim Allmächtigen, sollte es jetzt auch geschehen! Vernichtet werden mußten diese Hundesöhne, die er damals auf Rhodos aus Gnade und Barmherzigkeit verschont hatte. Zerschmettert und vertilgt wie Ungeziefer mußten sie werden.

Der Sultan ignorierte das Seidentuch, das ihm der Weiße Eunuch zum Trocknen der Hände entgegenstreckte, und ging weiter zur Westmauer.

Der Verschnittene folgte seinem Gebieter weiterhin lautlos.

Fünf niedrige Stufen einer Marmortreppe führten zu einer Plattform, die eine grandiose Aussicht auf das Goldene Horn gewährte.

Der Eunuch verharrte reglos an der ersten Treppenstufe. Die Strahlen der sinkenden Sonne ließen die Wellen vor Galata und den Werften wie die glitzernden Platten eines kostbaren Panzerhemds erscheinen.

Mit Stolz schaute Süleyman auf die unzähligen Schiffe, die in der Bosporus-Bucht ankerten. Nie hatte die Pforte eine größere Armada vom Stapel laufen lassen, um die Maltaritter zu vernichten. Nie war bislang eine derartige kampfstarke Kriegsflotte von einem Herrscher der Osmanen ausgerüstet worden, weder von seinem Vater, »Selim dem Strengen«, noch von Mehmet Fatih, »Mehmed dem Eroberer«, seinem berühmten Vorfahren, der dem byzantinischen Kaiser Istanbul abgetrotzt hatte.

Der Pera-Turm erglühte im warmen Rot der Abendsonne. Der Sultan schaute nach Westen. Irgendwo dort in der westlichen Weite endete sein Reich. Süleyman ballte die Fäuste: Malta mußte fallen – aber dann mußte auch noch Österreich in den Staub getreten werden! Und bei Gott dem Allmächtigen, es würde an ihm liegen, diese Schlachten zu führen und zu gewinnen. Der alte Padischah atmete tief durch, und Sorgenfalten zeigten sich auf der Großherrlichen Stirn, denn er wußte, daß sein Sohn Selim, der Herrscher aller Osmanen nach ihm, zwar ein guter Bogenschütze und Jäger, aber kein Kämpfer war, der den Truppen voran ins Gefecht reiten würde.

»Kanunî Sultan Süleyman« stieg wieder die Treppen der Plattform hinunter, sorgsam beäugt von dem Weißen Eunuchen, der bereit war, beim geringsten Anzeichen eines Strauchelns hinzuzuspringen, um den »Schatten Gottes auf Erden« zu stützen.

In den Privatgemächern hinter der Enderun-Moschee ließ sich der Sultan dann die Mittelmeerkarten des Piri Reis bringen, die dieser Admiral für ihn und auch schon für seinen Vater Selim den Strengen angefertigt hatte. Malta, erläuterte der auf arabisch verfaßte Kommentar des Kartographen, hieß »Nabel des Meeres«. Zwei Halbinseln hatten die Maltaritter im Hafenbecken des Haupteilands befestigt und dessen Einfahrt durch ein kleineres Bollwerk, ein Fort, geschützt. Von Gibraltar bis Zypern gab es keinen besseren Hafenplatz, wo auch die größten Flotten vollkommen sicher bei jedem noch so starken Unwetter ankern konnten.

Sultan Süleyman begann zu träumen und versuchte sich vorzustellen, wie erhaben das Gefühl erst sein mochte, wenn er oder sein Nachfolger von der Insel inmitten des Mittelmeeres aus die Gesetze erlassen und auf seine Schiffe im sicheren Hafen des Archipels, den alle Welt nur den Großen Hafen nannte, hinunterschauen würde.

In Erwartung der Pfortenflotte

Der Strom der Kundschafter und Boten riß langsam ab. Die letzten und wichtigsten Nachrichten waren mit Fra Paolo de Teresta und Fra João de Teixeiras via Kreta nach Malta gekommen. Was die Ordensbrüder an Einzelheiten über die osmanischen Kriegsvorbereitungen am Bosporus und in den Dardanellen zu berichten wußten, war über alle Maßen alarmierend gewesen.

Schon Jahre zuvor, als erste Späher von einem gigantischen Flottenbau des Sultans kündeten, waren die Ordensritter bei den christlichen Herrschern Europas vorstellig geworden und hatten um Beistand gegen die Türken gebeten, jedoch verhallten die meisten der Hilfeersuchen ungehört. Ob Venedig, ob Frankreich, ob Rom – alle Länder (und nicht nur die!) der katholischen Christenheit stimmten ein pathetisches Geschrei wider die muselmanische Gefahr an, schickten aber mit Ausnahme von Spanien weder Waffen noch Truppen und auch nur höchst selten Geld für die Kriegskasse der Maltaritter.

Am 6. Mai 1565 berief der Großmeister des Ordens vom heiligen Johannes, Fra Jean Parisot de La Valette, die Große Ratsversammlung ein, denn der Angriff der Pfortenflotte stand nun unmittelbar bevor.

»Es ist die große Schlacht zwischen Kreuz und Koran, die uns erwartet. Ein riesiges Heer von Ungläubigen hat sich aufgemacht, unsere Inseln zu erobern. Wir sind die auserkorenen Krieger des Kreuzes. Wenn der Himmel das Opfer unseres Lebens fordert, kann es keine bessere Gelegenheit geben als diese. Laßt uns also, meine Brüder, zum heiligen Altar eilen. Dort wollen wir unser Gelübde erneuern und durch die Kraft unseres Glaubens an die heiligen Sakramente jene Todesverachtung erlangen, die allein uns unbesiegbar machen kann.«

Zwei Tage nach der Versammlung des Sacro Consiglio inspizierte der Großmeister mit Fra Konrad von Schwalbach den Wallabschnitt, den die deutschen Ritter hinter dem Hospital zur Verteidigung zugewiesen bekommen hatten. Die Bastionen der deutschen Ritterschaft, der Deutschen Zunge des Ordens, lagen dem Eingang zum Großen Hafen gegenüber. Dieser Abschnitt war hoffnungslos unterbesetzt. Jean Parisot de La Valette erteilte von Schwalbach die Erlaubnis, seine Mannschaft durch Ritter der Zunge von Kastilien und einheimische maltesische Milizionäre zu verstärken.

Konrad von Schwalbach beauftragte als erstes einen Landsmann damit, die Uferstreifen am Hafen gegen Angreifer abzusichern, die sich eventuell im Schutz der Dunkelheit schwimmend den Befestigungen nähern würden.

Fra Hans von Bes löste seine Aufgabe, indem er von einem Trupp Galeerensklaven angespitzte Pfähle ins flache Wasser vor der Böschung treiben ließ. Überall am Fuß der wasserseitigen Wälle und Bastionen wurden die Uferstücke von den verschiedenen Zungen des Ordens mit verborgenen Hindernissen bewehrt, seien es Holzpflöcke, seien es eiserne Krammen oder Ketten.

Sollte es wirklich diese besonders im Schwimmkampf ausgebildete Janitscharenkompanie geben, von der Mitbruder Paolo de Teresta berichtet hatte, dann würde sie auch hier auf unsichtbare und verhängnisvolle Sperren treffen.

Unterdessen machte sich ein Rittertrupp auf, um zu kontrollieren, ob an den Quellen und Brunnen die Tierkadaver und Kothaufen bereitlagen. Beim ersten Anzeichen einer Landung der Türken würden die Dorfvorsteher allerorts damit die Wasserstellen vergiften.

Jean Parisot de La Valette ließ sich mehrmals täglich über den Stand der Verteidigungsvorbereitungen unterrichten. Als alles Menschenmögliche getan war, was man mit den begrenzt zur Verfügung stehenden Mitteln bewirken konnte, um Malta gegen den bevorstehenden Ansturm der Muselmanen zu wappnen, begab sich der Großmeister in seine Privatkapelle und erflehte den Schutz des Allmächtigen für die Zeit herbei, die da kommen würde.

Die Inspektion des Janitscharen-Agha

Dschengis' einäugiger Tschorbadschi war ein frommer Mann. Wenn der Muezzin zum Gebet rief, lief er als erster zur Garnisonsmoschee und vollzog die heiligen Waschungen am Brunnen. Oft mußte Dschengis ihn zum Grab eines Heiligen, eines früheren Derwisch-Scheichs, begleiten. Er hieß Al Jakoub. Seine letzte Ruhestätte war von einem schmiedeeisernen Gitter umfriedet und überkuppelt. Die Innenwände des Heiligtums schienen gerade erst neu mit roten Kütahya-Fliesen gekachelt worden zu sein. Al Jakoubs Mausoleum lag an einer Wegkreuzung hinter der Hauptmoschee von Gelibolu inmitten eines belebten Wohnviertels. Von morgens bis abends kamen Besucher, um dem Heiligen ihr Anliegen vorzutragen. Kranke baten um Genesung, Frauen um Kinder, Greise um Al Jakoubs Beistand beim Eintritt ins Paradies. An einen in der Nähe stehenden Baum waren Stoffetzen als Votivgaben geknüpft, um den Wünschen Nachdruck zu verleihen.

Dschengis' frommer Tschorbadschi entzündete stets ein Wachslicht im Grabraum, das er den Derwischen abkaufte, die in einem Haus direkt neben Al Jakoubs letzter Ruhestätte lebten. Der Ruß der Wachslichter vieler Jahre hatte die Decke des Mausoleums tiefschwarz gefärbt. Wertvolle Teppiche, Spenden wohlhabender Besucher, bedeckten den Fußboden, und massiv silberne Kandelaber, gestiftet von Admirälen der Großherrlichen Flotte, erleuchteten den Raum. Al Jakoubs Steinsarg schmückten ein schwerer Brokatüberwurf und ein aus rosa Marmor gemeißelter Turban.

Weshalb der Hauptmann ausgerechnet diesen Schrein besuchte, erfuhr Dschengis durch Zufall bei einem Manöver am Strand vor den Werften.

Die Wellen gingen höher als gewöhnlich. Der Tschorbadschi beobachtete von einem Ruderboot aus, wie seine Soldaten schwimmend mehrere Sturmleitern an den Strand transportierten, als der Wind eine große Welle über die Bordwand peitschte und das Boot halb vollief und zu sinken drohte. Dschengis stand in diesem Augenblick neben dem Hauptmann. Der Tschorbadschi knurrte: »Al Jakoub, jetzt aber hilf!«

Die Situation war alles andere als lebensgefährlich, der Hauptmann selbst ein guter Schwimmer und das Ufer nah. Das Boot sank auch nicht, und Dschengis und die anderen Janitscharen schöpften es schnell wieder leer.

»Da spendet man regelmäßig seine Kerzen, und was macht der Heilige, wenn es drauf ankommt? Nichts!« grummelte der Tschorbadschi.

»Aber Hauptmann«, sagte ein alter Feldwebel vorwurfsvoll, der als sein Adjutant fungierte und noch vor dem Morgengebet zum Grab des Heiligen gepilgert war, »man darf Al Jakoub doch nur in echter Not anrufen!«

»Nun gut, Feldwebel, das mag sein, aber wir werden ja bald reichlich Gelegenheit bekommen zu sehen, was der Heilige wirklich taugt!« murmelte der Hauptmann mit Skepsis in der Stimme, denn die Kerzen hatten sich die Derwische vom Mausoleum teuer bezahlen lassen.

Der alte Feldwebel schüttelte vor soviel Zweifel an der Kraft des berühmten Mannes nur den Kopf. Al Jakoub war seit ewigen Zeiten zuständig für Menschen und Schiffe in Seenot und somit ein höchst nützlicher Heiliger, dessen Wohlwollen es sich schon zu erkaufen lohnte, wenn man bald mit der Kriegsflotte zu unbekannten maritimen Abenteuern auslief. Er, der Feldwebel, bereute seine Kerzenspenden jedenfalls nicht.

Am Nachmittag desselben Tags inspizierten der Janitscharen-Agha und sein Stellvertreter zusammen mit dem Kapudan-Pascha die Truppen von Gelibolu. Während die Janitscharenoberen die Paraden abnahmen und die anschließende Einschiffung der Truppen überwachten, erhielt Dschengis' Kompanie einen besonderen Auftrag: Sie sollte das Bazarviertel der Stadt nach dem Großherrlichen Flottenverproviantierer Paolo de Teresta durchkämmen und ihn, falls die Soldaten seiner habhaft werden sollten, umgehend in Eisen legen und zum Agha der Janitscharen bringen.

Als der alte Feldwebel von diesem Befehl erfuhr, pfiff er bloß anzüglich durch die Zähne. Nach einer bestimmten Person zu fahnden war für die Janitscharen, die auch in Gelibolu die Polizeiaufgaben versahen, nichts Ungewöhnliches. Aber meistens waren die Gesuchten irgendwelche Verbrecher oder Deserteure. Wenn indes der Agha noch kurz vor Auslaufen der Flotte nach de Teresta forschen ließ, dann konnte das eigentlich nur eines bedeuten …

»Wissen wir überhaupt, wie er aussieht, Kamerad?« wurde Dschengis von einem Soldaten gefragt, der erst vor wenigen Tagen der Schwimmerkompanie zugeteilt worden war und der mit drei weiteren Janitscharen hinter dem Feldwebel durch die Kupferschmiedgasse des Bazars trabte.

»Ich schon«, antwortete Dschengis. »Er war oft hier auf den Werften.«

»War er nicht ein Ungläubiger, ein verfluchter Franke?«

»Er war ein Christ, das stimmt.«

Der Soldat grinste breit. »Na, dann ahne ich auch, weshalb wir hinter ihm her sind.«

›Weil er sich anscheinend abgesetzt hat, als die Gelegenheit günstig war‹, dachte Dschengis bitter, ›wohingegen ein einfacher Janitschar wie ich keinen einzigen Schritt tun kann, ohne daß die Unteroffiziere gleich an Desertieren denken.‹

Der Feldwebel stieß die Tür eines Kavehane mit der Stiefelspitze weit auf und herrschte die verdutzten Kaffeetrinker an aufzustehen. Sie gehorchten augenblicklich. Der Feldwebel musterte sie kurz und kehrte dann grummelnd auf die Gasse zurück. »Idiotisch, hier nach diesem Burschen zu suchen, der ist doch längst auf und davon!«

»Warum sollen wir ihn uns denn eigentlich greifen, Feldwebel?« fragte der Neue.

»Weil der honorige Großherrliche Flottenausrüster von Rüstems und Sokollus Gnaden ein verdammter Spion der Ungläubigen ist, deshalb!« Er spuckte aus. Wohl weniger als Zeichen der Verachtung für den flüchtigen Christen. Auch Rüstems Nachfolger Sokollu Pascha war als Großwesir bei denjenigen Janitscharen nicht wohlgelitten, die keine Gelegenheit hatten, vom allgemein gehandhabten System der kleinen Erkenntlichkeiten zu profitieren.

Dschengis wurde hellhörig. Gerüchteweise war bislang in der Truppe nur von Unterschlagungen des Portugiesen die Rede gewesen. »Woher weißt du das so genau, Feldwebel?«

»Vom Tschorbadschi«, knurrte der Unteroffizier und lüftete mit der Säbelspitze den verschlissenen Vorhang an der Bude eines Märchenerzählers, obwohl sich hinter dem Stoff bestimmt kein Flüchtiger verbarg. Befehl war Befehl.

Als sie auch den letzten Winkel des Marktviertels durchkämmt hatten, brachen der Feldwebel und seine Männer die Suche nach de Teresta ab. Sie vereinigten sich mit den anderen Fahndungstrupps am Mausoleum von Al Jakoub und marschierten dann zur Kaserne, um sich auf ihre Einschiffung vorzubereiten. Der Tschorbadschi ordnete einen letzten Waffenappell an.

In der Zwischenzeit beratschlagten sich der Kapudan Pascha und die Janitscharenoberen. Als klar wurde, daß der Portugiese ihnen entkommen war, kamen sie überein, einen Galeerensklaven von der Statur de Terestas zu töten und sein Gesicht unkenntlich zu machen. Man würde sogleich einen Eilboten zu Sokollu Pascha schikken: Paolo de Teresta war auf der Flucht von Musketiers gestellt und erschossen worden. Der Großwesir würde eine derart gute Nachricht bestimmt nicht groß hinterfragen lassen.

Dschengis' Orta kam auf einem der riesigen Dreimaster unter, die zum Transport der Janitscharen und der schweren Belagerungsartillerie eingesetzt wurden. Der Wind wehte günstig, bald hatte die Flotte die Dardanellen verlassen und ging auf Südkurs. So weit das Auge reichte, segelten Schiffe der unterschiedlichsten Größe und Bauart, beflaggt mit dem grünen und scharlachroten Banner der Pfortenmarine. Die See war bewegt, aber nicht wirklich rauh.

›Jedenfalls spürt man sie an Bord der Galeeren bestimmt viel stärker als hier auf dem großen Segler‹, dachte Dschengis.

Sooft sich die Gelegenheit ergab, stand er auf dem kastellartigen Vorderdeck und schaute aufs Meer. Es war Anfang Mai, und aus dem Bild der Gestirne schloß er, daß vermutlich gar nicht einmal so weit entfernt im Osten die Heimatinseln lagen. Oft fuhren sie dicht an Eilanden vorbei. Er hätte sie als guter Schwimmer ohne weiteres erreichen können, wären da nicht die Galeeren gewesen, die flink und gefährlich wie Hornissen die Flanken der Großherrlichen Armada bewachten. Der Umriß einer Insel am Horizont glich dem von Thiratois, wenn man es nach nächtlichem Fischfang aus Süden ansteuerte. Natürlich war es nicht Thiratois, aber den jungen Janitscharen überkam mit einem Mal unsagbares Heimweh.

Das venezianische Präsent

Der Schehzade hatte im Gartenpavillon versucht, ein wenig zu dichten, aber seit die Freunde abgereist waren, kam ihm nur noch selten ein Einfall, den zu Papier zu bringen es sich lohnte. Er besah stirnrunzelnd das unbeschriebene Blatt vor sich und gähnte.

Ohne einen besonderen Zweck zu verfolgen, schlenderte er durch eine verborgene Spiegeltür in der Kioskrückwand zu den Haremsräumen seiner Kütahyaer Residenz.

Er erkundigte sich bei seiner Ersten flüchtig nach der Erziehung der jüngeren Kinder, und Haseki Nûrbanus Leibdienerin Aysche achtete wie stets darauf, daß die prinzliche Weinschale aus kostbarem Bleikristall nie leer blieb. Nûrbanu gab geduldig auf alle Fragen Auskunft, und Prinz Selim ging bald darauf leicht wankend in den Gartenpavillon zurück.

Nûrbanu wartete noch ein paar Minuten, dann rief sie nach Safiye. Die Lieblingsgespielin ihres Ältesten wartete bereits ungeduldig. Sie wartete nicht allein darauf, zur »Lichtgemahlin«, zur Ersten Favoritin des Schehzade, vorgelassen zu werden. Fatma, Aysches Schwester, war soeben aus der Hauptstadt zurückgekehrt, und sie hatte nicht nur kostbaren Schmuck, schwere fremdländische Tuchballen oder neue wohlriechende Salben und Öle, sondern wie immer, wenn sie im Auftrag Nûrbanus nach Istanbul gereist war, auch viele Neuigkeiten mitgebracht.

Aysche geleitete die Junge Herrin, so wurde Safiye im Harem genannt, und ihre Schwester zu einer mit reichem Schnitzwerk versehenen Tür. Sie führte auf eine unbedachte, mit bequemen Sitzkissen und Teppichen ausgelegte Terrasse in einer Ecke des Haremsgartens, direkt an der hohen, glatten Innenmauer, wo keine Lauscher zu befürchten waren.

Nûrbanu begrüßte ihre Sklavin und die bevorzugte Gespielin ihres Ältesten freundlich und bat beide Frauen auf die weichen Sitzpolster neben sich. Fatma war eine rüstige Endfünfzigerin. Nûrbanu vertraute ihr und ihrer beinahe gleichaltrigen Schwester Aysche vollkommen. Die Schwestern wirkten plump wie die Frauen der Hirten, die sie als Kind auf Kreta gesehen hatte, und waren alles andere als ansehnlich. Ihre Gesichter waren von Pockennarben zerfurcht. Die Haseki hatte sie in ihre Dienste genommen, gleich nachdem sie vom »Gesetzgebenden« in Prinz Selims Harem geschickt worden war. Vor ihrer Ankunft hatten die beiden Schwestern nur als einfache Küchenhelferinnen geschuftet. Sie hatten Nûrbanus Großherzigkeit, sie zu geachteten, im Harem einflußreichen Leibdienerinnen zu machen, nie vergessen und bislang immer mit unerschütterlicher Treue zu vergelten gewußt. Rüstem Pascha (den Fatma wie auch dessen Nachfolger Sokollu regelmäßig in der Hauptstadt besuchte, um über den prinzlichen Haushalt Bericht zu erstatten) hatte nie geahnt, daß Nûrbanus Leibsklavin ihm nur die Dinge erzählte, die sie zuvor eingehend mit Selims Haseki abgesprochen hatte.

Aysche brachte Kaffee und mit Eissplittern gekühlten dünnflüssigen Joghurt, dazu trug sie in Rosenwassersirup getränktes Blätterteigkonfekt auf, das mit geraspelten Pistazien bestreut war. Dann schickte Nûrbanu ihre Leibsklavin zur Terrassentür. Sicher war sicher. Es gab immer Menschen mit der Fähigkeit, auch entfernte Gespräche zu belauschen. Und das, worüber Fatma Bericht erstatten würde, durften die anderen Haremsbewohnerinnen, Safiye ausgenommen, um keinen Preis erfahren.

Fatma reichte ihrer Herrin ein in ein Stück Brokat geschlagenes Holzkistchen.

Nûrbanu öffnete das Kistchen und betrachtete mit Genugtuung die beiden Goldbarren mit dem Prägestempel der Münze Venedigs. »Sieh an! Man scheint langsam zu begreifen, daß man mich beizeiten gewogen stimmen sollte!«

»Ja, Herrin!« Fatma schaute ihre Gebieterin fragend an und zögerte.

Nûrbanu lächelte. »Sprich frei, meine Gute! Safiye ist in alles eingeweiht.«

Fatma verneigte sich vor Murads Gespielin. »Verzeiht, Junge Herrin. Also, nur soviel vorab: Der Gesandte Frankreichs will auch weiterhin zwischen der Hohen Pforte und der Signoria vermitteln.«

»Das höre ich gerne!« sagte Nûrbanu. »Aber rede nur weiter!«

Fatma räusperte sich. »Man läßt Euch folgendes bestellen: Sobald der Malta-Feldzug abgeschlossen ist – egal, mit welchem Ausgang –, möchte Venedig schnellstens mit der Hohen Pforte Frieden schließen, um endlich wieder den Handel aufnehmen zu können.«

»Der ›Gesetzgebende‹ wird sich dem bestimmt versagen! Weiß der Doge das?«

»Ja. Aber niemand rechnet ernsthaft damit, daß der Padischah noch lange leben wird.«

Nûrbanu lächelte. »Für diesen Schluß bedarf es nun wahrlich keines Propheten!«

»So ist es, Herrin. Deshalb will man sich im Fall seines Todes auch insbesondere Eurer Unterstützung versichern und bittet Euch, von Zeit zu Zeit ein paar Zeilen zu senden.«

»Ich werde das überdenken.« Nûrbanu wog das Schächtelchen mit den Goldbarren. »Wie klug doch von der Signoria! Fatma, wenn du das nächste Mal wieder in Istanbul bist, bestell dem Franzosen, daß man natürlich mit meinem Wohlwollen in der Angelegenheit rechnen kann. Und nun geh und laß dich von deiner Schwester im Hamam verwöhnen! Du wirst erschöpft von der beschwerlichen Reise sein.« Damit waren die beiden Leibdienerinnen entlassen.

Die Haseki Nûrbanu rückte näher an Safiye heran und legte ihr einen von den Barren in den Schoß. »Da, verwahr ihn gut, meine Liebe! Und leg dir besser rechtzeitig einen ausreichenden Vorrat an klingender Münze an. Das rate ich dir ganz schwesterlich! Glaub einer Frau, die sich in den Machenschaften des Harems auskennt: Wenn mein Sohn und dein Herr und Gebieter einmal seine Gunst anderen Frauen als dir schenken sollte und dich vernachlässigt, mag oft mit edlem Metall die eine oder andere Möglichkeit gefunden werden, eine ungelittene Widersacherin … Wir verstehen uns, nicht wahr?« Und Nûrbanu dachte an eine gewisse Armenierin, die der Schehzade schon gelegentlich beschlief. Solange die Sklavinnen deswegen nicht übermütig wurden, war es der Haseki egal, bei wem der Prinz lag. Das ständige Kinderkriegen war eine Last, auf die sie, nachdem sie schon so viele in die Welt gesetzt hatte, gerne verzichten konnte, zumal sie dem künftigen »Herrscher über alle Osmanen« ja ohnehin den ersten männlichen Sprößling geboren hatte. Dennoch galt es, achtsam zu sein. Geschichten von Intrigen besaßen ein langes Leben. Hatte Hürrem Sultan, »die Hexe«, es nicht geschafft, sich an die Stelle der rechtmäßigen Ersten, Gülbehar, zu drängen, obwohl diese dem »Gesetzgebenden« schon lange zuvor einen männlichen Stammhalter geschenkt hatte? Sollte sich diese Armenierin also erdreisten, ihr, der Haseki und Herrin des Harems, nicht die nötige Achtung zu erweisen, dann …

Nûrbanus Augen verengten sich zu Schlitzen, aus denen eine Machtlust blitzte, der schon so manche Rivalin im Harem von Konya und Kütahya zum Opfer gefallen war. ›Ich sollte nicht dumm sein und auch ihm demnächst eine Gespielin besorgen, die mir zutiefst verpflichtet ist!‹

»Oh, danke!« Safiye ließ den Goldbarren geschwind in eine Gürteltasche gleiten.

»Schon gut, mein Kind!« Nûrbanus Blick ruhte mit Wohlgefallen auf der Lieblingsgespielin ihres Sohnes. Die Mühe – und das Gold –, Murad eine Landsmännin zuzuführen, die ihren wählerischen Ältesten von morgens bis abends mit ihren Reizen zu fesseln verstand, hatte sich bislang ausbezahlt. Es hatte langer, komplizierter und höchst geheimer Verhandlungen bedurft, um schließlich mit Rüstem Paschas Hilfe eine passende junge Venetianerin aus gutem Haus für Murad zu finden. Fatma war es schließlich zu verdanken, daß Safiye unter den drei in Frage kommenden Mädchen ausgewählt wurde, die man nach dem Aufbringen eines venetianischen Kauffahrers vor Kreta auf den Sklavenmarkt nach Istanbul geschafft hatte, und bisher hatte Nûrbanu die Wahl nicht bereut. In Safiye erstand ihr auch keine Konkurrentin. Prinz Selim bevorzugte schwarzhaarige, üppige Frauen. Murads Gespielin war schlank und blond. Darauf hatte die Haseki des Schehzade schon gesehen, als sie Fatma beauftragt hatte, eine Bettgefährtin durch den Gesandten der Signoria für ihren Sohn Murad beschaffen zu lassen. Safiye unterdrückte ein Gähnen, obwohl die Zeit des Abendgebets noch lange nicht heran war.

Nûrbanu lächelte. Es war gut, daß Murad sie in den Nächten so heftig begehrte, und hoffentlich würde sie auch bald schwanger werden. »Du kannst dich jetzt beruhigt zurückziehen, mein Kind«, sagte sie. »Wie du vernommen hast, scheint es sich ja wohl abzuzeichnen, daß die beiden Goldbarren, die den Weg zu uns gefunden haben, nicht die letzten gewesen sind.«

Safiye erhob sich, kreuzte die Arme über der Brust und verneigte sich tief vor ihrer mütterlichen Gönnerin.

Nûrbanu schaute ihr nach, wie sie den Haremsgarten verließ. Murads Gespielin hatte den federnden, wiegenden Gang einer Tänzerin.

Die Haseki überlegte einen Moment, dann klatschte sie in die Hände. Eines von den Nubiermädchen erschien in der Terrassentüröffnung.

Nûrbanu ließ sich eine Laterne und ihre Schreibutensilien bringen.

Kenans Lehrjahre in der »Strengen Schule«

Die Waffenübung im Hof der »Schmachtlocken-Hellebardiere«

Der »Schatten Gottes auf Erden« war in letzter Zeit häufig ruhebedürftig, und der Fechtunterricht für die Pagen fand nicht mehr im Enderun-Hof statt.

Kenan und die anderen Pagen aus der Kütschük Oda, das war die Abteilung für die Grundschulung der Großherrlichen Palastknaben, gingen exakt drei Schritte hinter Yildirim Ahmed, so erheischte es die Sitte, wenn Lehrer und Schüler die Palasthöfe überquerten.

Der Weiße Eunuch begab sich mit seinen Eleven zu den Lanzenträgern, deren Wohnquartiere und großer Übungsplatz sich hinter der Westmauer des Zweiten Hofs befanden. Der lange, schmale Großherrliche Marstall, in dem die Lieblingspferde des Sultans untergebracht waren, begrenzte wiederum im Westen den Exerzierplatz. Wenn die Pferde unruhig wurden, etwa vor einem Gewitter, konnte man ihr Stampfen und Wiehern bis auf den Übungshof hören.

Die Lanzenträger hatten den Spitznamen Zülfülü Baltadschelar – »Schmachtlocken-Hellebardiere«, weil ihnen von den hohen Hüten zwei Quasten ins Gesicht hingen. Diese ungewöhnliche Kopfbedekkung, so sagte man, sollte bewirken, daß die Männer, deren Aufgabe es auch war, Brennholz zu hacken und in den Harem zu tragen, die Frauengemächer des Padischah stets mit quasi verhängten Augen betraten. Beim Üben mit den langen Spießen oder wenn sie mit ihrem Gebieter ins Feld zogen, banden die Soldaten die Bommeln selbstverständlich hinter den Hüten zusammen.

Die Pagen trugen Brustharnische und dicke Lederkappen. Unterführer der Hellebardiere brachten den Enderun-Schülern den Umgang mit Lanze und Spieß bei, während ihr Oberst und der Eunuch die Kampfübungen von einem Fenster im Obergeschoß der Wohnquartiere aus verfolgten.

Ein Diener brachte Kaffee. Der Eunuch bewunderte die hauchdünnen Keramiktassen mit dem farbenfrohen Blumendekor.

»Es ist echte Kütahya-Keramik aus den Großherrlichen Manufakturen dort. Zwei meiner Männer sind in der Leibwache von Prinz Selim untergekommen«, sagte der Oberst. »Die Tassen sind ein Geschenk des Schehzade.«

Im Hof traten die Pagenschüler gegen ihre Ausbilder an. Die Waffen waren stumpfe Übungswaffen, Säbel für die Pagen, Lanzen für die Zülfülü Baltadschelar.

Kenan hatte jetzt einen kleinen drahtigen Hellebardier als Gegner zugewiesen bekommen, nachdem er in den beiden vorherigen Scheinkämpfen als Sieger hervorgegangen war. Lanze gegen Säbel bedeutete normalerweise bei gleichstarken Kämpfern auf offenem Feld, daß die Lanze siegte. Kenan hatte es dennoch geschafft, seine Übungspartner zu bezwingen.

»Er ist gut, der Junge!« sagte der Oberst.

»Kenan ist der beste Fechter seit langem«, bestätigte Yildirim Ahmed nicht ohne Stolz. »Ich bin gespannt, wie er sich gegen Euren Meisterschüler behaupten kann.« Der kleine drahtige Hellebardier war der auserkorene Liebling vom Oberst.

Yildirim Ahmed mußte an Kenans Zwillingsbruder denken, der jetzt ebenfalls in Gelibolu ausgebildet wurde. Vom stellvertretenden Janitscharen-Agha hatte er erfahren, daß der junge Mann in der Konya-Ebene zu einem guten Bogenschützen herangewachsen war, dessen Fähigkeiten die Aufmerksamkeit Seiner Prinzlichen Hoheit erregt hatte. Ob er auch so geschickt mit Säbel und Lanze umgehen konnte wie der Bruder hier?

Kenan hielt sich tapfer gegen den Lanzenträger, mußte aber schließlich doch eine Niederlage hinnehmen. Es war ein ehrenvolles Verlieren. Außer ihm hatte sich kein anderer Page gegen die Langwaffen durchsetzen können.

Der Oberst nickte anerkennend. »Wenn er die Tschikma hat und Ihr selbst keine Verwendung für ihn haben solltet, nehme ich ihn sofort!«

Der Fechtlehrer der »Strengen Schule« lächelte und deutete eine Verbeugung an, erwiderte aber nichts. Der Oberst wußte auch so, was der Weiße Eunuch geantwortet hätte. Jemanden von der Begabung dieses Kenan war ein Kandidat in spe für den Posten des Großherrlichen Schwertträgers, des Steigbügelhalters.

Der Oberst tauschte noch ein paar förmliche Höflichkeiten mit dem Enderun-Fechtlehrer aus, bevor er sich, ein wichtiges Treffen mit dem Agha der Schwarzen Haremseunuchen vorschützend, entfernte. Er hatte sich dem Verschnittenen gegenüber nichts anmerken lassen, kochte aber innerlich vor Wut. Die Bewunderung für Yildirim Ahmeds Zögling Kenan stand auf einem Blatt, auf einem anderen stand das peinliche Versagen seiner beiden Hellebardiere gegen einen Pagenschüler aus der Kütschük Oda, also gegen einen Knaben, der erst am Beginn der Waffenausbildung war.

Der Oberst war wild entschlossen, gleich nach Beendigung des Hellebardenunterrichts die beiden Männer drakonisch zu bestrafen. Gegen den Säbel eines Enderun-Anfängers mußte die Lanze eines Unteroffiziers der Großherrlichen Hellebardiere siegen. Immer!

Kenan hatte sich, ohne es zu ahnen, seine ersten erbitterten Feinde im Neuen Saray geschaffen.

Yildirim Ahmed blieb, nachdem der Oberst sich verabschiedet hatte, noch eine Weile im Obergeschoß der Hellebardier-Unterkunft. Von hier aus konnte er am besten seine überall in dem großen Hof verstreut fechtenden Eleven überblicken.

Die Saray-Pagen trainierten jetzt unter Anleitung der Zülfülü Baltadschelar den Gebrauch der Langwaffen. Sie machten Zielübungen auf armdicke, verschiedenfarbige Holzzylinder, die auf einem Brett dicht nebeneinander aufgereiht standen. Es galt, jeweils eines der Hölzer, das man dem Pagen zuvor benannt hatte, im Vorbeirennen durch einen Stich mit der Lanzen- oder Hellebardenspitze vom Brett zu stoßen, ohne einen der Zylinder rechts oder links umzukippen. Kenan meisterte auch diese Aufgabe fehlerfrei.

Yildirim Ahmed befingerte nachdenklich die sternförmige Narbe über dem rechten Auge. War es wirklich klug, dem Jungen den Weg zu den höheren Saray-Ämtern zu ebnen? Irgendwann würde irgendeiner von Rüstems Feinden vielleicht doch einmal beim »Gesetzgebenden« die Angelegenheit mit dem verkauften Pagenschüler zur Sprache bringen.

Yildirim Ahmed erhob sich von seinem Fensterplatz und seufzte. ›Aber was soll's!‹ dachte er. ›Gründe, schon wegen eines weitaus kleineren Vergehens in Ungnade zu fallen und von den Henkern aufgelauert zu werden, ergeben sich hier im Saray tagtäglich.‹

Der Enderun-Fechtlehrer verscheuchte endgültig die wiederaufgetauchte Furcht vor der Entdeckung der ungesetzlichen Devschirme-Fahrt in die Ägäis. Zum einen hatte sich der »Schatten Gottes auf Erden« nie wieder nach dem Pagen erkundigt, zum anderen waren die Spuren des Rechtsbruchs von Großwesir »Glückslaus« mit größter Sorgfalt verwischt worden. ›Und falls Köpfe rollen, dann mit Sicherheit mehr als bloß meiner oder Rüstems!‹

Am Tag nach dem Hellebardenunterricht wurde Yildirim Ahmed zu seinem alten Agha ins Bab-üs Saadet befohlen. Kurz darauf wußten es alle Weißen Eunuchen und wenig später alle Pagen: Die »Glückslaus« war tot, Rüstem Pascha, der »Träger der Reichslasten«, war in der vorhergehenden Nacht gestorben.

Nicht nur Yildirim Ahmed dankte Allah, der den Lauf der Gestirne und den Gang der Geschicke bestimmt, viele Menschen im Reich des »Gesetzgebenden« dankten aus den unterschiedlichsten Gründen dem Allmächtigen inbrünstig dafür, daß er den raffgierigen Großwesir endlich vor sein unbestechliches Gericht gerufen hatte.

Dar-üs Saadet, das »Haus der Glückseligkeit«

Der Palast von Sultan Süleyman auf der Spitze des Goldenen Horns war eine Welt, ein Universum für sich und die »Strenge Schule« im Dritten Palasthof eine Schmiede, in der die zukünftigen Würdenträger des Reichs geformt wurden, die Statthalter, die Generäle, die Wesire … Das Saray war eine Welt, die sich Kenan langsam, aber stetig erschloß.

Den Palast von Rüstem Pascha hatte Kenan regelmäßig zum Koranunterricht in verschiedenen benachbarten Moscheen verlassen dürfen. Das »Haus der Glückseligkeit«, Dar-üs Saadet, verließ der Jüngling im ersten Jahr nie. Erst wenn die Saray-Schüler von der Kütschük Oda in die Büyük Oda, den »Großen Saal des Palastunterrichts«, überwechselten, sahen sie hin und wieder etwas von der Reichshauptstadt. Es gab gelegentlich Polospiele auf dem At Meydan, dem »Pferdeplatz«, vor der Hagia Sophia oder Bogenschießwettbewerbe auf dem Ok Meydan, dem »Pfeilplatz«, hinter dem Schiffsarsenal am Nordufer des Goldenen Horns.

Die begabtesten Pagen kamen nach der Büyük Oda in den Seferli Koghuschu, den »Feldzugraum«, wo sie in den Militärwissenschaften unterrichtet wurden. Nur den Besten der Besten war es vergönnt, danach die Has Oda, den »Saal des Padischah«, zu besuchen. Dort wurden die Leibdiener des Sultans geschult, die die Ehre hatten, dem »Sultan der Sultane, des Ostens und des Westens, Siegel der Herrscher, dem, der den Monarchen auf dem Angesicht der Erde die Kronen verleiht« aufzuwarten.

In der Palastküche hatte Kenan nur so lange gearbeitet, bis der Saray-Hodscha ihn geprüft hatte. Danach betrat er die hohen geschäftigen Kuppelsäle kaum noch, außer Yildirim Ahmed schickte ihn zum Obersten Konditor. Der Enderun-Fechtlehrer war versessen auf Naschwerk. Besonders einer Süßspeise namens »Schwalbennester« konnte er nie widerstehen. »Schwalbennester« waren mit kandierten Früchten belegte Blätterteigkuchen.

Yildirim Ahmed zeigte Kenan gegenüber keinerlei Vertraulichkeit. Im Gegenteil, der Fechtlehrer behandelte ihn weitaus strenger als die übrigen Schüler. Dennoch spürte Kenan deutlich das Wohlwollen des Verschnittenen. Wenn er seinem Zögling eine neue Schlag-Stich-Kombination oder komplizierte Finte beibrachte, gab er nicht eher Ruhe, als bis der sie schlafwandlerisch ausführen konnte. Bei den restlichen Fechteleven legte Yildirim Ahmed zumeist weniger rigide Maßstäbe an.

Über die Devschirme-Fahrt redete der Weiße Eunuch nie, und natürlich wagte der Jüngling auch nicht, den Ausbilder darauf anzusprechen oder ihm anzuvertrauen, wie sehr er sich sehnte, etwas über den Verbleib seines Bruders zu erfahren.

Seit er den Flottenverproviantierer Paolo de Teresta nicht mehr traf, hatte Kenan es vorerst auch aufgegeben, nach Jannis zu forschen. Wenn es denn wirklich stimmte, daß man ihn für die Janitscharen vorgesehen hatte, mußte seine Vorbereitungszeit in Anatolien bald abgeschlossen sein, und er würde in eine der Ausbildungskasernen geschickt werden.

Kenan hoffte inständig, daß man den Bruder dann zu den Acemi-Janitscharen im Ersten Palasthof abstellte und nicht nach Edirne oder Gelibolu. Der Zugang zum Ersten Palasthof des Neuen Sarays war allen Pagenschülern verwehrt. Die Torwächter vom Mitteltor, vom Bab-üs Selaam, dem »Tor der Begrüßung«, das in den Ersten Hof führte, waren zwar außerordentlich wachsam, aber es gab bestimmt Mittel und Wege. Kenan nahm sich vor, bei passender Gelegenheit einen der Bäckergehilfen in den Palastküchen zu bestechen, der immer das Brot zur Ausbildungskompanie der Janitscharen brachte.

Er war zuversichtlich: Wer ihn kannte, der würde auch den Zwillingsbruder erkennen, selbst wenn der in einer Janitscharenuniform steckte.

Zu Kenans Aufgaben zählten während seiner Ausbildung in der Kütschük Oda die verschiedensten Botendienste. Bis auf die Großherrlichen Privaträume, das Innere der beiden Schatzkammern, das Haremsareal und den Kuppelsaal, in dem der Reichsrat sich beriet, gab es für den Pagenschüler bald keine unbekannte Örtlichkeit mehr hinter dem »Tor der Begrüßung« zwischen dem Ersten und Zweiten Saray-Hof.

Die Zülfülü Baltadschelar versorgten auch die Gebäude der »Strengen Schule« und die Palastküchen mit Brennholz. Einmal begegnete Kenan den beiden Unteroffizieren, die er im Übungskampf bezwungen hatte. Sie kommandierten eine Schar Hellebardiere, die Säcke mit Astkloben und Holzkohle in einen Vorratsraum gegenüber der Küche trugen. Sie sahen Kenan, taten aber so, als würden sie ihn nicht kennen. Er drehte ihnen den Rücken zu und hatte das vage Gefühl, daß sie hinter ihm ausspien. Blitzschnell drehte er sich um. Seine Ahnung hatte ihn nicht getrogen.

Kenan bedachte die Hellebardiere mit einem mitleidigen Lächeln und spuckte ebenfalls aus.

Der Schlafsaal der Kütschük-Oda-Schüler lag über dem Gebäudetrakt, in dem der Unterricht abgehalten wurde. Die Pagen waren zu zehnt in einem Raum untergebracht. Ob Persisch- oder Arabischunterricht, ob Lanzenfechten, Reiten oder Bogenschießen – bis auf Yildirim Ahmeds zusätzlichen Säbeldrill für Kenan fand die Ausbildung der Palastschüler grundsätzlich in der Gruppe statt, und erst kurz vor dem Schlafengehen ergab sich für Kenan die Gelegenheit, mit den anderen Pagen zu reden. Es war wie im Saray von Rüstem Pascha: Die meisten waren wohl mit ihrem Schicksal aufrichtig zufrieden. Kenan beobachtete seine Mitschüler genau, ob es noch jemanden gab, der heimwehkrank war oder der den Käfig des Sarays nicht nur als einen goldenen betrachtete. Kenan fand nach sorgfältigem Abwägen keinen, dem er seinen eigenen Kummer anzuvertrauen wagte. Mochte auch unter den Pagen der eine oder andere sein, der wie Kenan litt und fühlte, viele Leidensgenossen hatte er gewiß nicht. Nach der Tschikma würden selbst diejenigen, die nicht zum persönlichen Dienerstab vom »Schatten Gottes auf Erden« avancierten, zu den Großen im Reich gehören.

Die Erde bebt

Die Stunde des morgendlichen Fechtunterrichts war gekommen. Yildirim Ahmed winkte Kenan heran. »Sag den anderen Bescheid! Sie sollen sich hier am ›Tor der Glückseligkeit‹ versammeln.«

»Ja, Herr!« Kenan entfernte sich schnellen Schritts in Richtung auf die Pagenunterkünfte. Seit einem Jahr war er nicht mehr in der Kütschük Oda. Ein Jahr noch, und er würde endlich »zur Pforte hinausgehen«. Jeder Tag, der ihn der Tschikma näher brachte, war ein Tag, der ihn der Freiheit ein Stück näher brachte.

Er hatte diskret Erkundigungen bei allen möglichen Leuten eingeholt: Es sollte vorgekommen sein, daß Janitscharenschüler desertiert waren, aber daß jemals ein Saray-Eleve aus dem »Haus der Glückseligkeit« fliehen konnte, davon hatte niemand auch nur gerüchtweise gehört. Der Palast des »Herrschers über alle Menschennacken« war ein Ort, den kein Sterblicher ohne Befugnis betrat oder ohne Berechtigung verließ. Sogar am Totentor, durch das die Särge der verstorbenen Saray- und Haremsbewohner oder die der Dienerschaft über den Hof der Hellebardiere aus dem Enderun-Hof geschafft wurden, standen besondere Wärter, die das Recht besaßen, sich zu vergewissern, ob wirklich bloß eine Leiche im Sarg lag und nicht etwa irgendwelche Kostbarkeiten aus dem Palast geschmuggelt wurden.

Kenan wich einem Rudel zahmer Rehe aus. Seit im Dritten Hof kein lärmender Fechtunterricht mehr stattfand, wagten sich die Tiere auch tagsüber bis zum Großherrlichen Audienzsaal und sogar bis an das Bab-üs Saadet, wo die Weißen Eunuchen sie mit Leckereien verwöhnten.

Plötzlich hetzten die Rehe in hohen Sprüngen zu einer Platane in der Hofmitte und kauerten sich dort verängstigt zu Boden. Kenan schaute sich um, was die Tiere dermaßen erschreckt haben mochte.

In diesem Augenblick bebte die Erde. Zuerst gab es einen kurzen Stoß, dem ein Geräusch folgte, als würde ein Windstoß heftig an jedem beweglichen Gegenstand weit und breit rütteln. Dann hatte Kenan das Gefühl, in einem Boot zu stehen, das aus ruhigem Wasser in eine sanfte Dünung geriet. Fensterscheiben zerbrachen, und aus allen Gebäuden des Enderun-Hofs stürzten Menschen in Panik. Mauern vibrierten. Wände und Dächer erzitterten. Alle Flächen und Konturen verzerrten sich wie in der heißen Luft eines windstillen Sommertags.

So überraschend das Erdbeben gekommen war, so schnell verebbte es auch wieder. Kenan sah Yildirim Ahmed an der Spitze eines Trupps Weißer Eunuchen zu den Großherrlichen Privatgemächern rennen. Eine andere Gruppe der Palastwächter hastete zum Pavillon Mehmed des Eroberers, der den Privatschatz des Padischah barg.

Der westliche Durchgang zu den Gärten und Terrassen auf der Landzungenspitze war frei. Die Rehe sprangen auf und flohen.

Mehr und mehr füllte sich der Enderun-Hof mit Menschen. Die Angstschreie waren verstummt, und es herrschte fast wieder die übliche Stille, bis auf ein Pfeifen, das ein Wasserstrahl aus der geborstenen Hauptleitung verursachte. Das dicke Bleirohr speiste den Brunnen hinter dem Audienzsaal des Enderun-Hofes.

Kenan suchte die anderen Pagen der Büyük Oda. Sie standen aufgeregt miteinander tuschelnd vor dem Schulgebäude. Kein weiterer Erdstoß erfolgte.

Ein Weißer Eunuch kam zu den Pagen. »Sind bei euch Mauern oder Decken geborsten?«

»Nein, Herr. Aber das Gestell mit den Trinkschalen und den Eßschüsseln ist umgestürzt.«

Der Eunuch nickte und eilte weiter.

Bald kehrte wieder einigermaßen Normalität im Palast ein. Der Schaden, den das Erdbeben verursacht hatte, war geringer als der Schock. Viele der Enderun-Schüler kamen aus Gebieten, wo die Erde oft bebte. Sie wußten, daß sie noch einmal glimpflich davongekommen waren. Aber sie wußten ebenfalls, daß sie dort, wo die Erde schon einmal gebebt hatte, ein weiteres Mal gut und gerne auch das Verhängnis ereilen konnte.

Kenan erinnerte sich an Erzählungen aus der Jugendzeit der Mutter, in denen vom Einsturz des Kirchendachs und vielen Toten auf Pharnox die Rede war. Damals war zur gleichen Zeit das weit entfernte Rhodos von einem Beben halb verwüstet worden. Er sandte ein stilles Stoßgebet an die Heilige Jungfrau und hoffte inständig, daß schwere Erdstöße die heimatlichen Inseln verschont hatten.

Die Pagen und die Palastbediensteten warteten noch, bis das Nachmittagsgebet beendet war, ob sich die Erde tatsächlich wieder beruhigt hatte, dann machten sich alle mit vereinten Kräften an die Beseitigung der Schäden. Sie waren allerorts nur gering, und Tote, selbst Verletzte, hatte es nicht gegeben. Ein Feuer war in einer der

Palastküchen durch ein umgeworfenes Holzkohlenbecken entstanden, konnte aber sogleich von den Köchen gelöscht werden.

Während der Unterricht der Saray-Schüler zur Routine zurückkehrte, beschäftigte sich der Diwan an den folgenden Tagen ununterbrochen mit den Auswirkungen des Bebens, das im entlegensten Westen des Reichs heftig gewütet hatte.

Der Kampf in der Küche der Schwarzen Haremseunuchen

Die Mahlzeiten für die Hellebardiere, Janitscharen und für die Palastdienerschaft wurden in den Küchen des Ersten Hofs zubereitet. Nur die Speisen der höchsten Offiziere wie die des Obersten der Zülfülü Baltadschelar oder die des Janitscharen-Agha und seines Stellvertreters kamen aus den zehn überkuppelten Sälen längs der Ostmauer im Diwan-Hof. Die Räume waren in Nord-Süd-Richtung hintereinander angeordnet. Bis auf die Sultansküche waren die Küchen durch Portale verbunden.

Am geachtetsten waren die Köche, die für das leibliche Wohl des Padischah sorgten. Nach ihnen standen in der Rangordnung die der Sultansmutter. Ihnen folgten die Haremsköche, dann die des Reichsrats. Für die Schwarzen Haremseunuchen und die Weißen Verschnittenen gab es jeweils eine eigene Küche. Die der Enderun-Lehrer und Palastwächter lag zwischen dem Kuppelsaal für die Speisezubereitung der Schwarzen Eunuchen und der Diwan-Köche. Außer an Festtagen blieben nach Einbruch der Dunkelheit nur die Köche des Padischah, die seiner Mutter und die Diwan-Köche bis zur Schichtablösung am nächsten Morgen in ständiger Einsatzbereitschaft.

Zwei Palastdiener waren bei ihrer abendlichen Runde im Obergeschoß der Büyük Oda angelangt und entzündeten dort die Wachskerzen in den verglasten Hängeampeln.

Yildirim Ahmed erschien auf dem Gang vor dem Pagenzimmer. »Kenan!«

Kenan eilte auf den Flur. »Ja, Herr!«

»Der Agha verlangt nach frischem Obst. Und wenn du schon zu den Küchen gehst, bring mir gleich ein paar heiße Fleischpasteten mit.«

»Schon, Herr, aber der Pastetenbäcker …«

Yildirim Ahmed sagte unwirsch: »Ich weiß, die Pasteten sind für die Reichsratssitzung morgen vorgesehen.« Er schnippte Kenan eine kleine Silbermünze zu. »Sag dem Bäcker, das wäre von mir!« Dann gab der Verschnittene ihm einen rotlackierten Pfeil. Ohne den Pfeil durfte kein Page vom Enderun- in den Diwan-Hof. Wer den Wächtern einen gelben Pfeil vorzeigen konnte, hatte sogar das Recht, auch den Ersten Palasthof zu betreten.

Kenan verließ die Büyük Oda und zeigte den wachhabenden Eunuchen im »Tor der Glückseligkeit« den roten Pfeil. Er wurde kommentarlos durchgewinkt.

Die Backstube und der Raum für die Konditoren befanden sich am Nordende vom Küchentrakt. Kenan bog nach links zum nächsten Durchgang in der Ostmauer ab. Insgesamt führten drei Durchbrüche zu den Küchen. An der Rückseite der Mauer lagen die Vorratshäuser, die Unterkünfte der Köche und die ihrer zahllosen Gehilfen. Diese Wirtschaftsgebäude waren durch einen schmalen, gepflasterten Weg vom Küchentrakt getrennt.

Ein kleiner Trupp Zülfülü Baltadschelar schleppte wieder Feuerholz in den Vorratsraum gegenüber der Haremsküche. Kenan schaute, ob seine speziellen Freunde die Soldaten befehligten, sah aber keinen der Hellebardier-Unteroffiziere. Er betrat die Backstube.

Auf einer großen Marmorplatte gleich neben der Tür lagen Dutzende von unterschiedlich gefüllten Blätterteigpasteten.

Der rothaarige Konditor, der Yildirim Ahmed immer mit den geliebten »Schwalbennestern« versorgte, verschloß gerade die schwere Eisentür des Brotofens. »Na, was könnte dein Herr denn wohl zu dieser Stunde noch von mir wollen? ›Schwalbennester‹ gibt es heute keine.«

»Ich soll ihm Fleischpasteten bringen.«

»Unmöglich! Die sind alle ausschließlich für die Kuppel-Wesire bestimmt.« Die Mitglieder des Reichsrats hießen nach dem Raum, in dem sie zusammentraten, allgemein nur die »Kuppel-Wesire«.

»Mein Herr läßt Euch das geben.«

Der Konditor nahm mit unbeteiligtem Gesicht das Geldstück entgegen und holte ein rundes, blitzendes Messingtablett, auf das er drei Pasteten legte. »Sie sind kalt. Aber ich kann den Ofen jetzt nicht mehr öffnen. Du mußt sie noch irgendwo erhitzen.«

»Ich mach das bei uns im Speisesaal.«

Dort glomm immer ein Holzkohlenfeuer, falls einer der Weißen Eunuchen Kaffee wünschte.

»Und bestell deinem Herrn, übermorgen gibt es auch wieder ›Schwalbennester‹!«

Kenan nickte und wandte sich zum Gehen. Der Konditor rief ihn zurück. »Warte einen Moment!« Er griff in eine offene Kiste. »Hier, das ist für dich!«

Wenn der Rothaarige Dienst hatte, verließ Kenan die Backstube nie ohne eine kleine besondere »Wegzehrung«.

»Oh, danke!« Kenan aß die kandierte Walnuß auf der Stelle.

»Gut?«

»Köstlich. Danke!«

»Walnüsse kandiert« war die Lieblingsleckerei des »Herrschers über alle Menschennacken«.

Als Kenan sich wieder unter freiem Himmel auf dem gepflasterten Weg zwischen den Wirtschaftsgebäuden und dem Küchentrakt befand, nahm er sich vor, beim nächsten Backstubenbesuch dem Konditor eine von den in Rüstems Palast angesparten Silbermünzen zu geben, damit der sich einmal die neuen Janitscharenschüler im Ersten Hof besah, wenn er ihrem Agha Brot brachte.

Kenan fühlte, daß er es wagen sollte, sich dem Rothaarigen anzuvertrauen. Wieder war fast ein ganzes Jahr vergangen, in dem er ohne Nachricht von Jannis geblieben war. Irgendwie mußte es ihm endlich gelingen, auch vor der Tschikma noch etwas über den Verbleib des Bruders zu erfahren.

Die Hellebardiere hatten ihre Arbeit beendet und sperrten die Tür des Holzlagerraums zu. Kenan ging an ihnen vorbei zur Küche der Weißen Eunuchen. Dort war niemand mehr. Im Torbogen des gegenüberliegenden Lagerhauses rief er nach dem Wärter und ließ sich das Obst für den Agha geben. Er legte die Früchte auf das Messingtablett und dachte kurz nach. In der Küche der Haremseunuchen gab es einen großen Grill, der fast immer befeuert war, falls der in der Sultansküche einmal nicht ausreichen sollte.

»Ich muß Speisen für meinen Herrn wärmen. Ist dort das Feuer noch an?« Kenan deutete auf die Küche der Schwarzen Eunuchen.

Der Wärter nickte. »Bei meiner letzten Runde war es noch an.«

Kenan steckte den Kopf in den Kücheneingang. Außer dem rotglühenden Gitterrost über dem Kohlebecken in der Raummitte erhellte nur eine winzige Öllampe an der Trennwand zum Küchensaal der Weißen Eunuchen das Dunkel.

Als seine Augen sich ein wenig an das schwache Licht gewöhnt hatten, ging er hinein. In Rüstem Paschas Palast hatte Kenan gelernt, daß, um Pasteten auf einem Grillrost zu erwärmen, ohne sie zu verbrennen, man die Stücke mit einem Spatel auf ein Eisenblech schieben und mit einer Kupferschüssel abdecken mußte, denn nur so erhitzten sich die Speisen gleichmäßig.

Die Spatel, armlange Eisenstangen mit einer schaufelähnlich verbreiterten Spitze, steckten in Tonröhren, die hinter dem Grillrost an einem Gestell hingen. Sie hatten Griffe aus Ebenholz.

Als Kenan das Kohlebecken umrundete, streifte sein Fuß einen Gegenstand. Er balancierte das Tablett mit dem Obst und den Pasteten in Schulterhöhe auf der linken Handfläche und wollte nicht riskieren, womöglich bei dem schlechten Licht über einen vergessenen Öl- oder Wasserkrug zu stolpern, deshalb blieb er abrupt stehen.

In diesem Augenblick flog etwas dicht an seinem Kopf vorbei, krachte gegen das Messingtablett und schlug es ihm mit aller Gewalt aus der Hand. Kenan kam durch die Wucht des Aufpralls ins Straucheln. Noch im Fallen sah er, daß dort, wo sich gerade eben noch sein Oberkörper befunden hatte, ein kugelförmiger Schatten auf den Grillrost zuschoß und scheppernd auf den rotglühenden

Stäben liegenblieb. Der Schatten besaß einen kurzen Stiel, und die Kugel war der zackenbewehrte Kopf eines Streitkolbens.

»Ich hab ihn erledigt«, hörte er jemand in Türnähe frohlocken.

Kenan rappelte sich hoch und schlich gebückt zu dem Gestell mit den Spateln.

»Nicht ganz, er bewegt sich noch«, sagte eine zweite Stimme mehr zur Raummitte hin.

»Egal, laß uns schnell von hier weggehen!« sagte die erste Stimme.

Kenan, noch immer in geduckter Haltung, zog, so lautlos er es vermochte, einen Spatel aus einer Tonröhre und ergriff ihn wie einen Säbel.

»Unsinn, ich mach ihn richtig fertig. Jetzt oder nie!«

Der Wärter aus dem Vorratshaus der Weißen Eunuchen erschien mit gezogenem Säbel und einer Laterne in der Türöffnung. »Was soll der Lärm?«

Der Lichtkegel erfaßte zwei Zülfülü Baltadschelar. Sie hielten Zimmermannsbeile umklammert, wie die Soldaten der Hellebardier-Truppe sie zum Feuerholzschlagen benutzten. Kenan sah, daß es die ihm übelgesinnten Unteroffiziere waren, und sprang auf. Mit zwei, drei Schritten war er beim ersten der Hellebardiere.

Der Mann stieß einen Fluch aus und riß das Beil hoch. Bevor er zuschlagen konnte, hatte Kenan ihm die scharfe Spatelspitze in den Kehlkopf gerammt. Der Hellebardier ließ das Beil fallen und umklammerte röchelnd seinen Hals. Kenan sprang über den Fallenden und rannte zur Türöffnung. Der Wärter schien von der Waffe des anderen Unteroffiziers an der Schulter getroffen worden zu sein. Er lag auf dem Boden und schrie lauthals um Hilfe, während er ungeschickt mit dem Säbel die wütenden Beilhiebe des Unteroffiziers abzuwehren versuchte.

Kenan stürzte sich mit einem Schrei auf seinen Gegner. Der Hellebardier ließ augenblicklich von seinem Opfer ab, warf mit dem Beil nach dem Pagen und rannte aus der Küche – direkt in die Arme einer Nachtpatrouille der Weißen Eunuchen, die die Hilfeschreie des Wächters alarmiert hatten.

Der Hellebardier-Unteroffizier überlebte den Griff zum Dolch an seinem Gürtel nicht. Die Weißen Eunuchen waren alle von Yildirim Ahmed ausgebildet worden.

Die Verschnittenen fanden Kenan reglos in einer Blutlache. Von dem verwundeten Wärter erfuhren sie, daß die Zülfülü Baltadschelar versucht hatten, den Enderun-Schüler zu überfallen. Die Weißen Eunuchen ließen ihn und den noch immer bewußtlosen Kenan ins Spital des Ersten Hofs schaffen. Die Leichen der Hellebardiere wurden in den Holzvorratsraum getragen.

Als Yildirim Ahmed kurz darauf vom Patrouillenführer berichtet wurde, daß zwei Hellebardier-Unteroffiziere versucht hatten, seinen Lieblingsschüler zu beseitigen, wußte er sofort, wer diese Männer waren. »Was ist mit ihnen?«

»Einen hat der Junge mit einem Küchenspatel getötet, den anderen haben wir erledigt.«

»Gut. Und Kenan?«

»Er wurde von einem Beil im Gesicht getroffen. Zum Glück anscheinend nicht von der Schneide.«

»Er lebt also noch?«

»Ja, Herr. Er ist zwar immer noch ohne Bewußtsein, aber er atmet fast wieder normal. Der Arzt sagt, er wird mit dem Leben davonkommen – wenn auch schwer gezeichnet.«

»Weshalb das?«

»Das Beil hat ihm die Nase zertrümmert und auch etliche Zähne ausgeschlagen. Die Oberlippe ist gespalten.«

Yildirim Ahmed murmelte eine Verwünschung und griff in seine Gürteltasche. Er entnahm ihr eine Goldmünze und gab sie dem Patrouillenführer. »Geh jetzt gleich noch mal ins Spital und gib das dem Arzt! Er soll sein Möglichstes tun.«

»Ja, Herr!«

»Halt, warte!«

»Ja, Herr?«

»Kenan sollte Obst für den Agha holen. Erledige du das.«

»Zu Befehl, Herr!«

Der Enderun-Fechtlehrer dachte nur ganz kurz daran, sich vom

Patrouillenführer auch die Fleischpasteten bringen zu lassen, aber irgendwie verspürte er keinen Appetit mehr.

Opium

Als Kenan das Bewußtsein wiedererlangte, war das erste, was er verspürte, ein pulsierender Kopfschmerz, der ihm Brechreiz verursachte.

»Er bewegt sich«, hörte er eine Männerstimme sagen.

»Dreh ihn auf die Seite!« befahl jemand anders.

Kenan würgte und erbrach sich. Dann erst schlug er die Augen auf. Allein diese Bewegung ließ einen Blitz durch seinen Kopf schießen. Er schloß die Augen wieder und übergab sich erneut.

»Schieb ihm jetzt ein Kissen in den Nacken!« sagte die befehlende Stimme.

Kenan öffnete die Augen dieses Mal nur einen Spaltbreit, und der Schmerz hielt sich in Grenzen. Er sah verschwommen in ein bärtiges Gesicht. Als er seine Hand zu den Augen führen wollte, um sie zu reiben, bewegte sich der Mund in dem Gesicht, und Kenan vernahm eine Stimme, die erst von weit her tönte, dann aber schnell näher kam, während jemand ihn sanft daran hinderte, die Hand zu heben.

»Ich muß dein Gesicht erst zu Ende reinigen und dann noch verbinden. Beweg dich so lange nicht, und berühr die Wunde auf keinen Fall mit deinen Fingern!«

Kenan hatte plötzlich das Gefühl, als würde man ihm ein glühendes Kohlenstück auf die Nase drücken, und stöhnte laut auf.

»Ich weiß, es brennt wie Feuer, aber ich mußte es tun«, sagte die strenge Stimme. »Es ist eine Kompresse aus blutstillenden Wundheilpflanzen, die dir auch bald die Schmerzen etwas erträglicher machen werden.«

Kenan zwang sich, die Augen ganz zu öffnen, und erkannte den

Mann, der sich über ihn beugte. Es war Garsüddinzade, der Leibarzt des Padischah.

»Wo …?«

»Du bist im Spital der Saray-Pagen.«

Kenan versuchte sich aufzurichten, aber sogleich schoß der Blitz wieder durch seinen Kopf, und er lehnte sich augenblicklich stöhnend zurück.

Und plötzlich erinnerte er sich an das, was geschehen war. »Die Hellebardiere …?«

»Sie sind tot. Einen hast du erstochen, und einen hat die Patrouille der Palastwächter erschlagen, hat man mir berichtet. Ich flöße dir jetzt einen Trank ein, damit du einschläfst und Kraft schöpfen kannst.« Die Stimme des Arztes war jetzt nicht mehr streng, sondern sanft und freundlich. »Du wirst schöne Traume haben. Mach den Mund auf, so weit es geht – aber ganz langsam!«

»Was ist mit meiner Lippe?« flüsterte Kenan kaum verständlich, denn als er den Mund einen Spalt geöffnet hatte, tat ihm auch das Sprechen ungeheuer weh.

»Sie ist zerschnitten worden. Beweg sie sowenig wie möglich, damit sie wieder heilt!«

Kenan tat, was von ihm verlangt wurde. Der Arzt beträufelte seine Zungenspitze mit einer bitteren Flüssigkeit. Die Lippe hörte auf zu schmerzen, und die Zunge und der Gaumen waren plötzlich kalt und gefühllos.

»Glaubst du, daß du einen ganzen Schluck von der Medizin nehmen kannst, ohne daß du dich gleich wieder erbrechen mußt?«

Die Antwort war kaum mehr als ein Hauch. »Ja.«

»Das ist gut!« Garsüddinzade schüttete zwei Löffel voll des bitteren Tranks in Kenans Mund. Als er sah, daß sein Patient die Flüssigkeit hinuntergeschluckt hatte, nickte er zufrieden.

Bald darauf wichen auch die Schmerzen im Gesicht einem tauben Gefühl, das sich bis in das Innere des Kopfs voranzutasten schien. Kenan fielen die Augen zu.

Er glitt in einen grellfarbigen Tunnel, der sich mit jedem Atemzug zu einem Oval erweiterte, das mit frühlingsgrünem wogendem Steppengras angefüllt war, wie er es in der Konya-Ebene gesehen hatte. Dann verwandelte sich das Oval in eine Fläche, die von einem blauen Streifen am Horizont begrenzt wurde, der beständig näher kam. Ein gedämpftes Rauschen setzte ein, und aus den Gräsern erwuchsen schlickgrüne Wellen, die sich mit dem Horizontstreifen vereinten. Das Rauschen steigerte sich zu einem Inferno. Die Wellen schlugen höher und höher. Sie brandeten gegen ein felsiges Eiland. Thiratois. Schwarz war das Firmament über der heimatlichen Insel.

Plötzlich begann ein Stern am Himmel zu funkeln, dann viele. Dann wurde es dunkel.

»Er spürt jetzt nichts mehr«, sagte Garsüddinzade zu Yildirim Ahmed.

Der Fechtlehrer stand mit verschränkten Armen und unbeweglicher Miene hinter dem Arzt und seinem Gehilfen. »Was habt Ihr vor?«

»Ich will versuchen, die Nase wieder zu richten.« Garsüddinzade zuckte mit den Achseln. »Aber viel Hoffnung besteht nicht, daß es mir gelingt.«

»Und die gespaltene Lippe?« Instinktiv betastete der Weiße Eunuch seine sternförmige Narbe über der rechten Augenbraue.

Der Arzt schüttelte nur bedauernd den Kopf. »Schnell jetzt, die Tampons!« befahl er.

Sein Gehilfe gab ihm zwei watteumsponnene Bambusstäbchen. Garsüddinzade reinigte behutsam Kenans Nasenlöcher und betastete dann vorsichtig den zu einer Knolle angeschwollenen Nasenrücken.

»Die Drainagen!«

Der Gehilfe tauchte die stumpfen Enden von zwei fingerlangen, leicht gekrümmten Silberröhrchen erst in mit Heilkräutersud versetztes Olivenöl, bevor er dem Arzt die Kanülen reichte.

Der alte Agha der Weißen Eunuchen hörte sich Yildirim Ahmeds Bericht schweigend an. Dann griff er hinter die Kissen des Diwans und warf ihm einen Beutel zu. »Das ist für dich, mein Sohn!«

Yildirim Ahmed verneigte sich. »Sehr gütig, Herr. Aber was verschafft mir die Ehre?«

Der alte Orhan lächelte verschmitzt. »Kurz bevor du zu mir kamst, war der Oberst der Zülfülü Baltadschelar hier bei mir.«

Der Enderun-Fechtlehrer erwiderte das Lächeln. »Dann ahne ich auch, worum er Euch gebeten hat.«

Der Agha nickte. »Die beiden Unteroffiziere hat ihre gerechte Strafe ereilt. Ich will, daß man die Angelegenheit nicht weiter hochspielt.«

»Wie Ihr es befehlt, Herr!« Yildirim Ahmed verbeugte sich erneut. »Aber was soll mit Kenan geschehen?«

»So, wie er vermutlich von dem Beilwurf im Gesicht gezeichnet bleiben wird, kommt er natürlich für den Großherrlichen Pagendienst nicht in Frage und für ein höheres Amt nach der Tschikma im Grunde genommen auch kaum mehr.« Der alte Agha runzelte die Stirn. »Ich weiß, der Junge liegt dir am Herzen, mein Sohn. Und seit die Affäre mit Rüstems verkauftem Pagen ganz in Vergessenheit geraten ist, hatte es den Anschein, als würdest du dich ungewöhnlich stark um sein Fortkommen bemühen. Was schlägst du also vor?«

Der Enderun-Fechtlehrer trat an das Fenster zum Dritten Palasthof. Garsüddinzade wohnte in einem weißen Turm im Vierten Hof, dessen Spitze durch die Baumwipfel schimmerte. Der Arzt hatte gesagt, daß Kenans Wunden in zwei, drei Wochen weitgehend verheilt sein würden.

»Ahmed!« sagte der Agha scharf.

»Verzeiht, Herr, ich habe versucht nachzudenken.«

»Und?«

»Kenan ist der beste Fechtschüler, den ich seit langem unterrichten konnte. Ich würde es gerne sehen, wenn er im Neuen Saray bleiben könnte.«

Der Agha der Weißen Eunuchen schürzte die Lippen. Dann sagte er: »Es gäbe schon einen Posten für ihn im Saray, aber er sollte besser erst damit betraut werden, wenn die neuen Gelibolu-Janitscharen ihren Antrittsdienst beim ›Herrscher über alle Menschennacken‹ beendet und den Neuen Palast hier wieder verlassen haben.«

Yildirim Ahmed nickte. »Ich habe die Listen auch gesehen, Herr. Kenans Bruder ist unter ihnen. Seine Tschikma war vor einer Woche.«

Der Agha der Weißen Eunuchen nickte. »Ich freue mich, mein Sohn, daß du umsichtig wie eh und je bist. Auch ich denke, es wäre – zumindest vorerst – noch klüger, wenn sie sich nicht treffen würden, und dennoch muß ich dich tadeln.«

Der Fechtlehrer sah seinen Herrn bestürzt an und stammelte: »Ich wüßte nicht, was …«

»Der Weinvorrat geht zur Neige, mein Sohn!«

Yildirim Ahmeds Miene hellte sich auf. »Oh, das meint Ihr!« Er verneigte sich tief. »Seid unbesorgt, Herr. Selbstverständlich habe ich hin und wieder einen Blick in den Keller getan und bin im Bilde.«

»Also?«

»Am Ende des nächsten Monats bekommt der Hinker in Pera wieder eine neue Lieferung. Bis dahin reicht Euer Wein bestimmt.«

Kenan, stellvertretender Kommandant vom »Tor des vom Paradiesvogel beschatteten Kaisers«

Die Hälfte der hundert Kapidschelar, der Torwärter vom Bab-i Hümayun, dem Haupteingang zum Ersten Palasthof in der landseitigen Saray-Mauer, hatte Tag und Nacht auf Posten zu sein. Nur Wesire, hohe Geistliche oder hohe Palastwürdenträger und ausländische Botschafter durften es außer dem Sultan durchreiten. Die Männer und ihre Offiziere waren dem Agha der Weißen Eunuchen unterstellt, der traditionell die Kommandogewalt über alle Palastwachtruppen besaß. Die Kapidschelar stellten auch nach Einbruch der Dunkelheit die Soldaten, die unmittelbar vor den Saray-Mauern Streife liefen. In den beiden Nischen rechts und links des Torwegs wurden die Köpfe der auf Befehl des Padischah im Saray Hingerichteten zur Schau gestellt. Auch die Köpfe von in anderen Teilen des Reiches Hingerichteten wurden hierhergebracht. Aufgabe der Kapidschelar-Offiziere war es auch, die zum Tode Verurteilten aus den Provinzen, die im Saray abgeurteilt werden sollten, zum Mittleren Tor, dem Bab-üs Selaam, zu schaffen. Sie wurden dort in einen der zwei achteckigen Türme gesperrt, bis sich der Scharfrichter ihrer annahm. Rechts neben dem Tor gab es einen Brunnen, in dem der Henker nach der Exekution das blutbefleckte Beil oder Schwert wusch. Nur die Köpfe der allerhöchsten Delinquenten wie Palast-Aghas oder Wesire wurden dann nicht im Durchgang des Ersten Palasttors ausgestellt, sondern am Bab-üs Selaam.

Der Kapidschelar-Agha war ein verdienter Janitscharenhauptmann, der nun als Kommandeur der Torwärter im Rang eines Obersten stand. Seine beiden Stellvertreter waren Janitscharen-Tschorbadschi gleichzusetzen. In der Regel rekrutierten sich diese zwei Offiziere auch aus der Elitetruppe des Sultans. Daß ein Absolvent der »Strengen Schule« mit diesem Posten betraut wurde, war noch nie vorgekommen.

Der neue Hauptmann vom Bab-i Hümayun war deutlich jünger als die meisten seiner Untergebenen. Er war blond und von kräftiger Gestalt. Das Gesicht verunstaltete eine eingeschlagene Nase, und ein buschiger Schnurrbart verdeckte mehr schlecht als recht eine in der Mitte gespaltene Oberlippe.

Yildirim Ahmed hatte ihn zusammen mit dem Oberst den Torsoldaten vorgestellt. Es geschah selten, daß sich der gefürchtete Enderun-Fechtlehrer zu den Wächtern des Ersten Tors begab, und alle Kapidschelar begriffen sofort: Der neue Hauptmann war ein Schützling des Verschnittenen.

Die Bewaffnung der Torwärter bestand aus Säbel, Wurfspieß und Streitaxt. Die Soldaten, die im Obergeschoß des Torbaus Dienst hatten, waren zusätzlich mit Pfeil und Bogen ausgerüstet. Nur die drei Offiziere trugen einen leichten Brustharnisch aus mit Eisenplättchen verstärktem rotgefärbtem Leder.

»Mögt Ihr Kaffee, Herr?«

»Später, Mustafa.«

Der Junge verbeugte sich und ging rückwärts zur Tür. Kenan saß in der ebenerdigen Wachstube im linken Torgang des Bab-i Hümayun und wartete darauf, daß er von Yilmaz, seinem Hauptmannskollegen, abgelöst wurde.

Bevor der Kaffeejunge in den breiten Torgang trat, verbeugte er sich nochmals tief in seine Richtung.

›Wieviel leichter ist es doch, vom Diener zum Herrn zu werden, als umgekehrt‹, dachte Kenan amüsiert. ›Und um wieviel angenehmer ist es auch, befehlen zu können, als immer nur gehorchen zu müssen!‹

Der Tordienst war alles andere als anstrengend. Jeweils zwölf Stunden währte die Schicht, dann übernahm die andere Hälfte der Kapidschelar den Wachdienst.

Die Unterkünfte der Torsoldatentruppe befanden sich im Südwesten des Ersten Palasthofs in einem flachen Holzhaus zwischen dem Arsenal und der Saray-Mauer. Zum ersten Mal besaß Kenan eine Schlafkammer für sich alleine. Aber die größte Wende in seinem Leben war, daß er den Palast in der dienstfreien Zeit jetzt nach Gutdünken verlassen durfte. Er mußte sich dann nur beim Oberst oder dem Kollegen für den Stadtgang abmelden.

Als er sich nach dem langen Schlaf im Spital im Spiegel gesehen hatte, war er vor seinem eigenen Ebenbild zurückgeschreckt. Drei Wochen hatte der Arzt ihn behandelt. Dann gingen die Schwellungen zurück, und die Lippe hörte zu eitern auf und wuchs endlich zusammen. Lästiger als die gebrochene Nase und die zerschnittene Lippe empfand Kenan die fehlenden Schneidezähne im Oberkiefer beim Essen. Aber auch daran gewöhnte er sich.

Frei. Frei, sich in der Stadt zu bewegen. Frei, zu fliehen. Die Möglichkeit, in der riesigen Hauptstadt einfach unterzutauchen, war verlockend.

So hatte Kenan im ersten Moment gedacht, als er von seinem Recht erfuhr, das »Haus der Glückseligkeit« verlassen zu dürfen.

Sein nächster Gedanke war aber der an den Bruder. Hatten sie auf der Devschirme-Galeere nicht gelobt, nur gemeinsam zu fliehen?

Kenan beschloß, seine Stellung als Offizier der Torwache zu nutzen, um die Flucht nach Hause gut vorzubereiten. Früher oder später würde er mit Gewißheit erfahren, wo Jannis sich befand.

Yildirim Ahmed sah den frischgebackenen Hauptmann mehrmals in der Woche, wenn er in seiner Eigenschaft als Großherrlicher Fechtlehrer den Waffenübungen der Kapidschelar beiwohnte. Kenan war den Wächtern ein ebenso strenger Ausbilder wie sein Lehrer. Bei einem Fechtturnier gegen die Janitscharenfeldwebel im Ersten Hof schlugen sich seine Männer wacker.

Kenan vergaß nie, daß der Verschnittene einst ihn und den Bruder von Thiratois verschleppt hatte, aber mit der Zeit merkte er, daß er diesen Weißen Eunuchen nicht mehr haßte.

So eigentümlich es Kenan auch bisweilen erschien, der Koloß von einem Kastraten war der einzige Mensch im Palast, dem er nach langer Zeit des Zweifelns doch ein gewisses Vertrauen entgegenbringen konnte. Besonders nach dem Kampf mit den Hellebardieren. Als Kenan zum Dienst im Bab-i Hümayun angetreten war, hatte er gleich am ersten Tag eine Unterhaltung zwischen dem Oberst und dem zweiten Stellvertreter belauscht und so erfahren, daß er seinen Offiziersposten ausschließlich Yildirim Ahmeds Einfluß und Fürsprache verdankte. Da der Weiße Eunuch im Saray-Rang weit über dem Oberst stand und der sich deshalb zwangsläufig mit ihm gutstellen mußte, kritisierte er Kenan zum Beispiel nie offen vor den Soldaten, wie er es mit dem anderen Hauptmann tat.

Kenan hätte es kaum besser treffen können, als zu den Kapidschelar abkommandiert zu werden, und er wußte es. Von Yildirim Ahmed wußte er aber auch, daß der Oberst der Zülfülü Baltadschelar wenig erbaut war, daß er und nicht einer seiner Hellebardieren den angesehenen Torhauptmannsposten bekommen hatte. Der Enderun-Fechtlehrer gab Kenan den Rat, dem Oberst möglichst keinen Anlaß zur Beschwerde zu geben. Der Anführer der Zülfülü Baltadschelar hatte Freunde und Fürsprecher unter den Kara Aghalar, den Schwarzen Verschnittenen, und die wiederum besaßen in noch größerem Maß das Ohr des »Gesetzgebenden« als die Weißen Eunuchen.

Die Waffenübungen der Kapidschelar fanden auf einer Kampfbahn hinter dem Arsenal statt. Das Gebäude, das die Kriegsausrüstung der im Neuen Saray stationierten Truppen barg, erschien Kenan wie die ums Vielfache vergrößerte Kirche von Pharnox. Meistens zu Beginn jeder Woche tauchte der Enderun-Fechtlehrer auf dem Torwächterexerzierplatz auf, und immer focht er etliche längere Gänge mit Kenan.

Yildirim Ahmed schnaubte einmal, dann stürzte er los. Die Abfolge der Schläge und Stiche, die er ausführte, hatten die Enderun-Eleven »Stiertanz« getauft.

Kenan machte nicht den Fehler, gradlinig zu weichen. Er beschrieb rückwärtsgehend einen Halbkreis, während er die Attacken des Weißen Eunuchen parierte.

Mitten im Ansatz zu einer Finte, die das Ende des »Stiertanzes« einleitete, senkte der Dicke plötzlich den Säbel. »Genug für heute, Kenan. Achte demnächst noch etwas besser auf die diagonalen Schläge zum Hals. Ansonsten habe ich heute nichts an dir auszusetzen.«

Kenan verbeugte sich. »Ich übe mit meinen Leuten häufig den ›Stiertanz‹, Herr.«

»Es ist mir nicht entgangen.« Yildirim Ahmed ließ den Säbel in die mit funkelnden Gemmen besetzte Scheide gleiten. Ein Torwärter eilte herbei und reichte erst dem Enderun-Fechtlehrer und dann seinem Hauptmann ein Handtuch.

»Hast du morgen nachmittag Dienst?« fragte der Verschnittene.

»Ja, Herr.«

»Dann rede ich gleich mit deinem Oberst. Du wirst mich morgen nach Galata begleiten.«

»Wie Ihr befehlt, Herr!«

Kenan und seine Abteilung marschierten vom Exerzierplatz gleich zum Ersten Palasttor und lösten die andere Torwächtergruppe ab.

Der diensthabende Kapidschelar-Hauptmann hielt sich die meiste Zeit in einer Wachstube im Torweg auf. Jeder, der den Wachen unbekannt war, hatte sein Anliegen vorzutragen. Die Menschen, die tagtäglich in den Ersten Palasthof strömten, zählten nach Hunderten. Dennoch begegnete Kenan von Zeit zu Zeit ein Gesicht, das er schon früher im Palast von Rüstem Pascha gesehen hatte.

Großherrliche Statthalter, Admiräle, Gesandte fremder Reiche, hohe Geistliche, sie alle wurden, wenn sie im Zweiten oder Dritten Saray-Hof etwas zu verrichten hatten, von zwei Kapidschelar bis zum »Tor der Begrüßung« geleitet. Häufig kam eine der Leibsklavinnen von Nûrbanu, Prinz Selims Erster, um jemanden im Namen ihrer Herrin im Harem aufzusuchen. Kenan schickte dann einen seiner Männer zu den Zülfülü Baltadschelar, die die Frau zum Equipagentor, dem Haremseingang im Zweiten Hof, geleiteten. Oft begleitete sie sogar der Oberst der Hellebardiere persönlich dorthin.

Der Portugiese de Teresta, der Verproviantierer der Pfortenflotte, war keiner dieser Würdenträger, wenn Kenan Wache hatte. Er stellte vorsichtig Nachforschungen an. Paolo de Teresta hielt sich seit Monaten ausschließlich in Gelibolu auf. Auch dort wurde, wie auf den Werften von Galata, noch immer an der gewaltigen Armada gebaut, die Malta bezwingen sollte.

Massageöl

Als Yildirim Ahmed den Palast in einer von vier stämmigen Saray-Sklaven getragenen, verhangenen Sänfte zur Mittagsstunde verließ, wurde er von zwei jüngeren Eunuchen, vier Zülfülü Baltadschelar und einer vielköpfigen Dienerschaft begleitet.

Kenan und ein Sipahi-Offizier, ein Hauptmann der Großherrlichen Kavallerie, ritten hinter der Sänfte.

»Weißt du, wohin es geht?« fragte der Hauptmann.

Kenan schüttelte den Kopf. »Mir wurde gesagt, nach Galata, mehr nicht.«

»Ich habe gehört, Yildirim Ahmed soll wertvolle Massageöle von den Griechen da drüben abholen und in den Palast schaffen.«

»Massageöle?«

»Massageöle«, sagte der Hauptmann nachdrücklich. »Jawohl!«

Kenan mußte einem Mauervorsprung ausweichen, und so entging ihm, daß der Sipahi anzüglich grinste, als er seine Aussage bestätigte.

Kenan war bei seinen Erkundungen Istanbuls noch nicht über die Stadtviertel hinausgekommen, die unmittelbar an den Neuen Palast grenzten. Galata und Pera auf der gegenüberliegenden Seite des Goldenen Horns sowie Üsküdar jenseits des Bosporus hatte er bislang auch nur aus der Ferne gesehen.

Immer wieder war er über die Menschenmassen verwundert, die von frühmorgens bis spätabends die Gassen und Plätze bevölkerten. Es gab einen Markt etwa in der Mitte der Landzunge, dessen Spitze der Neue Palast bedeckte, wo die teils überdachten Hallen und Verkaufsgassen eine Fläche einnahmen, die so groß sein mochte wie die gesamte Insel Thiratois. Dort herrschte überall und ständig ein Gedränge wie an den hohen Festtagen in der Kirche von Pharnox, und Kenan sah Leute aus aller Herren Länder. Er hatte besonders auf dem Markt die Augen und Ohren offengehalten, ob sich unter ihnen zufällig auch Leute des Heimatarchipels befanden. Aber außer ein paar Rhodiern hatte er niemanden aus seiner entlegenen Weltgegend getroffen. Immerhin kannten sie die Inseln. Auf seine Frage nach einer günstigen Passage dorthin schüttelten sie indes nur bedauernd die Köpfe. Keinem größeren Schiff war es derzeit ohne eine besondere Erlaubnis der Admiralität gestattet, die Dardanellen in Richtung Süden zu verlassen.

Sie hatten sich, nachdem sie aus dem Bab-i Hümayun gekommen waren, auf der gepflasterten Straße zwischen der Hagia-Sophia-Moschee und dem Neuen Saray nach Nordwesten gewandt und hielten sich dann immer dicht an der Palastmauer, bis sie das Ufer des Goldenen Horns erreichten. Dort wartete schon ein Boot auf sie.

Yildirim Ahmed stieg aus der Sänfte. Er schickte die Begleitmannschaft bis auf Kenan und die beiden Verschnittenen ins Saray zurück, befahl aber dem Reiterhauptmann, nach dem Abendgebet mit vier Packpferden wieder am Kai zu sein. Das Boot schwankte gefährlich, als die drei Eunuchen an Bord gingen. Kenan bestieg es als letzter und setzte sich ans Heck neben den Steuermann. Das Boot war lang, schmal, ohne großen Tiefgang und schnell.

›Ein Schönwetterboot‹, dachte Kenan, der seit der Devschirme nie wieder auf einem Schiff oder Boot gewesen war. Es wurde von zehn Janitscharenschülern gerudert. Der Steuermann, ein Maat der Großherrlichen Kriegsflotte, steuerte es auf direktem Kurs an das gegenüberliegende Ufer von Galata.

Kenan schaute zurück. Die Kuppeln der Moscheen mit ihren speerartigen Minaretten wirkten, vom Meeresspiegel aus gesehen, wie gigantische Beulen auf den Stadthügeln. Gegen sie nahmen sich die ausgedehnten Anlagen des Neuen Sarays auf der Landzungenspitze beinahe bescheiden aus.

Das Boot ließ eine Galeere passieren. Das Kriegsschiff war brandneu, die verschiedenen Kupferblechbeschläge glänzten noch. Die Galeere nahm Kurs auf die Werften, vor denen eine ganze Armada gleichfalls neuer Kriegsschiffe ankerte.

»Mein Wort drauf, Hauptmann, bald läuft die Flotte aus! Die Frühjahrsstürme sind für dieses Jahr vorbei.« Der Maat verzog das Gesicht vor Abscheu. »Dann geht es endlich den verdammten Ungläubigen in Afrika an den Kragen.«

»In Afrika?«

»Ob in Tunis oder in ihrem Piratennest Malta. Hauptsache, sie werden vernichtet.« Der Maat hob die Hand, die die Ruderpinne umklammert hatte. Drei Finger fehlten. »Schau, Hauptmann! Das und zwei Stiche in den Oberschenkel habe ich als Erinnerung von Kreta davongetragen.«

»Habt ihr gegen die Johannes-Ritter gekämpft?«

Der Maat sah Kenan verständnislos an.

»Ich meine die Ungläubigen mit dem achtspitzigen Kreuz auf der Rüstung.«

»Ach, so nennst du sie? Bei uns hießen sie immer nur die Rhodos-Piraten, weil sie auf dieser Insel ihre Festungen hatten, bevor der ›Gesetzgebende‹ sie dort bezwang.«

Kenan erinnerte sich an die Geschichten der Mutter: »›Wenn damals, als eure Großmutter Iolanthe noch auf Rhodos war, auch nur eine einzelne Ordens-Galeere am Horizont auftauchte, nahm selbst eine türkische Flotte Reißaus!‹«

»Sind sie tapfer, diese Ritter?«

Der Maat nickte grimmig. »Es sind zwar verfluchte Ungläubige, aber beim Schaitan, sie verstehen zu kämpfen!«

Das Boot machte in Galata an einem Eisenpoller fest, und Kenan und die Verschnittenen gingen von Bord. An den Bootsführer erging der Befehl, etwa zur Stunde des Abendgebets wieder zur Stelle zu sein.

Yildirim Ahmed schritt voran, Kenan und die Verschnittenen folgten. Nach kurzer Zeit befanden sie sich vor einem überdachten Marktgebäude neben der imposanten Karawanserei, die Rüstem Pascha noch erbaut hatte. Der Enderun-Fechtlehrer ließ seine Begleiter vor der Markthalle warten und verschwand in einem der angrenzenden Lagerhäuser. Als er zurückkam, führte er einen Trupp Lastträger an. Die Männer schleppten große Tonkrüge, die mit Wachs versiegelt waren. Er befahl Kenan und den beiden jungen Eunuchen, die Träger bis zur Bootsanlegestelle zu begleiten und dort auf ihn zu warten.

Die Träger reihten die Krüge auf der Hafenmauer neben dem Anlegepoller auf, der den Saray-Booten vorbehalten war.

Eine Kaik machte zwei Bootslängen daneben fest. Der Skipper, ein bärtiger Seemann mit tonnenförmigem Brustkasten und einer entsprechenden Stimme, gab den Schiffsjungen am Bug knappe, aber weithin vernehmliche Anweisungen auf griechisch. Die Kaik hatte bauchige Amphoren geladen, die in aller Eile zur Rüstem-Pascha-Karawanserei geschafft wurden. In derartigen Gefäßen, nicht in Krügen oder Schläuchen, wurde auf Thiratois Wein aufbewahrt. Auch in den Palast der »Glückslaus« hatte ein hinkender Rhodier hin und wieder einige davon gebracht. Kenan war höchst erstaunt, daß trotz der strengen Verbote Wein in der Reichshauptstadt so offen umgeschlagen wurde.

Die beiden Eunuchen winkten einen Sesam-Kringel-Verkäufer heran. Kenan kaufte dem Jungen ebenfalls einen knusprigen Brotring ab. Das Wetter blieb bis zur Abenddämmerung frühlingshaft mild. Immer wieder lief ein Kriegsschiff an Galata vorbei in den Bosporus, um dort die unterschiedlichsten Ruder- und Segelmanöver auszuführen, bevor es wieder zu den Werftkais im Goldenen Horn zurückkehrte und dort die Anker auswarf.

Ein paar Fischer landeten ihren Fang an. Sie kamen von dem Meer im Norden, und ihre reiche Beute bestand aus silberglitzernden Körben voll fingergroßer Fische, die man Hamsi nannte. Als Kenan noch in der Küche von Rüstem Pascha gearbeitet hatte, waren dort oft diese kleinen Fische zubereitet worden. Man aß sie in Fett ausgebacken, ohne den Kopf oder die Gräten und Innereien zu entfernen.

Yildirim Ahmed tauchte genau in dem Moment auf, als der Maat das Saray-Ruderboot wieder am Eisenpoller festmachte. Der Enderun-Fechtlehrer wurde von einem Mann begleitet, der, obgleich er das linke Bein nachzog wie jemand, den der Schlag getroffen hatte, gut mit dem weißen Koloß Schritt halten konnte. Ein Trupp Lastträger, die weitere versiegelte Tonkrüge schleppten, folgte den beiden zur Anlegestelle.

Der Hinkende war niemand anders als Nico, der Rhodier, der die »Glückslaus« gelegentlich mit Wein beliefert hatte, und die großen Krüge enthielten gewißlich kein Massageöl! Kenan zählte zwölf, genug, um etwa alle Kapidschelar auf Tage hinaus betrunken zu machen.

Der »Herrscher über alle Menschennacken« war ein erklärter Feind der berauschenden Getränke. Kenan fragte sich, für wen im »Haus der Glückseligkeit« der Wein wohl bestimmt sein mochte und wo man ihn versteckte.

Die »Kuppel-Wesire« berieten sich nun schon seit Tagen ohne Unterbrechung im Diwan-Saal des Zweiten Palasthofs. Seit Kenan die

Hauptmannsstelle im Bab-i Hümayun angetreten hatte, waren noch nie so viele hohe Würdenträger des Reichs in den Palast gekommen. Besonders zahlreich war die Admiralität vertreten. Der Kapudan-Pascha, der Großadmiral der Pfortenflotte, verließ das Neue Saray nicht mehr, sondern war im Gebäude des Janitscharen-Agha im Ersten Hof einquartiert worden, und Sokollu Mehmed Pascha, Großwesir des »Gesetzgebenden«, hatte Räume im Enderun-Hof bezogen.

Für alle lang gedienten Offiziere und Saray-Bediensteten stand nun unumstößlich fest, daß die Flotte binnen Wochenfrist auslaufen würde.

Die Kontrollen im Bab-i Hümayun wurden strenger als gewöhnlich durchgeführt. Der Kapidschelar-Oberst und seine beiden Stellvertreter blieben jetzt nach Beendigung ihrer Schicht im Obergeschoß des Tores, und auch für alle Torwärter trat eine totale Ausgangssperre in Kraft.

Am Nachmittag des sechsten Beratungstages verließ der Großwesir den Sultanspalast und ließ sich in seinen eigenen Saray bringen.

Kenans Wache begann zum Sonnenuntergang. Er hatte fest geschlafen und trat gähnend an eine Schießscharte, die auf den Torvorplatz ging. Plötzlich war er hellwach.

Sokollus feister armenischer Sekretär und ein Mann, der ihm sehr bekannt vorkam, gingen Arm in Arm auf zwei Sänften zu. Kenan eilte nach unten.

»Was ist los, Hauptmann?« fragte der diensthabende Kapidschelar-Feldwebel überrascht.

»War das nicht eben der Großherrliche Flottenverproviantierer?«

»Ja, Hauptmann.«

»Ich habe gar nicht gewußt, daß er im Palast war.«

»Paolo de Teresta kam, als Ihr schon geschlafen habt, Hauptmann. Er besaß einen gültigen Ferman vom ›Träger der Reichslasten‹. Ich habe die Urkunde genau geprüft.« Der Feldwebel schaute seinen Vorgesetzten unsicher an. »Es gab doch wohl keinen Grund, ihn nicht ins Saray zu lassen, Hauptmann, oder etwa doch?«

Kenan trat, ohne zu antworten, in den Torweg und schaute den Sänften hinterher, bis sie aus seinem Blickfeld verschwunden waren. Dann drehte er sich zu dem Torwärter um und sagte: »Keine Sorge, Feldwebel. Alles hat seine Richtigkeit.«

Als Kenan durch Yildirim Ahmed vom spurlosen Verschwinden Paolo de Terestas erfuhr, war die Pfortenflotte bereits auf dem Weg zu den Inseln in der Mitte des Mittelmeers.

Malta

Landung in Marsasirocco und erste Kämpfe

Die osmanische Flotte unter Befehl von Großadmiral Piyâle Pascha, dem Schwiegersohn Prinz Selims, näherte sich Malta von Ostnordost im Licht der aufgehenden Sonne in breiter Fächerformation. Es war die größte Armada, die je die Werften von Gelibolu und dem Arsenal im Goldenen Horn verlassen hatte. Sie bestand aus hundertdreißig Galeeren, dreißig Galeonen und elf riesigen Handelsschiffen, nicht zu zählen waren die kleinen Segelschiffe der Lotsen oder die der Abenteurer, die sich der Pfortenflotte angeschlossen hatten.

Als die Ritter die Schiffe erspähten, feuerten Festungskanonen im Großen Hafen drei Signalschüsse ab. Es war das vereinbarte Zeichen, überall auf dem Archipel zu den Waffen zu greifen. Kaum waren die Detonationen verhallt, antwortete die wallumgebene alte Hauptstadt Città Notabile in der Inselmitte. Eine Rauchsäule stieg an ihrer Nordmauer gegen den klaren Himmel auf. Kurz darauf sah man auch über der Zitadelle von Gozo, dem Eiland im Norden von Malta, ein Rauchsignal, dem eine Geschützsalve folgte. Vier Ordensgaleeren liefen aus, um die Stärke des Feindes zu erkunden. Die Pfortenarmada beachtete die Kriegsschiffe der Ritter so wenig, wie ein Löwe eine Maus beachten mag, die sich vorwitzig in seine Nähe wagt. Als die Galeeren in die sicheren Gewässer zwischen den befestigten Landzungen Senglea und Birgu zurückkamen, ließ der Großmeister die Schiffe in dem Graben vor Anker gehen, der die Festung St. Angelo auf der Spitze der Halbinsel von der umwallten Ansiedlung Birgu abtrennte. Dann wurde quer über den schmalen Wasserarm, der die Spitze von Senglea und St. Angelo trennte, eine Kette aus handgeschmiedeten Eisengliedern gespannt. Sie war eigens in Venedig zu diesem Zweck angefertigt worden. Auf der Senglea-Seite war die Kette an einem riesigen Anker in den gewachsenen Fels eingemauert. Eine gigantische Ankerwinde auf einer umwallten Plattform unterhalb von Fort St. Angelo hielt sie mit Unterstützung von Pontons und Flößen auf Höhe der Wasseroberfläche. Ein kleines Boot wurde im Schutze der Dunkelheit die Ostküste Maltas entlang nach Messina auf Sizilien geschickt, wo der spanische Vizekönig residierte. Die Botschaft des Großmeisters an Don Garcia de Toledo besagte: »Die Flotte der Türken ist annähernd zweihundert Schiffe stark. Wir erwarten Eure Hilfe.«

Bis tief in die Nacht hinein schleppten die Bauern selbst das grüne Getreide und die noch unreifen Feldfrüchte herbei, und nur ein paar Fischer und Hirten, die in unzugänglichen Höhlen in den Dingli-Klippen lebten, suchten nicht die schützenden Inselfestungen auf.

Zwei prunkvolle Galeeren fuhren den übrigen Schiffen der osmanischen Flotte voraus: Admiral Piyâles Flaggschiff war eine prächtige Galeere mit vierunddreißig Ruderbänken. Ein Sonnensegel aus reinem Seidenbrokat schützte das vergoldete Heck gegen die sengende Mittelmeersonne. Über der Befehlsplattform des Admirals prunkte das Feldzeichen des »Schattens Gottes auf Erden«, eine riesige Scheibe aus gehämmertem Silber, überragt von einem goldenen Halbmond und von einer Goldkugel, an der ein langer Roßhaarschweif befestigt war.

Neben dem Admiralsschiff fuhr die Galeere »Sultana« des Heerführers Mustafa Pascha. Sie war das persönliche Schlachtschiff des Padischah, ganz aus Feigenholz gezimmert, und verfügte über fünfundzwanzig Ruderbänke, auf denen keine Sklaven, sondern freie Männer saßen.

Der Sultan hatte die Befehlsgewalt zwischen Mustafa Pascha und Prinz Selims Schwiegersohn aufgeteilt. Sollte es zu Unstimmigkeiten zwischen den beiden kommen, dann hatte der alte Korsar Torgut Reis, der erst nach Beginn der Belagerung aus Nordafrika zu den Invasionstruppen stoßen würde, die oberste Entscheidungsbefugnis.

Mustafa Pascha, der Befehlshaber der Armee, nicht zu verwechseln mit Lala Mustafa, dem Prinzenerzieher, hatte bereits als junger Soldat gegen die Johannes-Ritter auf Rhodos gekämpft. Er war nicht durch die Knabenlese zu Amt und Würden gekommen. Seine

Familie galt als eine der angesehensten im Reich und führte ihren Stammbaum auf den Bannerträger des Propheten Mohammed zurück.

Schon aus der Ferne sah Dschengis den steilen Wall der Inselküste sich trutzig aus dem Meer erheben wie eine Festungsmauer. Der Dreimastsegler, eine hochbordige Galeone, auf dem die Janitscharen eingeschifft worden waren, lief im Kielwasser des Admiralsschiffs. Ein Mullah kletterte neben dem Kapitän auf das Heckkastell und sprach mit vor Erregung sich überschlagender Stimme zu den Soldaten und Seeleuten:

»Streiter für die wahre Religion und den Sultan der Ottomanen, Allahs Stellvertreter auf Erden, Herr des Ostens und des Westens, König der Könige – endlich ist es soweit! Das Vipernnest der Feinde liegt vor uns. Wir werden es vernichten. Glorreich wird unser Kampf enden, denn der Allmächtige ist mit uns. Aber eines vergeßt nie: Wenn wir auf die Ungläubigen treffen und sie gegen uns vorgehen, wendet ihnen nie den Rücken, denn jeder, der an diesem Tag ihnen den Rücken zuwendet, wird auf ewig den Zorn Allahs auf sich ziehen, und seine Wohnung wird in der Hölle sein.«

Die Dünung war rauh, und es wehte ein nordöstlicher Wind. Die Flotte schwenkte jetzt, angeführt von einer schnellen Lotsengaleere, nach Süden und glitt zu Dschengis' Verwunderung an einer einladenden Buchtöffnung vorbei. In der Bai hätte die gesamte Pfortenarmada Platz gefunden, und Strände, um Truppen anzulanden, waren auch ausreichend vorhanden. Aber Admiral Piyâle schien dem Wetter nicht zu trauen. Sobald die südlichste Inselspitze umrundet war, hielten sich die Schiffe dicht an der Westküste auf Nordkurs und ankerten schließlich vor Einbruch der Dämmerung im Windschatten der steilen Klippen.

Die ganze Zeit über, während die Kriegsschiffe an der maltesischen Küste entlangzogen, konnte Dschengis einen Reitertrupp beobachten, der hoch oben auf den Klippen der Flotte folgte. Am Ankerplatz gab es auch etliche Buchten, aber sie waren für eine Landung viel ungünstiger als die große Bai im Südosten der Insel.

»Verstehst du das, Feldwebel?« Dschengis zeigte auf einen schmalen Strandstreifen und die steilen Felswände dicht dahinter. »Dort kann man allenfalls eine Ziegenherde hochführen, aber doch keine Armee und schwere Geschütze!«

Der Feldwebel zwirbelte nachdenklich seinen Schnurrbart und nickte. »Wenn du mich fragst, dann bleiben wir hier bloß über Nacht und warten, bis der Wind dreht.«

Der alte Soldat sollte richtig vermutet haben. In den frühen Morgenstunden wurden die Anker gelichtet, und die Armada fuhr dicht an der Küste zurück zu der weiten Bucht im Südosten. Da Flaute herrschte, nahmen die Galeeren die großen Handelsschiffe ins Schlepptau. Wiederum folgte eine Kavallerieabteilung den Schiffen.

Dschengis' Galeone war bei der Vorausflottille, die in die Bucht von Marsasirocco einlief. Augenblicklich wurden Truppen an Land gesetzt, zuerst die Reiterei. Man stieß auf keine nennenswerte Gegenwehr. Ein paar Hakenbüchsen wurden auf die Invasoren abgefeuert, dann zogen sich die ebenfalls berittenen Verteidiger zurück.

Dschengis' Kompanie ging gleich nach der Kavallerie von Bord. Die Janitscharen kamen nach einem kurzen Marsch landeinwärts zu einem verlassenen Dorf. Es lag inmitten von terrassierten Feldern, die von hüfthohen Mauern aus geschichteten Kalksteinplatten eingefaßt waren. Auf dem unbebauten Land begannen die wilden Gräser und Pflanzen bereits zu welken, denn die Sonne brannte Mitte Mai schon heftig. Aber auch im Wind- und Sonnenschutz der Trockenmauern gab es kein Grün.

Der alte Feldwebel, der Dschengis' Trupp anführte, betrachtete mißbilligend das karge, trockene Land. Als sie das erste steinerne Haus durchsuchten, ebenfalls aus dem gelblichen Tuffstein gefügt, aus dem ganz Malta zu bestehen schien, murmelte er verdrießlich: »Das gefällt mir alles ganz und gar nicht!«

Die Bewohner hatten das Dorf verlassen und die Ernte fortgeschafft, um den Invasoren keinerlei verwertbare Feldfrüchte zu liefern. Nur die unreifen Kaktusfeigen hatten sie an den stacheligen Hecken gelassen, die die Ansiedlung umfriedeten. Auf dem Platz vor einer kleinen Kirche – im Inneren bar jeder Heiligenfigur, bar jeden Kreuzes – schwelte noch ein großes Feuer. Was die Dörfler an hölzernen Gerätschaften nicht hatten wegschaffen können, war dort verbrannt worden. Das einzige nennenswerte Plündergut fand Dschengis am Dorfausgang in einem – leeren – Ziegenstall: Jemand hatte in der Eile einen Korb mit Zwiebeln vergessen.

Die Wasserstelle des Dorfes war eine stinkende Brühe, über der Wolken von Aasfliegen schwebten. Aus der zu einem Teich aufgestauten, steingefaßten Quelle ragten Teile von zumeist sorgsam entbeinten Tierskeletten. Nur den Schweinekadavern hatte man die Köpfe belassen. Eine Zisterne unter einem Wohnhaus war mit Kot und Leinensamen verunreinigt worden. Dschengis' Kompanie erhielt Befehl, zum Strand zurückzukehren.

Schwere Belagerungsgeschütze wurden mit Hebebäumen auf Flöße gesetzt und an dicken Seilen zum Ufer gezogen. Dschengis' Kompanie schlug in Ufernähe ein provisorisches Lager auf und half beim Entladen der Lastschiffe, während die meisten neuausgeschifften Soldaten sofort weiter nach Norden geschickt wurden, wo die Hafenbucht lag, an der die Maltaritter ihre Festungen errichtet hatten. Ein Fort namens St. Elmo am Eingang der Bucht verwehrte jedem feindlichen Schiff den Zugang zum Großen Hafen. Dieses Bollwerk mußte erst von der Landseite her genommen werden, damit die Flotte direkt in das Kampfgeschehen um die Hafenfestungen von Senglea und Birgu eingreifen konnte.

All das erfuhr Dschengis von einem Matrosen aus Rhodos, der ein Kanonenfloß lenkte und die maltesischen Inseln kannte.

Der Matrose zeigte auf die hinter der Bucht ansteigenden Hügelketten, hinter denen der Große Hafen lag. »Bin ich froh, daß ich da nicht kämpfen muß, Janitschar!«

»Wieso?«

»Na, nirgendwo ist Schatten, und das Trinkwasser, das mit der Flotte gekommen ist, wird schnell knapp werden, wenn der Sommer weiter voranschreitet. Warst du schon mal auf einer Insel so tief im Süden, Janitschar?«

»Nein.«

»Dann wirst du dich an meine Worte erinnern!«

Dschengis zuckte mit den Achseln. »Ich stamme auch von einer Insel, die nicht gerade reich an Quellen ist.«

Der Matrose schüttelte den Kopf. »Ich kenne das Meer im Süden, Osten und im Westen und auch fast alle Inseln darin. Baumlose Inseln, Inseln ohne viel Grün. Aber ich versichere dir, Janitschar, Malta ist die unwirtlichste von allen. Ein Glutofen zur Sommerzeit, wart's nur ab!«

Mit diesen Worten sprang der Matrose auf das Floß und gab ein Handzeichen, damit man ihn wieder zu seiner Galeone zurückzog.

Die Janitscharen, die beim Anlanden der Geschütze geholfen hatten, darunter auch die Kompanie von Dschengis, erhielten jetzt den Befehl, nicht mit dem Gros der Truppen nach Nordwesten zum Großen Hafen zu marschieren. Sie hielten sich genau nach Westen und kamen schnell voran, da sie keine Artillerie mit sich führten. Überall waren die terrassierten Felder abgeerntet, und sogar die wenigen Stellen in den um diese Jahreszeit bereits ausgetrockneten Bachläufen, wo noch etwas Wasser stand, hatte man verunreinigt. Hinter der Bucht und in den Hügeln direkt an der Bucht war das Land noch gleichmäßig bebaut gewesen, dann aber endeten die Felder abrupt in einer Geröllandschaft, in der es nur noch harte Gräser und niedrige, sommerfeste Büsche gab, allenfalls als Ziegenfutter verwendbar. Fanden sich Wege, so waren es meist Hirtenpfade, die sich durch die karge Hügellandschaft wanden.

»Weißt du, was wir in dieser Einöde verloren haben, Feldwebel?« Dschengis wischte sich den Schweiß von der Stirn.

»Wir sollen verhindern, daß die Festungen am Großen Hafen Verstärkung aus Città Notabile bekommen.« Der Unteroffizier deutete auf die Silhouette einer mauerbewehrten Anhöhe weit im Westen.

Eine Hundertschaft der Palastreiterei sprengte an den Janitscharen vorbei.

Die erste kriegerische Auseinandersetzung des Feldzugs beobachteten die Janitscharen wenig später auf einer Hügelkuppe vor ihnen. Ein Teil der Pfortenreiterei lieferte sich mit einer Kavalleriepatrouille aus Città Notabile ein Gefecht. Als die Ritter die anmarschierenden Janitscharen bemerkten, zogen sie sich Richtung Stadt zurück. Sie hatten einen Toten zu beklagen, und zwei ihrer Männer waren in Gefangenschaft geraten.

Die Pfortenreiter verfolgten die Patrouille der Ritter, Dschengis' Kompanie führte die Gefangenen zur Bucht von Marsasirocco, wo man auf das Eintreffen des Heeresoberbefehlshabers wartete.

Mustafa Pascha ging am kommenden Morgen an Land und ließ sofort die Gefangenen zu sich bringen. Dschengis war zu den Wachen vor dem Befehlshaberzelt eingeteilt. Deutlich konnte er hören, was drinnen gesprochen wurde. Der Pascha wollte wissen, wo sich der schwächste Punkt der Verteidigungsanlagen befand. Die Männer weigerten sich, darauf zu antworten. Ungeduldig rief Mustafa Pascha nach den Folterknechten.

Während der Oberbefehlshaber sich mit seinen Stabsoffizieren über das weitere Vorgehen des Heeres beriet, vernahm Dschengis pfeifende Geräusche, denen jedesmal ein Klatschen folgte. Den Gefangenen wurden die Fußsohlen mit eingeölten Weidenruten gepeitscht. Bald schon übertönten die Schreie der Gequälten das Pfeifen und Klatschen. Unter der Tortur der Bastonade brüllten dann beide, daß sich die schwächsten Befestigungen auf der Landseite von Birgu befänden.

Der Pascha ließ die Gefangenen aus dem Zelt schaffen. Als man sie an Dschengis vorbeischleifte, wirkten sie auf ihn wie Leichen, obwohl sie vermutlich nur von der Marter das Bewußtsein verloren hatten.

Drei Tage nachdem die Ritter die Flotte vor Malta gesichtet hatten, war das gesamte Pfortenheer an Land. Die Marsa-Ebene im Osten vom Großen Hafen wurde besetzt und diente den Truppen als Hauptlager. Die Mehrzahl der Streitkräfte ordnete sich Birgu und Senglea gegenüber in den Hügeln, von deren höchsten aus die Angreifer stellenweise die Verteidigungsanlagen der Ritter einsehen konnten.

Eine Abteilung irregulärer Truppen wurde in die vorderste Belagerungslinie verlegt. Es waren Derwische, die ohne Rüstung und nur mit Schwert und Schild bewaffnet kämpften. Sie waren nicht auf den Pfortentransportschiffen nach Malta gekommen, sondern aus allen Gebieten des Reichs mit kleinen Segelschiffen angereist, viele von ihnen sogar aus Ägypten. Dschengis erfuhr vom Feldwebel, daß sich die Derwische vor einer Schlacht in Haschischrausch versetzten.

»Sie sind immer die ersten, die man auf die Christenhunde losläßt«, sagte der Feldwebel. In seiner Stimme schwang sowohl Bewunderung als auch Verachtung. Dschengis fragte ihn, weshalb.

»Nun, Janitschar, die Derwische kämpfen ohne Furcht und wild wie verwundete Raubtiere, doch es fehlt ihnen an Disziplin. Aber nützlich sind sie schon, um uns Janitscharen den Weg zu bereiten.«

Die Janitscharen standen am äußersten linken Flügel des Belagerungsriegels Senglea gegenüber in Reserve. Vor der Halbinsel Birgu formierten sich die Sturmabteilungen. Es waren neben den Derwischen Einheiten, die aus Lehnsleuten des Padischah und deren Gefolgschaft bestanden. Es gab Kavallerie und Fußsoldaten. Dschengis hatte schon in Gelibolu die Augen offengehalten. Vermutlich waren auch die Kämpfer aus der Konya-Ebene an dem Feldzug beteiligt. Einmal hatte er geglaubt, Hassan, den Gutsherrn vom Beyschehir See, unter den berittenen Landungstruppen zu sehen, aber es war dann doch nur jemand, der ihm stark ähnelte.

Beim Morgenappell vor dem Angriff auf Birgu stellte sich heraus, daß zwei Janitscharen aus Dschengis' Orta im Schutze der Dunkelheit desertiert waren. Offenbar waren sie nach Senglea hinübergeschwommen oder hatten sich nach Città Notabile durchgeschlagen, denn vor den landseitigen Wällen der Ritterfestungen standen die Posten der Pfortensoldaten dicht an dicht. Dschengis hätte nie geglaubt, daß ausgerechnet diese beiden Männer überlaufen würden. Stets hatten sie die Christen besonders lautstark verflucht und stolz die arabische Inschrift auf ihren silbernen Armreifen herumgezeigt: »Ich komme nicht nach Malta, um Reichtum und Ansehen zu erwerben, sondern um mich Allah zu opfern.«

Der alte Feldwebel lachte nur hämisch. »War das klug? Desertieren auf einer Insel, die von der größten Flotte aller Zeiten eingeschlossen ist? Sich in Festungen flüchten, die wir über kurz oder lang pulverisieren werden?«

Dschengis betrachtete nachdenklich das gewaltige Heer, das sich zur Schlacht ordnete. ›Nein‹, dachte er, ›der Alte hat recht. Die zwei sind in ihr Verderben gerannt.‹

Überall auf den niedrigen Hügeln und in dem ebenen Gelände vor den Wällen und Bastionen wehten die prachtvollen Standarten der Pfortenarmee. Von der erhöhten Kompaniestellung aus konnte Dschengis das gesamte Schlachtgetümmel überblicken. Die Ritter gaben erst Feuer, als die Angreifertruppen in sichere Schußweite kamen, dann machten sie mit drei Abteilungen einen Ausfall aus Senglea und Birgu. »Deus lo volt!« – »Gott will es!« schrien sie und rannten auf die Pfortentruppen zu.

»Allah hu akbar!« tönte es ihnen aus Tausenden von Kehlen entgegen: »Gott ist groß!«

Während der sechs Stunden, die die Kämpfe südlich der befestigten Stellungen tobten, griffen die Janitscharen kaum in die Mann-gegen-Mann-Kämpfe ein, aber ihre Scharfschützen töteten viele der Verteidiger.

Als der Großmeister sah, daß seine Streiter der Überzahl der Osmanen nicht mehr standhalten konnten, gab er den Befehl zum Abbruch der Feldschlacht. Gedeckt durch die Artillerie der Festungen, zogen sich die Ritter durch die Ausfalltore wieder nach Senglea und Birgu zurück.

Auch Mustafa Pascha ließ zum Rückzug blasen, denn die Verluste waren schwer gewesen.

Die beiden christlichen Reiter, die vor der Schlacht gefangengenommen worden waren, hatten selbst unter der Folter nicht die Wahrheit verraten. Birgu, gegen das die Armee den Hauptstoß geführt hatte, war alles andere als eine Schwachstelle in der Befestigung der Ritter.

Der Oberbefehlshaber ordnete an, die Gefangenen langsam zu Tode zu prügeln.

Torgut Reis, »Das gezogene Schwert des Islam«

Die Belagerung von Senglea und Birgu wurde nicht aufgehoben, aber der nächste Schlag der Pfortenarmee fiel auf das kleine Fort St. Elmo. Es lag auf der gegenüberliegenden Hafenseite an der Spitze der Monte-Sciberras-Halbinsel und war gerade erst kurz vor der Belagerung mehr oder weniger hastig fertiggestellt worden. St. Elmos Geschütze beherrschten nicht nur den Eingang zum Großen Hafen, sie konnten auch die Öffnung der Marsamuscetto-Bucht bestreichen. Diese Bucht auf der anderen Seite der Monte-Sciberras-Halbinsel war ein ähnlich günstiger Ankerplatz für eine größere Flotte wie der Große Hafen. Aber wenn St. Elmo erst einmal gefallen sein würde, dann konnten Birgu und Senglea auch von osmanischen Kriegsschiffen aus im Hafenbecken angegriffen werden.

Die schwere Belagerungsartillerie befand sich noch an Bord der Transportgaleonen in Marsasirocco. Mustafa Pascha befahl, sie auf den Monte Sciberras zu schaffen. Von dort aus war es möglich, Teile des Forts einzusehen, so wie man von den Hügeln im Süden des Großen Hafens die Senglea- und Birgu-Landzungen überblicken konnte. Der Monte Sciberras war nackter, kahler Felsen, der kaum Deckung bot. Die Pfortentruppen waren gezwungen, Tausende von Säcken mit Erde aus der Marsa-Ebene herbeizuschleppen. Als die ersten Kanonen auf dem Berg waren, wurden sie auf die Südost-Front des Forts ausgerichtet und nahmen sie sogleich unter Dauerbeschuß. Nur in den Nachtstunden, wenn die Schanzarbeiter die Gräben und Brustwehren näher an die Mauern herantrieben, verebbte der Beschuß manchmal gänzlich. Tagelang stand über der Landzunge eine Wolke aus Dunst und Staub.

Um die Belagerer St. Elmos zu stören, errichteten die Ritter in aller Eile auf dem höchsten Punkt von Birgu eine Geschützplattform. Aber trotz des gutgezielten Feuers und trotz der ungeheuren Verluste an Sklaven- und Pioniertruppen der Pfortenarmee gingen die Schanzarbeiten auf dem Sciberras weiter, bis St. Elmo gegenüber gewaltige Bollwerke errichtet waren. Weitere Artillerie wurde in Stellung gebracht, die nun das Feuer von Birgu und Senglea direkt zu erwidern vermochte.

Unter ohrenbetäubendem Geschützdonner rückten beständig Sturmtruppen auf der Marsamuscetto-Seite in die von den Pionieren erbauten Bereitschaftsunterkünfte ein.

Bereits nach ein paar Tagen Dauerbombardement mit teils zentnerschweren Kanonenkugeln glichen die Befestigungswälle des Forts mehr Geröllhalden als verteidigungsfähigen Stellungen. Dennoch erwiderten St. Elmos Verteidiger das Feuer heftig.

Nicht nur Dschengis erschien es wie ein Wunder, daß die Besatzung sich noch immer so heftig zu wehren vermochte. Während sich die Belagerer und ihre in den Stein geschnittenen Laufgräben dichter und dichter an das Fort heranschoben, blieb Dschengis' Kompanie weiterhin auf der anderen Hafenseite stationiert. Bislang hatte es keine Mann-gegen-Mann-Kämpfe um St. Elmo gegeben. Birgu und Senglea schickten nach Einbruch der Dunkelheit in kleinen Booten Verstärkung hinüber, und obwohl sie dabei vom Monte Sciberras aus mit Feuer belegt wurden, konnte der Entsatz des Forts und der Rücktransport der Verwundeten ins Hospital von Birgu aufrechterhalten werden.

Es war jetzt Ende Mai, und wenn auch zuweilen nachts der Wind etwas auffrischte, so hatte doch die heiße Jahreszeit den Archipel bereits fest im Griff. Eine gleißende Mittagssonne stand über den schattenarmen maltesischen Inseln wie ein allzu naher Feuerball, der alles Leben zu versengen drohte. Jeder Schritt, jede Arbeit gerieten zur Qual.

Die aufgehende Sonne tauchte den Monte Sciberras in Rosa und Gold. Die Janitscharenkompanie war noch in der Dunkelheit hinter den eigenen Linien nach Osten marschiert, um gleich in der Morgendämmerung das Gelände zu erkunden, das St. Elmo auf der Senglea-Birgu-Seite des Großen Hafens gegenüberlag. Plötzlich ertönten von St. Elmo her Trompeten und eine Geschützsalve.

Dschengis schüttelte nur ungläubig den Kopf, als überall in dem zerschossenen Fort Mündungsfeuer aufblitzten. »Daß überhaupt noch jemand da drüben lebt! Was sagst du dazu, Feldwebel?«

Der alte Unteroffizier erwiderte nichts, sondern deutete auf eine Gruppe Ritter, die auf die vordersten Schanzen und Schützengräben der Belagerer vorrückte.

Bald wehten allerorts auf den St. Elmo zugewandten Hängen des Monte Sciberras die Fahnen mit dem achtspitzigen Kreuz der Ritter, und die von dem Ausfall überraschten Schanz- und Pioniertruppen flohen in ungeordneten Haufen aus ihren Stellungen.

»Bautruppen«, sagte der Feldwebel verächtlich. »Wenn es ein bißchen kritisch wird, geben sie gleich Fersengeld! Sieh selbst, Janitschar, wie diese Christenhunde noch kämpfen, wenn man sie schon halbtot wähnt! Ich habe gegen sie im Feld gestanden. Glaub mir, Janitschar, Mustafa Pascha wird erst das Banner der Pforte auf St. Elmo pflanzen können, wenn dort niemand mehr in der Lage ist, eine Waffe zu führen.«

»Unglaublich, Feldwebel! Da! Sie treiben unsere Männer wie Schlachtvieh vor sich her!«

»Aber nicht mehr lange!« knurrte der Alte.

Auf dem Grat des Sciberras formierten sich schon Janitscharen zum Gegenangriff. Sie trugen auf Malta als Schutz gegen Sonne und Staub lange helle, wallende Gewänder. Pauken wurden angeschlagen, dann warfen sich die Elitesoldaten der Pforte Welle um Welle gegen die Ausfalltruppen. Langsam, aber stetig, um jeden Graben, um jeden Felsen ringend, wichen die Ritter vor der Übermacht. Gerade noch rechtzeitig erreichten sie unter dem Feuerschutz ihrer Kanonen die Sicherheit bietenden Festungstore.

Dichter Qualm lag über dem Schlachtfeld. Außerdem setzte ein südwestlicher Schirokko ein, der alle Feuchtigkeit des Meeres mit sich zu führen schien, und nahm Dschengis und dem Feldwebel zusätzlich die Sicht auf das Geschehen auf der anderen Hafenseite. Erst gegen Mittag klarte es wieder auf.

Stolz deutete der Feldwebel auf die roten Wimpel mit Halbmond und Stern direkt vor den Toren von St. Elmo. »Schau! Das ist das Werk unserer Leute!«

Dschengis sah die Pfortenbanner, sah aber auch unzählige weiße Tupfer reglos auf den Schanzen im Staub. Und er erinnerte sich daran, was der Mullah auf der Galeone gepredigt hatte: »Der Leib eines Janitscharen ist nur eine Treppenstufe, über die seine Brüder in die Bresche dringen.«

St. Elmo fiel noch lange nicht. Jeder Versuch, das Fort zu stürmen, wurde von der Besatzung trotz des intensiven Beschusses vereitelt. Es war ein Wunder, zu welchem Widerstand die Ritter in diesem Schutthaufen von einer Festung noch fähig waren. Mustafa Pascha hatte gehofft, sie in ein paar Tagen zu erobern. Jetzt dauerte die Belagerung bereits zwei Wochen. Die Pfortensoldaten arbeiteten sich zwar tagtäglich ein Stück näher an die Mauern und Bastionen – soweit sie noch als solche erhalten waren – heran, aber ihr Blutzoll war furchtbar.

Dschengis' Kompanie und die Ortas, die in Gelibolu für den Schwimmkampf ausgebildet worden waren, blieben in Reservestellungen hinter den kämpfenden Belagerungstruppen, aber auf den anderen Janitschareneinheiten ruhte jetzt die Hauptlast des Angriffs. Die Derwischtruppen, die man auf dem Monte Sciberras massiert hatte, waren fast vollzählig aufgerieben worden, und auch die Verluste der Großherrlichen Elitekämpfer erwiesen sich als immens. Besonders wenn die Janitscharen in ihren langen, wallenden Gewändern gegen das Fort anstürmten, wurden sie nur allzuoft ein Opfer der feuerspeienden »Trompeten« aus Holz oder Eisen, die meterlange tödliche Flammenbündel ausspien. Behälter mit Griechischem Feuer explodierten in ihrer Mitte, und Kessel um Kessel siedenden Pechs wurde auf sie geschüttet. Wie menschliche Fackeln fielen die Angreifer reihenweise in den Wallgraben von St. Elmo.

Unterdessen war Torgut Reis mit fünfzehn Schiffen und 1500 Kämpfern aus Nordafrika eingetroffen. Dschengis' Orta sicherte die Bucht nördlich des Marsamuscetto-Hafens, in der sich der alte Korsar mit Mustafa und Admiral Piyâle zur Lagebesprechung traf.

Während die Paschas sich berieten, überraschte die Ordenskavallerie aus Città Notabile vier Hundertschaften leichtbewaffneter Infanterie auf dem Weg zur Dingli-Steilküste. Die Pfortensoldaten sollten die dort in schwer zugänglichen Höhlen verbliebenen Einheimischen fangen. Piyâle Pascha vermutete nicht zu Unrecht, daß der Kontakt der Ritter mit Gozo und Sizilien – auch – durch die Dingli-Fischer aufrechterhalten wurde. Von den Klippen führten steile, geheime Pfade hinunter zum Meer, wo die Ruder- und Segelboote gut getarnt in kleinen, von Untiefen abgeschirmten Buchten oder Grotten versteckt lagen. Kein Kapitän einer Galeere würde es wagen, sein Schiff allzu dicht an die dort besonders tückische Westküste Maltas zu steuern.

Aus Jägern wurden Gejagte. Die Hälfte der Infanteristen fiel oder geriet in Gefangenschaft. Als Mustafa Pascha von dem Desaster erfuhr, schickte er die eigene Reiterei vom Basislager in der Marsa los, aber sie kam zu spät: Die Stadttore Città Notabiles hatten sich bereits hinter den siegreichen Ausfalltruppen und ihren osmanischen Gefangenen geschlossen.

In der darauffolgenden Nacht geschah etwas, was sich nicht verheimlichen ließ und was Mustafa Pascha dem alten Haudegen Torgut Reis und Admiral Piyâle gegenüber noch weitaus peinlicher war als die erfolgreiche Kavallerieattacke der Ritter. Zwei Offiziere seiner Leibwache liefen zum Feind über. Vor Wut über die Verräter in der engsten Gefolgschaft befahl der Heerführer, alle Leibwächter auszutauschen. Er ließ die Janitscharen antreten, die das Treffen mit Torgut Reis gesichert hatten, und wählte persönlich die neuen Gardisten aus.

Von Stund an erlebte Dschengis den Feldzug in unmittelbarer Nähe von Mustafa Pascha, und seine Ketsche, seine mit Sägemehl gefüllte hohe Janitscharenmütze, zierte das rote Band der Leibwache des Heerführers.

Der Fall von St. Elmo

Mit Torgut Reis' Eintreffen waren die Tage von St. Elmo gezählt.

Der alte Korsar wies Mustafa und Piyâle Pascha auf gravierende Fehler in der Belagerungstaktik hin: »Ein derartiges Fort fällt nur schnell, wenn man es dauerhaft von vielen Seiten unter Beschuß nimmt. Wenn Eure Feuerkraft dafür nicht ausreicht, dann müßt Ihr eben noch zusätzliche Geschütze von den Galeonen an Land bringen.«

Mustafa Pascha war mit Torgut Reis einer Meinung, aber Admiral Piyâle sprach sich energisch gegen den Vorschlag aus: »Der ›Schatten Gottes auf Erden‹ hat geruht, mir die wertvollste Flotte aller Zeiten anzuvertrauen. Ich werde doch die Schiffe nicht leichtfertig aufs Spiel setzen. Was ist, wenn überraschend Entsatz für den Orden aus Sizilien kommt? Allein der spanische Vizekönig dort kann an die drei Dutzend Galeeren aufbieten. Wie darf ich es da wagen, die Schiffe von der schweren Artillerie zu entblößen?«

Piyâle, das wußte Torgut Reis, war selten einer Meinung mit Mustafa Pascha. Er war zwar vom Padischah beauftragt worden, bei Unstimmigkeiten zwischen den beiden Befehlshabern den Schiedsspruch zu fällen, dennoch wollte der alte Haudegen es sich nicht gleich mit dem Admiral verderben. Er befahl, von seiner eigenen Flotte Kanonen auf die St. Elmo gegenüberliegende Marsamuscetto-Halbinsel zu schaffen, damit man das Fort auch von Norden her in die Zange nehmen konnte. Die wenigen Geschütze, die Mustafa Pascha vor Senglea und Birgu entbehren konnte, ließ er auf die Landspitze im Süden des Großen Hafens schaffen, wo Dschengis und der Feldwebel den Ausfall der Ritter beobachtet hatten.

Nunmehr aus drei Himmelsrichtungen beschossen, glich St. Elmo mehr und mehr einem Vulkankegel, der von unregelmäßigen Eruptionen erschüttert wurde. Zentnerschwere Marmorkugeln der großen Belagerungsgeschütze schlugen in die Schuttmassen der Wälle und Bastionen ein und schleuderten turmhohe Staubwolken in die Luft. Aber wenn die Kanonen schwiegen, damit die Pfortentruppen angreifen konnten – schon lange befanden sich alle Schanzen und Vorwerke in der Hand der Belagerer –, stellte sich den Janitscharen dennoch jedesmal eine Phalanx der Ritter entgegen. Es gab keinen unverwundeten Verteidiger mehr, trotzdem gelang es der Besatzung von St. Elmo stets aufs neue, sich zu behaupten. Und jedesmal, wenn Mustafa Pascha zähneknirschend den Rückzug befahl und die Artillerie wieder auf St. Elmo einzuhämmern begann, wagte sich keiner von seinen höheren Offizieren in die Nähe des prunkvollen Befehlshaberzelts.

Mustafa und Piyâle verbrachten die Nächte nach den Kämpfen in der relativen Ruhe im Basislager der Marsa-Ebene, der alte Haudegen Torgut Reis hingegen kampierte bei seinen Männern auf dem Monte Sciberras.

Und noch immer wehte das achtspitzige Kreuz über dem kleinen Fort.

Mustafa Pascha und der alte Korsar inspizierten mit Piyâle Pascha die neuen Deckungswälle auf dem Rücken des Monte Sciberras und korrigierten die Ausrichtung einer neuen Geschützbatterie.

Dschengis war in Hörweite, als Torgut Reis den Admiral dazu drängte, nichts unversucht zu lassen, um das Fort vom nächtlichen Nachschub aus Senglea und Birgu abzuschneiden. Immer wieder gelangte Verstärkung nach St. Elmo. Piyâle Pascha widersprach dieses Mal nicht und befahl seinem Adjutanten, ab sofort ständig ein Dutzend Boote mit Hakenbüchsenschützen in Bereitschaft zu halten, um den Rittern auch bei Dunkelheit den Weg über den Großen Hafen zu blockieren. Dann verließ der Flottenbefehlshaber den Schlachtgrund vor St. Elmo.

Auf der erhöhten Geschützplattform von St. Angelo in Birgu wurden die Kanonen bemannt. Bald sah Dschengis Mündungsfeuer aufblitzen.

Mustafa Pascha und der alte Korsar begaben sich gemächlich zum Befehlsstand, wo sie vom Agha der Janitscharen und dem Agha der Artillerie erwartet wurden. Torgut Reis und Mustafa Pascha waren etwa gleich alt. Mustafa war dabeigewesen, als Sultan Süleyman den Orden der Johannes-Ritter aus Rhodos vertreiben konnte, und hatte wie Torgut Reis sein Leben lang in unzähligen Schlachten gefochten. Ein paar aus der Ferne auf sie gerichtete Kanonen fürchteten sie nicht.

Der Befehlsstand war von einem brusthohen Sandsackwall umgeben, in seiner Mitte hatten die Pioniere ein Sonnensegel aus weißer Seide aufgespannt, das von mit Blattgold verzierten Ebenholzstangen gestützt wurde. Die Roßschweifstandarten der anwesenden Paschas waren auf der Wallkrone aufgesteckt und weithin sichtbar.

Während ein Diener dem alten Korsaren einen Wasserkrug reichte, gab es ein paar nahe Einschläge, denen weder der Heeresbefehlshaber noch Torgut Reis oder der Janitscharen-Agha die geringste Beachtung schenkten. Nur der Artilleriekommandant begab sich zum Sandsackwall und blickte zu den Ritterfestungen hinüber.

Die Janitscharenleibwache, die Mustafa Pascha auf Schritt und Tritt begleitete, umstellte den luftigen Befehlsstand in engem Kreis.

Der Soldat neben Dschengis wandte seinen Blick keine Sekunde von Birgu und Senglea ab. »Bruder«, murmelte er, »der Platz hier mißfällt mir.«

Dschengis nickte. »Mir auch. Ich fühle mich wie …« Er suchte nach dem passenden Ausdruck.

»… wie eine lebende Zielscheibe?« schlug der Soldat vor.

»Ja«, sagte Dschengis. »So in etwa.«

Die Artillerie der Belagerer begann jetzt, St. Elmo aus allen Rohren zu beschießen. Sich weiterhin normal zu unterhalten war unmöglich.

Plötzlich schlug ein Geschoß der Ritter krachend in den felsigen Boden in unmittelbarer Nähe des Befehlsstands ein. Instinktiv duckten sich die Soldaten.

»Das war wirklich verdammt dicht, Bruder«, knurrte Dschengis.

Als sich die Staubwolke gelegt hatte, die durch das Projektil aufgewirbelt worden war, sah Dschengis die vielen Risse im Sonnensegel. Der Agha der Janitscharen kletterte auf die Sandsackbrustwehr und schrie nach einer Krankentrage.

Dschengis und sein Kamerad schleppten eilig eine von den breiten Holzbohlen, mit der die Bausklaven die Sandsäcke herbeigeschafft hatten, zum Befehlsstand.

Der alte Korsar lag reglos auf dem Boden. Blut strömte ihm aus Nase und Ohren. Ein Steinsplitter war über seiner rechten Schläfe in den Schädel gedrungen. Sein Atem ging noch schwach, aber jeder, der Torgut Reis sah, wußte, daß er nicht mehr lange zu leben hatte.

Mustafa Pascha ließ den leblosen Körper in eine Decke hüllen, die auch das Gesicht bedeckte. »Niemand darf vorerst etwas erfahren. Schafft ihn unbemerkt zum Lager in der Marsa.«

Dschengis hörte, wie der Oberbefehlshaber dann leise zum Janitscharen-Agha sagte: »Sein Name und sein Ruf bedeuten den Männern viel. Ich fürchte, sie werden den Mut verlieren, wenn sie erfahren, daß er mit dem Tod ringt.«

Mit drei weiteren Janitscharen trug Dschengis die Bahre aus dem Befehlsstand. Kaum hatten sie sich entfernt, tötete eine weitere Kanonenkugel den Janitscharen-Agha.

Die Männer trugen den leblosen Körper des alten Korsaren um den Großen Hafen herum zum Hauptlager der Pfortentruppen und legten ihn in eines der Kommandeurszelte. Dschengis hielt am Fußende von Torgut Reis' Lager Wache, während sich ein Arzt um den alten Haudegen kümmerte.

Er untersuchte vorsichtig die Kopfwunde mit einer silbernen Nadel. »Ich kann einen Splitter ertasten, aber ich wage ihn nicht zu entfernen«, sagte er zu dem Tschorbadschi, der Mustafa Pascha Bericht über Torgut Reis' Zustand erstatten sollte.

Als der Arzt dann die Wunde verbunden hatte, schüttelte er müde den Kopf. »Nur sein dicker Turban hat verhindert, daß er auf der Stelle gestorben ist. Der Stoff hat einen Teil der Wucht genommen. Bestell dem Pascha, Torgut Reis, ›Das gezogene Schwert des Islam‹, kann jeden Augenblick verscheiden. Gott ist groß!«

»Gott ist groß!« murmelte der Tschorbadschi und eilte davon.

Der Todeskampf des alten Korsaren währte indes noch ein paar Tage, an denen die Schlacht um St. Elmo mit verstärkter Anstrengung geführt wurde. Er erlangte zwar das Bewußtsein wieder, wurde aber zusehends schwächer und war kaum in der Lage, feste Nahrung zu sich zu nehmen oder zu sprechen.

Piyâle Pascha setzte nun, da die Feuerkraft des Forts schwand, die Flotte zur Beschießung der meerseitigen Wälle ein. Dennoch sollte es noch einige Zeit dauern, bis St. Elmo endgültig erobert war.

Dschengis und die Kameraden, die zur Bewachung von Torgut Reis abkommandiert worden waren, lauschten ungläubig den Berichten der unzähligen Verwundeten, die man vom Monte Sciberras ins Marsa-Lager zurückbrachte. Es gab kaum genug Zelte, um sie alle unterzubringen, denn bald nach der Ankunft auf Malta waren verschiedene Krankheiten unter den Soldaten ausgebrochen. Überwiegend litten die Betroffenen an starkem Durchfall und Fieber. Man gab dem schlechten Wasser die Schuld, obgleich alle vergifteten Brunnen aufwendig gesäubert worden waren.

»Mit den Ungläubigen ficht der Schaitan, Bruder«, stöhnte ein Janitschar, der eine Hand verloren und entsetzliche Brandverletzungen im Gesicht davongetragen hatte. »Wir waren schon im Fort, als diese Teufel uns wieder vertreiben konnten.«

In der Nacht zum 23. Juni erhielten die Janitscharen, die dem alten Korsaren als Wächter zugeteilt waren, die Anweisung, sich wieder im Befehlsstand von Mustafa Pascha einzufinden. Als sie auf dem Monte Sciberras eintrafen, ertönte in St. Elmo die kleine Glocke der Festungskapelle.

»Die Ungläubigen aus Birgu und Senglea sollen kommen und ihnen helfen«, sagte ein Tschorbadschi und spuckte verächtlich aus.

Dschengis hatte die Truppen gesehen, die sich im Schutze der Dunkelheit gegen St. Elmo massierten. Selbst Belagerungseinheiten von Birgu und Senglea hatte man auf die Sciberras-Halbinsel verlegt. ›Nein‹, dachte er, ›keine noch so große Verstärkung von drüben würde ihnen jetzt noch helfen.‹

Die Leibwache bildete auf Schritt und Tritt einen lebendigen Schutzwall um Mustafa Pascha, der auf einer den Rittern abgenommenen Schanze den Angriff leitete. St. Elmo wurde ohne Unterlaß berannt. Die Pfortentruppen hatten sich bereits in Teilen des Forts festgesetzt und bekämpften die Verteidiger ihrerseits mit Brandwurfgeschossen und Flammenspeiern.

Im Morgengrauen eröffneten Admiral Piyâles Galeeren mit ihren Buggeschützen das Feuer. Fast im selben Moment rückten alle Truppeneinheiten auf St. Elmo vor. Es gab keine Schlachtordnung mehr. Infanteristen, Pioniere, Janitscharen und Derwische ergossen sich wie eine Springflut über die zerschossenen Wälle und über die leichengefüllten Gräben. In einer Mauerbresche stellte sich ihnen das letzte Aufgebot der Verteidiger entgegen. Sie kämpften mit dem Mut der Todgeweihten. Zum allerletzten Mal zwangen sie die Pfortensoldaten, sich zurückzuziehen und neu zu ordnen, kurz darauf war ihr Schicksal besiegelt.

Dschengis erschien es, als würden Tausende die Bresche stürmen. Auf der Ostmauer entzündete ein Ritter noch ein Signalfeuer, bevor er von mehreren Hakenbüchsenkugeln zerfetzt wurde. St. Elmo war gefallen.

Mustafa Pascha überquerte mit seiner Leibgarde und den Offizieren seines Stabs den Festungsgraben und stieg durch die Bresche ins Fort. Ein Tschorbadschi warf die Flagge mit dem achtspitzigen Kreuz in den Staub zu seinen Füßen, während ein Janitschar auf der Ostmauer das Banner des Islam aufsteckte. Der Oberbefehlshaber des Heeres bestieg eine zerschossene Wallkrone. Sein Blick glitt über die Leichenberge. »Allah!« rief er und sah hinüber nach Senglea und Birgu. »Wenn schon ein solch kleines Kind uns so viel gekostet hat, welchen Preis werden wir erst für seinen großen Vater zu zahlen haben?« Er gab Befehl, die wenigen überlebenden Verteidiger zu erschlagen.

Außer einer Handvoll maltesischer Milizionäre, die sich schwimmend nach Birgu retten konnten, waren neun verletzte Ritter von Torguts Männern zu den Korsarenschiffen abgeführt worden. Die Kämpfer aus Nordafrika waren mit unter den ersten, die in St. Elmo eingedrungen waren. Ihnen galt ein Gefangener, den man gegen gutes Lösegeld austauschen konnte, mehr als ein zerstückelter Feind.

Mustafa Pascha deutete auf Dschengis. »Janitschar, laß dir ein

Pferd geben und eile zu Torgut Reis! Bring ihm die Nachricht, daß das Fort endlich unser ist!«

Dschengis kreuzte die Arme über der Gürtelschnalle und verneigte sich. Am Marsamuscetto-Ufer des Monte Sciberras lag eine Abteilung Pfortenreiter. Er gab einem Kameraden seine Hakenbüchse und rannte los. Allerorts vernahm er das Stöhnen und Schreien unzähliger Verwundeter und Sterbender inmitten der prasselnden Flammen, die noch von den Brandgeschossen herrührten, und über allem hing der Geruch von verwesten und versengten Körpern, und der süßliche von Blut, Staub und Schießpulver drang ihm in die Nase. Dschengis hatte in der Konya-Ebene die Schreckensbilder nach einer Schlacht kennengelernt, aber das Elend auf dem Monte Sciberras und im Fort übertraf alles jemals Erlebte. Er watete durch Blut und stieg über Berge von Leichen. Es war die Hölle.

Noch immer strömten Soldaten zum Fort. Dschengis bahnte sich mit lauten Rufen seinen Weg: »Platz da! Kurier des Oberbefehlshabers!«

Sowie man das rote Band an Dschengis' Ketsche erblickte, trat man beiseite.

Die Schiffe der Korsaren lagen bereits vor Anker, als unter dem Dröhnen der Gongs und Trompetengeschmetter die gewaltige Flotte Admiral Piyâles nun auch ungehindert von St. Elmos Geschützen in die Marsamuscetto-Bucht einlief.

Dschengis bekam ein Pferd und ritt zum Marsa-Lager. Torgut Reis öffnete nur kurz die Augen, als er von der Eroberung St. Elmos erfuhr, und schaute nach oben, so als würde er Allah für den Sieg danken. Ein Zittern ging durch seinen Körper. »Das gezogene Schwert des Islam« war tot.

Dschengis kehrte auf der Stelle nach St. Elmo zurück, um Mustafa Pascha zu informieren. Der Heerführer starrte eine Weile schweigend zu den Ritterfestungen nach Süden, dann gab er Anweisung, aus den Balkentrümmern vier Holzkreuze zu zimmern, und ließ sich die Leichen der vier ranghöchsten Ritter zeigen. Nachdem man die Männer enthauptet und ihre Köpfe mit dem Gesicht nach

Süden auf Lanzenspitzen gesteckt hatte, nagelte man die Körper an die Holzkreuze und warf sie ins Wasser. Die Strömung im Großen Hafen würde sie direkt auf Birgu zutreiben.

Kaum ein Verletzter war ins Krankenlager in der Marsa-Ebene abtransportiert worden, da begannen die Kanoniere schon damit, die weitreichendsten Geschütze auf die Ritterfestungen auszurichten. Jede Truppeneinheit, die auf dem Monte Sciberras entbehrlich war, erhielt Order, die landseitigen Stellungen vor Birgu und Senglea zu verstärken. Die Kompanien, die nicht unmittelbar am Sturm des Forts beteiligt gewesen waren, marschierten sofort ab. Auch Mustafa Pascha verlegte noch am selben Tag seinen Befehlsstand auf einen Hügel vor Birgu.

Am Tag nach der Schlacht fanden die Ritter ihre vier gekreuzigten und verstümmelten Mitbrüder am Strand unterhalb von St. Angelo, der Festung auf der Spitze der Birgu-Landzunge.

Am darauffolgenden Morgen feuerten die Ritter mehrere Salven ab. Die Kugeln aus den Kanonen, die in den vorderen Linien der Belagerer niedergingen, zersprengten keine Brustwehr und töteten auch niemand.

Die Ritter rächten sich für die Grausamkeiten von St. Elmo, indem sie die Köpfe ihrer osmanischen Gefangenen in die Reihen des Feindes schossen. Als man Mustafa Pascha von den Häuptern der Unglückseligen berichtete, schwor er beim Propheten, den Orden auszumerzen und seinen verfluchten Großmeister in Ketten vor den Thron des Padischah zu schleifen.

Kopf um Kopf wurde bis zur Mittagszeit aus Senglea und Birgu herübergeschleudert. Einer flog bis unmittelbar vor die Brustwehr des Befehlsstands. Es war der eines bärtigen Mannes im mittleren Alter. Ein Kamerad von der Leibwache klaubte den Schädel an den Haaren auf und wollte ihn fortschaffen.

»Warte, Bruder!« Dschengis betrachtete das Gesicht des Bärtigen.

»Was ist, Bruder? Kennst du ihn?«

»Ich bin mir nicht sicher«, sagte Dschengis. »Vielleicht, ja.«

»Wirklich? Für mich sehen sie alle gleich aus, so zermatscht und verbrannt, wie sie sind.« Der Janitschar zuckte mit den Achseln und ging weiter.

›Er wird recht haben‹, dachte Dschengis. ›Die Köpfe sind alle bis zur Unkenntlichkeit verunstaltet. Und dennoch.‹

Dschengis hatte einen Augenblick lang vermeint, in das Gesicht Hassans, seines ehemaligen Herrn, zu blicken.

Die Belagerung von Birgu und Senglea

Juni und Juli waren vergangen, der August ging dem Ende zu. Drei Monate befand sich die Armee des »Schattens Gottes auf Erden« auf Malta. Angriff auf Angriff hatten die Truppen der Pforte gegen die Festungen im Großen Hafen getragen. Belagerungstürme waren an die Mauern geschoben und vom Feind zerstört worden. Minenstollen hatte Mustafa Pascha unter die Verteidigungsanlagen der Ritter treiben lassen, und sie wurden von Gegenstollen der Ordenspioniere gesprengt. Während eines Großangriffs auf die Hafenfestungen hatte die Kavallerie aus Città Notabile das Marsa-Lager vernichtet, alle dort verbliebenen Kranken und Verwundeten getötet und Hunderte von Pferden erbeutet. Ein Versuch, die hoch gelegene Stadt in der Inselmitte zu erobern, war abgeblasen worden, als klar wurde, daß zu viele Belagerer dafür von Birgu und Senglea abgezogen werden müßten. Bei einigen Gefechten konnten die Janitscharen kurzzeitig die Halbmondflagge auf die äußeren Mauern der Hafenfestungen pflanzen. Admiral Piyâle hatte schließlich doch gestattet, daß man Schiffsgeschütze an Land brachte, aber auch trotz der immensen Verstärkung an Artillerie und weiteren Hilfstruppen aus Nordafrika war es den Ordensrittern immer wieder gelungen, ihre Feinde zurückzuschlagen.

Dschengis drehte sich auf die Seite und öffnete die Augen. Es war noch dunkel. Sein Zeltnachbar zur Linken stöhnte im Schlaf. Als die Kanonenkugel in der Nähe von Torgut Reis auf dem Monte Sciberras eingeschlagen war, hatten die herumfliegenden Steinsplitter auch mehrere von Mustafa Paschas Leibwächtern getroffen, darunter den Zeltnachbarn. Bislang war an den Verletzungen noch keiner der Soldaten gestorben, aber fast alle – selbst die, die nur ein paar Schrammen davongetragen hatten – litten seit Wochen an heftigem Fieber. Einige der alten Soldaten meinten, das Fieber würde nicht von den Wunden herrühren, sondern von der stickigen Luft in der Marsa-Ebene. Andere wiederum machten nach wie vor das Trinkwasser dafür verantwortlich.

Dschengis richtete den Oberkörper auf, wischte sich mit einem Tuch den Schweiß von der Stirn und tastete nach dem Wasserkrug. Es kühlte jetzt nachts nur noch unwesentlich ab, hinzu kam, daß ein heißer Südwind beständig feuchte Luft zu den Inseln wehte. Allein die Wischbewegung ließ Dschengis wieder schwitzen.

Im ersten Morgenlicht erschien der wachhabende Tschorbadschi im Zelteingang. »Ablösung!« knurrte er und ging weiter. Bis auf den Fiebernden erhoben sich alle.

Der Mann rechts neben Dschengis sagte: »Ist noch Brot da?«

»Ja.«

Der Janitschar riß ein Stück aus dem Brotlaib, der zwischen seiner und Dschengis' Schlafmatte lag: »Nicht gerade üppig!«

»Als ich gestern beim Herrn Wache hatte, habe ich gehört, daß die verfluchten Ungläubigen wieder eines unserer Versorgungsschiffe aufgebracht haben«, sagte jemand.

»Wird Zeit, daß wir sie endlich in den Staub zwingen, Bruder«, zischte Dschengis' Zeltnachbar und spuckte aus, »sonst fressen wir noch lange Brot mit Sandeinlage.«

Dschengis ordnete die Kleider, dann aß auch er von dem alten Brot.

Seine Gedanken wanderten hinüber zu den Belagerten in Birgu und Senglea. Wie mochte es um deren Verpflegung bestellt sein? An Munition schienen sie jedenfalls noch keinen Mangel zu haben. Die Pfortentruppen berannten die beiden Halbinseln nach dem Fall von St. Elmo ohne nennenswerten Erfolg.

Dschengis hatte Mustafa Pascha begleitet, als der sich angesehen hatte, wie auf hölzernen Rollen Schiffe aus der Marsamuscetto-Bucht über die Sciberras-Halbinsel in den Großen Hafen geschleppt worden waren. Danach hatte man versucht, die Unterwassersperren vor Senglea zu entfernen, aber die einheimischen Schwimmer, die die Ritter den Pfortenpionieren entgegengeschickt hatten, waren zweimal Sieger geblieben, und das Wasser hatte sich rot gefärbt vom Blut der unterlegenen Belagerer.

Dschengis war auch auf dem Befehlsstandhügel südlich von Senglea gewesen, als mit weiteren Truppen aus Nordafrika die landseitigen Wälle frontal angegriffen wurden – auch dieses Unternehmen endete mit einem verlustreichen Rückzug. Und er war Ohrenzeuge gewesen, als Piyâle Pascha erfahren hatte, daß von zehn mit eintausend Janitscharen besetzten Sturmbooten lediglich eins wieder zum Sciberras-Ufer zurückgekehrt war. Es hatte sich in den Sturmbooten überwiegend um die Einheiten gehandelt, die in Gelibolu speziell für den Schwimmkampf ausgebildet worden waren. Sie hätten unterhalb von Fort St. Angelo landen sollen, waren aber direkt auf eine getarnte Artilleriestellung der Ritter zugesteuert. Den Schrapnell- und Kettenkugelsalven entging kaum jemand.

›Von meiner ehemaligen Orta haben nur drei Männer überlebt‹, dachte Dschengis. ›Vermutlich hätte es mich dort auch erwischt.‹

Die Janitscharen nahmen ihre Waffen an sich und marschierten zum Feldherrenzelt. Dort lösten sie die Männer von der Nachtwache ab.

»Die Paschas haben bis spät in die Nacht hinein beraten«, sagte ein Soldat mit glänzenden Augen leise zu Dschengis. »Übermorgen fällt der große Schlag!«

Und ein anderer flüsterte ihm zu: »Donnerstag, Bruder, Donnerstag erschlagen wir sie alle wie räudige Hunde!«

Dienstag gegen Mitternacht wurde die Kanonade von Birgu für kurze Zeit unterbrochen, und Mustafa Pascha begab sich im Schutz der Dunkelheit, begleitet von zwanzig ausgesuchten Leibgardisten, bis zu den Stellungen der Vorposten. Sie hatten die Aufgabe, bei einem überraschenden Ausfall der Ritter die Pfortentruppen zu alarmieren. Die Janitscharen des Paschas, darunter Dschengis, waren alle mit Pfeil und Bogen bewaffnet, denn falls man in der Finsternis zufällig auf ein paar gegnerische Späher stoßen sollte, würde es unklug sein, diese mit leicht auszumachenden Feuerwaffen zu beschießen.

Die Soldaten trugen dunkle Obergewänder, Mustafa Pascha und die hohen Offiziere in seinem Gefolge hatten schwarze Mäntel über ihre rubinroten Rüstungen geworfen. Der Oberbefehlshaber des Heeres ließ sich von den Kommandanten der Vorpostenstellungen die Abschnitte zeigen, wo die feindlichen Wälle durch die Kanonade der Pfortenartillerie besonders erfolgreich beschädigt worden waren.

Offenbar hatten die Ritter die Männer in den vordersten Linien doch bemerkt, denn plötzlich feuerten sie mit Musketen auf die Vorpostenschanzen. Das Mündungsfeuer auf dem Mauerkranz lag in Bogenschußweite. Der Leibwachen-Tschorbadschi schickte den ersten Pfeil gen Birgu.

Während die Gardisten ihren Pascha dicht umringten und eilig zu den besser geschützten Stellungen der Belagerer zurückführten, wandte sich immer wieder einer von ihnen um und schoß.

Dschengis lief neben dem Tschorbadschi. Als der Hauptmann ausglitt und in eine Erdspalte rutschte, war endlich die Gelegenheit gekommen, auf die Dschengis gewartet hatte. Er zog einen Pfeil aus dem Köcher, vergewisserte sich, daß es auch der mit den hastig eingeritzten Zeichen im Schaft war, und spannte den Bogen mit aller Kraft. Es war ein kostbarer, gelblackierter Pfeil, den er über die Wallkrone hinein nach Birgu schickte. Fand ihn dort jemand, so hoffte Dschengis inständig, dann würde man wohl auch die Ritzzeichen entdecken und hoffentlich richtig deuten, was die knappe Botschaft »Donnerstag« besagen wollte.

Als die zurückpeitschende Bogensehne gegen Dschengis' ledernen Unterarmschutz klatschte, tauchte der Kopf des Tschorbadschi fluchend in der Erdspalte auf. »Hilf mir, verdammt noch mal!« knurrte er. »Zieh mich hoch!«

Dschengis hängte sich den Bogen über die Schulter und reichte dem Hauptmann die Hände. Nur seine Linke wurde ergriffen. Dschengis griff nach der rechten Schulter des Hauptmanns.

»Vorsichtig, du Idiot!« zischte der Offizier. »Ich glaube, der Arm ist gebrochen.«

»Wartet, Hauptmann! Allein gelingt mir das so nicht.«

Wenig später hob man den Tschorbadschi zu dritt aus der Erdspalte. Kaum hatten die Männer die erste Brustwehr der Belagerungstruppen erreicht, da setzte erneut von allen Seiten der Beschuß der Ordensfestungen ein. Es schien Dschengis, als würden sich überall rings um Senglea und Birgu die gleißenden Tore der Hölle öffnen und ihre todbringenden Schlünde auf die beiden Halbinseln der Ritter richten.

Mustafa Pascha war entschlossen, nicht die Fehler zu wiederholen, die am Ende bei der Belagerung von St. Elmo begangen worden waren. Vor der finalen Erstürmung der feindlichen Bollwerke am Donnerstag mußte jede Handbreit Mauer, jede Spanne Wall und jede Zinne mit einem mörderischen Dauerfeuer belegt werden, gegen das die Kanonade von St. Elmo zu verblassen hatte.

Die Insel rund um den Großen Hafen stank wie ein Leichenhaus, und die mörderische Sommerhitze quälte Belagerte und Belagerer gleichermaßen. Wasser war nun auch bei den Pfortensoldaten ein kostbares, knappes Gut. Niemand hatte damit gerechnet, ein Vierteljahr im Sommer auf Malta zu verbringen. Die Mehlvorräte würden eine weitere Woche mehr schlecht als recht reichen, Schießpulver und Munition für allerhöchstens zwei, denn schließlich mußte der lange Rückweg eingeplant werden. Auf Malta zu überwintern verbot sich wegen der katastrophalen Nahrungssituation und wegen der Stürme, die ab dem Herbst die Flotte gefährden würden.

Die Männer, die sich darauf vorbereiteten, den Orden vom heiligen Johannes unter Aufgebot aller zur Verfügung stehenden Mittel und Kräfte auf dem maltesischen Archipel zu vernichten, waren nicht mehr dieselben, die noch im April siegesgewiß an Land gegangen waren. Jeder Angriff auf die Mauern von Senglea und Birgu hatte deren Besatzung dezimiert, hatte aber auch empfindliche

Lücken in die Reihen der Angreifer gerissen, und täglich wuchs die Zahl derer weiter an, die durch Fieber, Durchfall und Erbrechen kampfunfähig wurden. Es stand nicht zum besten um die Stimmung unter den Pfortensoldaten. Die Janitscharen verweigerten die Befehle nicht, aber selbst des Sultans Elitekämpfer murrten bereits verhalten.

Der Donnerstagsangriff begann in den frühen Morgenstunden. Über Birgu stand eine Rauchwolke, ein Pulvermagazin war in die Luft geflogen, und auch in Senglea waren zahlreiche Brände infolge der Kanonade ausgebrochen. Die Trompeter bliesen das Signal zum Vorrücken, Trommeln und Kesselpauken riefen zum Sturm. Die diversen Truppenteile der Großherrlichen Invasionsarmee waren im weiten Halbkreis vor den landseitigen Mauern aufmarschiert. Es war die größte Streitmacht, die je vor den Festungen konzentriert worden war.

Doch wenn Mustafa Pascha gehofft hatte, daß die Ritter nach dem mehrtägigen Beschußinferno zu keiner ernsthaften Gegenwehr mehr fähig sein würden, so belehrte ihn der erbitterte Widerstand auf den zerschossenen, einstürzenden Wällen schnell eines Besseren. Er beschloß, an der Spitze seiner Leibgarde selbst in den Kampf um Birgu einzugreifen.

Dschengis' Einheit zu Mustafa Paschas Linken folgte einem Janitscharenhaufen in eine Mauerbresche. Auf den Wallkronen tobten um die Mittagsstunde bereits Mann-gegen-Mann-Kämpfe. Plötzlich deutete ein Tschorbadschi auf einen Ritter mit reichverziertem Brustharnisch. Er stand in der ersten Reihe der Verteidiger in der Bresche und schwang ein schartiges Zweihandschwert wie ein Berserker. Um ihn herum lag ein halbes Dutzend niedergestreckter Pfortensoldaten. Der Ritter trug eine leichte Sturmhaube, die nicht sein Gesicht bedeckte.

»Da steht er, der verfluchte Verräter!« brüllte der Hauptmann.

Ein vielstimmiger Schrei erscholl, als auch andere Janitscharen den Meisterspion des Ordens, den ehemaligen Flottenverproviantierer Paolo de Teresta, in dem Tobenden erkannten. Mindestens fünf Soldaten feuerten gleichzeitig ihre Hakenbüchsen auf ihn ab.

De Teresta sank in die Knie und fiel kopfüber den Anstürmenden entgegen.

»Holt ihn her!« brüllte der Tschorbadschi.

Um die Leiche entbrannte ein wütender Kampf, denn den Rittern war es unterdessen gelungen, die Pfortensoldaten wieder von den Wallkronen zu vertreiben, und sie nahmen sofort die Angreifer von oben unter Beschuß. Dennoch sah es für die Verteidiger schlecht aus. Die Reihe der Ordensstreiter, die es noch schaffte, die Bresche zu halten, dünnte mehr und mehr aus, und neben Dschengis formierten sich drei weitere Janitscharenhundertschaften zum Sturm.

Plötzlich teilten sich die Soldaten und bildeten eine Gasse für einen Meldereiter. Er ritt bis unmittelbar zum Ring der Leibwächter und sprang ab. »Macht Platz!« rief er.

»Es ist Omar, der Bote«, sagte einer der Offiziere zu den Gardisten, die dem Mann mit gezogenem Säbel entgegengetreten waren. »Ihr könnt ihn zum Pascha vorlassen.«

Die Verteidiger in der Bresche wurden Schritt für Schritt von der großen Übermacht der Sturmtruppen ins Festungsinnere getrieben, und auch ein Mauerabschnitt befand sich wieder in der Hand der Pfortensoldaten, als überraschend die Trompeter im Gefolge Mustafa Paschas das Signal zum Rückzug bliesen.

»Das ist doch Wahnsinn!« schrie jemand neben Dschengis. »Wir haben die Hunde doch gleich aus der Bresche geprügelt!«

»Seht!« rief ein anderer Janitschar und schob sich an Dschengis vorbei. »Unsere Brüder kämpfen schon auf allen Wällen!«

Dessenungeachtet schmetterten die Trompeten weiterhin den Befehl zum Rückzug.

»Ich verstehe es auch nicht!« brüllte ein Tschorbadschi und stellte sich den Drängenden in den Weg. »Aber wir müssen abziehen! Der Befehl ist gegeben! Also zurück!«

Die Männer, die den Sieg bereits zum Greifen nahe sahen, gehorchten murrend.

Zögerlich begannen die Angriffstruppen der Pforte, ihre Stellungen vor den Ritterfestungen zu räumen.

Vor allen anderen Soldaten erfuhren die Leibgardisten den Grund für den Abzug: Die Ritter hatten Verstärkung erhalten. Es war einem riesigen Entsatzheer aus Sizilien gelungen, im Norden Maltas zu landen. Admiral Piyâle bangte um seine Flotte, Mustafa Pascha um die verbliebene Armee. Der Befehl an alle hieß: augenblickliches Einschiffen. Schweres Belagerungsgerät, das sich nicht in unmittelbarer Nähe der Ankerplätze befand, sollte dem Feind preisgegeben werden. Die ganze Nacht über dauerte der Abzug der Pfortentruppen. Unzählige Lichterketten in der Marsa-Ebene und auf der Sciberras-Halbinsel zeigten die Wege an, auf denen die Truppen den Schiffen zustrebten.

Ein Volkslied

»Von draußen rief man ihr zu; von den Wällen kam die Antwort.
›Malta aus Gold, Malta aus Silber, Malta aus edlem Metall,
Malta, wir werden dich nie erobern,
selbst wenn du nur eine Melone wärst,
selbst wenn dich nur die Schale einer Zwiebel schützte.‹
›Ich bin es, welche die Galeeren der Groß-Türken dahinraffte,
all die Tapferen aus Konstantinopel und Galatien.‹«

Auf dem Rücken der Sciberras-Halbinsel tauchten die ersten berittenen Ordensstreiter auf, auch wurden leichte Geschütze in der Ruine von Fort St. Elmo aufgestellt. Wenig später eröffneten sie das Feuer auf das abziehende Invasionsheer. Die Pfortentruppen verdoppelten ihre Anstrengungen, die rettenden Transportschiffe im Marsamuscetto-Hafen zu erreichen.

Admiral Piyâles Galeeren, die überwiegend in der Südbucht von Marsasirocco gelegen hatten, verließen ihren Ankerplatz und gingen auf Nordkurs, um sich mit der Marsamuscetto-Flotte zu vereinigen und um die schwerfälligen Galeonen vor Angriffen der feindlichen Armada abzuschirmen.

Mustafa Pascha war noch nicht an Bord seiner Galeere. Er deckte mit den Janitscharen den Rückzug.

Pausenlos trafen Kundschafter am Strand ein, die den Oberbefehlshaber über Stärke und Bewegungen des Entsatzheeres im Norden der Insel informierten. Als der Pascha auch noch ein paar Schiffskommandanten befragen konnte, die die Ankunft des Feindes in der Mellieha-Bucht beobachtet hatten, wurde klar, daß nur 28 Schiffe mit etwa 8000 Soldaten aus Sizilien eingetroffen waren.

Mustafa Pascha bekam einen Tobsuchtsanfall, weil Admiral Piyâle nicht den geringsten Versuch unternommen hatte, diese – in Relation zur Pfortenarmada kleine Flotte – an der Landung zu hindern.

Dschengis stand dicht neben dem Pascha, als der, zitternd vor Wut, zu dem neuen Janitscharen-Agha und dessen Stellvertreter sagte: »Was nützt die ganze Tapferkeit unserer Männer, wenn Piyâle sich bei jeder Gelegenheit wie ein Feigling verhält?«

Der Janitscharen-Agha nickte. »Die Flotte der Spanier hat die Soldaten nur an Land gesetzt und ist gleich darauf wieder mit Kurs auf Sizilien in See gestochen. Spätestens dann hätte der Admiral versuchen müssen, sie in ein Gefecht zu verwickeln.«

Mit hochrotem Gesicht umkrallte der Pascha den Arm des obersten Janitscharen: »Laßt sofort die Truppen wieder ausschiffen!«

Während die Leibgardisten die Order weitergaben, hielt Mustafa Pascha mit seinen Truppenführern Kriegsrat. Unterdessen hatte das Entsatzheer eine Hochfläche im Osten der Insel in der Nähe eines aufgegebenen Dorfes am Rande der Marsa-Ebene besetzt. Während die Pfortentruppen sich gegen den neuen Feind formierten, erteilte Mustafa den Kapitänen im Marsamuscetto-Hafen den Befehl, fortan jedwede Anordnung Admiral Piyâles zu ignorieren und ihre Schiffe in die Buchten im Norden Maltas zu verlegen, wo am Vortag die feindlichen Truppen an Land gegangen waren. Dann ließ er seine Leibgardisten mit Pferden ausstatten und bildete mit ihnen den Kopf des Heerzuges.

Die Janitscharen gehorchten mürrisch, aber sie gehorchten. Schwierigkeiten machten einige Abteilungen der Pfortenreiterei, und auch die wenigen Derwische, die noch am Leben waren, bekundeten lauthals ihren Unwillen: »Es ist uns nicht von Allah vorbestimmt, daß wir Herren Maltas werden.«

Mustafa Pascha war überall zur Stelle, wo sich Protest regte oder gar Rebellion drohte. Meistens gelang es ihm, die Männer mit Schmeicheleien oder Drohungen wieder botmäßig zu machen, oft waren aber drastischere Maßnahmen notwendig, um die Disziplin herzustellen. Dann wies er seine Leibgarde an, die besonders auffallenden Wortführer ohne viel Aufhebens niederzumachen. Am Ende folgten ihm die Männer. Aber die Soldaten, die von Marsamuscetto aufbrachen, waren eine Truppe ohne große Zuversicht, ausgelaugt von der monatelangen Belagerung und nicht gerade darauf erpicht, sich auf die ausgeruhten Männer des sizilianischen Vizekönigs zu werfen. Dennoch gelang es ihnen, einen kleinen Turm auf den besetzten Anhöhen zu erobern, der das Gelände beherrschte. Sie konnten ihn für ein paar Stunden halten, aber dann attackierte die Ritter-Kavallerie aus Città Notabile das osmanische Heer in der Flanke, und eine starke Abteilung feindlicher Infanterie rannte gegen das heftige Feuer der Turmbesatzung an. Sie eroberte das Bollwerk zurück. Der Oberbefehlshaber sah ein, daß der Kampfgeist seiner Männer endgültig verflogen war, und gab resigniert den Befehl, sich in den Nordbuchten einzuschiffen.

War Mustafa Pascha beim Angriff auf das Entsatzheer stets bei der Vorhut gewesen, so begab er sich jetzt mit seinen Leibgardisten zur Nachhut. Der ausgedörrte Inselboden bebte und erzitterte, als Tausende von Männern, in Staubwolken gehüllt, die Sicherheit verheißenden Meeresbuchten zu erreichen suchten.

Die Rückzugsgefechte, die auf dem Weg zur Mellieha- und St.-Pauls-Bucht ausgetragen wurden, führten beide Parteien mit der größten Erbitterung.

Als das erste Pferd unter dem Oberbefehlshaber getötet wurde, half der Janitscharen-Agha seinem Herrn sogleich auf die Füße und gab ihm seinen eigenen Rappen. Die Verfolger aus Città Notabile waren unmittelbar hinter ihnen in einen wilden Kampf mit den Reitern der Nachhut verstrickt.

Als auch Mustafa Paschas zweites Pferd erschossen wurde, ritt

Dschengis dicht neben ihm. Der Rappe stürzte und klemmte ein Bein des Oberbefehlshabers ein. Dschengis sprang ab und zerrte ihn unter dem verendeten Tier hervor. Kaum hatte er seinem Herrn wieder auf die Füße geholfen, kamen auch der Janitscharen-Agha und einige von Torgut Reis' Nordafrikanern angesprengt und umringten sie schützend. Ein feindlicher Reiter drang dennoch bis unmittelbar zu Dschengis und dem Pascha vor. Mit einem triumphierenden Schrei hob er das Schwert. Und zum ersten Mal während der Belagerung auf Malta war Dschengis zu einem Mann-gegen-Mann-Kampf gezwungen. Er blockte den Schlag mit seinem Säbel. Zeitgleich rammte der Janitscharen-Agha dem Reiter auch schon eine Lanze in den Rücken. Dschengis schwang sich wieder auf sein Pferd.

In diesem Moment erhielten die Berittenen aus Città Notabile Unterstützung durch eine Hundertschaft Fußsoldaten, die im Laufschritt von der Turmanhöhe herbeieilten. »Deus lo volt!« schrien sie – »Gott will es!« – und stürzten sich in die Schlacht.

Mustafa Paschas prächtige Gewänder und die kaum minder auffallenden seiner hohen Offiziere wirkten wie ein Magnet auf die christlichen Streiter. Von allen Seiten versuchten sie, die Phalanx der Janitscharen zu durchbrechen.

Im Nu sah sich Dschengis von einem Trupp Fußsoldaten angegriffen. Sie waren nur leicht bewaffnet und gerüstet, konnten deshalb wendiger kämpfen als die gepanzerten Ritter. Dschengis spürte, daß es in dieser Situation die nackte Haut zu retten galt, gab dem Pferd die Sporen und hieb wie wild nach rechts und links auf die Angreifer ein.

Mustafa Pascha stand noch immer sichtlich benommen von seinem Sturz zwischen dem abgesessenen Janitscharen-Agha und einem von Torgut Reis' Korsaren. Er massierte mit schmerzverzerrtem Gesicht sein Bein.

Ein paar Kameraden erkannten die Gefahr, die von den Anstürmenden drohte, und kamen Dschengis gerade noch rechtzeitig zu Hilfe, als dieser gezwungen war, aus dem Sattel zu springen, weil einige der feindlichen Fußsoldaten mit langen Spießen bewaffnet waren, mit denen sie systematisch die Pferde abstachen. Dschengis' Reittier brach, von mehreren Stichen getroffen, in den Vorderläufen ein. Er löste die Pfeiltasche vom Sattelknauf und zog den Bogen aus dem Futteral neben der Satteltasche.

Der Ansturm der Infanteristen wurde erst durch eine nachrükkende Orta Janitscharen gebrochen, die ihren obersten Befehlshaber aus dem Getümmel befreite. Dschengis fand eine herrenlose, unversehrte Stute, hängte sich den Bogen und die Pfeiltasche über die linke Schulter und schwang sich in den Sattel. In diesem Augenblick verspürte er einen stechenden Schmerz im linken Oberarm. Er drehte sich um und blickte in das gerötete Gesicht eines gepanzerten Reiters aus Città Notabile. Dann sah er ein Schwert aufblitzen. Er duckte sich. Die Schwertspitze verfehlte knapp seinen Hals. Der Schwung des mißglückten Schlages riß den Mann fast aus dem Sattel. Dschengis stieß mit dem Säbel zu. Der Stoß durchdrang zwar nicht die Rüstung, aber sein Gegner rutschte vom Pferd und kam auf dem Bauch zu liegen. Ein Janitschar spaltete seine eiserne Sturmhaube mit einer Streitaxt.

Dschengis' Arm brannte wie Feuer. Der Schwertstich war durch die Pfeiltasche gegangen und dadurch etwas abgebremst worden, aber die Wunde im Oberarm war tief und blutete heftig.

Eine weitere Orta verstärkte jetzt die Nachhut des Pfortenheeres. Die Janitscharen gewannen mehr und mehr die Oberhand über die Christen.

Jemand verband Dschengis' Wunde fest mit einem Stoffstreifen, der die Blutung einigermaßen stillte. Der Arm schmerzte höllisch, aber immerhin konnte er ihn noch bewegen.

Als die Nachhut endlich die St.-Pauls-Bucht erreichte, wo sich Torgut Reis' Männer in den Hügeln verschanzt hatten, um die Einschiffung zu decken, folgte ihnen nur noch die Kavallerie der Ritter. Mustafa Pascha sah, daß die Verfolger ohne Infanterieunterstützung waren. Er befahl den Janitscharen augenblicklich einen Gegenangriff, um den auf die rettenden Boote wartenden Truppen am Strand eine zusätzliche Atempause zu verschaffen.

Der Gegenangriff geriet schon bald ins Stocken, da die Fußsoldaten wieder in großer Zahl die Reiter aus Città Notabile zu verstärken begannen. Der Oberbefehlshaber gab dem Drängen des Janitscharen-Agha nach und ließ sich mit seinen Leibgardisten auf sein Flaggschiff, die Staatsgaleere »Sultana«, bringen.

Während Dschengis, halb ohnmächtig vom Blutverlust, den er trotz des Verbandes erlitten hatte, von den Matrosen des Prunkschiffs an Bord gezogen wurde, spielten sich am Strand unbeschreibliche Szenen ab. Der letzte Tag der Pfortentruppen auf Malta sollte für die Soldaten des Padischah und für die Ordensstreiter verlustreicher enden als der Donnerstagsangriff auf Senglea und Birgu.

Gierig sog Dschengis die kühle, salzige Seeluft ein. Die Männer der Leibwache waren auf der Kanonenplattform auf dem Bugkastell der »Sultana« untergebracht worden. Die meisten schliefen. Nach den Wochen der Gluthitze in Malta empfand er die sternklaren Nächte auf dem Meer wie die Reise durch ein Paradies.

Ein Tschorbadschi mit einem zerfetzten Bein war am Abend gestorben. Jeden Tag hatte man bislang ein bis zwei Leichen über Bord gleiten lassen, und der Mullah hatte ein kurzes Totengebet gesprochen.

Dschengis dankte seinem Schicksal, daß es vergleichsweise glimpflich mit ihm umgegangen war. Ein Kamerad hatte die Armwunde mit Salzwasser gereinigt. Das war eine äußerst schmerzhafte Prozedur gewesen, aber sie hatte geholfen. Die Wunde eiterte, und es tat weh, den Arm auch nur ein wenig zu bewegen, vom Fieber jedoch blieb Dschengis verschont. Es schien, als hätte der Schwertstich eine tiefe Fleischwunde gerissen, ohne den Knochen oder auch nur eine wichtige Sehne zu verletzen.

Am fünften Tag auf See kam der Agha der Janitscharen auf die Bugplattform. Er stieß Dschengis leicht mit der Stiefelspitze an. »He, du da, Janitschar!«

Dschengis hatte in der Mittagshitze gedöst und richtete sich benommen auf. »Ja, Herr?«

»Wie heißt du?«

»Dschengis, Herr.«

»Komm mit!«

Dschengis folgte dem Agha zum Heckkastell. Mustafa Pascha lag rücklings auf einem Polster unter dem Sonnensegel und ließ sich von einem Diener die Füße massieren.

Der Agha kreuzte die Arme über dem Gürtel und verbeugte sich. »Ich glaube, das ist er, Herr.«

Obgleich es schmerzte, verschränkte auch Dschengis ehrfürchtig die Arme und verneigte sich tief.

Mustafa Pascha hob den Kopf und musterte ihn eingehend. »Ja, das ist er.« Dann sagte er zu Dschengis: »Du hast mich unter dem Pferd weggezerrt und dann diesen Christenhund getötet, der auf mich zuritt.«

»Ja, Herr.«

Der Pascha drehte sich vom Rücken auf den Bauch. Der Diener tröpfelte ein wohlriechendes Öl auf die Waden.

Mit abgewandtem Gesicht sagte der Oberbefehlshaber: »Agha, geht zum Schreiber und sagt ihm, er soll den Janitscharen Dschengis auf die Liste der Tschorbadschi setzen!«

»Wie Ihr befehlt, Herr.«

Wenn Dschengis in den darauffolgenden Tagen bisweilen lächelnd auf das Meer blickte, dann dachte jeder, der ihn sah, daß es wegen der schnellen Beförderung zum Tschorbadschi war. Alle irrten. Malta war nicht erobert worden, und Dschengis war voller Stolz bei dem Gedanken, daß er vielleicht durch seinen Warnpfeil etwas dazu beigetragen hatte.

Heimreise nach Istanbul

Eine schnelle Galeere war vorausgeschickt worden, um den Abbruch der Belagerung zu melden. Auf Befehl des Padischah mußte die Flotte mit dem sieglosen Heer nach Einbruch der Dunkelheit in Istanbul einlaufen. Eigentlich hätte der »Schatten Gottes auf Erden«

dem Oberbefehlshaber des Heeres und seinem Admiral die »seidene Schnur« durch die Großherrlichen Henker angedeihen lassen müssen, aber er verzieh ihnen mit den Worten: »Ich sehe, daß mein Schwert nur in meiner eigenen Hand unbesiegbar ist. Im nächsten Jahr werde ich, der ›König der Könige‹, selbst das Heer gegen die verfluchten Ritter führen und sie vernichten!«

Ein Beiboot der Großherrlichen Galeere setzte Dschengis bereits in Gelibolu mit den anderen verletzten Leibgardisten des Paschas an Land. Auch ein Teil der Flotte, inklusive aller vom Feind oder vom schlechten Wetter beschädigten Schiffe, blieben in Gelibolu. Ferner wurden alle Soldaten, die vor dem Malta-Feldzug in der Hafenstadt stationiert waren, ausgeschifft. Es waren nicht allzu viele, die überlebt hatten.

Dschengis war schon an Bord der »Sultana« behelfsmäßig seinem neuen Rang gemäß eingekleidet worden. Er erhielt jetzt eine mit einem vergoldeten Futteral geschmückte Janitscharenhaube und mehrere Obergewänder aus Seide. In seiner alten Kaserne besaß er nun ein Anrecht auf ein eigenes Zimmer und einen Acemi-Schüler als persönlichen Diener. Die Wunde verheilte weiterhin problemlos, aber wenn er den Arm auch nur ein wenig zu schnell hob oder eine unbedachte Bewegung machte, schmerzte er noch immer stark. Um ihn zu entlasten, trug er ihn in einer Schlinge. Dennoch spürte Dschengis, daß es von Tag zu Tag etwas besser ging. Als er gerade einmal eine Woche in der Kaserne verbracht hatte, traf ein Brief von Hussein, dem Bogenmeister des Schehzade, ein. Der hatte in Istanbul erfahren, daß Dschengis für seine Tapferkeit in Malta ausgezeichnet worden war, und hatte beim Agha der Janitscharen mit den altbewährten Mitteln – auch der neue Agha liebte Wein aus Zypern – bewirken können, Dschengis wieder nach Kütahya abzustellen. Der Tschorbadschi hätte sich schleunigst in Istanbul einzufinden, um mit der Karawane des Bogenmeisters zur Residenz des Prinzen zu reisen. Der Schreiber, der die Dokumente der Janitscharenkaserne von Gelibolu verwaltete, hatte Dschengis' neuen Rang noch nicht eingetragen. Er strich also bloß den Janitscharen Dschengis aus dem Mannschaftsbuch.

Der frisch zum Hauptmann beförderte Janitschar bestieg schon am nächsten Morgen eine Galeere, die ihn in die Reichshauptstadt brachte.

Schon als einfacher Soldat hatte er sich zuweilen fühlen können, als wäre er ein Herr, wann immer ihn ein Kaufmann oder Handwerker ehrfurchtsvoll gegrüßt hatte. Aber jetzt, in der prächtigen Uniform mit dem kostbaren Brokatmantel und den weichen Lederstiefeln, schien es ihm fast, als wäre er ein Pascha. Die Leute in den Gassen hinunter zum Hafen machten hastig Platz und verneigten sich tief vor ihm, und noch tiefer fielen die Verbeugungen aus, wenn sie das goldene Tapferkeitsabzeichen an der Ketsche des jungen Offiziers bemerkten.

Der Diener reiste nicht mit nach Istanbul. Er schleppte aber noch das Gepäck und die Waffen auf die Galeere. Dschengis hatte nur seinen Prunkdolch im Gürtel stecken, den er zusammen mit den neuen Uniformstücken vom Einkleide-Feldwebel erhalten hatte.

Der Kapitän hieß ihn wie einen Gleichrangigen an Bord willkommen, und er mußte selbstverständlich auch nicht mehr im Freien auf der Bugplattform schlafen. Der Schiffskommandant überließ dem Janitscharenhauptmann eine winzige Kabine im Heckaufbau neben der seinen.

Als die Galeere ins Goldene Horn einlief, trug Dschengis den Arm nur noch in der Schlinge, wenn er ihn wieder einmal ungeduldig überanstrengt hatte.

Tschorbadschi Dschengis verbringt eine Nacht in Pera

Das Schiff aus Gelibolu traf kurz vor Einbruch der Abenddämmerung in Galata ein. Weiter drinnen im Goldenen Horn ankerte die glücklose Pfortenflotte vor dem Arsenal. Zu Dschengis' Überraschung und Freude erwartete ihn ein Offizier, ein Hauptmann, in der scharlachroten Seidenuniform der Palastreiterei auf der Kaimauer. Es war Necmeddin von der Leibwache des Schehzade.

Der Kavallerieoffizier musterte Dschengis von oben bis unten und nickte dann anerkennend. »Sieh an, Kamerad! Erinnerst du dich noch, was ich zu dir gesagt habe, bevor du Kütahya verlassen hast?«

Dschengis verzog spöttisch das Gesicht. »Aber sicher habe ich das: ›Wer das Glück hat, in Malta mit dabeizusein, dem winkt reiche Beute.‹«

»So, sagte ich das? Es könnte sein. Tja, Beute habt ihr wohl nicht gerade übermäßig machen können auf diesem Feldzug. Aber so ist es nun mal, wenn man Soldat ist. Immerhin hat es bei dir zu Ruhm und Ehre gereicht. Du bist vermutlich jetzt der allerjüngste Tschorbadschi. Meine Anerkennung, Kamerad!« Necmeddin wollte ihm belobigend auf die Schulter klopfen.

Dschengis wich geistesgegenwärtig aus. Der Leibwächter schaute ihn erstaunt an. »Was ist?«

»Zusätzlich zu Ruhm und Ehre gab es einen Schwertstich in den Arm. Aber ich will mich nicht beschweren. Ich bin mehr als glimpflich aus all den Kämpfen hervorgegangen. Unsere Verluste waren gewaltig.«

»Dann wirst du viel zu erzählen haben. Die Karawane nach Kütahya wird frühestens übermorgen aufbrechen. Wir können heute hier in Pera bleiben. Ich kenne da eine Weinstube der Griechen, wo man zur Not auch nächtigen kann, falls es sehr spät werden sollte. Hast du viel Gepäck dabei?«

»Außer den Waffen nur zwei Kleiderbündel.«

»Gut. Warte einen Moment!« Necmeddin eilte davon, während ein Matrose Dschengis' Sachen auf den Kai trug.

Der Kavallerieoffizier kehrte mit einem Janitscharen zurück, der eines der großen Palastruderboote kommandierte. Der Janitschar bekam eine Silbermünze von Necmeddin, schulterte die Bündel und nahm auch bis auf den Säbel die Waffen – Pfeil und Bogen, Lanze, Streitkolben und Hakenbüchse – mit.

Dschengis steckte seinen Säbel neben den Prunkdolch in den Gürtel und sah ihm skeptisch hinterher.

»Keine Sorge«, sagte Necmeddin, »die Saray-Janitscharen vom Botendienst sind ehrlich, und falls morgen etwas von deinem Eigentum fehlen sollte, riskiert er es, einen Kopf kürzer gemacht zu werden. Er wird alles zum Han ›Schwarzer Hamdi Pascha‹ nach Üsküdar schaffen, wo Hussein die Zusammenstellung der Karawanenladung überwacht. Du weißt, daß du es ihm zu verdanken hast, wieder an die Residenz des Prinzen abgestellt worden zu sein?«

»Ja, ich erfuhr es vom Orta-Schreiber in Gelibolu. Aber wird Hussein nicht von mir erwarten, daß ich sofort nach drüben komme?«

»Deshalb hole ich dich ja ab. Er gab mir noch einen – nun, ja – kleinen Auftrag und war mit meiner Bitte, daß du mich begleiten mögest, einverstanden.«

»Das klingt reichlich geheimnisvoll. Darf ich fragen, was für einen Auftrag wir auszuführen haben?«

Necmeddin grinste. »Ich erkläre es dir später, Kamerad. Aber nun komm, wir müssen uns zwei geschlossene Sänften mieten!« Er griff in einen Leinenbeutel zu seinen Füßen und gab ihm einen weiten schwarzen Umhang. »Zieh den über. Hier drinnen ist noch einmal der gleiche für mich.« Necmeddin stieß mit der Stiefelspitze gegen den Beutel. »Wenn wir bei dem Griechen aussteigen, dann verbirg auch unbedingt deine Ketsche darunter.«

Die Dunkelheit senkte sich langsam über die Stadt. Die Sänftenträger keuchten die engen, steilen Gassen nach Pera hinauf. Wenn sie jemanden aufforderten, ihnen auszuweichen, gaben sie Laute von sich, die wie Hundeknurren klangen. Als der Weg ebener wurde, zog Dschengis den Vorhang einen Spaltbreit auf. Sie wurden an einer roten gebogenen Steinmauer entlanggetragen. ›Das muß der Sockel des Pera-Turms sein‹, dachte er. Er schaute nach oben, ohne sich aus der Sänfte zu lehnen oder auch nur den Stoff weiter beiseite zu ziehen. Es war der Pera-Turm.

Ein Wasserverkäufer lief neben ihren Tragstühlen. Er hatte einen mit poliertem Messing beschlagenen Behälter auf den Rücken geschnallt und pries lautstark seine Ware an: »Rosenblütenwasser für die Herrschaften! Wasser, frisch und wohlschmeckend wie aus den Brunnen des Paradieses!«

Dschengis war durstig, wagte es aber nicht, den Verkäufer zu sich zu rufen, denn Necmeddin hatte ihm vor Besteigen der Sänfte mehrmals nachhaltig eingeschärft, sich auf keinen Fall vor Erreichen der Weinschenke jemandem zu zeigen.

Kurz darauf bogen die Träger nach links in eine Gasse ein, und wenig später setzten sie die Sänften ab. Durch den Spalt im Vorhang sah Dschengis auf ein halbgeöffnetes Tor, das auf den Hof einer Holzhandlung führte.

Dschengis hörte, wie Necmeddin einen seiner Träger fragte, ob noch jemand in der Gasse sei.

»Nein, Herr, aber im Hof besteigen gerade ein Weißer Eunuch und sein Begleiter ihre Tragstühle.«

»Wartet unbedingt, bis sie herausgekommen sind, und bringt uns erst dann hinein!« befahl Necmeddin.

Neugierig, wer trotz des strikten Weinverbots des Padischah in der Taverne einkehrte, schob Dschengis den Stoff nun doch etwas weiter zur Seite und sah im letzen Zwielicht des Tages gerade noch, wie der Rücken eines Mannes, der die Offiziersjacke der Torwache vom Bab-i Hümayun trug, in einem Tragstuhl verschwand, dessen Vorhang augenblicklich zugezogen wurde.

Kaum hatten die Sänften den Hof des Holzlagers verlassen – in der ersten mußte ein Riese sitzen oder sollten Bleibarren befördert werden, denn acht Träger mühten sich ab –, wurden Dschengis und Necmeddin hineingetragen. Der Leibwächter des Schehzade wechselte aus der Sänfte heraus noch ein paar Worte mit einem Mann, der, kaum daß die anderen Tragstühle fort waren, hinter einem Holzstapel aufgetaucht war. Es bereitete ihm sichtbar Mühe, drei wolfsgleiche Hunde, die die Zähne fletschten, an gefährlich dünnen Stricken zurückzuhalten.

»Theo!« rief Necmeddin. »Ich bin's doch – mit einem neuen Gast!«

»Ach, Ihr seid es, Herr!« sagte der Mann, als Necmeddin daraufhin seinen Sänftenvorhang lüftete. »Einen Moment, bitte, Herr!« Der Mann brachte die Hunde in einen windschiefen Holzverschlag, wo sie wie tollwütig gegen die Bretter sprangen und jaulten.

Necmeddin stieg aus. Von seiner Kavalleriejacke war nichts mehr zu sehen. Mit dem Umhang hatte er sogar den Turban bedeckt, so als würde er sich vor einem heftigen Regenguß schützen müssen. »Du kannst jetzt auch aussteigen«, sagte Necmeddin in Dschengis' Richtung und entlohnte die Träger, die sich wegen der tobenden Hunde, obgleich sie eingesperrt waren, kaum zu rühren wagten. Dschengis kletterte ähnlich verhüllt wie sein Begleiter aus der Sänfte.

Der Hundebändiger rief vom Zwinger aus den Trägern zu, daß sie jetzt gehen sollten, weil er das Tor zur Gasse schließen wollte. Die Träger rannten augenblicklich mit ihren Sänften davon, als befürchteten sie, der Mann könnte ihnen doch noch die Hunde hinterherhetzen.

»Welch große Ehre, Herr!« sagte er leicht näselnd. »Es war uns lange nicht vergönnt, Euch bei uns bewirten zu dürfen. Und den Herrn Hussein auch nicht.«

Täuschte sich Dschengis, oder zeigte sich kurz ein verkniffener Ausdruck auf dem Gesicht des Mannes, als er den Namen des Bogenmeisters erwähnte?

Necmeddin lachte und imitierte Theos Sprechweise und den Tonfall. »›Es ist mir leider nicht vergönnt, häufiger die Reichshauptstadt zu besuchen und Euch und Eurem Bruder die Ehre angedeihen zu lassen, hier zu pokulieren!‹ An der Art, wie du redest, Theo, merke ich, daß, seit ich nicht mehr bei euch war, viele hochgestellte Herren ein und aus gegangen sein müssen. Wer zum Beispiel ist da eben weggetragen worden?«

Theo trat dicht zu Necmeddin und flüsterte ihm etwas ins Ohr.

»Also habe ich doch richtig gesehen!« sagte der zu Dschengis.

»Ich verstehe nicht …«

»Laß uns erst in den Weinkeller gehen, dann erkläre ich es dir, und auch, was für einen Auftrag ich von Hussein bekommen habe, sollst du erfahren.«

»Ihr kennt ja den Weg, Herr«, sagte Theo und machte sich daran, das Durchgangstor zum zweiten Hof zu öffnen. »Außer Euch sind zwar noch ein paar andere Gäste da, aber es sind alles vertrauenswürdige Leute, die schon seit langem zu uns kommen.«

»Theo ist der Bruder des Wirts«, erklärte Necmeddin und ging mit Dschengis in einen zweiten Hof, in dem Stapel frisch geschnittener Balken und anderes Bauholz lagerten. An der Frontseite eines verfallenen Steinschuppens waren Olivenölbehältnisse jeglicher Form und Größe gestapelt. Ein Dutzend ausgetretener Stufen, die von zwei Öllampen erleuchtet wurden, führte zu einer dicken Holztür hinunter. Noch bevor sie die letzte Stufe erreicht hatten, wurde die Tür geöffnet.

»Willkommen, die Herren!«

Dschengis erkannte den Mann sofort. Es war Nico, der hinkende Rhodier, der damals nach seiner Tschikma mit der Händlerkarawane nach Kütahya gereist war. Allabendlich hatte er sich mit einem Feldwebel von dem Wein bedient, der für den prinzlichen Haushalt bestimmt war. Später hatte Dschengis den Rhodier wohl noch zwei-, dreimal in Kütahya gesehen, bevor dann ein anderer Händler den Zypern-Wein für den Schehzade anlieferte.

Der Wirt begrüßte zunächst Necmeddin und danach Dschengis, den er höflich, aber eingehend musterte, so als habe er ihn schon einmal gesehen, könne sich aber nicht erinnern, wo oder wann das gewesen sei. Auch der Wirt fragte nach dem Bogenmeister, und wie sein Bruder verzog er bei der Nennung des Namens eindeutig eine Sekunde lang ärgerlich das Gesicht. Dschengis fragte sich, warum. Ihn selbst jedenfalls schien er doch nicht wiedererkannt zu haben, oder aber, er ließ es sich nicht anmerken.

Dschengis sah in den Raum: Das Kellergewölbe wurde nur spärlich durch das Licht einiger Wachskerzen und Ölleuchten erhellt. Nico geleitete sie zu einer mit Teppichen ausgelegten Nische. In einer Ecke des Kellers bemerkte Dschengis Holztische und Bänke. Aus einer anderen Nische kam Stimmengemurmel, und gelegentlich lachte dort jemand verhalten. Dschengis und Necmeddin entledigten sich ihrer Umhänge, zogen die Stiefel aus und hockten sich mit untergeschlagenen Beinen auf das Teppichpolster.

»Nun, die Herren?« Der Rhodier stellte eine schwach brennende Öllampe vor sie hin. »Womit kann ich dienen?«

»Wir wollen einen Krug vom Besten«, sagte Necmeddin zu Nico.

»Ihr meint sicherlich Wein aus Zypern, Herr.«

Necmeddin nickte. »Was sonst wohl? Und etwas Zukost brauchen wir ebenfalls. Magst du Feta-Käse, Dschengis?«

»Mir ist alles recht.«

»Dann bring uns auch noch Oliven und Brot.«

»Sofort, Herr!« Nico entfernte sich in eine Kellerecke, wo es einen Durchgang zu einem kleineren Lagerraum gab, in dem sich seine Schätze befanden.

»Jetzt fällt mir auch sein Spitzname wieder ein«, sagte Dschengis leise. »›Der Hinker‹!«

Necmeddin kicherte. »Er hat noch einen. Deshalb will Hussein keine Weine mehr in großer Menge bei ihm kaufen.«

»Ja?«

»›Der Zinker‹! Sein Wein war immer ausgezeichnet, aber es gab häufig Meinungsverschiedenheiten wegen der angelieferten Menge. Mal waren die Amphoren kleiner als abgemacht, mal faßten die Schläuche weniger als üblich.«

»Das will ich gerne glauben. Dann verstehe ich auch, weshalb Theo und sein Bruder nicht gerade gut auf Hussein zu sprechen sind. Hast du gesehen, wie verkniffen beide reagierten, als sie seinen Namen aussprachen?« Necmeddin nickte, und Dschengis erzählte von seinen Beobachtungen nach der Tschikma auf dem Weg nach Kütahya.

»Und da er zudem lediglich Zwischenhändler und nicht derjenige war, der den Wein aus Zypern heranschaffte, bezieht der Schehzade jetzt seinen Vorrat direkt von einem gewissen Kaptan Sokrates. Das alles hatte übrigens noch dieser verräterische Flottenverproviantierer eingefädelt. Ich habe gehört, daß er in Malta von euch erschlagen wurde, dieser Hund von einem Spion.«

»Das stimmt. Er fiel bei der Verteidigung der Hafenfestungen. Ich war ganz in der Nähe, als er niedergeschossen wurde. Er mochte zwar ein Spion gewesen sein, aber gekämpft hat er wie ein Löwe.«

Nachdem der Wein und die Zukost gekommen waren, berichtete Dschengis ausführlich, was er auf Malta erlebt hatte. Necmeddin hörte dem jungen Tschorbadschi zu, ohne ihn – außer zum Weinnachschenken – auch nur einmal zu unterbrechen.

»... und in Gelibolu erhielt ich dann vor meiner Reise hierher die neue Uniform, die ich jetzt trage. Mein Arm ist noch immer ziemlich schwach und schmerzt gelegentlich, aber ich will wirklich nicht klagen. Von meiner alten Orta hat nur knapp ein Drittel den Feldzug gegen die Maltaritter überlebt«, beendete Dschengis seinen Monolog.

Necmeddin schenkte nach. »Ich habe in einigen Schlachten gestanden«, sagte er schließlich, »und auf dem Feld wird gestorben, das ist nun mal so, aber was du mir eben erzählt hast, klingt, als hätten wir eine furchtbare Niederlage erlitten. Es war offenbar nicht Allahs Wille, daß das Heer des Padischah siegen sollte!«

»Viele denken das«, sagte Dschengis. »Und ich will mich nicht erdreisten, Gottes Willen in allem Geschehen in Frage zu stellen. Aber ich war fast die ganze Zeit über in Mustafa Paschas Nähe und bekam etliche heftige Streitgespräche im Feldherrenzelt mit. Selbst einem einfachen Janitscharen wie mir wurde dabei sehr schnell klar, daß Mustafa Pascha und Admiral Piyâle einander geradezu verabscheuten. Dieser Umstand erwies sich wahrscheinlich als fataler für den Feldzug als Hitze und Wassermangel oder Krankheiten, die uns auf der kargen Insel geplagt haben. Solange Torgut Reis noch lebte, vermochte er die meisten Wellen zwischen den beiden Befehlshabern zu glätten, aber nach seinem Tod hatten wir Leibwächter oft das Gefühl, daß die Paschas am liebsten mit blankem Säbel aufeinander losgegangen wären.«

»Es gibt ein Gerücht in der Stadt, daß der Großwesir, als er die Flotte nach Malta verabschiedete, zu seinen Begleitern voller Häme gesagt haben soll: ›Seht nur, da ziehen sie nun in den Kampf, zwei gute Freunde, jeder bereit, sein Blut für den anderen zu opfern!‹«

Plötzlich befühlte Necmeddin den dicken Seidenstoff von Dschengis' Uniformjacke. »Du hast wirklich Glück gehabt, Kamerad.« Dann fügte er hinzu: »Du weißt hoffentlich auch, daß Mustafa

Pascha dich genausogut hätte hinrichten lassen können, weil du ihn nicht schon mit deinem Körper gegen die Schüsse abgeschirmt hast, die sein Pferd zu Fall gebracht haben?«

Dschengis nickte. »Auf und Ab liegen dicht beieinander, wenn man sich in der Umgebung hoher Herren aufhalten muß.«

Necmeddin seufzte zufrieden. »Da lobe ich mir doch den Schehzade als Herrn.«

»Und welche Neuigkeiten gibt es aus Kütahya?«

Der Kavallerieoffizier zuckte mit den Achseln. »Vermutlich wenige. Ein paar Räuberbanden machen die Berge ringsum unsicher: Es ist also fast alles beim alten. Der Schehzade übt sich eifrig im Bogenschießen und Dichten und liebt den Zypern-Wein wie eh und je. Seinen Ältesten, Prinz Murad, sieht man kaum mehr. Es heißt, er verbringe weiterhin alle seine Tage und Nächte ausschließlich mit der jungen Safiye. Aber Moment, Kamerad, eine interessante Neuigkeit gibt es vielleicht doch! Eine gewisse Kale hat das Wohlwollen des Schehzade vor einiger Zeit erringen können! Sie soll sogar Safiye noch an Schönheit übertreffen, wie man aus dem Harem erfährt.«

»Eine neue Sklavin, der der Schehzade zugetan ist? Was sagt seine Erste Kadin denn dazu? Begeistert wird sie wohl kaum sein.«

»Ach, Nûrbanu ist scheinbar zufrieden, schließlich hat sie ihm das Mädchen selbst zugeführt.«

»Wie bitte? Das verstehe ich nicht.«

»Die Neue soll wie Safiye und die Kadin eine Venezianerin sein, wollen einige wissen.«

»Das könnte bedeuten ...?«

Nico kam zu ihrer Nische. Necmeddin räusperte sich vielsagend. Dschengis verstand, daß er nicht weitersprechen sollte, während der Wirt den leeren Weinkrug gegen einen gefüllten tauschte.

»Das bedeutet auf jeden Fall, daß sie ihre Machtstellung im Harem geschickt gefestigt hat«, beantwortete Necmeddin die Frage, als Nico sie wieder verließ. »Sie ist äußerst gerissen, Kamerad! Zuerst hat sie Prinz Murad durch Safiye unter Kontrolle gebracht – auch die soll sie ihrem Sohn ja beschafft haben, sagt man –, und durch

Kale, die ihr verpflichtet ist, beherrscht sie indirekt den Schehzade weiter, selbst wenn sie nicht mit ihm zusammen ist.«

»Das ist nicht ganz einleuchtend«, gab Dschengis zu bedenken. »Kale könnte doch zu einer Konkurrenz heranwachsen.«

Necmeddin lachte. »Wer vermag es schon, Allahs Wege in der Zukunft zu erkennen, ein Heiliger vielleicht oder ein sehr frommer Derwisch. Ja, natürlich könnte sie das. Der Hexe Hürrem war es ja auch gelungen, die Mutter des damaligen Kronprinzen Mustafa dem ›Gesetzgebenden‹ abspenstig zu machen. Es ist in diesem Fall aber eher unwahrscheinlich, da Nûrbanu dem Schehzade schon den ältesten Sohn geboren hat.«

»Das hatte Gülbehar, Sultan Süleymans damalige Erste, doch auch, und dennoch konnte Hürrem Sultan ihr Ziel erreichen und Erste und sogar *alleinige* Kadin des Padischah werden, falls ich mich recht erinnere, was ich so hier und da gehört habe.«

»Dein Einwand ist an sich nicht falsch, Dschengis, denn eins kannst du natürlich nicht wissen«, Necmeddin machte eine bedeutungsschwere Sprechpause, »aus einer sicheren Quelle habe ich erfahren, daß Nûrbanu die leibliche Tante von Kale ist.«

Dschengis pfiff leise durch die Zähne. »Wenn das stimmt, dann würde ich dieses Wissen besser für mich behalten, denn es scheint mir eine Art von Kenntnis zu sein, die einen Menschen schneller ins Paradies schicken kann, als ihm lieb sein mag.«

Necmeddin nickte. »Ich bin mir dessen bewußt.«

»Und warum vertraust du dieses Geheimnis gerade mir an?«

»Weil wir Verbündete brauchen, wenn der Schehzade dem ›Gesetzgebenden‹ einmal auf den Thron folgen wird, denn dann ist es sicher, daß Nûrbanu nochmals an Einfluß dazugewinnt. Und wenn sie erst Nûrbanu *Sultan* ist, kann sie nach Belieben schalten und walten wie einst die Hexe Hürrem. Der Schehzade Selim ist zwar ein guter und milder Herr, aber fürs Regieren wird er sich dann wohl genausowenig interessieren, wie er sich um die Aufgaben eines Statthalters in Konya oder Kütahya geschert hat.«

Dschengis schaute den Leibwachenoffizier prüfend an. »Du hast von ›*Wir* brauchen Verbündete‹ gesprochen …«

»Möchtest du Namen hören? Reicht es dir, wenn ich den von Hussein nenne?«

»Ich muß gestehen, ich bin ziemlich überrascht. Was hätte denn ausgerechnet der Bogenmeister des Prinzen von Nûrbanu zu befürchten?«

»Wenig, wenn er nicht zufällig einer von den Menschen wäre, die auch davon Kenntnis haben, daß Kale eine nahe Verwandte der Kadin ist.«

»Langsam beginne ich zu begreifen, Kamerad«, sagte Dschengis, »aber verrat mir bitte noch, warum du ausgerechnet mich ins Vertrauen gezogen hast!«

Necmeddin nickte. »Ganz einfach. Es war Husseins Idee, als er in Istanbul von deiner Beförderung erfuhr, und es traf sich gut, weil ein Offizierskollege namens Omar aus der prinzlichen Leibgarde kurz zuvor bei einem Reitunfall ums Leben gekommen ist. Da Hussein über etliche Blankoschreiben mit der Tugra des Schehzade verfügte, hat er dich angefordert.«

»Verzeih, daß ich dich dränge, Necmeddin, *warum gerade ich*?«

»Du hast mich nicht zu Ende reden lassen. Weil Hussein und ich in Kütahya kaum noch jemandem zu trauen wagen.«

Dschengis schürzte die Lippen und überlegte einen Moment. Dann sagte er: »Was wird von mir erwartet?«

Necmeddin legte seine Hand auf Dschengis' Knie: »Nûrbanu ist in diverse lukrative Handelsgeschäfte verstrickt, ich erzähle dir ein anderes Mal mehr darüber, und deshalb ist sie sehr reich. Und glaube mir, sie weiß das Geld geschickt für ihre Zwecke einzusetzen. Omar hatte nämlich keinen Reitunfall, Kamerad, man hat es nur so aussehen lassen, als wäre es einer gewesen. Er war angeblich alleine ausgeritten und ist, weil das Pferd gescheut hätte, in eine Schlucht gestürzt. Ich habe das Pferd nach dem Unfall sorgfältig untersucht. Ich fand schließlich einen Einstich im linken Hinterlauf, wie von einer dicken Nadel. Irgend jemand hat das Pferd absichtlich zum Scheuen gebracht. Später erfuhr ich dann durch einen Zufall, daß ein Bauer zur besagten Zeit *zwei* Sipahi-Reiter in der Schlucht gesehen hat. Das muß aber nicht unbedingt etwas mit

Omars Unfall zu tun gehabt haben. An diesem Tag waren mehr oder weniger alle Sipahi und Janitscharen der Leibgarde in dieser Gegend, wir hielten nämlich ein kleines Manöver ab. Omar, Kamerad, er war einer von uns, außerdem ist er mit mir durch die Enderun gegangen. Also, an dem Tag, an dem Kale mit einer Karawane von griechischen Händlern nach Kütahya kam, die in einem Han in der Nähe der Residenz Quartier nahm, hatte sich Omar zufällig auch dort aufgehalten.«

»Du meinst die Karawanserei am Anfang der Gemüsemarktstraße gleich beim Stadttor?«

»Ja. Omar zechte hin und wieder ein wenig mit Ismail, dem Besitzer, oder anderen Sipahi-Offizieren der Residenzgarnison. Jedenfalls erfuhr er so, daß die Händler eine Neue für den prinzlichen Harem gebracht hatten. Er hat sich dann sogleich Hussein und mir anvertraut. Wenig später wurde diese Frau, selbstverständlich tief verschleiert, von Aysche, der Leibsklavin Nûrbanus, abgeholt. Du kennst sie, nicht wahr?«

Dschengis nickte.

»Omar konnte zufällig das Begrüßungsgespräch belauschen. ›Deine Tante, meine gütige Herrin, kann es kaum erwarten, dich wiederzusehen, Kind‹, hatte die Alte gesagt. Omar muß dabei unglücklicherweise wiederum selbst von jemandem beobachtet worden sein. Genaueres wissen wir nicht, aber wir vermuten, daß es Aysches Schwester Fatma war. Die Schwarzen Eunuchen, die auch in Kütahya die Haremseingänge bewachen, erinnerten sich genau, daß kurze Zeit später drei Frauen den Harem durch das Haupttor betreten haben, wovon zwei mit Sicherheit Aysche und Fatma waren, denn alle anderen Sklavinnen dürfen die inneren Gemächer ja unter Strafe nicht verlassen.« Necmeddin trank einen großen Schluck Wein, bevor er weiterredete. »Tja, Kamerad, Nûrbanu wird unterdessen in Erfahrung gebracht haben, daß Omar, Hussein und ich eng befreundet waren, und sich zusammenreimen können, daß Omar uns sein Geheimnis mitgeteilt hat. Deshalb brauchen wir in Zukunft einen Vertrauten im unmittelbaren Umfeld des Schehzade, gegen den sie keinen Argwohn hegt. Etwa einen Offizier der prinzlichen Leibwache. Dich, Dschengis, denn wenn du nach Kütahya kommst, wirst du dort Omars Position einnehmen.«

Dschengis spielte mit seinem Weinbecher und überlegte. ›Ganz schön erpresserisch, mein lieber Freund! Sage ich nein, hat Hussein ja immer noch seine Blankovollmachten, und ich finde mich irgendwann an der persischen Grenze wieder! Einerseits. Andererseits ist es besser, nicht wie blind am Hof des Schehzade herumzutappen, und was Necmeddin sagt, klingt einleuchtend. Schnell erfährt man den Zorn der Mächtigen, und klüger wäre es schon, dann nicht allein dazustehen.‹ Er lachte und sagte: »Jetzt, wo ich eingeweiht bin, bleibt mir gar nichts anderes übrig, als mit dir und Hussein zusammenzuhalten.«

Necmeddin grinste verschmitzt. »Für deine Jahre bist du recht einsichtig und weitblickend, Hauptmann!« Sein Gesicht nahm wieder ernste Züge an. »Du sollst deinen Entschluß nicht bereuen, Kamerad. Das verspreche ich dir!«

›Abwarten‹, dachte Dschengis. Laut sagte er: »War das der Auftrag, den dir Hussein erteilt hat – mich für eure Sache zu gewinnen?«

»Ja. Aber wenn ich nicht gleich am Anfang unseres Zechabends einen angenehmen Eindruck von dir gewonnen hätte, wäre unser Gespräch in eine andere Richtung gegangen, das versichere ich dir, und das, obwohl ich schon früher in Kütahya eine gute Meinung von dir gehabt hatte.«

»Darf ich fragen, was es war, das dich letztlich mir vertrauen ließ?«

»Darfst du, Kamerad! Erstens bist du ein scharfer Beobachter, das habe ich gemerkt, als du mir von deinen Erlebnissen in Malta berichtet hast, und dann hast du recht klug und ohne viele Illusionen über das Auf und Ab geredet, das unsereinen in der Gesellschaft hoher Herren treffen mag. Da war mir klar, daß ich versuchen mußte, dich zu gewinnen. Obgleich ich dabei natürlich immer noch Gefahr lief, daß du nein sagen würdest.«

»Und was wäre gewesen, wenn ich …?«

»Ja, dann …«, sagte Necmeddin, »dann …«

»... dann hättest du vermutlich noch einen besonders großen Krug besten Zypern-Weins kommen lassen, und morgen früh hätte Hussein eines der Blankoschreiben ausgefüllt, den Janitscharen-Agha mit einem Beutel Münzen aufgesucht, und ich wäre irgendwo auf dem Weg nach Osten Richtung Grenze unterwegs.«

Necmeddin nickte und sagte ernst: »So in etwa, ja!« Dann lachte er lauthals los. »Wirklich, Hussein wird sich freuen, wir haben den richtigen Verbündeten gewonnen! Du bist wahrhaftig nicht auf den Kopf gefallen!«

»Du kannst dennoch einen Krug bestellen«, sagte Dschengis.

Zwei Weiße Eunuchen betraten die Kellertaverne. Nico geleitete sie in eine entlegene Nische.

Dschengis rückte mit dem Kopf dichter an Necmeddin und sagte leise: »Der Eunuch vorhin, der gerade mit dem Torwärterhauptmann aus dem Hof getragen wurde, als wir eintrafen. Es schien mir, als würdest du ihn kennen.«

»Hast du ihn wirklich nicht erkannt?«

»Nein.«

»Konntest du auch nicht. Ich stand ja mit meiner Sänfte vor deiner. Der Mann war Yildirim Ahmed, mein Enderun-Fechtlehrer, der Mann, von dem du mir sagtest, daß er bei deiner Devschirme dabei war, falls ich mich richtig erinnere.«

Plötzlich war Dschengis sehr hellhörig. »Er kommt auch hierher?«

»Fast alle Weißen Eunuchen kannst du hier treffen – da fällt mir ein: Du hattest doch einen Bruder, der mit dir zusammen ausgehoben wurde. Hast du etwas über ihn in Erfahrung bringen können?«

»Leider nein.«

Es blieb nicht bei einem weiteren Krug, und auch Gesprächsstoff gab es noch reichlich.

Je später es wurde, desto mehr Leute kamen in die Schenke. Gegen Mitternacht tanzte ein tscherkessisches Mädchen. Es war lange her, daß Dschengis eine Frau tanzen gesehen hatte, unverschleiert dazu, dennoch konnte er ihre Darbietung nicht so richtig genießen. Er war das Weintrinken nicht gewöhnt und wurde mit jedem Schluck müder. Necmeddin erging es nicht viel besser. Immerhin schaffte er es noch, ohne zu lallen den Wirt zu bitten, sie in eine Schlafkammer zu führen und am nächsten Morgen zeitig zu wecken. Die beiden Zecher erhoben sich mit weinschweren Gliedern.

»Falls den Herren die Tänzerin nicht gefallen haben sollte, es kommen gleich noch andere«, sagte der Wirt.

Necmeddin schüttelte den Kopf. »Das Mädchen war gut, Nico, aber wir müssen morgen wirklich früh aufbrechen.«

Die Schlafkammern befanden sich im Obergeschoß eines Gebäudes im ersten Hof, wo Nicos Bruder Theo erst wieder die Hunde wegsperren mußte. Nico half den beiden nacheinander die enge Treppe hinauf.

Dschengis legte sich hin. Seine letzten Gedanken kreisten um Yildirim Ahmed. Jetzt wußte er endlich, wo er ihm auflauern konnte. Mit dem blanken Säbel würde er ihn zwingen zu sagen, was mit dem Bruder nach ihrer Trennung geschehen war. Aber dann erinnerte sich Dschengis trotz des reichlich genossenen Weins, wie Necmeddin von dessen Fechtkunst geschwärmt hatte. ›Ich sollte also diesen Fettsack besser aus sicherem Abstand mit gespanntem Bogen zum Plaudern zwingen!‹ war sein letzter Gedanke, bevor er einschlief.

Necmeddin entlohnte noch den Wirt und schärfte ihm ein, auf keinen Fall zu vergessen, sie gleich nach Sonnenaufgang zu wecken. Dann legte er sich neben Dschengis und war auf der Stelle eingeschlafen. Noch oft schlugen die Hunde bis zum Morgengrauen an, wenn Gäste kamen oder gingen. Das wütende Gebell vermochte indes nicht, die Schläfer in ihren Träumen zu stören.

Dschengis und Necmeddin mußten in der Früh viel kaltes Wasser über sich schütten, um wieder einigermaßen klar denken zu können. Durch einen Spalt im Gemäuer konnte Dschengis in den Hof schauen. Eine unverschleierte junge Frau hängte Wäsche auf. Sie war schlank wie ein Fischermädchen auf Thiratois und hatte Augen, die wie Sterne leuchteten.

»Weißt du, wer das ist?« Dschengis konnte kaum den Blick von der Frau lassen.

Necmeddin blickte ebenfalls durch den Spalt. »Es wird eins von den tscherkessischen Tanzmädchen sein, die wir gestern nacht noch versäumt haben. Hübsch, die Kleine.« Als er sah, daß Dschengis noch immer wie gebannt in den Hof starrte, zog er ihn lachend weg und sagte: »Warte ab, bis du erst die Schönen von Kütahya kennengelernt hast. Jetzt, wo du ein Tschorbadschi bist ...«

Dschengis atmete tief durch und folgte dem Sipahi-Hauptmann. Nach einem frugalen Imbiß, etwas Brot, Oliven und dünnflüssigem Joghurt, gingen sie nach Galata hinunter zum Kai und winkten ein Ruderboot heran. Während sie warteten, daß es anlegte, zeigte Necmeddin auf die Werften, wo viele neue Kriegsschiffe auf Kiel lagen. »Im nächsten Frühjahr will der ›Gesetzgebende‹ wieder gegen die Hunde von Malta ziehen! Aber dann ohne dich, Kamerad!«

»So?«

»Ja, wir Offiziere der prinzlichen Leibwache gehen nur ins Feld, wenn der Schehzade befehligt. Glaub mir, Kamerad, die Rache an den Rittern wird der Padischah ganz allein für sich auskosten wollen, ohne seinen Triumph dann mit jemandem teilen zu müssen, auch nicht, wenn der Heerführer an seiner Seite der Thronfolger wäre. Nein, der Schehzade Selim wird bestimmt nicht gegen Malta ziehen!«

Danach fuhren sie recht einsilbig zum asiatischen Bosporusufer hinüber, denn die Wellen gingen hoch.

»Wenn das gestern kein guter Wein gewesen wäre«, raunte Necmeddin seinem Kameraden zu, »dann würden wir jetzt nach den vier oder fünf Krügen bestimmt die Fische füttern.«

»Bestimmt«, sagte Dschengis und war dankbar, daß die kühle Seeluft auch den letzten Rest seines Rausches vertrieb. Vor ihnen lag eine winzige Insel mit einem Wachturm.

»Er heißt Mädchenturm«, erklärte Necmeddin. »Warum, weiß ich nicht.«

Dschengis drehte sich um und schaute auf Galata und Pera zurück. Das Mädchen im Tavernenhof ging ihm nicht aus dem Sinn. Es konnte keine Tscherkessin gewesen sein. Es hatte das schwarze volle, lange Haar einer Frau von den Inseln und es auch wie diese im Rücken geflochten getragen. ›Seltsam!‹ dachte er. ›Ich habe sie gerade mal für einen Augenblick gesehen und kann mich doch an jede Einzelheit erinnern!‹

Das Boot machte am Kai von Üsküdar neben einer Kaik fest, dessen Skipper, ein kurzbeiniger Seemann mit tonnenförmigem Brustkasten, mehrere Lastträger mit dröhnender Stimme herumkommandierte. Die Männer schleppten Amphoren, eimergroße Holzfäßchen und glucksende Lederschläuche aus dem Bauch des Schiffes und trugen ihre Lasten zu einem Schuppen auf dem Hafenkai.

Dschengis deutete auf die schwitzenden Träger und grinste. »Selbstverständlich sind das alles Ölbehältnisse – oder etwa nicht?«

Necmeddin erwiderte das Grinsen. »Natürlich. Denkst du etwa, es wäre – Ziegenmilch?«

Beide lachten. Der Skipper sah neugierig zu ihnen herüber und grüßte dann ehrerbietig.

»Mich kann er nicht meinen, aber dich scheint er zu kennen«, sagte Dschengis verwundert, als sein Begleiter den Mann mit einem knappen Kopfnicken zurückgrüßte.

»Ja, das ist dieser Kaptan Sokrates, der für den Schehzade den Wein aus Zypern heranschafft und von dem ich gestern nacht sprach«, sagte Necmeddin. »Aber wenn ich es richtig bedenke, dann müßtest du ihm eigentlich schon damals in Kütahya begegnet sein.«

»Jetzt erinnere ich mich schwach, allerdings konnte ich gestern natürlich nicht ahnen, daß du mit Kaptan Sokrates *diesen* kurzbeinigen Dicken gemeint hast. Doch, ja! Ich habe ihn einmal zusammen mit Hussein gesehen, mit Sicherheit aber nicht öfter. Da hinten steht er übrigens!«

Hussein, der Bogenmeister von Prinz Selim, überwachte inmitten einer Herde von Mauleseln, daß die Amphoren und Fäßchen von etlichen Handlangern in wattierte Decken gehüllt und sorgfältig in den tiefen Satteltragekörben verstaut und mit zusätzlichen Riemen gesichert wurden. Die glucksenden Tierhäute verschwanden in strohgepolsterten Kisten.

Als der Bogenmeister Dschengis und Necmeddin sah, ging er ihnen ein paar Schritte entgegen. »Willkommen, Hauptmann Necmeddin, und willkommen, Tschorbadschi!« Er lächelte. »Ihr scheint einen angenehmen Abend drüben in Pera verbracht zu haben?«

»Ja, Herr«, sagte Necmeddin, sich respektvoll verneigend. »Wir haben lange und einvernehmlich miteinander geredet, Herr!«

Hussein machte die Andeutung einer Verbeugung vor Dschengis. »Dann erbiete ich dir ein doppeltes Willkommen, Tschorbadschi Dschengis!«

»Danke, Herr.« Die Verbeugung des jungen Janitscharenhauptmanns fiel deutlich tiefer aus. Hussein stand als prinzlicher Bogenmeister und Kommandeur der Leibwache ranghoch über ihm und Necmeddin.

Während der Sipahi-Offizier ihm sorgsam ein gutes Reitpferd aussuchte, stellte Dschengis fest, daß das Bild von dem Mädchen in Nicos Hof vor seinem inneren Auge noch immer nicht verblaßt war. Und er fragte sich, ob es wohl daran liegen mochte, daß sie den jungen Frauen auf den Heimatinseln so ähnlich sah.

Als die Karawane nur noch eine Tagesreise von der Residenzstadt des Schehzade entfernt an einem Brunnen Rast machte, preschten zwei Großherrliche Meldereiter in Richtung Kütahya vorbei.

Auch wenn Prinz Selims Leibwachenoffiziere nicht von Kriegszügen des Sultans befreit gewesen wären, gegen die Maltaritter zu kämpfen würde ihnen auf jeden Fall erspart bleiben, aber das sollten sie erst nach ihrer Ankunft in der Residenzstadt des Schehzade erfahren.

Weitere Kämpfe und Intrigen

Kenan sucht den Oberschreiber der Janitscharen auf

Zwischen dem Fechtlehrer der Weißen Eunuchen und dem Hauptmann vom Bab-i Hümayun, dem »Tor des vom Paradiesvogel beschatteten Kaisers«, hatte sich langsam so etwas wie eine Freundschaft entwickelt. Es geschah immer häufiger, daß Yildirim Ahmed seinen ehemaligen Enderun-Schüler mit hinüber nach Pera in Nicos Kellertaverne nahm. Der Verschnittene liebte es, gelegentlich den verbotenen Traubensaft zu genießen, aber er war kein Zecher, der sich nicht beherrschen konnte. Sowie der Wein ihn müde machte, hörte er zu trinken auf. Kenan war ein ähnlich maßvoller Trinker wie der Weiße Eunuch.

Das Verhältnis zwischen ihnen, das anfangs noch stark von Kenans Skepsis geprägt war – schließlich war der dicke Fechtlehrer damals der Anführer der Devschirme-Soldaten gewesen, die ihn und den Bruder der Heimat entrissen hatten –, dieses Verhältnis verbesserte sich immens, als Kenan es schließlich wagte, den Weißen Eunuchen offen nach dem Verbleib seines Bruders zu fragen. Yildirim Ahmed besprach sich daraufhin kurz mit Orhan, dem alten Kapi Agha, der keine Bedenken mehr dagegen hatte, daß Kenan dessen neuen Namen erfuhr – fast alle, die von der ungesetzlichen Aushebung der Zwillinge gewußt hatten, waren entweder tot oder zu ihrer eigenen Sicherheit zum Schweigen gezwungen. So erhielt Kenan endlich Kenntnis davon, daß der Bruder jetzt Dschengis hieß und in einer Sondereinheit der Janitscharen gegen die Ordensritter auf Malta gekämpft hatte.

Kenan war in der Sänfte eingenickt und wachte erst wieder auf, als die Träger riefen: »Wir sind jetzt am Kai, Herr.« Er stieg aus, ging zu Yildirim Ahmeds Sänfte und zog den Vorhang auf. Der Weiße Eunuch schlief fest. Kenan rüttelte ihn sanft an der Schulter. Yildirim Ahmed öffnete die Augen und gähnte. Ein allerletzter schmaler

Streifen eines blaßrosa Abendlichts zeigte sich gerade noch hinter dem Neuen Palast und der Hagia Sophia.

Der Dicke rieb sich die Augen. »Ist unser Boot schon da?«

Kenan schaute auf das Gewimmel der Schiffe in allen Größen auf dem Wasser zwischen Galata und der Saray-Landzunge und schüttelte den Kopf. »Ich sehe es jedenfalls nicht. Vielleicht liegt es ja weiter oben bei den Werften.« *Oben* bedeutete tiefer drinnen im Goldenen Horn.

»Bestimmt nicht. Ich habe befohlen, man soll uns hier abholen.« Yildirim Ahmed zwängte sich aus der Sänfte und ging ein paar Schritte auf den Kairand zu. »Dahinten kommt es.« Er zeigte auf die rote Sturmlaterne eines schlanken, mit mehreren Ruderern und einem Steuermann besetzten langen Bootes, das vom gegenüberliegenden Ufer Kurs auf Galata nahm.

Kenan folgte Yildirim Ahmed an die Kaimauer. »Jetzt sehe ich es auch.«

Die Sänftenträger waren noch nicht fortgegangen. Sie standen neben ihren Tragstühlen, hatten die Köpfe zusammengesteckt und tuschelten erregt miteinander. Dann näherte sich einer aus der Gruppe Kenan unterwürfig. »Herr …!«

»Ach, richtig, euer Geld!« Er knüpfte seine Börse vom Gürtel. »Da, nimm!«

Der Torwächterhauptmann vom Bab-i Hümayun schien reichlich gegeben zu haben, denn der Mann bedankte sich überschwenglich und lief freudestrahlend zu seinen Kollegen.

Yildirim Ahmed reckte sich und gähnte erneut. »Ich hatte im stillen gehofft, den neuen Janitscharen-Agha bei Nico zu treffen, um ihn zu fragen, ob er zufällig etwas über deinen Bruder weiß«, sagte der dicke Fechtlehrer, »aber er wird dieser Tage wohl kaum Zeit finden, um beim Hinker zu pokulieren. Macht nichts, morgen gehen wir gemeinsam zu seinem Adjutanten. Die Orta-Schreiber werden jetzt vermutlich aufgelistet haben, wer den Feldzug überlebt hat und wer nicht.«

»Er war der Zweiten Orta von Gelibolu zugeteilt«, sagte Kenan.

»Ich erinnere mich. Das war eine Sondereinheit. Aber halt!« Yildirim Ahmed betastete die sternförmige Narbe über seinem rechten Auge und legte nachdenklich die Stirn in Falten. »Du mußt alleine zu den Schreibern gehen. Mir fällt gerade ein, daß die Kütschük-Oda-Schüler morgen einen Fechtwettbewerb abhalten. Du kannst dich aber beim Oberschreiber auf mich berufen.«

»Danke, Herr.« Kenan blickte einige Minuten schweigend auf die wellengekräuselte Fläche des Goldenen Horns und den roten Widerschein der Buglaterne im Wasser. Dann sagte er: »Mein Oberst hat gehört, daß die Militär-Aghas zur Vorbereitung des neuen Malta-Feldzuges zusammentreten wollten.«

»Ja, der ›Schatten Gottes auf Erden‹ beabsichtigt, die Pfortentruppen nächstes Mal persönlich anzuführen.«

Kenan massierte seine Nasenwurzel und strich sich über den imposanten Schnurrbart, der die Narbe über den Schneidezähnen vollständig verdeckte. Der Hofarzt hatte den Lippenspalt mit einem Seidenfaden geschickt vernäht, aber dennoch blieb eine Zahnspitze unbedeckt. Auch die zertrümmerte Nase hatte er, so gut er es vermochte, gerichtet. Sie juckte, wenn das Wetter wechselte oder Kenan zuviel getrunken hatte.

Das große Saray-Boot – es wurde von zehn Matrosen gerudert und einem Maat der Pfortenmarine gesteuert – legte an. Behender, als es sein massiger Körper vermuten ließ, kletterte Yildirim Ahmed, gefolgt von Kenan, ins Boot hinunter. Der Kapidschelar-Hauptmann und der Weiße Eunuch setzten sich nebeneinander vor den Steuermann auf eine gepolsterte Bank. Ein rotseidener Baldachin bot den dort Sitzenden Schutz vor Sonne und Regen.

»Der neue Agha war der Adjutant des alten«, Yildirim Ahmed schmunzelte, da er an die vielen Buhlknaben denken mußte, mit denen er den Mann immer versorgt hatte, »und ist mir und meinem Herrn, dem Kapi Agha, mehr als verpflichtet.«

»Ihr kennt ihn gut, den neuen Agha, Herr?«

»Besser, als ihm lieb ist.«

Kenan wußte, daß es wenig Sinn hatte, Yildirim Ahmed zum Weiterreden zu drängen. Er würde von selbst wieder auf den Janitscharen-Agha zu sprechen kommen, falls er es für richtig hielt.

Schweigend beobachteten sie das Ablegemanöver des Saray-Bootes. Unterdessen war der stark zunehmende Mond über dem asiatischen Bosporusufer aufgegangen, und der Himmel zeigte sich sternenklar. Als sie Kurs auf das Palastufer nahmen, mußten sie mehrmals einigen Kriegsschiffen ausweichen, die zum Teil mit gebrochenen Masten und zerfetzten Segeln die Werften ansteuerten.

»Was sind das für Schiffe?« fragte Kenan den Steuermann.

»Das sind noch Nachzügler der Malta-Flotte. Sie kommen schon den ganzen Tag über so herein«, sagte der Maat. »Es soll gestern im Süden des Marmarameeres arg gestürmt haben.«

Yildirim Ahmed schüttelte den Kopf. »Sieh genau hin. Vielleicht stimmt es, daß die Schiffe auch in Schlechtwetter geraten sind, aber wenn mich nicht alles täuscht, dann sind sie beschossen worden. Man erkennt zwar nur wenig in der Dunkelheit. Aber da, die Heckplattform! Und da, die Seitenplanken! Das sind Schäden durch Kanonenkugeln!«

»Es gibt eine Menge Leute, die Admiral Piyâle für das Scheitern in Malta verantwortlich machen«, sagte Kenan.

Der Eunuch schüttelte den Kopf. »Mustafa Pascha ist ebenso starrsinnig wie der Admiral.«

»Ich hoffe nur, daß mein Bruder noch lebt, Herr!« Kenan schaute den Kriegsschiffen nachdenklich hinterher. »Wann soll es erneut gegen Malta gehen?«

Yildirim Ahmed schürzte die Lippen. »Du hast es doch selbst eben gesehen, Kenan, die Flotte muß erst wieder instand gesetzt werden. Ich denke, das wird bis zum nächsten Frühjahr dauern.«

Am Saray-Ufer des Goldenen Horns erwartete den Enderun-Fechtlehrer schon eine Sänfte, und für den Kapidschelar-Hauptmann stand ein Pferd bereit.

Die Kanzlei des Oberschreibers lag im Ersten Saray-Hof des Neuen Palasts in einem zurückgesetzten Gebäude, in dem ein beständiges Kommen und Gehen herrschte. Kenan fragte nach dem Oberschreiber. »Der Herr ist beschäftigt, Hauptmann«, sagte der Feldwebel entschuldigend, der den Flur zum Saal des Oberschreibers bewachte. »Befehl. Es darf niemand zu ihm.«

»Dann laß ihm wenigstens die Nachricht zukommen, daß Yildirim Ahmed eine Auskunft wünscht. Ich soll sie ihm möglichst bald überbringen.«

Der Feldwebel zögerte einen Moment, dann sagte er: »Yildirim Ahmed schickt Euch, Hauptmann? Nun, ich denke, das ist etwas anderes!« Er winkte einen Kollegen herbei, der im Gang verschwand, um gleich darauf wieder zurückzukehren.

»Bitte folgt mir, Hauptmann!«

Der Oberschreiber stand etliche Rangstufen über dem Kapidschelar-Offizier. Kenan verbeugte sich tief.

»Also, was ist das Begehren des ehrenwerten Enderun-Fechtlehrers, Hauptmann?«

»Er möchte wissen, wo sich im Augenblick ein Janitschar der Zweiten Gelibolu-Orta namens Dschengis befindet, Herr.«

»Zweite Orta aus Gelibolu? Dann hat er am Malta-Feldzug teilgenommen, Hauptmann! Moment, da war doch was dabei!« Der Oberschreiber wühlte in einem Berg von Dokumenten. »Ah, mein Freund Yildirim Ahmed hat Glück! Gerade sind mit dem Kurierschiff die Kopien der aktuellen Mannschaftslisten aus Gelibolu gekommen. ›Dschengis‹, sagtest du, heißt der Janitschar?«

»Ja, Herr.«

Der Oberschreiber blätterte eine Weile in der Mannschaftsliste und schüttelte dann den Kopf. »Bedauere, Hauptmann. In der Zweiten Orta ist kein ›Dschengis‹ verzeichnet. Ist sich Yildirim Ahmed sicher, daß es die Zweite Orta war?«

»Ja, Herr, völlig!«

Der Oberschreiber ging die Liste nochmals durch. »Nein. Kein einziger ›Dschengis‹. Auch nicht in der Ersten und der Dritten Orta. Ganz gewiß!« Er legte das Schriftstück auf den Dokumentenberg zurück. »Was aber nicht bedeutet, daß mein Freund Yildirim Ahmed sich getäuscht haben muß.« Er ging zu einer Ablage und kam mit einem Buch zurück. »Das sind die Listen vom Vorjahr.« Wieder blätterte er lange. Dann hellte sich seine Miene auf. »Na, bitte, hier habe ich ihn! Geh und sag dem ehrenwerten Enderun-Fechtmeister, daß der Janitschar Dschengis von der Zweiten Orta Gelibolu im Kampf gegen die Ungläubigen auf Malta gefallen ist.«

Er deutete auf die aktuelle Mannschaftsliste auf dem Dokumentenberg. »Selbst wenn er als Soldat untauglich zurückgekehrt wäre, hätte ihn der Orta-Schreiber dort aufführen müssen. War das alles, Hauptmann?« sagte der Oberschreiber ein wenig ungeduldig.

»Ja, Herr.«

»Dann ist es ja gut! Grüßt mir den ehrenwerten Enderun-Fechtmeister, Feldwebel!«

Kenan verneigte sich und wurde von dem Unteroffizier aus dem Saal gebracht. Er ging von der Janitscharenkanzlei über den geschäftigen Ersten Palasthof zum Wohnhaus der Kapidschelar und hockte sich auf die Eingangsstufe. Der Platz vor dem Haus war kiesbestreut. Kenan nahm ein paar Steinchen und schnippte sie auf die Kiesfläche zurück.

Jannis war tot.

Den Unterkünften der Kapidschelar gegenüber lag das Zeughaus. Ein Janitscharentrupp begann davor zu exerzieren. Kenans Blick ging durch die Soldaten hindurch ins Leere.

An den nächsten zwei Tagen sah Yildirim Ahmed den Kapidschelar-Hauptmann nicht, aber er hatte den Oberschreiber nach der Sitzung der Militär-Aghas getroffen. Als er dann Kenan zur Stunde der Wachablösung besuchte, wunderte er sich daher nicht über dessen versteinertes Gesicht oder über die geistesabwesende Art, mit der er von dem Hauptmann begrüßt wurde. Yildirim Ahmed drang auch nicht weiter in seinen Schützling und beließ es bei ein paar Floskeln. Es war Abendessenszeit. Sie gingen gemeinsam über den Ersten Hof an der Platane der Janitscharen vorbei und dann durch das Tor der Begrüßung, das »Mitteltor«, zu den Palastküchen. Die Offiziere der Kapidschelar wurden aus derselben Küche verpflegt wie die Weißen Eunuchen.

Ein Koch, der ausschließlich für das leibliche Wohl des Kapi Agha und der höhergestellten Weißen Eunuchen zuständig war, belegte eine Silberplatte mit gebratenen Tauben und dekorierte sie mit kandierten Waldbeeren.

»Gib ihm auch davon!« sagte der Enderun-Fechtlehrer und zeigte auf Kenan.

»Ja, Herr.«

Kenan schaute Yildirim Ahmed überrascht an. Auch der Koch war irritiert. Die Speisen für den Agha und die Obereunuchen waren nicht für einfache Offiziere bestimmt.

Der Enderun-Fechtlehrer hatte die Blicke bemerkt. »Es hat schon seine Richtigkeit«, knurrte er den Koch an. »Und laß das Essen gleich zum Wohnhaus der Kapidschelar bringen!«

»Ja, Herr.« Der Koch rief einen Küchenjungen herbei.

Yildirim Ahmed und Kenan kehrten auf den Zweiten Saray-Hof zurück.

»Ich habe den Oberschreiber getroffen«, sagte der Weiße Eunuch unvermittelt. »Ich weiß, daß dein Bruder in Malta geblieben ist.«

Kenan nickte stumm.

»Glaube mir, der Schmerz wird mit der Zeit vergehen.«

»So sagt man, Herr«, murmelte Kenan.

Als erster rief der Muezzin der Großherrlichen Palastmoschee im Enderun-Hof zum Abendgebet, dann fielen all die anderen melodischen Stimmen der Gebetsausrufer von den diversen Saray-Moscheen ein und priesen Gottes Größe und den Propheten Mohammed.

Plötzlich mischten sich schrille Schreie in die Gebetsrufe und übertönten sie bald. »Yangin var!« – »Feuer!«

Zwei Enderun-Schüler kamen auf sie zugerannt. »Es brennt, Herr!«

»Wo?« fragte Yildirim Ahmed. »Hier im Palast?«

»Nein, Herr. Drüben in Galata.«

Yildirim Ahmed und Kenan eilten in den Ersten Hof zurück, wo sich bereits die Janitscharen zum Abmarsch aufstellten. Außer dem Polizeidienst oblag ihnen auch die Brandbekämpfung in der Hauptstadt.

»Von den Stallungen aus sieht man am besten«, sagte Kenan und bog in den Hof der Zülfülü Baltadschelar ab, dessen Westmauer die Rückwand des Marstalls und der Großherrlichen Rüstkammer bildete. Der dicke Fechtlehrer keuchte, hielt aber mit Kenan Schritt.

Auf dem Flachdach des Stalls, in dem die Lieblingspferde des Sultans untergebracht waren, hatten sich schon mehrere Schaulustige eingefunden. Der Oberst der Hellebardiere trat auf Yildirim Ahmed zu und sagte: »Es soll erst vor wenigen Minuten ausgebrochen sein, aber schon jetzt steht halb Galata in Flammen.«

Der Enderun-Fechtmeister starrte auf das Nordufer des Goldenen Horns und sagte: »Weniger die Stadt als die Werften. Und es ist kein normales Feuer. Da! Seht ihr?«

Kenan nickte. »Ich kann mindestens acht Brandherde ausmachen. Nein, das ist wahrhaftig kein normales Feuer!«

»Allah will wirklich nicht, daß es wieder gegen Malta geht«, flüsterte der Oberst.

Yildirim Ahmed lachte trocken. »Wirklich? Das hieße ja, daß die Brandstifter im Auftrag dieser verfluchten Johannes-Ritter da drüben soeben ein gottgefälliges Werk vollbracht hätten!«

»Nein, so habe ich das natürlich nicht gemeint«, murmelte der Hellebardier-Oberst betroffen.

»Dann schweigt lieber, bevor Euch jemand mißverstehen könnte!« herrschte ihn der Weiße Eunuch an.

Erst jetzt riefen Trompeten- und Trommelsignale alle Wachtruppen des Neuen Sarays auf ihre Posten. Im Nu leerte sich das Dach.

Noch vor Sonnenaufgang verließen zwei Eilkuriere den Palast. Sie beförderten einen Brief von Sokollu Mehmet Pascha, dem Großwesir, an Prinz Selim, um ihn von der Feuersbrunst in Kenntnis zu setzen. Die gesamten Werften von Galata waren dem Großbrand zum Opfer gefallen. Das Feuer hatte sogar auf die im Goldenen Horn ankernden Schiffe übergegriffen und die Hälfte der dort ankernden Kriegsflotte vernichtet.

»Der geplante Malta-Feldzug des ›Gesetzgebenden‹ im nächsten Frühjahr«, endete Sokollu Mehmet Paschas Brief an den Schehzade, »wird gewißlich auf ein bis zwei Jahre verschoben werden müssen.«

Das Kurierschiff des Statthalters von Rhodos

Mit den sieglos aus Malta zurückgekehrten Truppen veränderte sich die Atmosphäre im Saray. Kenan spürte es als Hauptmann der Torwache sofort. In dem ansonsten so ruhigen Ersten Hof, den er vom Obergeschoß des Bab-i Hümayun überschauen konnte, standen die Soldaten immer öfter in großen Gruppen beieinander, und die Stimmen wurden laut, ohne daß die Janitscharen- oder Sipahi-Offiziere dagegen einschritten. Die Kriegsschiffe vor Galata waren weitgehend zerstört oder noch vom Malta-Unternehmen überholungsbedürftig, die Werften lagen in Schutt und Asche. Die bedrückte Stimmung nach dem mißlungenen Feldzug schlug mehr und mehr in eine gereizte um, und die Janitscharen und Sipahi begannen vom »Gesetzgebenden« einen neuen Feldzug zu fordern.

Gleich bei der ersten Zusammenrottung der Janitscharen hatte sich Kenan schleunigst zu Yildirim Ahmed begeben, denn die Kapidschelar waren dem Agha der Weißen Eunuchen direkt verantwortlich.

»Reizt sie nicht, und verhaltet euch ruhig!« hatte der Enderun-Fechtlehrer den Torwärtern befohlen. »Der ›Gesetzgebende‹ wird handeln, denn er muß handeln. Es ist nicht das erste Mal, daß man ihn derart zu bedrängen beginnt. Er wird sie wie damals besänftigen müssen, sonst …!«

Orhan, der alte Agha der Weißen Eunuchen, berichtete dem Padischah stündlich über die Stimmung der Soldaten im Ersten Palasthof. Sultan Süleyman erinnerte sich nur allzugut an die Rebellion der Janitscharen bald nach seinem Regierungsantritt. Das Pfortenheer hatte längere Zeit keinen Krieg mehr geführt. Polternd waren im Ersten Hof die Kazan, die großen Kessel, umgestürzt worden. Als er mit seinem Großwesir an der Spitze einiger treuergebener Leibgardisten in den Hof ritt, hatte sie der Schrei einer tausendköpfigen Soldatenmeute empfangen: »Krieg und Beute!« Etliche Janitscharenoffiziere waren sodann mit herausfordernd verschränkten Armen auf ihn zugegangen. Hinter den Offizieren wurde blankgezogen, und Bogen wurden gespannt.

»Was wollt ihr?« hatte er die Offiziere gefragt.

»Mein Padischah, hört Ihr es nicht deutlich? Wir wollen Krieg und Beute!« hatte ihr Sprecher unverschämt grinsend geantwortet.

Blitzschnell hatte der Sultan den Säbel herausgerissen und ihn sowie zwei weitere Offiziere niedergestreckt und hatte dank seiner energischen Leibwache in einem Pfeilregen durch das »Tor des vom Paradiesvogel beschatteten Kaisers« aus dem Saray fliehen können. Das Wutgebrüll, das die Aufrührer ihm nachgeschickt hatten, war unbeschreiblich gewesen.

Die Janitscharen hatten in seinem eigenen Palast gegen ihn rebelliert, und Sultan Süleyman hatte gewußt, daß es nur einen Weg geben würde, die aufgebrachte Soldateska wieder botmäßig zu machen: Er mußte ihr erst einmal nachgeben, oder das Neue Saray würde in Flammen aufgehen.

So schnell er es zu organisieren vermochte, war daraufhin eine Trägerkolonne mit Körben von prall gefüllten Börsen in den Palast geschickt worden. Augenblicklich hatten die Janitscharen die Waffen niedergelegt und sich auf die Geldstücke gestürzt. Das »Geldgeschenk« war glücklicherweise noch rechtzeitig eingetroffen, außer zertretenen Blumenbeeten, ausgerissenen Sträuchern oder eingetretenen Türen waren keine Schäden im Palast zu verzeichnen gewesen.

Dann hatte er sich an den Anführern der Rebellion gerächt. Während sich die Aufständischen um das Gold und Silber balgten, hatten die loyalen Leibwächter die Quartiere der rebellischen Offiziere gestürmt und sie auf der Stelle getötet. Noch bevor die Janitscharen davon erfuhren und reagieren konnten, rollte der Donner der zwölf größten Kanonen auf der Saray-Spitze über die Stadt: Der Padischah hatte wieder Krieg beschlossen! Beendet waren von Stund an alle Disziplinlosigkeiten. Die Soldaten, die gerade noch bereit gewesen waren, ihren Herrscher zu töten, kehrten in die Kasernen zurück.

Yildirim Ahmed behielt recht, als er Kenan vorausgesagt hatte, daß Sultan Süleyman gezwungen sein würde, im Sinne der Janitscharen und Sipahi zu handeln. »Der ›Schatten des Allmächtigen, der Ruhe und Stille auf Erden spendet‹, mußte Krieg führen, ob er wollte oder nicht, damit die Soldaten die Schmach von Malta vergaßen.«

Und so dröhnten wieder die großen Geschütze. An alle Kasernen in Istanbul und Edirne erging der Befehl, die großen Kriegstrommeln anzuschlagen und die Roßschweife der Paschas nach Nordwesten auszustellen. Da der Bau einer neuen, starken Flotte unmöglich in kurzer Zeit geleistet werden konnte, verkündete der »Gesetzgebende«, an der Spitze des Pfortenheeres im Frühjahr gegen die Ungarn zu reiten, die es mit den Habsburgern hielten. Es gab aber auch das Fürstentum Siebenbürgen, in dem Magyaren unter der Führung von Johann Sigmund gegen Österreich kämpften, denn eine relative Unabhängigkeit gegenüber der Pforte war Johann Sigmund – der Sultan Süleyman behandelte ihn als seinen Adoptivsohn – weitaus angenehmer als die totale Unterwerfung unter das Haus Habsburg. Oft hatte Süleyman schon verkündet: »... daß er nicht weichen werde, bis er seinen Sohn Sigmund zum König von ganz Ungarn gekrönt haben werde.« Und dazu mußte als wichtigster Schritt die Festung Szigetvár im Raum von Fünfkirchen erobert werden.

Das Murren der Soldaten verebbte im Nu, denn gegen Österreich oder Ungarn zu ziehen hatte in der Vergangenheit stets reiche Beute gebracht.

»Ihr habt keine gute Meinung von den Janitscharen, Herr. Das entnehme ich immer wieder Eurer Rede.«

»Das beruht auf Gegenseitigkeit«, sagte der Enderun-Fechtlehrer. »Für sie sind wir Eunuchen alles verstümmelte Männer, die sich darüber hinaus noch der besonderen Gunst des Padischah erfreuen und seinen Palast und Harem bewachen dürfen. Im Grunde genommen verachten sie uns trotz unseres hohen Ranges im Saray.«

»Ich habe noch nie bemerkt, daß Euch jemand verachtet, Herr. Auch nicht hinter Eurem Rücken wird über Euch schlecht gesprochen.«

»Das hat einen anderen Grund.« Yildirim Ahmed streichelte die Scheide seines Säbels. »Mich, Kenan, fürchten sie!«

Kenans Dienst ging gerade zu Ende, als der Adjutant des rhodischen Statthalters das Bab-i Hümayun betrat. Der Kapidschelar-Hauptmann erinnerte sich, daß er vor nicht allzu langer Zeit nach Rhodos zurückgereist war, denn er hatte ihn gebeten, eine Nachricht von dort an die Mutter nach Thiratois zu schicken. Diesen Wunsch hatte er mit etlichen Silbermünzen untermauert, und der Adjutant hatte versprochen, den Brief einem Schiff mitzugeben, das die Insel anlief.

»Willkommen! Es erstaunt mich, daß Ihr schon wieder in Istanbul seid!«

Der Adjutant sah übernächtigt aus. »Ich bin trotz der einsetzenden Herbststürme mit einem Schnellsegler gereist, und mich zwingt schlechte Kunde hierher, Hauptmann. Sie betrifft auch Euch. Ich habe den Brief an Eure Mutter nicht vergessen, aber auf Eurem Archipel hat der Schwarze Tod wohl fast alle dahingerafft.«

»Die Pest?«

»Ja. Auf Pharnox, Pserlendos, Thiratois und einigen anderen Inseln haben nur ganz wenige Menschen die Seuche überlebt.«

Kenan ließ den Adjutanten passieren. Erst als der aus dem Torgang in den Ersten Hof trat, begriff er, daß er wahrscheinlich nicht nur den Bruder verloren hatte.

Dschengis und Necmeddin essen Kuttelsuppe in der Töpfergasse

Gleich nachdem die bauchigen, versiegelten Tonkrüge in der Vorratskammer der Residenzküche eingelagert waren und Hussein die Tür abgeschlossen hatte, führte er Dschengis zum Schehzade.

Prinz Selim musterte seinen neuen Leibwachenoffizier nachdenklich und sagte dann: »Sei in einer Stunde mit Hussein auf dem Schießstand! Ich möchte mich überzeugen, Tschorbadschi, ob du noch immer den Bogen so sicher handhabst wie früher. Such dir in der Rüstkammer einen von den Offiziersbögen aus und laß dir die Pfeile geben, die dir gefallen.« Hussein und Dschengis verbeugten sich tief. Der Bogenmeister, der auch die Position des Leibwachenkommandanten innehatte, stellte Dschengis dann den anderen Offizieren vor.

Ein älterer Sipahi-Offizier mit Namen Hassan, Necmeddins direkter Vorgesetzter und Husseins Stellvertreter als Kommandeur der Leibgarde, schmunzelte. »Ich erinnere mich noch sehr gut an dich. So ist es, wenn man das Glück hat und in den Krieg ziehen darf. Vor gar nicht langer Zeit habe ich einen Janitscharen namens Dschengis herumkommandieren dürfen, und nun ist er mein Kollege! Dennoch sei willkommen, Hauptmann Dschengis!«

Dschengis verneigte sich vor seinen verschiedenen Vorgesetzten und Kameraden und ging mit Necmeddin in die Rüstkammer. Die Offiziersbögen der Leibgardisten waren aus polierter Esche gefertigt, und die Bogenmitte war mit einer dünnen Kordel aus grün eingefärbter Rohseide umwickelt, um dem Schützen einen sicheren Griff zu gewährleisten. An Pfeilen wählte Dschengis ein Dutzend mit einer halbmondförmigen Spitze aus.

Als Hussein und Dschengis sich pünktlich auf dem Schießstand einfanden, warteten sie eine Stunde vergeblich auf den Prinzen.

Hussein sah einen seiner Leibdiener und rief ihn zu sich. »Prinz Selim wollte eigentlich auch hierherkommen. Weißt du, warum er seine Meinung geändert haben könnte?«

»Seine Hoheit hat überraschend Besuch von seinem Freund Celal Bey bekommen, Herr.«

»Wer ist noch bei ihm?«

»Wie immer Lala Mustafa Pascha, Herr.«

»Und – was machen Seine Hoheit und die Gäste zur Zeit?«

Der Diener druckste herum. »Ich glaube, sie – *dichten.*«

Hussein verzog keine Miene. »Verstehe! Falls der Schehzade nach mir fragen sollte – ich bin in der Wachstube.«

»Ja, Herr.«

Hussein bedeutete Dschengis, ihm zu folgen. Als der Diener außer Hörweite war, sagte er: »Geh ruhig zu Hauptmann Necmeddin und plaudere mit ihm. Wenn der Schehzade mit seinen Freunden«, er räusperte sich, »*dichtet*, dann wird er heute bestimmt nicht mehr nach dir verlangen.«

Dschengis nickte. »Als einfacher Soldat hatte ich einmal die Ehre, mit dem Hauptmann im Garten wachen zu dürfen, als Prinz Selim seine Freunde unterhielt.«

»Dann muß ich dir wohl nichts mehr erklären«, sagte Hussein.

Dschengis vermeinte, ein verschmitztes Lächeln über das Gesicht des Bogenmeisters huschen zu sehen. »Nein, Herr.« Der junge Tschorbadschi kreuzte die Arme über dem Gürtel und verneigte sich. »Wißt Ihr vielleicht, wo ich ihn finden kann?«

»Er wird um diese Zeit im Han von Ismail sein – und *dichten*. Du kennst seine Karawanserei?«

»Ja, Herr. Es ist doch die an der Gemüsemarktstraße am Stadteingang.«

Auf der Straße vor dem Han quollen die Stände über von Früchten und Gemüse. Besonders Äpfel gab es im Überfluß. Ein Mann verkaufte in Essig eingelegte Zwiebeln aus einem Tonkrug. Mehrere Frauen priesen Weinbeeren an. Überall wurde lautstark gefeilscht. Ein Hodscha kostete von in Honig eingelegten Apfelschnitzen und verzog verzückt das Gesicht.

Dschengis betrat den Innenhof der Karawanserei und wurde von einem Einäugigen angesprochen, noch bevor er nach Necmeddin fragen konnte. »Ich heiße Hamdi und bin der Diener von Ismail. Hauptmann, bitte hier entlang, man erwartet Euch bereits!«

Necmeddin hatte Dschengis kommen sehen. Er saß mit Ismail, einem würdigen Alten mit imposantem weißem Vollbart, an einem Hoffenster im Obergeschoß der Karawanserei. Der Raum besaß ebenfalls zur Straße hin Fenster.

»Ein neuer Kamerad, der einem gelegentlichen Umtrunk bestimmt nicht abgeneigt ist«, stellte er Dschengis vor.

»Willkommen, Tschorbadschi, seid zur Begrüßung heute mein

Gast. Irgendwie kommt mir aber Euer Gesicht bekannt vor? Kann das sein?«

Necmeddin klärte ihn auf.

»Damals wußte ich noch nicht, daß man hier zum *Dichten* zusammenkommt, sonst hätten wir uns vielleicht schon eher kennengelernt«, sagte Dschengis.

Necmeddin lachte laut los und erläuterte dem Wirt, was für eine besondere Bedeutung das Wort *dichten* unter den Leibwächtern des Schehzade hatte.

»Also werden wir sogleich zu Ehren von Hauptmann Dschengis ein paar Verse sprechen. Gut so!« Ismail beauftragte den Einäugigen, einen neuen Krug Wein zu bringen.

Plötzlich steckte Necmeddin seinen Kopf durch die Fensteröffnung, zog ihn aber sogleich wieder zurück. »Da, schau mal!« Er zeigte auf eine verschleierte Frau unten im Hof. »Die müßtest du eigentlich noch kennen.«

»Ja«, sagte Dschengis. »Nur konnte ich schon damals die beiden Schwestern nicht unterscheiden.«

Ismail blickte, neugierig geworden, auch in den Hof hinunter. »Es ist Fatma«, sagte er. »Sie trägt immer einen glänzenden, schwarzgrau gestreiften Mantel aus schwerer Seide. Aysches Überwurf ist braun-schwarz. Aber was hat sie mit Hamdi zu bereden?«

»Von früher weiß ich, daß die andere nie weit weg war, wenn man eine von ihnen sah«, sagte Dschengis.

Necmeddin erhob sich und trat an ein Straßenfenster. Hastig winkte er Dschengis und Ismail heran. »Du hast recht, Kamerad! Da steht sie! Und Hamdi ist zu ihr hinausgegangen.«

»Sie gibt ihm etwas!« sagte Dschengis. »Habt ihr das auch gesehen?«

»Nein!« Ismail strich sich über den Bart.

Des Rätsels Lösung war einfach, und der Einäugige gab sie selbst. Er brachte den neuen Wein, stellte den Krug vor Dschengis und Necmeddin ab und bat seinen Herrn, für einen Augenblick aus dem Zimmer zu kommen.

Als Ismail sich wieder zu den Leibwächtern gesellte, lächelte er stillvergnügt, setzte sich und schenkte allen von dem neuen Wein ein.

»Was ist geschehen, Ismail? Laß uns teilhaben an deiner Freude!«

Der Herr der Karawanserei nickte und erhob seinen Becher. »Ob ihr es glauben wollt oder nicht, die Schwestern sollen Wein für den Harem kaufen!«

Necmeddin und Dschengis schauten sich verblüfft an.

»Doch, genauso ist es! Hamdi soll morgen zwei große Krüge in die Residenzküche bringen.« Ismail lächelte. »Essigkrüge selbstverständlich! Aber nun trinken wir erst einmal auf Tschorbadschi Dschengis!«

Auf dem Heimweg zur Kaserne sagte Necmeddin: »Und ich dachte immer, ich wüßte so in etwa, was innerhalb der Residenzmauern des Schehzade vorgeht. Wein für den Harem!«

»Vermutlich zecht in Kütahya der Mullah mit dem Muezzin und dem Mufti«, sagte Dschengis.

»Überraschen würde mich das jetzt auch nicht mehr«, sagte Necmeddin. »Was mich wundert, ist, weshalb sogar die Leibsklavinnen von Nûrbanu wissen, daß man in Ismails Karawanserei Wein bekommen kann. Ich war immer der Meinung, das wüßten nur die Leibwachenoffiziere.«

Dschengis kicherte. »Als ich vor Malta hier stationiert war, hat ein Feldwebel gegen gutes Geld manchmal ein paar Becher Wein von den Lieferungen abgezweigt. Seitdem scheint sich glücklicherweise die Versorgung allgemein verbessert zu haben, Kamerad!«

In den Wäldern am Berghang oberhalb der Stadt zeigten die ersten Bäume andeutungsweise eine herbstliche Färbung. Der Schehzade liebte diese Jahreszeit. Es war die Zeit der großen Jagdausflüge mit den Freunden. Jedesmal bevor eine Gesellschaft aufbrach, erkundeten Hussein und die drei Anführer der Wildtreiber ein paar Tage zuvor Prinz Selims bevorzugtes Waidrevier, das weniger als einen halben Tagesritt von der Residenz entfernt lag. Dort gab es eine einfache Hütte, in der alle unterkamen, bis der Troß des Schehzade mit den großen komfortablen Zelten eintraf.

Am Morgen nach dem Besuch der Hauptleute in Ismails Karawanserei brach eine vierköpfige Reitergruppe mit dem Bogenmeister an der Spitze in die bewaldeten Ebenen im Süden von Kütahya auf. Vereinzelte Sonnenstrahlen durchbohrten die Frühnebel über dem von den ersten Herbstregengüssen angeschwollenen Göksuyu-Fluß, der die Stadt in zwei Hälften teilte.

Dschengis und Necmeddin gaben Hussein und den drei prinzlichen Treiberführern bis zur Brücke in der Stadtmitte Geleit und ritten dann nicht die Hauptstraße, sondern am Flußufer entlang gemächlich zur Residenz zurück.

Necmeddin drehte sich zu seinem Kameraden um. Der Uferweg war zu schmal für zwei Reiter nebeneinander. »Erinnerst du dich noch an die Töpfergasse?«

»Sicher tue ich das! Weshalb fragst du?«

»Ich habe ziemlichen Hunger, und dort gibt es eine Garküche, die gute Ischkembe-Suppe zubereitet.«

»Von mir aus«, sagte Dschengis. »Etwas essen würde ich auch.«

Sie konnten die Pferde nicht in die enge Gasse mitnehmen, die sich vom Saumpfad bis hoch zur Residenz durch die Stadt schlängelte, und banden sie an einen Pfosten am Eingang des Töpferviertels. Necmeddin zog die kurze Reitermuskete aus dem Sattelfutteral und hängte sie sich über, Dschengis nahm seinen Offiziersbogen und die Pfeiltasche. Ein Knabe, der vor einem Laden Ton in einem Holzbottich knetete, fühlte sich geehrt, daß er auf die Tiere der prinzlichen Leibgardisten aufpassen durfte, und versprach, die Pferde keine Sekunde unbeobachtet zu lassen.

Im Händlerviertel am Göksuyu-Ufer war noch nicht viel Leben, aber die Suppenküche hatte schon geöffnet. Die beiden Hauptleute waren nicht die einzigen Hungrigen zu dieser frühen Stunde. Der niedrige Küchenraum war zur Gasse hin offen. Zwei von Prinz Selims Hundeführern hockten auf Holzschemeln vor einem rußgeschwärzten Topf und löffelten dampfende Kuttelsuppe. Der Koch hatte die neuen Gäste bemerkt und eilte mit weiteren Schemeln herbei. Necmeddin und Dschengis bückten sich, um nicht mit den Köpfen gegen die Deckenbalken zu stoßen, und traten ein.

Die Hundeführer rückten bereitwillig zusammen. Sie waren einem Tschorbadschi der Janitscharen oder einem Sipahi-Hauptmann im Rang ebenbürtig. Necmeddin und Dschengis grüßten mit einer flüchtigen Verbeugung, die ebenso formlos beantwortet wurde, und stellten ihre Schußwaffen in einer Raumecke ab.

»Nächste Woche geht es mit der Treibjagd los, Hauptmann!« sagte einer der Hundeführer zu Necmeddin. »Die Hunde scheinen es schon zu ahnen. Sie sind seit Tagen kaum mehr zu bändigen.«

»Ich weiß, Hussein ist gerade mit den Anführern der Treiber zur Jagdhütte des Schehzade aufgebrochen.«

Ein fünfter Gast hätte in der winzigen Garküche keinen Platz mehr gefunden. Der Koch füllte zwei glasierte Schalen mit Suppe und reichte sie zusammen mit zwei Holzlöffeln den Hauptleuten. Alle aßen schweigend.

Plötzlich stieß Dschengis seinen Kameraden an. Eine Frau in einem glänzenden grau-schwarzen Übermantel aus kostbarem Seidenstoff klopfte an die eisenbeschlagene Tür eines schäbigen Hauses gegenüber der Suppenküche. »Das ist sie doch wieder!«

»Ohne Zweifel«, flüsterte Necmeddin. »Fatma! Was mag sie dort zu schaffen haben?«

Die Frau mußte noch mehrmals anklopfen, bis die Tür geöffnet wurde. Dschengis sah einen Männerarm, dann schloß sich die Tür sofort hinter der Frau.

»Fatma!« wiederholte Dschengis leise. Kaum hatte er den Namen ausgesprochen, klopfte wieder jemand an die Tür.

»Jetzt wird es richtig interessant, das ist doch Hamdi!« sagte Dschengis.

Ismails einäugiger Diener wurde augenblicklich eingelassen.

Die Hundeführer bezahlten, murmelten den Hauptleuten einen Gruß zu und gingen.

Kurz darauf trafen vier Männer ein, die längliche wohlverschnürte Bündel schleppten. Auch sie verschwanden in dem schäbigen Haus.

»He, du!« rief Necmeddin den Koch herbei, der im hinteren Teil der Küche Feuerholz zerkleinerte.

»Ja, Herr? Noch eine Schale Suppe?«

»Ein anderes Mal bestimmt, deine Ischkembe ist gut. Aber sag, wem gehört das Haus da drüben eigentlich?«

»Ich glaube, irgendeiner alten Frau, Herr. Soviel ich weiß, hat Ismail, der Besitzer der Karawanserei am Gemüsemarkt, es von ihr gepachtet und nutzt die Räume als Lager.«

Dschengis und Necmeddin sahen sich verblüfft an. Der Koch widmete sich wieder seinem Feuerholz.

»Das ist mir völlig neu, daß Ismail hier am Flußufer ein Lager besitzt«, sagte Necmeddin leise. »Ob er den Wein dort versteckt hält?«

Sie löffelten ihre Suppen aus und ließen dabei das Haus nicht aus den Augen.

Dann sagte Dschengis: »Komm, Kamerad, ich würde mir das doch alles gerne etwas genauer anschauen. – He, du!« Er warf dem Koch zwei Münzen zu und zeigte auf das Haus. »Kommt man nur durch diese Eisentür da hinein?«

»Nein, das Haus ist sehr weitläufig, Herr, man erahnt es von draußen kaum. Es gibt einen großen Eingang in der Gasse der Kupferschmiede und noch einen am Flußufer. Der wird benutzt, wenn Waren mit Eseln oder Lastpferden angeliefert werden. Das hier«, er zeigte auf die Tür, »ist nur der Hinterausgang.«

Necmeddin und Dschengis nahmen ihre Waffen und gingen zu den Pferden zurück.

Der Junge knetete noch immer Ton.

»Du kennst doch das alte Haus gegenüber der Suppenküche.«

Der Junge verneigte sich, wusch sich hastig die Hände in einem Eimer und kam zu ihnen. »Ja, Herr, das mit der Eisentür, nicht wahr? Der reiche Herr Ismail hat es von der Witwe Nadschiye als Lagerschuppen gepachtet.«

»Weißt du, was er dort unterstellt?«

Der Knabe zuckte mit den Schultern. »Mal dies und mal das.«

Dschengis machte Necmeddin ein Zeichen, dem Jungen ein Geldstück zu geben. Als das geschehen war, wurde der Knabe gesprächiger.

»Mein Vater sagt, daß er manchmal Reiter sieht, die etwas bringen oder abholen. Gerade bevor Ihr kamt, sind welche aus dem Tor am Fluß gekommen.«

»In welche Richtung haben sie sich dann entfernt?« fragte Necmeddin hastig.

»In Richtung Brücke, Herr.«

»Wie viele waren es?«

»Es waren genau acht.«

Dschengis und Necmeddin verstauten ihre Waffen und schwangen sich auf die Pferde.

»Merkwürdig, nicht wahr?« sagte Dschengis.

»Mehr als merkwürdig«, antwortete sein Kamerad. »Fast alle Offiziere der Garnison sind Ismails Gäste, aber keiner weiß von diesem Haus hier unten am Fluß, da bin ich mir fast sicher.«

»Kann man mit den Pferden durch die Gasse der Kupferschmiede?«

»Ja, die ist breit genug.«

In der Gasse fragte Dschengis einen alten Mann nach dem Haus der Witwe Nadschiye. Der Greis saß vor einem Geschäft. Hinter ihm türmten sich blitzende Kupferschüsseln und Tabletts.

»Das ist ihr Haus, Herr.« Der Alte wies mit dem ausgestreckten Arm auf eine ähnliche Tür wie die in der Töpfergasse, nur daß diese zwei Flügel hatte.

»Sitzt du schon länger hier?«

Der Alte nickte.

»Hat zufällig eine Frau in einem grau-schwarz gestreiften Mantel das Haus verlassen?«

»Ja, erst vor gar nicht so langer Zeit.«

»Kanntest du sie vielleicht?«

Der Alte hob entschuldigend die Hände.

»Ist sie zum Göksuyu gegangen?«

»Nein, nach oben.« Der alte Mann deutete vage in die Richtung der Residenz.

Necmeddin dankte dem alten Mann und lenkte sein Pferd neben Dschengis. »Das gefällt mir überhaupt nicht.«

»Mir auch nicht. Was schlägst du vor?«

»Ich denke, das beste wäre, wir holen uns noch ein paar Leute aus der Kaserne und verfolgen die Reiter.«

Wenig später schon galoppierten zwanzig Schwerbewaffnete, zehn Janitscharen und zehn Sipahi, über die Flußbrücke. Der Sipahi-Hauptmann ritt einen Falben, der Tschorbadschi einen Schimmel.

Die Jagdhütte

In einem Dorf, kurz bevor das Ackerland der Flußniederung in die baumbestandenen Waidgründe des Schehzade überging, hatte ein Bauer sowohl Hussein und seine drei Begleiter als auch die nachfolgende Reiterschar gesehen. Er schwor, daß er zehn und nicht acht Berittene gezählt hätte. Die zweite Gruppe – alle waren mit Musketen bewaffnet – wäre wie die erste hinter dem Dorf scharf nach Osten abgebogen.

»Es ist eindeutig!« sagte Necmeddin. »Sie folgen Hussein zur Jagdhütte. Etwa eine Stunde nach Mittag müßten wir auch dort angelangt sein. Wenn die Reiter etwas gegen Hussein im Schilde führen, werden sie vermutlich erst die Dunkelheit abwarten. Also, laß uns eilen!«

Schon von weitem hörten sie die Schüsse. Husseins Verfolger hatten nicht gewartet, bis es dunkel wurde. »Schneller, Leute!« feuerte Necmeddin die Männer an und gab seinem Pferd die Sporen. Kurz darauf kamen sie durch eine Senke, wo acht angepflockte Pferde standen. »Dschengis?«

»Ja?«

»Umgehe mit deinen Janitscharen diese Hunde von links, ich nehme sie mit meinen Leuten von der anderen Seite in die Zange!«

»In Ordnung!«

Die Hütte stand neben einem Wildbach auf einer Lichtung. Als die Leibwächter auf die Lichtung preschten, stürmten Husseins Angreifer gerade die Hütte. Sie bemerkten, daß sie umzingelt waren, und setzten sich verbissen zur Wehr. Bis auf einen Mann, der sich auf einen Felsen am Bach flüchten konnte, wurden alle nach einem Kampf, der nur Sekunden währte, niedergemacht, denn keiner von ihnen hatte seine Muskete nachgeladen.

Für den Bogenmeister kam jede Hilfe zu spät. Er hatte drei der Angreifer mit seinen doppelspitzigen Pfeilen niedergestreckt, bevor ihm eine Kugel den Hals zerfetzte. Von den Jagdtreibern war nur einer noch am Leben. Er zeigte auf eine kleine Anhöhe am Ende der Lichtung. »Da oben sind noch zwei!«

»Den da will ich lebendig!« schrie Necmeddin und wies zum Felsen am Bach. Dann rissen er und Dschengis die Pferde herum und galoppierten auf die Anhöhe los. Zwei Sipahi-Unteroffiziere folgten ihnen.

Auf der Anhöhe war niemand. Sie hielten an und lauschten angespannt.

»An der Birke«, sagte Dschengis und zeigte mit der Bogenspitze auf den Waldrand. Jetzt sah Necmeddin die beiden Reiter auch. Sie hielten sich noch ein paar Pferdelängen parallel zur Lichtung und verschwanden dann zwischen den Baumstämmen.

Im Nu hetzten ihnen die beiden Hauptleute hinterher. Das Pferd des einen Sipahi strauchelte in einem Erdloch, der andere Unteroffizier konnte nicht mehr ausweichen. Er ging ebenfalls mit seinem Pferd zu Boden.

Sowohl Necmeddins Falbe als auch Dschengis' Schimmel waren gutgepflegte, ausdauernde Tiere aus dem prinzlichen Marstall. Nach ein paar Minuten hatten sie die zwei Reiter fast eingeholt. Necmeddin ritt vor Dschengis.

Plötzlich drehte sich der hintere Reiter um. Von seinem Gesicht waren nur die Augen zu erkennen, denn um die Mundpartie, um Haar und Stirn war ein schwarzes Tuch gewunden. Der Mann richtete eine Muskete auf sie und feuerte. Der Schuß ging fehl. Die Kugel schlug klatschend über Necmeddin in einer Baumkrone ein.

»Nimm dir den vor«, schrie er Dschengis zu und stürmte dem ersten Reiter hinterher.

Dschengis hielt schon einen Pfeil bereit. Der traf den vermummten Schützen am rechten Auge, und der Aufprall warf den Mann aus dem Sattel.

Ohne sein Opfer weiter zu beachten, hetzte Dschengis seinem Kameraden nach. Er fand zwei reiterlose Pferde. Dann sah er Necmeddins Kopf und Rücken hinter einem Busch. Mit erneut gespanntem Bogen trabte er heran. Unter Necmeddin lag der flüchtige Reiter. Der Sipahi-Hauptmann hatte einen Fuß auf den Bauch des Mannes gestellt und die Spitze seines Säbels gegen den Kehlkopf des Gegners gepreßt. Dschengis ließ den Bogen sinken.

Der Reiter war niemand anders als der einäugige Hamdi, Ismails Diener. Ihm fehlte die rechte Hand, und aus einer Wunde am Hals spritzte das Blut.

»Red, du Hund«, schrie Necmeddin, aber Hamdi bäumte sich nur noch einmal stöhnend auf. Dann ging ein Zucken durch seinen Körper.

»Dieser Hund! Ich wollte, ich hätte noch etwas aus ihm herausholen können. Was ist mit deinem Reiter?«

»Ich fürchte, er ist auch für immer verstummt.«

»Ich will ihn mir mal ansehen. Vielleicht kenne ich ihn ja auch.« Er gab dem Toten einen Tritt in die Rippen und schwang sich in den Sattel.

Dschengis' Opfer war in eine Dornenhecke geschleudert worden. Die Pfeilspitze war durch das Auge eingedrungen und durch die hintere Schädeldecke wieder ausgetreten. Necmeddin schob mit der Säbelspitze das schwarze Tuch vom Gesicht des Mannes und stieß eine Verwünschung aus, als der würdige weiße Vollbart von Ismail sichtbar wurde.

Dschengis steckte den eingespannten Pfeil in den Köcher zurück und den Bogen ins Sattelfutteral. »Dieser gottverdammte Verräter! Das erklärt wohl einiges.«

Necmeddin spie aus. »Husseins und Omars Tod ist damit noch nicht gesühnt, Kamerad.«

»Ismail und Hamdi waren bloß Handlanger. Der Kopf hinter allem ist Nûrbanu, die mit Hilfe ihrer beiden Dienerinnen alles veranlaßt hat.« Er stieg vom Pferd und zog den Geldbeutel aus Ismails Gürtel und öffnete ihn. Das Ledersäckchen war voller Goldstücke. Necmeddin verknotete das Verschlußband wieder und warf dann Dschengis den Beutel zu. »Das wird ihm Fatma heute früh gegeben haben.«

Dschengis nahm eine Münze aus dem Geldsack, besah sie sich genauer und nickte. »Woher sonst sollte dieser Hund Münzen aus Venedig haben? Was sollen wir mit dem Geld machen?«

Necmeddin sah sich um. Von seinen Sipahi oder den Janitscharen war noch niemand in Sicht. »Verstau den Beutel gut! Wir reiten vor allen anderen nach Kütahya und verstecken ihn unterwegs. Wer weiß, wozu wir das Gold noch einmal verwenden können!«

Der Mann vom Felsen lag gefesselt vor der Jagdhütte. Aber auch unter Folter konnte er nicht mehr verraten, als daß er und die anderen Haydutlar von Ismails Diener Hamdi am Abend zuvor angeworben worden waren, den Bogenmeister und dessen Gefolge zu töten.

Sie waren eine Räuberbande, deren Mitglieder alle in der Umgebung von Kütahya hausten und die regelmäßig von Hamdi Hinweise bekam, welche Karawansereigäste nach dem Verlassen der Stadt auszurauben sich lohnte.

Von Hauptmann Omar, dem ersten Opfer von Nûrbanus Ränken, und dessen angeblichem Reitunfall wußte der Gefangene nichts, aber er gab an, daß Ismail und Hamdi sich ihren Anteil an der Beute der Bande stets geteilt hatten.

Necmeddin glaubte ihm. Niemand vermochte mehr zu lügen, wenn er mit einer rotglühenden Messerspitze in Augennähe befragt wurde.

Weder Necmeddin noch Dschengis hatten ein Interesse, daß der Mann in Kütahya vom Kadi nochmals verhört wurde. Nach der Folter »vergaßen« sie, ihm die Beine zu fesseln, »vergaßen« auch das Folterwerkzeug, das Messer, wieder an sich zu nehmen.

Die Toten wurden eingesammelt und auf ihre Pferde gebunden. Von den Sipahi und Janitscharen waren nur die mit den Pferden gestürzten Unteroffiziere leicht verletzt.

Als der Gefangene sich endlich seiner Handfesseln entledigt hatte und in dem Durcheinander des Aufbruchs auf ein reiterloses Pferd zukroch, traf ihn Dschengis' Pfeil.

Am Nachmittag verließ der Trupp die Jagdhüttenlichtung. Dschengis und Necmeddin waren schon vor ihren Soldaten aufgebrochen.

Die Nachricht vom Überfall der Haydutlar und von Ismails Zusammenarbeit mit der Räuberbande sprach sich noch am selben Abend in Windeseile in der Residenzstadt herum. Necmeddin und Dschengis mußten sofort dem Schehzade persönlich Bericht erstatten. Er belohnte die beiden Hauptleute reich und lobte ihre Umsicht. Ismails Besitz in Kütahya fiel an den Prinzen. Der Sipahi-Offizier Hassan wurde neuer Kommandeur der Leibgarde, Necmeddin rückte als dessen Stellvertreter auf. An ihn erging auch der prinzliche Befehl, ohne viel Aufsehen Ismails Weinvorräte zu konfiszieren.

Der Tod seines Bogenmeisters ging dem Schehzade nahe. Einmal sagte er zu Necmeddin: »Husseins doppelspitzige Pfeile verfehlten nie ihr Ziel, und er vermochte sogar drei der Hunde damit zu töten, den Rest habt ihr ja dann erledigt. Aber ich wünschte manchmal, es wäre jemand übriggeblieben, an dem auch ich noch Rache nehmen könnte.«

Nicht nur Prinz Selim sann auf Rache.

»Wir müssen vorsichtig sein, Kamerad!« mahnte Necmeddin. »Wir haben zwar Husseins Mörder getötet, aber wer Hauptmann Omar umgebracht hat, wissen wir noch immer nicht.«

Aus Dschengis' Vorschlag, eine der Leibsklavinnen Nûrbanus mit blanker Waffe zum Reden zu bringen, wurde nichts. Weder Fatma noch Aysche zeigten sich in den folgenden Wochen außerhalb der Mauern der prinzlichen Residenz.

»Ich habe lange über Omar und seinen Tod nachgedacht«, sagte Dschengis eines Abends, während sie hinter der Töpfergasse am Göksuyu-Fluß in einer neuen verschwiegenen Taverne, die ihnen ein Offizierskamerad empfohlen hatte, einen Krug Zypern-Wein leerten. »Der Bauer, von dem du erzählt hast, will ja *zwei* Sipahi-Reiter an dem Tag in der Schlucht gesehen haben, als das Pferd ihn abgeworfen hat. Ich bin überzeugt, daß Prinz Selims Erste einen Helfer unter uns Leibgardisten hatte – und noch hat!«

»In letzter Zeit sind mir ähnliche Überlegungen durch den Kopf gegangen, Kamerad«, erwiderte Necmeddin. »Damals gaben Hussein und ich nicht so sehr viel auf die Worte des Bauern, denn alle Sipahi der Residenz waren an dem Tag ausgeritten. Aber je mehr ich darüber nachdenke, desto mehr muß ich dir zustimmen. Zumindest *könnte* ein von Nûrbanu bestochener Sipahi damals Omars Pferd zum Scheuen gebracht haben, jemand, der auch vielleicht heute ihr Gold noch annimmt.«

Bevor der Winter die Straßen unpassierbar machte, wurde ein Teil der Janitscharen in der Garnison von Kütahya turnusmäßig ausgetauscht. Mit den neuen Soldaten kam für Dschengis auch ein bekanntes Gesicht in die Kaserne. Es war Hamza, der Junge von der Nachbarheimatinsel Pserlendos.

Er erkannte Dschengis erst, als der ihn ansprach. »Ja, Hauptmann? Nein! Das darf doch nicht wahr sein – Jannis!«

»Dschengis«, berichtigte der junge Tschorbadschi lächelnd. Eigentlich hätte er seinen Landsmann am liebsten zu einem Krug Wein eingeladen, aber er erinnerte sich, daß Hamza schon als Janitscharenzögling mit Eifer die Gesetze und Gebote der neuen Religion befolgen wollte.

Es gab viel zu erzählen. Hamza war noch immer ein einfacher Janitschar. Auch er hatte den Malta-Feldzug mitgemacht, war aber gleich zu Beginn vor St. Elmo schwer verwundet worden. Er hatte das Glück gehabt, mit anderen Verletzten auf einem Versorgungssegler von Torgut Reis' Flotte nach Afrika gebracht zu werden. Auf der Rückfahrt von Nordafrika war Hamzas Schiff für ein paar Tage im Hafen von Rhodos gewesen. Und so erfuhr Dschengis auch von ihm, daß die Pest in der Heimat gewütet hatte.

»Ich traf jemanden, der sagte, auf Pharnox hätte nur eine Familie in einer abgelegenen Bucht überlebt.«

»Und was ist mit Thiratois?«

»Auch auf Pserlendos und Thiratois sind die meisten vom Schwarzen Tod dahingerafft worden.«

»Ist dir irgendwo mein Bruder begegnet?«

Aber Hamza wußte nichts über Kosta.

Nach dem Gespräch mit ihm verspürte Dschengis das Bedürfnis, allein zu sein. Er nahm sich ein Pferd und ritt für ein paar Stunden in die Göksuyu-Ebene. Als er wieder nach Kütahya zurückkehrte, traf er Necmeddin bei den Stallungen.

Der Sipahi schaute ihn nachdenklich an. »Irgend etwas ist mit dir!«

Dschengis erzählte es seinem Kameraden.

Necmeddin hörte schweigend zu und nickte hin und wieder verständnisvoll. Dann legte er dem Tschorbadschi die Hand auf die Schulter. »Ich will sehen, daß ich dir helfen kann, etwas über den Verbleib deines Bruders zu erfahren. Ich werde demnächst nach Istanbul reisen, um einen Weintransport für den Schehzade zu eskortieren. Dann versuche ich, mit Yildirim Ahmed zu reden. Versprochen! Wenn einer etwas über Kosta weiß, dann ja wohl er.«

»Danke.«

Drei Pfeile

Weder sollte Necmeddin nach Istanbul reisen, noch sollte er den Enderun-Fechtlehrer nach Dschengis' Bruder befragen. Während Dschengis mit einigen Janitscharen für ein paar Tage auf Wolfsjagd in die Wälder gezogen war, fand Hassan, der Kommandeur der Leibwache, bei einer nächtlichen Patrouille durch das Händlerviertel Necmeddins Leiche in einer Blutlache in der Gasse der Töpfer unweit der neuen Weinschenke. Er war von hinten erstochen worden, und der Körper war noch warm.

Als Dschengis aus den Bergen zurückkam, hatte man seinen Kameraden schon begraben. Der Mord an dem Sipahi-Offizier, so hieß es, wäre eine Vergeltungsmaßnahme der Haydutlar gewesen.

Dschengis hatte da seine Zweifel und suchte den Leichenwäscher auf. Von dem erfuhr er, daß Necmeddin stark nach Wein gerochen hatte, als er zu ihm gebracht worden war. Außerdem hätte es den Mann gewundert, daß Necmeddins Mörder dem Sipahi nicht den wohlgefüllten Geldbeutel abgenommen hatten.

»Haydutlar sind schließlich Räuber. Aber vielleicht ist er von der Patrouille dabei gestört worden, Hauptmann?«

Dschengis beließ den Leichenwäscher in seinem Glauben.

Wein konnte Necmeddin eigentlich nur in der neuen Schenke getrunken haben, vielleicht sogar zusammen mit seinem Mörder. Der Wirt schwor, daß Necmeddin am besagten Abend nicht sein Gast gewesen war, aber Dschengis glaubte ihm nicht, denn der Mann wirkte sichtlich verängstigt, als er ihn befragte, und bemüht, den Tschorbadschi schnell hinauszukomplimentieren. Es wurde Zeit, das Gold, das sie bei Ismail gefunden hatten, sinnvoll zu verwenden.

Der Suppenkoch brachte Dschengis auf die richtige Spur. Den Bettlern in der Stadt entging so gut wie nichts, und der Koch kannte das Oberhaupt ihrer Gilde. Dschengis gab ihm zwei Goldstücke, mehr als die gesamte Garküche wert war, und schärfte ihm ein, keinesfalls zu verraten, wer sein Auftraggeber war.

Als Dschengis zwei Tage später wieder in die Töpfergasse ging, raunte ihm der Ischkembe-Koch einen Namen zu. Es war der Name des Mannes, der mit Necmeddin gezecht hatte, kurz bevor er erdolcht wurde. Diese Information war Dschengis zwei weitere Goldstücke wert.

Nach dem Mittagsgebet ließ er sich vom Waffenkammerfeldwebel die Schlüssel geben, um, wie er sagte, die Pfeile zu ergänzen, die er bei der Wolfsjagd verschossen hatte. Jeder Offizier der Garnison verfügte über ein eigenes Waffendepot in der Kammer. Dschengis füllte die Pfeiltasche wieder auf und vergewisserte sich, daß ihm niemand gefolgt war. Dann ging er zu der Nische, in der Husseins Waffen aufbewahrt lagen. Rasch steckte er zusätzlich drei von den zweispitzigen Pfeilen des ermordeten Bogenmeisters in seinen Köcher.

Dschengis überlegte und kam zu dem Schluß, daß der nächste Schlag Nûrbanus unweigerlich gegen ihn gerichtet sein mußte: Hussein hatte ihn nach Kütahya zurückgeholt, mit Necmeddin war er täglich zusammen gesehen worden. Spätestens nach dem Gefecht an der Jagdhütte hatte der Mann, dessen Name ihm der Koch genannt hatte, Prinz Selims Erste von Necmeddins und seiner Freundschaft informiert. Dschengis lächelte grimmig. Er würde die Pläne Nûrbanus durchkreuzen, und er wußte auch schon, wie.

Zufällig war Hamza einer der Patrouillen-Soldaten Hassans gewesen. Auch ihn hatte erstaunt, daß Hauptmann Necmeddin nicht ausgeraubt worden war. Die Haydutlar hatten ihm sogar den silbernen Prunkdolch und den kostbar verzierten Säbel gelassen.

»Ist denn der Kommandeur von Anfang an mit euch auf Patrouille gewesen?« fragte Dschengis.

»Nein. Er ist erst kurz vorher zu uns gestoßen.«

»So?«

»Ja. Ich denke, er wird sich vorher vergewissert haben, daß am Residenztor auch alle dafür eingeteilten Janitscharen auf ihren Posten waren, und ist dann zu uns gekommen, um zu sehen, ob auch wir ordnungsgemäß unsere Runden drehten. Wenn er nicht dabeigewesen wäre, hätten wir Hauptmann Necmeddin bestimmt erst viel später entdeckt.«

»Wie das?«

»Weil wir nachts eigentlich auf Streife nie durch die Töpfer-, sondern immer durch die Kupferschmiedegasse zum Flußpfad hinuntergehen. Aber da der Herr Kommandeur an der Spitze der Patrouille war, sind wir ihm selbstverständlich gefolgt.«

Dschengis opferte noch ein paar Goldmünzen. Er wollte von den Bettlern über jede Bewegung von Fatma und Aysche in der Stadt unterrichtet werden, denn seit Necmeddin tot war, verließen sie wieder öfter den Harem.

Es hatte nun schon seit Tagen ununterbrochen geschneit, und über Kütahya lag eine dicke weiße, gleichmäßige Decke, die auch die mondlosen Nächte erhellte und die Straßen und Plätze der Stadt noch stiller erscheinen ließ, als sie es ohnehin nach Einbruch der winterlichen Dunkelheit waren.

Der Kommandeur der prinzlichen Leibwache war am Ende eines kurzen Gäßchens angelangt, das an der Suppenküche von der Töpfergasse abzweigte. Hassan war gerade im Begriff, an eine Tür zu klopfen, die auf eine steile Treppe hoch zur Weinstube führte, als sich jemand hinter ihm räusperte. Er drehte sich hastig um und hörte ein Sirren. Es war das Geräusch einer vor- und zurückschnellenden Bogensehne.

Der Pfeil drang in Hassans Brustkorb, durchbohrte das Herz und nagelte den Körper des Kommandeurs mit einem Knall an die Tür.

Dschengis spuckte aus. Hassan hätte schon lange mit Nûrbanu paktiert, war ihm von den Bettlern versichert worden, und er hatte ihnen Glauben geschenkt.

Befriedigt steckte er den Reservepfeil in den Köcher zurück, der dem ersten, hätte er verfehlt, nachgeschickt worden wäre. Den Mörder des Hauptmanns hatte die gerechte Strafe ereilt. Zwei Sipahi hatte der Bauer in der Schlucht gesehen. Hassan war der zweite.

Dschengis verbarg den Bogen und die Pfeiltasche unter seinem weiten Mantel mit der tief ins Gesicht gehenden Kapuze und lief durch die Töpfergasse zum Viertel der Kupferschmiede. Dort gab er einem kleinen Mädchen eine handtellergroße Schachtel mit Naschwerk und eine Silbermünze als Botenlohn. »Bring die Schachtel hoch zur Residenz und gib sie am Tor ab.«

Das Kind bedankte sich und rannte los.

Dschengis folgte ihr in einiger Entfernung zum Hauptportal der Residenz und beobachtete, wie sie beim Wachhabenden das Päckchen mit dem Naschwerk abgab und in Richtung Töpferviertel zurücklief. Dann eilte er im Schatten der Residenzgartenmauer bis zu den Stallungstoren und von da aus weiter zu der dunklen Außenfassade der Haremsküche. Dort war auch der Hinterausgang, durch den Aysche und Fatma den Palast verließen, wenn niemand sie sehen sollte. Das Tor war zwar des Nachts mit einem Schloß gesichert, aber beide Frauen besaßen dafür den Schlüssel. Dschengis selbst hatte die Dienstpläne der Janitscharen ausgearbeitet, die dort Streife liefen: Sie würden erst in drei Stunden wieder ihre Runde drehen.

Dschengis war sich sicher, daß mindestens eine von Nûrbanus Leibsklavinnen bald durch das Tor treten würde. So war es jedenfalls immer gewesen, wenn dem Verräter Hassan eine Nachricht oder ein Befehl der Ersten in der Weinstube überbracht worden war. Hassan hatte dann stets einen Tag gewählt, von dem er wußte, daß kein anderer Offizier dort sein würde. Um Hassans Gepflogenheiten auszuspionieren, hatte Dschengis mehrmals mit einem anderen Offizier den Dienst getauscht, ohne daß der Kommandeur es jemals erfahren hatte. Hatte Hassan die Weinschenke erreicht, schickte der Wirt sogleich seine Tochter, die bei der Residenzwache am Haupttor Naschwerk für die Haremsküche abgab. Das war das verabredete Zeichen für die Leibsklavinnen Nûrbanus.

Es hatte einige Zeit gedauert, bis Dschengis das alles herausgefunden hatte. Viel Zeit und viel Gold für das Oberhaupt der Bettlergilde und den Kuttelsuppenkoch. Am schwierigsten war es gewesen, ein Kind zu finden, das der Tochter des Wirts ähnlich sah. Aber der Suppenkoch hatte ein entsprechendes Mädchen aufgetrieben.

Dschengis legte sich zwischen die Schuppen auf die Lauer, in denen die Holzvorräte der Haremsküche gestapelt waren. Verräterische Fußspuren mußte er nicht fürchten. Überall gab es zahllose Stiefelabdrücke der Holzhacker.

Unterhalb der Schuppen erstreckte sich unbebautes, felsiges Brachland, durchzogen von einem tiefen Trampelpfad, den die Palastbediensteten getreten hatten, da der Weg über die Brache eine Abkürzung in einige Stadtviertel am Flußufer bedeutete.

Dschengis mußte nicht lange warten. Das Küchentor öffnete sich einen Spalt. Sie kamen beide heraus.

Der Schehzade war ungehalten. Äußerst ungehalten. Diese Haydutlar trieben ihr Unwesen nicht nur in der Stadt und in der Umgebung, sondern unmittelbar und schamlos vor den Mauern der Residenz! Die zwei Lieblingssklavinnen seiner Ersten waren ebenso von ihnen umgebracht worden wie der Leibwachenoberst.

Und nun gab es, so hatten Freunde in der Stadt vernommen, zusätzlich all die schrillen Gestalten und zottelbärtigen Derwische, die behaupteten, daß sie Hussein gesehen haben wollten, oder zumindest einen Geist!

Ein wenig nachdenklich allerdings besah sich der Schehzade dann doch die doppelspitzigen Pfeile, die Tschorbadschi Dschengis ihm gebracht hatte. Es war richtig, Hussein hatte solche Pfeile bevorzugt. Wie waren die Banditen bloß in ihren Besitz gelangt? Fragen über Fragen. Lästige Fragen. Und solange noch Schnee lag, war es unmöglich, die Haydutlar mit zwei, drei Janitscharen- oder Sipahi-Hundertschaften in ihren Schlupflöchern in den Bergen auszuräuchern.

Der Schehzade ließ sich von seinem Mundschenk nachgießen. Aber warum sollte der Geist seines Bogenmeisters ausgerechnet Hassan und die beiden Frauen töten?

Prinz Selim ahnte nicht, daß der Rest des venezianischen Goldes aus der Schatulle seiner Ersten draufgegangen war, um zottelbärtige Derwische einen gewissen Geist sehen zu lassen.

Als der Mundschenk den Rest des Krugs in die gläserne Trinkschale goß, sagte der Schehzade: »Bring mir noch einen Krug und hol den Tschorbadschi Dschengis!«

»Ja, Hoheit!« Der Mundschenk eilte davon.

Der Schehzade haßte es, wenn die Dinge sich verkomplizierten. Unter seinem Bogenmeister hatte der Weinnachschub einwandfrei geklappt. Hauptmann Necmeddin war eingeweiht gewesen und hätte Hussein problemlos ersetzen können. Aber beide waren ermordet worden. Irgend jemand mußte ihn auch in Zukunft mit Zypern-Wein versorgen, jemand, der auch schon Husseins und Necmeddins Vertrauen besessen hatte. Und so war schließlich die Wahl des Schehzade auf Tschorbadschi Dschengis gefallen.

Selim Ibn Süleyman,
König der Könige

Erneute Besuche in Nicos Schenke

Dschengis blieb achtsam. Prinz Selims Erste war eine Frau, die ihre Ziele zu verfolgen verstand. Hassan hatte ihr bestimmt von seiner Freundschaft zu Necmeddin Bericht erstattet. Aber nachdem Nûrbanu ihrer Helferinnen beraubt war, schien sie offenbar nicht mehr in der Lage zu sein, gegen ihre Feinde außerhalb des Harems in gewohnter Weise vorzugehen. Und vielleicht hatte sie nach Hassans, Ismails und Hamdis Tod auch keine geeigneten Handlanger mehr.

Dschengis hoffte nur inständig, möglichst bald etwas von seinem Bruder zu erfahren. Die Aufgabe, im Frühling den Wein des Schehzade aus Üsküdar nach Kütahya zu eskortieren, würde dazu eine gute Gelegenheit bieten, und mit etwas Glück und einem gut gespannten Bogen mit eingelegtem Pfeil würde er auch den dicken Eunuchen zum Reden bringen können. Aber es gab noch einen Grund, weshalb es Dschengis in die Hauptstadt drängte: Er mußte unbedingt Nico fragen, wer das Mädchen mit der Wäsche im Hof gewesen war, als er damals mit Necmeddin seinen Rausch ausgeschlafen hatte.

Einmal dachte Dschengis, daß es doch einem Helfer Nûrbanus gelungen war, sein Essen zu vergiften. Nach dem Verzehr von Hackfleischröllchen in einer öligen Sauce verspürte er plötzlich heftige Magenkrämpfe. Es folgten Durchfall und Erbrechen. Aber es war kein Giftanschlag der Ersten Kadin. Die Schmerzen hielten nicht lange an. Ein Teil der Sipahi-Truppe litt unter den gleichen Beschwerden, ebenso die Köche, die die Speisen zubereitet hatten. Das Öl in der Sauce war verdorben gewesen, fand der Garnisonsarzt heraus.

Als der Schnee zu tauen begann, unternahmen die Truppen etliche ausgedehnte Militäraktionen gegen die Haydutlar, und es gelang ihnen, deren lang gesuchten Anführer, einen ehemaligen Tschorbadschi, zu töten. Sein Kopf wurde in Salz gelegt und Dschengis' Karawane mitgegeben. Mit der Karawane reiste auch der Mundschenk des Schehzade. Er sollte in Üsküdar den Wein prüfen und mit Kaptan Sokrates die Verhandlungen führen.

Dschengis schickte einen Reiter auf einem schnellen Pferd voraus, um den Skipper von ihrem Kommen zu unterrichten. Nach einer Reise ohne Zwischenfälle erreichten sie den Bosporus Ende März. Vor genau einem Jahr war die Pfortenflotte nach Malta abgesegelt. Der Mundschenk hatte schon mehrmals mit Hussein Wein aus Üsküdar geholt und kannte sich dort gut aus. Sie kamen in einem Han neben der Iskele-Moschee unter, wo auch schon die »Ölschläuche und -krüge« eingelagert waren. Kaptan Sokrates ließ ihnen durch den vorausgeschickten Boten bestellen, daß ihn wichtige Geschäfte abberufen hätten, er aber bestimmt am nächsten Tag abends in Üsküdar sein würde. Dschengis beschloß, noch am selben Tag Nicos Weinstube aufzusuchen. Vorher mußte er allerdings zum Neuen Saray.

»Ich werde jetzt den Kopf im Bab-i Hümayun abgeben«, sagte Dschengis zum Mundschenk und befahl einem Janitscharen, das in einen Sack eingenähte Haupt des Banditenanführers zur Anlegestelle der Ruderboote zu schaffen. Zu seiner Verwunderung wollte der Mundschenk ihn begleiten.

»Ich möchte anschließend – Freunde in Pera besuchen«, erklärte er.

»Ich ebenfalls«, sagte Dschengis mit gespieltem Ernst. »Meine Freunde besitzen übrigens in der Nähe des Turms einen gewölbten Keller.«

Der Mundschenk grinste breit. »Wir hätten uns also eh beim Hinker getroffen, Tschorbadschi!«

Dschengis ließ sich von einem Hauptmann der Kapidschelar den Erhalt des Banditenschädels quittieren und schickte den Janitscharen wieder nach Üsküdar zurück. Dann begab er sich mit dem Mundschenk zum Großen Bazar auf dem Rücken der Saray-Halbinsel. Wieder staunte er über die vielen prächtigen Steinbauten, über die himmelhohen Moscheenminarette und die gewaltigen Kuppeln der Gotteshäuser. Eindrucksvoller als all die Bauwerke empfand er aber nach dem ruhigen Kütahya die Menschenmassen. Selbst in den Nebenstraßen herrschte dichtes Gedränge.

Dschengis kannte den Bazar von Gelibolu, den von Kütahya und Konya. Der Istanbuler Markt war viel größer als alle drei zusammen, war gleichsam eine Stadt für sich. Noch nie hatte er so viele Handelswaren jedweder Herkunft und Güte gesehen. Gab es in Kütahya gerade einmal zwei, drei Gassen, in denen die Kupferschmiede ihre Waren feilboten, so fanden sich hier Dutzende von Sträßchen mit blitzenden Tellern, Schüsseln oder Kannen. Alle Wege und auch die Plätze im Bazar waren überdacht. Dschengis sah zwei Moscheen und mehrere Brunnen. Bald hatte er hoffnungslos die Orientierung verloren, nicht so sein Begleiter. Bevor er in die Residenz von Prinz Selim gekommen war, hatte er einem reichen Kaufmann in Istanbul gedient. Er durchstreifte das Labyrinth der Verkaufsstände mit der Vertrautheit eines der unzähligen Träger, die auf ihren hölzernen Rückengestellen Lasten jeder Art schleppten.

Das Nachmittagsgebet verrichteten sie zusammen mit Händlern und Marktbesuchern in einer der Bazarmoscheen. Dschengis erstand noch einen Silberring bei einem armenischen Schmuckhändler. Der Mundschenk suchte nach einem Glaskrug venezianischer Machart, wurde aber nicht fündig.

Noch bevor der Markt schloß, schlenderten sie an der prachtvollen Süleymaniye-Moschee vorbei zum Goldenen Horn hinunter und mieteten ein Boot nach Galata. Obwohl es bereits dunkel geworden war, als sie dort in zwei Sänften stiegen, hüllten sie sich in ihre Umhänge, daß man kaum noch etwas von den Gesichtern sehen konnte, und zogen auch die Vorhänge der Tragstühle zu.

Die Nachricht von Husseins, Necmeddins und Ismails Tod war bis zu den rhodischen Brüdern vorgedrungen. Ein Weinhändler, der Ismail beliefert hatte, war vor kurzem in der Schenke am Pera-Turm eingekehrt.

»Die Menschen sind schlecht, das ist bekannt«, philosophierte der Wirt, »aber Ismail hätte ich es wahrlich nicht zugetraut, daß er mit einer Mörderbande von Haydutlar unter einer Decke steckt.«

»Man sollte sich besser vor Schankwirten hüten«, scherzte Dschengis' Begleiter, »sonst liefern die einen nur ans Messer.«

»Aber, Herr!« sagte Nico entrüstet. »Es gibt auch ehrliche.«

»Und weil auch nicht *alle* Menschen schlecht sind, wollen wir dir selbstverständlich weiterhin vertrauen. Bring uns also einen großen Krug.«

»Mit Vergnügen! Darf es Zypern- oder Rhodos-Wein sein?«

»Wir wollen den aus Zypern!« Als der Wirt davoneilte, sagte der Mundschenk: »Ich meine von Hussein gehört zu haben, daß der Hinker nicht mehr an Zypern-Wein gelangt, weil der Schehzade jeden Tropfen aufkauft.«

Dschengis schüttelte den Kopf. »Als ich mit Necmeddin hier gezecht habe, gab es aber welchen.«

»Er hatte, glaube ich, einmal Streit mit Kaptan Sokrates, der fast den gesamten Schmuggelwein ins Reich bringt, aber wahrscheinlich ist er beigelegt.«

Als Nico den Wein brachte und seinem Begleiter einschenkte, kam es Dschengis wieder vor, als würde der Hinker ihn prüfend aus den Augenwinkeln mustern.

»He, Wirt!« Dschengis zog Nico zu sich heran und sagte dann leise: »Ich wüßte gerne, ob ich wohl heute die Ehre habe, Yildirim Ahmed, den Enderun-Fechtlehrer, bei dir zu treffen.«

Der Rhodier schüttelte den Kopf. »An einem Mittwoch bestimmt nicht, Hauptmann.«

»Hat er einen bestimmten Grund dafür?«

»O ja! Heute ist der Tag, an dem der Oberst der Zülfülü Baltadschelar immer mit einem Haremseunuchen bei mir zecht. Yildirim Ahmed kann weder den einen noch den anderen leiden, und die Abneigung scheint auf Gegenseitigkeit zu beruhen. Überhaupt scheinen sich die Weißen und die Schwarzen Verschnittenen nicht besonders zu mögen. Nein, Hauptmann, wenn Ihr den Enderun-Fechtlehrer sprechen möchtet, dann kommt morgen um die gleiche Zeit.«

»Yildirim Ahmed!« murmelte der Mundschenk. »Ein gefährlicher Mann. Ich habe einmal beobachtet, wie er einen Sipahi in

Stücke gehauen hat. Darf ich fragen, was du mit ihm zu schaffen hast, Tschorbadschi?«

Der Mundschenk trank Dschengis zu.

»Er war der Fechtlehrer von Necmeddin in der Enderun. Es wird ihn interessieren, daß sein ehemaliger Zögling ermordet worden ist«, sagte Dschengis und dachte: ›Und vor allem: *weshalb*!‹ Den Weißen Eunuchen mit einer Waffe zum Reden zu zwingen beabsichtigte Dschengis nach reiflichem Überlegen nicht mehr. Er würde versuchen, den Dicken mit seinem Wissen über Nûrbanus Machenschaften zu ködern, und ihm gegenüber vorgeben, noch von Necmeddin dazu den Auftrag bekommen zu haben. Der »Gesetzgebende« war alt und gebrechlich. Der Schehzade Selim würde in nicht allzu ferner Zukunft auf dem Osmanenthron sitzen. Dann, so hatte Dschengis überlegt, könnte es für einen Anführer der Weißen Eunuchen eine wertvolle Vorabinformation sein, wie es unter Sultan Selim um die Machtverhältnisse im Harem bestellt sein würde. Nicos Bemerkung, daß Weiße und Schwarze Verschnittene sich nicht besonders mochten, gab Dschengis Hoffnung, Yildirim Ahmed in ein Gespräch – auch über den Bruder – zu ziehen …

Als Nico noch mal zu ihnen trat, fragte Dschengis ihn nach dem Tanzmädchen, das er damals im Hof beobachtet hatte.

»Ach, die Tscherkessin tanzt jetzt für einen Pascha in Edirne, Hauptmann.«

Und wieder hatte Dschengis das Gefühl, als würden Nicos Augen länger als nötig auf ihm verweilen.

»Es war keine Tscherkessin, Wirt!« Dschengis beschrieb die junge Frau.

Nico runzelte die Stirn. »Wie ein Inselmädchen? Schlank und schwarzhaarig? Ihr müßt Euch getäuscht haben, Herr. Solch eine Frau hat nie bei mir getanzt.« Energisch den Kopf schüttelnd, ging er weg.

Der Mundschenk kicherte. »Das war bestimmt seine Tochter, die du da gesehen hast, Tschorbadschi. Es heißt, er hält sie gut unter Verschluß. Sie soll schöner und anmutiger sein als alle Mädchen zusammen, die er hier und im Bordell am Turm beschäftigt.«

»Er ist umtriebig, dieser Bursche!«

Der Mundschenk deutete auf die anderen Zecher in den Nischen. »Kein Wunder bei der Protektion, die er von allen möglichen Aghas und Obristen genießt. Nicos verbotene Taverne hier in Pera muß am Hof des ›Gesetzgebenden‹ das offenste Geheimnis sein, das man sich vorstellen kann. Es grenzt an ein Wunder, daß ihn noch kein Mullah oder Kadi angeschwärzt hat, trotz aller ›Geschenke‹, die der Hinker großzügig nach links und nach rechts jeden Monat aufs neue verteilt.«

Der letzte Tag der Reise nach Üsküdar war ermüdend gewesen. Heftige Regengüsse hatten die Straßen und Wege am asiatischen Bosporusufer in Schlammbahnen verwandelt. Wieder und wieder hatte die Karawane wegen eines gefährlich angeschwollenen Baches oder eines Erdrutsches anstrengende Umwege nehmen müssen. Dschengis und der Mundschenk des Schehzade waren noch vor Mitternacht wieder in ihrem Han.

Am Donnerstag kam Kaptan Sokrates nachmittags zu ihnen. Nach kurzem, höflichem Feilschen wurde man handelseinig. Daraufhin lud der Skipper den Mundschenk und den jungen Tschorbadschi zu einem Umtrunk ein, zu Nico nach Pera selbstverständlich.

Nico begrüßte den Skipper wie einen alten, sehr intimen Freund. Falls es einmal ein Zerwürfnis zwischen den beiden gegeben haben sollte, so war jedenfalls nichts mehr davon zu spüren. Der Wirt brachte seine drei Gäste zu einer Nische neben dem Durchgang zum Weinlager. Dschengis und der Mundschenk lösten die Samtbänder, die ein Verrutschen der Säbelscheiden im Gürtel verhinderten, und legten ihre Säbel neben sich auf die Polster. Kaptan Sokrates war nur mit einem Dolch bewaffnet, den er am Leib behielt.

»Von hier aus seht Ihr Yildirim Ahmed gleich, wenn er hereinkommt, Hauptmann«, sagte der Wirt und verschwand im Weinlager.

Der Skipper war auch schon eingehend über die Ereignisse in Kütahya informiert. Daß Ismail und sein Diener getötet worden waren, erfüllte ihn mit unverhohlener Schadenfreude, denn er hatte mit Ismail ins Geschäft kommen wollen, aber der Han-Besitzer hatte stets anderen Lieferanten den Vorzug gegeben.

Kaptan Sokrates begann über den bevorstehenden Feldzug gegen die Ungarn zu erzählen: »Als ich vor nicht allzu langer Zeit in Edirne war, sammelten sich dort schon die ersten Truppen in einem Feldlager vor der Stadt ...«

Dschengis hörte nur mit halbem Ohr zu. Plötzlich bellten die Hunde.

»Das werden neue Gäste sein«, sagte der Wirt, stieg die Kellertreppe zum Hof hinauf und kam sogleich wieder zurück. »Hauptmann, Yildirim Ahmed ist soeben eingetroffen.«

Dschengis erhob sich. »Sind die Hunde weggesperrt?«

»Ja.«

Dschengis steckte den Säbel in den Gürtel, verknotete aber die Scheidenbänder nicht. Der Wirt schaute ihn fragend an. »Nur ein paar Worte vorab unter vier Augen mit ihm«, sagte Dschengis und ging mit Nico zur Kellertür.

Der Himmel war wolkenlos, und im Westen über den angrenzenden Häusern lag noch das letzte Licht des Tages.

Im Durchgang zum zweiten Hof erschien die Silhouette eines großen, dicken Mannes, hinter ihm tauchte eine weitere Gestalt auf.

›Vermutlich sein Diener‹, dachte Dschengis und ging direkt auf den Dicken zu. »Verzeiht, Herr!«

Der Enderun-Fechtlehrer blieb neben einem Stapel Bauholz stehen. »Was willst du, Tschorbadschi!«

Dschengis verbeugte sich, dabei verrutschte der Säbel. Als er die Scheide im Gürtel mit der linken Hand wieder zurechtrücken wollte, sprang der Verschnittene behende hinter den Balkenstapel, zog blank und schrie: »Vorsicht!«

Der Begleiter von Yildirim Ahmed hatte Dschengis' Griff zum Gürtel auch als Bedrohung interpretiert und rannte mit ebenfalls entblößter Waffe auf den vermeintlichen Angreifer zu.

Instinktiv riß Dschengis seinen Säbel aus der Scheide. Der Anstürmende zielte auf seinen Kopf. Dschengis blockte den Schlag mit der Klinge und ging sofort zum Gegenangriff über. Er hatte in Kütahya regelmäßig mit Necmeddin gefochten und viel von ihm gelernt. Jeden Gegner hätte Dschengis' blitzschnelle Konterbewegung das Leben gekostet, aber der Begleiter des Verschnittenen wich ihr mühelos aus.

Der Enderun-Fechtlehrer war auf den Balkenstapel gesprungen, um Dschengis von der Seite anzugreifen – und erstarrte plötzlich.

Die Kämpfenden standen sich schweigend gegenüber, während sich die Spitzen ihrer Säbel in Zeitlupe senkten. Dann ließen die Männer die Waffen fallen und lagen sich mit einem Aufschrei in den Armen.

»Jannis!«

»Kosta!«

Yildirim Ahmed atmete tief durch und steckte seinen Säbel in die Scheide zurück. »Ich habe es mir anders überlegt, Kenan. Ich mag heute nicht bei Nico zechen.« Er löste seinen Geldbeutel vom Gürtel und warf ihn dem Torwächterhauptmann zu. »Eure Zeche begleichst du daraus. Ich kann mir vorstellen, daß es viel zu erzählen gibt.«

Dschengis wollte protestieren, aber Yildirim Ahmed schnitt ihm das Wort ab. »Wir werden bestimmt noch Gelegenheit zu einem ausführlichen Gespräch haben, Tschorbadschi.« Der Weiße Eunuch sprang vom Balkenstapel und ging in den ersten Hof.

Dschengis und Kenan hörten, wie er Theo befahl, ihm eine Sänfte kommen zu lassen. Sie hoben ihre Säbel auf.

Aufgeschreckt durch den Lärm der Kämpfenden, war Nico die Treppe hinaufgeeilt. Als er den Hauptmann der Kapidschelar neben dem Janitscharenoffizier auf sich zukommen sah, klatschte er freudig in die Hände und rief: »Vermutet hatte ich es schon länger, aber jetzt, wo ich Euch nebeneinander sehe, ist alles ganz klar. Natürlich, ihr seid Brüder, Zwillinge sogar, falls ich mich nicht täusche!« Er lachte. »Auf meine alten Augen ist also doch noch ein wenig Verlaß! Willkommen!«

Dschengis trat zu Kaptan Sokrates und dem Mundschenk. Sie unterhielten sich angeregt. Er stellte ihnen seinen Bruder vor und erklärte mit knappen Worten, daß sie seit Jahren nichts voneinander gehört hatten und sich vielleicht später zu ihnen gesellen würden. Dann führte der Wirt die Brüder in eine kleine Nische fern von den anderen Zechern am äußersten Ende der Kellertaverne.

Alle Gäste waren bereits gegangen, als Dschengis und Kenan sich noch immer ihre Erlebnisse seit der Trennung auf der Devschirme-Galeere erzählten. Nico lag schnarchend in der Nische, in der Kaptan Sokrates mit dem Mundschenk gesessen hatte.

»Flucht? Ich habe anfangs beständig daran gedacht, aber ohne dich wollte ich nicht nach Thiratois zurück.«

»Mir ist es ähnlich ergangen.«

»Aber dann stand dein Name nicht mehr auf den neuen Orta-Listen von Gelibolu, was für mich nur bedeuten konnte, daß du in Malta umgekommen bist.«

Dschengis lachte. »Getötet oder befördert, Bruder! Man hat mich auf der alten Mannschaftsliste gestrichen und in die neue nicht übertragen, weil ich ja gleich nach meiner Ankunft in Gelibolu zur Leibgarde des Schehzade nach Kütahya abkommandiert worden bin.«

Kenan nickte. »Ja, jetzt verstehe ich natürlich. Aber dann erhielt ich auch noch die Nachricht, daß der Schwarze Tod auf den Inseln gewütet hatte. Seitdem habe ich eigentlich nie mehr so recht ans Fliehen gedacht. Wohin auch?«

Dschengis seufzte. »Wohl wahr, Bruder! Als mir von der Pest berichtet wurde, hatte ich den gleichen Gedanken. Ich wollte dich wiedersehen, aber da war auch das Gefühl, die Heimat endgültig verloren zu haben.«

»Es ist schon eigenartig, wie das Leben so spielt. Der, der uns aus der Heimat verschleppt hat, wird mein Freund und Gönner, und du hast das Wohlwollen des zukünftigen Sultans.« Kenan lachte. »Was soll's! Mir fehlen zwar ein paar Zähne, und meine Lippe und die Nase haben ihren Teil abbekommen, aber ich hätte es wahrlich schlechter treffen können!«

»Durchaus, was du sagst, gilt auch für mich!« Dschengis legte die

Stirn in Falten. »Nur vergiß nicht, ich habe in Nûrbanu eine ernst zu nehmende Feindin! Jeder in Kütahya weiß, wie eng Necmeddin und ich befreundet waren. Das ist es, was mir Kopfschmerzen macht. Früher oder später wird sie herausfinden, wer Husseins Pfeile benutzt hat – falls sie es nicht schon längst in Erfahrung gebracht hat –, und mich vernichten wollen. Du weißt so gut wie ich, daß man nicht jeden Schwertschlag abwehren oder jeder Kugel ausweichen kann.«

Kenan wedelte mit der Hand, als würde er lästige Insekten verscheuchen. »Feinde! Ich kenne niemanden, der keine hat. Ob nun in der prinzlichen Residenz oder am Hof des ›Gesetzgebenden‹. Der Oberst der Zülfülü Baltadschelar würde, wenn er könnte, mich und Yildirim Ahmed am liebsten in Stücke hauen, und ein paar Haremseunuchen würden ihm bestimmt dabei helfen. Aber noch fürchten sie sich vor den Weißen Eunuchen. Seit die Hexe Hürrem tot ist, war der ›Stellvertreter Allahs auf Erden‹ nie mehr in den Haremsräumen, und die Schwarzen Verschnittenen hatten keine Gelegenheit, sein Ohr zu gewinnen, wie das zu Lebzeiten Hürrems beständig der Fall war.«

»Wenn Prinz Selim Padischah wird, könnte sich das schnell ändern, Bruder!«

»Du hast recht, laß uns achtsam sein. Bei Hof kann man zwar von einem Augenblick zum anderen himmelhoch aufsteigen, aber genauso tief kann man auch wieder fallen. Ich stapele ja schließlich die Köpfe der ehemals Mächtigen zu Hauf im ›Tor des vom Paradiesvogel beschatteten Kaisers‹.«

»Bei Hof scheint es wie im Krieg zu sein«, sagte Dschengis. »Heute noch Galeerenkapitän und morgen bloß noch Rudersklave.«

Kenan grinste. »Oder aber: heute einfacher Janitschar und morgen schon Tschorbadschi. Die Kapidschelar haben allerdings keine Möglichkeit, auf dem Schlachtfeld schnell befördert zu werden oder sich an Beute zu bereichern. Wir Wächter vom Bab-i Hümayun bleiben im Palast, wenn das Pfortenheer ins Feld zieht.«

»Ich würde mich deshalb nicht allzusehr grämen, Bruder. Ruhm und Ehre, Tod und Verderbnis lagen in Malta verdammt dicht beieinander. Ich bin froh, daß die Leibgarde des Schehzade nur ins Feld muß, wenn der Prinz selbst ein Heer anführt. Aber es stimmt schon, was du eben gesagt hast: Wir beide haben es im Grunde genommen trotz aller Widrigkeiten wirklich nicht schlecht getroffen.« Dschengis zeigte auf Yildirim Ahmeds Geldbeutel am Gürtel seines Bruders. »Was ist eigentlich mit den Weißen Eunuchen, wenn es bald Krieg geben sollte? Sind sie nicht ein Teil der Großherrlichen Leibwache?«

»So ist es«, sagte Kenan. »Dort, wo der Padischah ist, sind auch sie – in seiner unmittelbaren Nähe. Auch auf dem Schlachtfeld.«

Erst in den frühen Morgenstunden übermannte die Zwillinge die Müdigkeit, und sie rollten sich in die Decken, die ihnen der Rhodier vorsorglich gebracht hatte.

Der »Gesetzgebende« stirbt

Zwei Tage nach seinem Wiedersehen mit Kenan kehrte Dschengis mit der Karawane nach Kütahya zurück. Der Weintransport traf zeitgleich mit einem Eilboten in der Residenz des Schehzade ein. Sultan Süleyman hatte sich nach Edirne ins Heerlager begeben und führte eine hunderttausendköpfige Armee gegen die Habsburger auf ihrem langen Weg nach Nordwesten, nach Ungarn. Im Heerzug reiste auch Großwesir Sokollu Pascha und die anderen Minister des Großherrlichen Diwans.

Der Eilbote brachte nicht nur offizielle Depeschen, sondern auch einen Brief von Kenan. Noch bevor Yildirim Ahmed mit dem Padischah nach Edirne aufgebrochen war, hatten sie erfahren, daß Nûrbanu wieder eine Leibsklavin in den Harem des Neuen Sarays geschickt hatte, offenbar, um die Lage dort zu erkunden. Selbst im entfernten Kütahya schienen alle mit dem baldigen Ableben des »Königs der Könige« zu rechnen.

»Ich hatte dienstfrei, als die Frau ankam, aber mein Kollege sagte, daß der Oberst der Zülfülü Baltadschelar sie wieder selbst im Bab-i Hümayun abgeholt hat. Also gib gut auf dich acht!« endete Kenans Brief.

Dschengis erkundigte sich, wer die neue Vertraute von Nûrbanu war. Sie hieß Canan. Es überraschte ihn wenig, daß sie vom Sklavenmarkt in Alexandria stammte. Dort handelte man bevorzugt mit Mädchen, die nordafrikanische Korsaren bei ihren Streifzügen an den kretischen und zyprischen Küsten erbeuteten. Kreta und Rhodos waren Hoheitsgebiete der Signoria, Machtbereich Venedigs.

Dschengis nahm sich vor, jeden Schritt dieser Sklavin genau zu beobachten, wenn er zurück in Kütahya war.

Prinz Selim widmete sich seit dem Frühlingsbeginn wieder verstärkt seiner Lieblingsbeschäftigung: Er ritt mit Freunden zur Jagd aus. Fast immer waren Amidi Süleyman Efendi und Joseph Nasi dabei.

Wenn dann abends in der Residenz die Strecke des Tages gefeiert wurde, geschah es häufig, daß die Leibwachenoffiziere in die Pokulierrunde aufgenommen wurden, besonders die, die sich durch einen Meisterschuß hervorgetan hatten. Dschengis kam häufig in den Genuß von Kaptan Sokrates' vorzüglichem Schmuggelwein. Nur der Sinn der Gedichte, die der Schehzade dann in fortgeschrittenem Rausch mit Tränen in den Augen und belegter Stimme deklamierte, blieb dem Janitscharenhauptmann weiterhin unverständlich, was wohl auch ein wenig damit zusammenhing, daß der Schehzade im berauschten Zustand stärker als normal lispelte.

Kenan schickte den ganzen Sommer über Briefe mit den Kurieren nach Kütahya. Er selbst erhielt regelmäßig Post von Yildirim Ahmed, der über den Verlauf des Feldzugs berichtete. »Es grenzt an ein Wunder, wie unser gebrechlicher Padischah all die Strapazen des Marsches erduldet, ohne zu wehklagen«, schrieb der Enderun-Fechtlehrer. »Er reitet nur noch selten. Die meiste Zeit über sitzt er in seiner Prunkkarosse, die von acht weißen Stuten gezogen wird.«

Fast immer war es Sokollu Mehmet Pascha, der Großwesir, der Prinz Selim über den Ungarn-Feldzug seines Vaters auf dem laufenden hielt. Der Schehzade las dann diese Mitteilungen während der abendlichen Zechgelage seinen Freunden vor: Sultan Süleyman hatte im Juni in Belgrad Johann Sigmund, den mit ihm verbündeten Fürsten Siebenbürgens, getroffen, ihn reich beschenkt, und der Padischah hatte das Versprechen erneuert, nicht eher zu rasten, als bis er dem Fürsten die Krone Ungarns aufsetzen könnte.

Am 5. August erreichten die Pfortentruppen die Festung Szigetvár, der Name bedeutete »Inselburg«. Sie gingen augenblicklich zur systematischen Belagerung über. Der Sultan erlebte den Fall Szigetvárs nicht mehr. Er verschied in der Nacht zum 6. September des Jahres 1566 christlicher Zeitrechnung.

Sokollu Mehmet Pascha befahl den Ärzten und Wesiren, den Leibwächtern und persönlichen Dienern des Sultans strengste Geheimhaltung, bis der Schehzade an der Front eingetroffen sei. Würde das Heer vor Ankunft des Prinzen vom Tod ihres Herrschers erfahren, so fürchtete der Großwesir, hätte das Aufruhr und den Abbruch der Belagerung zur Folge. Die Janitscharen hatten Prinz Beyazit noch nicht vergessen, den sie Prinz Selim allemal vorgezogen hätten. Nein, die Janitscharen durften erst vom Ableben des »Gesetzgebenden« erfahren, wenn Prinz Selim als neuer Herrscher vor ihnen stand. Um sicherzugehen, daß seine Nachricht auch wirklich den Schehzade in Kütahya erreichen würde, schickte er drei Kurierreiter auf verschiedenen Reiserouten los. Sie sollten die Eroberung der Festung Szigetvár melden. Die Briefe, die sie übermittelten, enthielten aber einen versiegelten Anhang, der nur für Prinz Selims Augen bestimmt war.

Und so saß die Leiche des »Gesetzgebenden« fast zwei Wochen aufrecht und würdig im Halbdunkel des Prunkzelts der Osmanen. Die besten Speisen wurden aufgetragen, Boten wurden angehört und Kriegsrat wurde abgehalten.

Als die drei Briefe alle am selben Tag mit der Todesnachricht in Kütahya eintrafen, gab der Prinz den Boten jeweils ein paar Goldstücke, las aber Sokollus Schreiben abends zum ersten Mal nicht in größerer Runde vor, sondern zog sich mit seinen engsten Freunden in den Gartenpavillon zurück. Bereits am nächsten Morgen brach er mit den Sipahi-Reitern der Leibwache nach Istanbul auf. Mit ihm reisten die Vertrauten: Lala Mustafa Pascha, Celal Bey, Ataullah Effendi, sein ehemaliger Lehrer, und Tütünsüz Hüseyin Pascha, sein vormaliger Erzieher. Die verbleibenden Janitscharen wurden Dschengis unterstellt. Wenn der Befehl dazu kam, hatten sie den prinzlichen Harem nach Istanbul zu eskortieren.

Was sich nach der Abreise des Schehzade alles auf dessen Weg nach Ungarn und zurück nach Istanbul ereignete, erfuhr Dschengis erst nach Selims endgültigem Einzug ins Neue Saray:

Am 30. September erreichte die Reiterschar des Prinzen Üsküdar. Bis auf wenige vom Großwesir eingeweihte Palast-Aghas, die den Palast für den neuen Sultan vorbereiten sollten, wußte zu diesem Zeitpunkt niemand in der Reichshauptstadt, daß der »Gesetzgebende« verstorben war. Der Oberste Bostandschi holte Prinz Selim mit der Großherrlichen Prunkbarke in Üsküdar ab, fiel vor ihm auf die Füße und küßte seinen Mantelsaum. Als auch noch von den Arsenalen und Werften Kanonen Salut feuerten, während der Prinz und sein Gefolge an der Saray-Anlegestelle gegenüber von Galata landeten, ahnten die Istanbuler, daß sie einen neuen Herrscher hatten. Überall sammelten sich Menschenmassen und jubelten: »Selims Regierungszeit hat begonnen!«

Während der Prinz zum Palast ritt, warf er freigebig Münzen unter das Volk, das die Straßen säumte. Im Palast begab sich Selim sofort zum Thronsaal im Dritten Hof. Seine Schwester Mihrimah beglückwünschte ihn als erste. Damit Selim das übliche Antrittsgeld zahlen konnte, hatte sie aus ihrem Privatbesitz 50 000 Goldstücke heranschaffen lassen, denn ein großer Teil des Staatsschatzes war für den Feldzug des »Gesetzgebenden« benötigt worden. Selim gab »Begrüßungsgeld« an Hofbeamte, Palastsoldaten und Aghas. Er blieb nur zwei Tage in Istanbul, besuchte die Gräber seiner Ahnen und reiste dann nach Belgrad weiter. Die Strecke, für die man normalerweise einen Monat brauchte, wurde in nur zwei Wochen bewältigt.

In Belgrad wartete Selim auf die siegreichen Pfortentruppen aus Szigetvár. Sokollu Mehmet Pascha gab kurz vor Erreichen der Stadt den Tod von Sultan Süleyman bekannt. In Belgrad sprachen die Mullahs das Todesgebet, und der Leichnam des Sultans wurde mit einer dreihundertköpfigen Schutztruppe nach Istanbul geschickt.

Die Soldaten forderten nun, daß Selim eine Thronbesteigungszeremonie abhalten sollte. Er kam ihrem Wunsch nicht nach. Die Zeremonie bedeutete, daß er erneut »Begrüßungsgeld« zahlen mußte. Daraufhin zogen marodierende Janitscharenhaufen durch Belgrad. »Uns stehen nach altem Brauch dreitausend Goldmünzen zu, aber da wir im Feld sind, wollen wir viertausend haben!« schrien sie. »Gib Gold, Sultan!« Zum Glück verebbten die Unruhen, als der neue Padischah eilig nach Istanbul aufbrach.

Auf dem Weg dorthin wurden die beiden obersten Heeresrichter bei ihm vorstellig. »Sultan Süleyman hat den Weingenuß verboten, deshalb hoffen wir, Ihr verbietet ihn auch, Hoheit!«

Sultan Selim zog die Stirn in Falten. »So?«

Alle, die der Unterredung beiwohnten, dachten, daß der Padischah die beiden Paschas augenblicklich den Henkern überantworten würde, aber Sultan Selim enthob sie bloß ihrer Posten. »Ich mag meine Hände nicht gleich zu Beginn meiner Herrschaft mit Blut beflecken! Geht mir aus den Augen!«

Ende November trafen die Pfortentruppen mit dem Padischah in Edirne ein. Dort erreichte Selim die Nachricht, daß sein Vater beigesetzt worden war. Yildirim Ahmed und die anderen Weißen Eunuchen, die Süleyman begleitet hatten, erhielten Befehl, alles für einen festlichen Einzug in den Neuen Palast vorzubereiten, und wurden dem Heer vorausgeschickt.

Anfang Dezember erreichte Sultan Selim den Istanbuler Vorort Halkoli und wollte sich dort ein paar Tage von den Anstrengungen der Reise erholen, als eine geheime Botschaft Yildirim Ahmeds eintraf, der erfahren hatte, daß die unzufriedenen Janitscharen und Sipahi den festlichen Einzug in Istanbul um jeden Preis verhindern wollten und Umsturzpläne hegten.

»Mit Hilfe des Allmächtigen ist mein Vater in ähnlichen Situationen Herr der Lage geworden«, sagte der Sultan und befahl Sokollu Pascha, den Aufbruchsbefehl zu geben.

Der Zug formierte sich zur Mittagsstunde zum Hauptstadteinzug. Hinter dem Edirne-Tor in der Stadtmauer kam der Zug, links und rechts von unzähligen Janitscharen flankiert, zum Stehen. Piyâle Pascha, der Großadmiral, ritt nach vorne und rief: »Was ist hier los, Brüder? Geht doch weiter!«

Die Janitscharen lachten und grölten. »Wir können nicht. Ein Wagen blockiert den Weg!«

Der Admiral sah kein umgestürztes Fuhrwerk und rief: »Es ist ungehörig, was ihr da treibt, Kameraden! Macht Platz!«

»Hört, hört! Seit wann kann uns denn ein Schiffssoldat Befehle erteilen!« Die Janitscharen lachten und zerrten den Admiral vom Pferd. Piyâle Pascha gelang es sich loszureißen und zum Troß des Sultans zu laufen.

Während der Zug sich im Schrittempo weiter auf den Palast zubewegte, begannen die Soldaten, die Paschas und sonstigen Begleiter zu drangsalieren. Wer konnte, warf Goldmünzen unter die Rebellierenden.

Yildirim Ahmed stand mit Kenan im Obergeschoß des Bab-i Hümayun, als sich die Spitze der Janitscharentruppe dem ersten Palasttor näherte. Der Weiße Eunuch befahl den Kapidschelar, den Janitscharen keinen Widerstand zu leisten und das Tor nicht zu sperren. »Die Übermacht ist zu erdrückend. Aber präg dir die Rädelsführer gut ein«, flüsterte er seinem Schützling zu. Dann rannte er zum Mitteltor.

Unterdessen hatten die Aufrührer die Wesire von den Pferden gezerrt und stießen sie mit ihren Gewehrkolben zum Sultan. »Er soll geben, wie es Gesetz ist. Sagt ihm das«, brüllten sie.

Sultan Selim hatte keine andere Wahl. Er versprach jedem Janitscharen nicht nur vier-, sondern sogar fünftausend Münzen und hoffte inständig, daß der verbliebene Staatsschatz noch dafür ausreichen würde. Am späten Nachmittag endlich durfte Sultan Selim den Palast betreten. Die Janitscharen drangen bis in den Diwan-Hof vor. Den Weißen Eunuchen, Bostandschi und anderen Wachtruppen gelang es aber, das »Tor der Glückseligkeit« zum Enderun-Hof hinter dem Padischah zu sperren. Vor dem Diwan-Saal kam es zwar zu etlichen Schlägereien zwischen Palastbediensteten und Janitscharen, aber es fiel kein Schuß, und keine Waffe wurde entblößt.

Am folgenden Tag wurde den Janitscharen das Begrüßungsgeld wie versprochen ausgezahlt. Zufrieden zogen die Soldaten aus dem Diwan-Hof ab und lobten lautstark ihren neuen Herrn und dessen Großzügigkeit.

Auch die hohe Geistlichkeit, die beständig beim »Gesetzgebenden« gegen Selim als Thronfolger opponiert hatte, wurde zufriedengestellt und erhielt das erste Mal in der Geschichte des Osmanischen Reichs ein Antrittsgeschenk vom Sultan. Das Gold beschwichtigte alle, und so blieb es nach dem Machtwechsel ruhig in der Hauptstadt. Als der Sultan die leeren Staatsschatzkammern sah, tröstete ihn der Großwesir mit der Bemerkung, daß die Kopfsteuer für die jüdischen und christlichen Untertanen im Osten des Reichs jeden Tag eintreffen konnte.

Sultan Selim, Selim bin Süleyman, gab Anweisung, den Harem von Kütahya ins Neue Saray zu holen, und befahl Yildirim Ahmed, die Wort- und Rädelsführer der Janitscharenrevolte diskret unter Mithilfe geeigneter loyaler Palastsoldaten zu liquidieren.

Dann zog sich der »Schatten Gottes auf Erden« mit seinen Freunden zum Feiern zurück. Er feierte eine Woche ohne Unterbrechung dank der Weinvorräte, die der alte Agha der Weißen Eunuchen vorsorglich in den Kellern des Bab-üs Saadet hatte einlagern lassen.

Außer den vorlauten Heeresrichtern verlor keiner der Würdenträger des »Gesetzgebenden« sein Amt, und außer einem Dutzend von den aufständischen Janitscharen- und Sipahi-Offizieren verlor niemand den Kopf. Sokollu Mehmet Pascha blieb Großwesir und heiratete Prinzessin Esmahan, eine Tochter Selims, Piyâle Pascha blieb Großadmiral, und für etliche Vertraute Selims aus der Konya- und Kütahya-Zeit gab es lukrative Posten in der Reichs- oder Provinzverwaltung. Mit dem Scheyhülisman Ebussuud Efendi, der diese ehrwürdige Position auch schon unter Sultan Süleyman innegehabt hatte, freundete sich der neue Herrscher der Osmanen sogar in der Folgezeit an. Der Oberste Rechtsgelehrte des Reiches und Mufti von Istanbul nahm zwar nicht an den Weinorgien des »Königs der Könige« teil, war aber immer ein willkommener Gast und wurde zum geschätzten Berater des Padischah.

Am 8. März 1567 – die Weinvorräte im Großherrlichen Keller waren dank Kaptan Sokrates' Verbindungen gerade wieder ergänzt worden – erging folgender Erlaß des Sultans an die Untertanen: »In den albanischen Weinbergen ist für das gemeine Volk ab sofort die Jagd verboten.«

Am 13. April desselben Jahres verfügte der Padischah nach dem Mittagsmahl – und nach dem Genuß etlicher großer Becher Zypern-Weins: »Wenn meine Untertanen fortan in den Krieg ziehen, soll für die Bevölkerung ein großes Fest ausgerichtet werden.«

»Aber Ihr werdet die hohe Geistlichkeit damit gegen Euch aufbringen, Hoheit! Ein großes Fest, das heißt Musik und Tanz und Schlimmeres womöglich.«

»Und wennschon! Menschen können nicht nur immer ernst sein. Ausrufer sollen meinen Erlaß sofort überall in der Stadt verkünden.«

»Sehr wohl, Hoheit!«

Kaum hatten die Herolde die Großherrliche Botschaft unter das Volk getragen, begannen sich die Istanbuler auf den Straßen und Plätzen zu versammeln und ihren großmütigen Sultan zu feiern.

Als Dschengis am späten Nachmittag mit dem Haremstroß von der Palastanlegestelle zum Neuen Saray zog, war das Fest der Istanbuler bereits in vollem Gange. Überall wurde getanzt und Musik gespielt. Entrüstet schrieb der Vorbeter der Süleymaniye, der Grabesmoschee des »Gesetzgebenden«, in sein Tagebuch: »Selbst die Alten und Greise trinken Wein und amüsieren sich wie junge Leute.«

Kenan hatte Tordienst im Bab-i Hümayun. Dschengis' Janitscharen geleiteten den Haremszug nur bis in den Ersten Hof. Von dort an eskortierten die Zülfülü Baltadschelar die Wagen und Sänften der Frauen und die ihrer Dienerinnen zum Equipagentor neben dem Diwan-Saal. Der Oberst der Hellebardiere ging neben Nûrbanus Kutsche.

»Yildirim Ahmed will erfahren haben, daß Canan bei ihrem letzten Besuch im Auftrag der Ersten Kadin Gold sowohl für den Agha der Schwarzen Eunuchen als auch für den Oberst in den Palast gebracht hat«, sagte Kenan.

»Das wundert mich nicht. Sie braucht für ihre Machenschaften unverdächtige Verbündete, die sich außerhalb des Harems frei bewegen können.«

Sultan Selims milde Herrschaft

Es gab keine Köpfe mehr von in Ungnade gefallenen Paschas oder Aghas, die Kenan in den Nischen des Bab-i Hümayun aufstapeln konnte. Nur noch die Häupter von Verbrechern, die die Statthalter aus den Provinzen in die Hauptstadt schickten, wurden in den Nischen im Tordurchgang ausgestellt. Sultan Selim hielt sich, sooft es ihm möglich war, in der ehemaligen Reichshauptstadt Edirne auf. Dschengis war zum Großherrlichen Bogenmeister befördert worden und begleitete ihn bei allen Jagdausflügen.

Sultan Selim kümmerte sich wenig um die Regierungsgeschäfte, sondern verbrachte seine Tage mit Jagen, Dichten, Zechen. Kaptan Sokrates sorgte dafür, daß der Nachschub an Zypern-Wein nie versiegte, und war so etwas wie ein Großherrlicher Lieferant geworden. Natürlich mußte der Padischah, der ja schließlich der Kalif, der oberste Führer aller Rechtgläubigen, war, wie auch schon sein Vater Gesetze erlassen, die den Weingenuß verboten, aber nur selten geschah es, daß jemand in der Hauptstadt oder in Edirne wegen Trunkenheit vor den Kadi kam.

Admiral Piyâle war zum Stadtkommandanten von Istanbul ernannt worden. Das Vertrauen des Padischah in Admiral Piyâle, Großwesir Sokollu und einige andere hohe osmanische Würdenträger war grenzenlos: sie erhielten Blankovollmachten mit der Großherrlichen Tugra. Als erster Herrscher der Osmanen ritt der Sultan nicht mit dem Pfortenheer in die Schlacht, dennoch wuchs das Reich über die Grenzen des »Gesetzgebenden« hinaus. Der

Jemen kam durch den Heerführer Serdar Sinan Pascha unter die Herrschaft der Pforte, und Lala Mustafa Pascha wurde dort Oberkommandierender.

Kenan und Dschengis trafen sich, sooft es ihr Dienst erlaubte. Von Flucht sprach keiner der Brüder mehr. Sie waren angesehene Offiziere bei Hof und genossen das Leben in vollen Zügen. Yildirim Ahmed hatte beim Padischah erreicht, daß Kenan für seine loyalen Dienste bei der Beseitigung der Aufstandrädelsführer zum Oberst der Kapidschelar ernannt wurde. Jetzt war er in etwa mit dem Zülfülü-Baltadschelar-Oberst gleichrangig, was dessen Feindschaft zu Kenan und dem Enderun-Fechtlehrer nochmals vertiefte. Da Sultan Selim viel Zeit fernab von Istanbul – vorzugsweise in Edirne – verbrachte, hielt sich der Einfluß der Schwarzen Haremseunuchen, die den Hellebardier-Oberst protegierten, erfreulicherweise in Grenzen.

Dennoch spann Nûrbanu langsam wieder ihre Fäden. Kenan ließ Canan, ihre Leibsklavin, jedesmal von zwei ihm ergebenen Torsoldaten, Hanefi und Cafer, beschatten, wenn sie den Palast verließ. Canan traf sich regelmäßig mit Dienerinnen und Ehefrauen der christlichen Gesandten, die in Galata und Pera residierten.

Durch Zufall entdeckte Kenan, wie Nûrbanu außerdem mit ausländischen Kaufleuten wegen ihrer diversen privaten Handelsgeschäfte Kontakt hielt und wie sie Dinge in den Palast schaffen ließ, ohne daß die Torhüter Verdacht schöpften.

Die Frauen und Eunuchen im Harem wurden aus den Palastküchen im Zweiten Hof versorgt. Das Feuerholz für den ganzen Saray beschafften die Zülfülü Baltadschelar. Nicht nur Personen, auch Waren jeglicher Art, die durch das Bab-i Hümayun in den Palast gelangten, mußten von den Torhütern streng kontrolliert werden.

Normalerweise wurden armdicke Äste auf einem Wagen von der Saray-Anlegestelle zum Hof der Zülfülü Baltadschelar und von dort in den Harem oder die Küchen geschafft, Holzstücke, die die Hellebardiere zuvor kamingerecht zerteilten. An den Tagen hingegen, an denen der Oberst der Zülfülü Baltadschelar den Holztransport höchstpersönlich begleitete, bestand die Fuhre immer aus vier bis fünf mannshohen Baumstämmen, die stets einem Schiff der Franzosen oder Venezianer entladen worden waren.

Was gab es schon an Baumstämmen groß zu kontrollieren? Der wachhabende Tor-Unteroffizier begutachtete die Ladung kurz und winkte das Pferdefuhrwerk durch.

Den entscheidenden Hinweis, daß es mit der Holzladung des Obersten etwas Besonderes auf sich hatte, lieferten zwei Kapidschelar. Sie fanden eine Goldmünze im Torweg des Bab-i Hümayun, unmittelbar nachdem der Holzwagen durchgerollt war. Da der Unteroffizier sie dabei beobachtet hatte, händigten sie ihm die Münze aus. Der Feldwebel wagte ebenfalls nicht, sie zu unterschlagen, denn er war bei den Soldaten nicht sonderlich beliebt und fürchtete, denunziert zu werden. Er brachte sie zu Kenan, als der seinen Dienst antrat.

Das Goldstück glänzte, als wäre es gerade frisch geprägt worden. Eine Münzseite zeigte das Profil eines Mannes mit stechendem Blick. Es war das Konterfei des Dogen von Venedig.

Kenan zeigte die Münze seinem Bruder und Yildirim Ahmed.

»Nûrbanu hat mit solchen Münzen den Verräter Ismail für Husseins Ermordung entlohnt.« Dschengis schüttelte seinen Geldbeutel aus. »Eines von den Goldstücken besitze ich noch. Da, seht!« Er legte die Münze neben Kenans.

»Was sollen wir tun?« wandte der sich an den Weißen Eunuchen.

Yildirim Ahmed zuckte mit den Achseln. »Die Frage müßte lauten: ›Was *können* wir tun?‹ Und die Antwort ist einfach: ›Nichts, im Moment, außer achtsam zu bleiben.‹« Der Verschnittene betastete die sternförmige Narbe über seiner rechten Augenbraue. »Aber es ist mit Sicherheit ein nützliches Wissen, über Nûrbanus Umtriebe auf dem laufenden zu sein.«

Kenan ließ nach dem Münzfund auch den Hellebardier-Oberst beschatten, und Yildirim Ahmed schickte unter einem Vorwand einen vertrauenswürdigen Enderun-Schüler in den Hof der Zülfülü Baltadschelar, wenn eine Baumstammladung eintraf. Kaum war der Wagen entladen, wurde von den vier bis fünf Stämmen jedesmal jeweils einer unzerteilt von mehreren Schwarzen Eunuchen in den Harem geschleppt, während die Hellebardiere das restliche Holz zu zersägen begannen. Kaum hatten sie die Arbeit vollendet, brachten die Schwarzen Eunuchen den Stamm wieder in den Hof zurück. Dem Enderun-Schüler gelang es, dicht an die Arbeitenden heranzukommen: Der Stamm wies in der Mitte stets eine kinderkopfgroße Vertiefung auf. Es war keine Astmulde oder sonstige natürliche Vertiefung. Der Enderun-Page stammte aus einem Dorf, wo man hohe Holzhäuser baute, und er erkannte, wenn Holz mit dem Stecheisen bearbeitet worden war.

Bei einem der Transporte richtete es Kenan so ein, daß er die Stämme im Tordurchgang des Bab-i Hümayun genauer betrachten konnte. Es waren Fichten, von denen man noch nicht die Borke geschält hatte. An einer Stelle erschien Kenan die Baumrinde etwas eigenartig. Er klopfte mit dem Lanzenstiel auf die Stelle. Das Klopfen klang anders als an den Stammenden. Er hatte die Mulde entdeckt. Ihre Öffnung war mit einem Borkenstück verkeilt oder verklebt.

Dschengis nutzte seinen Einfluß und erreichte, daß Hamza zum Unteroffizier befördert und zu den Zülfülü Baltadschelar versetzt wurde. Der Janitschar aus Pserlendos war zu einfältig, um ihn aktiv als Spion auf den Hellebardier-Oberst anzusetzen, dennoch lieferte er wertvolle Informationen. Zum Beispiel, wo und wann der Oberst sich mit dem Agha der Haremseunuchen traf.

Wenn Dschengis in der Hauptstadt war, besuchte er oft mit Yildirim Ahmed und seinem Bruder Nicos Schenke in Pera. Mehr als einmal übernachtete er in einer Gastkammer im ersten Hof der Holzhandlung, in der Hoffnung, die Tochter des Wirtes noch einmal wiederzusehen, aber nach den durchzechten Nächten waren immer nur die tscherkessischen Tanzmädchen des Rhodiers unten im Hof.

Razzia in Pera

Joseph Nasi, der jüdische Bankier und Berater des Sultans in Finanzfragen, war seit geraumer Zeit ein beständiger Begleiter des Padischah. Besonders auf den Jagdstreifzügen in den Wäldern rings um Edirne sah man ihn an der Seite des »Königs aller Könige«.

Dschengis saß hinter Nasi im Zelt, als der eine leidenschaftliche Rede zur Eroberung Zyperns hielt und Sokollu vehement dagegen war. Der Großwesir verstand sich nicht besonders gut mit Joseph Nasi. Sokollu wollte Kreta vor Zypern bezwingen, Nasi hoffte hingegen, seine Glaubensbrüder auf dem nahen Zypern ansiedeln zu können. Wenn Sultan Selim sich auch sonst nicht in die Regierungsangelegenheiten einmischte, dieses Mal blieb er hart. Zypern blokkiere den sicheren Seeweg nach Ägypten, erklärte er, die Insel unter der Herrschaft der Signoria müsse endlich dem Reich der Osmanen einverleibt werden.

Yildirim Ahmed besaß überall im Neuen Saray – selbst im Harem – Leute, die ihm Nachrichten zutrugen. Es hieß, Selims Erste hätte versucht, ihrem Gemahl seinen Eroberungsplan auszureden, wäre aber wie der Großwesir gescheitert.

Im April des Jahres 1570 fand vor der Saray-Spitze ein Seemanöver statt, an dem 84 für die Eroberung Zyperns erbaute Galeeren teilnahmen. Am 15. Mai segelte die Pfortenflotte mit insgesamt 360 Schiffen ab. Befehlshaber der Armada war Großadmiral Piyâle. Ende Mai reiste auch der Zweite Wesir, Pertev Pascha, Oberbefehlshaber der Landstreitkräfte, nach Zypern. Zum Herbstanfang waren die meisten Festungen und Städte der Venezianer erobert, nur in Fermagusta und in einigen abgelegenen Burgen sollte der Widerstand bis ins kommende Jahr andauern.

Auf Grund eines Großherrlichen Fermans war es Kaptan Sokrates gestattet gewesen, mit der Kriegsflotte zu segeln. Er hatte die Ehre, auf der »Seeschwalbe« die erste Schiffsladung mit nicht geschmuggeltem Zypern-Wein nach Istanbul zu bringen.

Man feierte den Sieg im Neuen Palast, und man feierte ihn auf den Straßen und Plätzen der Saray-Halbinsel, in Pera, Galata und in Üsküdar. Das Volk vergnügte sich, aber die Geistlichen prangerten tags darauf die Sittenlosigkeit der Istanbuler mit ungewöhnlich harten Worten an.

Sultan Selim sah sich gezwungen, wieder einen Erlaß gegen Musik, Weingenuß, öffentlichen Tanz und Sittenlosigkeit verkünden zu lassen, denn ein übermäßig erzürnter Ulema konnte Verdruß bereiten. Der Padischah gab ferner Anweisung, allen Hauptstadtmoscheen ein Geldgeschenk aus dem Staatsschatz zu machen, der dank des erfolgreichen Zypern-Feldzuges gut angewachsen war. Gold, das wußte der Sultan, seit er auch dem Ulema unverhofft ein Thronbesteigungsgeld gezahlt hatte, beschwichtigte sogar einen gestrengen Scheyhülisman wie Ebussuud Efendi.

Es war ein Donnerstag nach dem Siegesfest, der Tag, an dem sich der Enderun-Fechtlehrer gewöhnlich mit Dschengis und Kenan in Nicos Weinschenke traf. Die Brüder waren in der Abenddämmerung im Begriff, am Kanonentor das Saray-Boot nach Galata zu besteigen, Yildirim Ahmed würde etwas später nachkommen, hatte er versprochen. Plötzlich rannte ein Enderun-Page auf die Anlegestelle. Er verbeugte sich vor Kenan und Dschengis und überreichte dem Oberst der Kapidschelar einen Brief.

Verwundert las Kenan, daß Yildirim Ahmed ihnen befahl, sofort zu ihm zu kommen. Er würde im Bab-i Hümayun auf sie warten. Er gab seinem Bruder die Nachricht.

Der runzelte die Stirn und sagte: »Das klingt nicht gut. Laß uns eilen!«

Der dicke Eunuch saß in Kenans Raum im Obergeschoß des Torgebäudes und polierte seinen Säbel. Als die Geschwister eintraten, steckte er ihn in die Scheide zurück und sagte: »Allah sei Dank, daß der Bote euch noch eingeholt hat! Schaut euch diesen Befehl an!« Er zog ein Dokument aus dem Ausschnitt seines Übergewands. Kenan sah den Namenszug des Stadtkommandanten von Galata und Pera. »Ich habe zufällig in der Schreibstube der Janitscharen vorbeigeschaut und diesen Tagesbefehl gesehen«, sagte der Weiße Eunuch.

Kenan überflog das Schreiben. »Verdammt, das hätte peinlich werden können!«

Dschengis las über die Schulter mit und stieß einen leisen Pfiff aus. »Allerdings! Aber warum hat Euch der Stadtkommandant denn nicht gewarnt, Herr?«

Yildirim Ahmed schnaubte verächtlich. »Das habe ich mich auch gefragt!«

Kenan zerknüllte den Befehl. »Merkwürdig! Wer kann denn ein Interesse daran haben, eine Razzia bei Nico zu veranstalten?«

»Der Janitscharenkommandant von Galata und Pera hat sie angeordnet.«

»Das will mir nicht in den Kopf. Der war doch auch oft bei Nico. Ich habe sogar einmal mit ihm bis in die frühen Morgenstunden gezecht.«

Yildirim Ahmed nickte. »Ich auch. Nur wußte ich damals nicht, was ich jetzt weiß.«

Dschengis und Kenan blickten den Verschnittenen erstaunt an.

»Als ich seine Unterschrift unter dem Befehl las – obgleich er immer von Nico mehr als gut bedacht worden ist –, habe ich ein Goldstück geopfert und mir seine Militärakte bringen lassen und auch die Devschirme-Liste«, sagte der Dicke. »Der Janitscharenkommandant von Pera stammt aus einem Dorf aus Serbien.«

»Ja und, Herr?« sagte Kenan erwartungsvoll.

»Der Oberst der Zülfülü Baltadschelar stammt aus demselben Dorf. Die Razzia heute ist kein Zufall. Sie gilt uns. Viele wissen, daß wir uns donnerstags beim Rhodier treffen.«

»Und Ihr meint, die Janitscharenpolizisten würden es wagen, Hand an uns zu legen, Herr?«

Der Enderun-Fechtlehrer nickte. »Du kennst doch den Großherrlichen Erlaß nach dem Zypern-Fest. Und der Hellebardier-Oberst würde bestimmt dafür sorgen, daß alle Welt erfährt, wen die Häscher in der Taverne angetroffen haben.«

Nach dem Abendgebet stürmte eine Janitscharen-Orta das Holzlager in Pera. Die ersten Soldaten, die das Straßenfronttor einschlugen, wurden von drei wolfsähnlichen Hunden angefallen. Bevor man sie töten konnte, zerbissen sie einem Janitscharen die Kehle. Auf dem großen Gelände, das der Rhodier in Pera sein eigen nannte, fanden die Fahnder zwar ein Weinlager in einem Gewölbekeller, aber weder in den Häusern, die die Höfe umstanden, noch in der Taverne selbst konnten sie jemanden arretieren. Auf Grund des gefundenen Weins wurde das Anwesen des Hinkers beschlagnahmt. In Anwesenheit eines Mullahs leerten die Soldaten ein paar – kleinere – Amphoren mit dem verbotenen Rebensaft in der Gosse aus. Der Stadtkommandant, der die Razzia persönlich leitete, bestimmte eine zehnköpfige Wachmannschaft für das Gelände. Dann zogen die Janitscharen zum Bordell am Pera-Turm weiter, in dem der Rhodier Miteigner war. Auch dort trafen sie keine einzige Person an. Der Stadtkommandant befahl, Nico und seinen Bruder Theo zur Fahndung im ganzen Stadtgebiet von Istanbul auszuschreiben.

Kenan hatte am Freitag morgen Tordienst, als Dschengis und der Enderun-Fechtlehrer ihn besuchten.

»Wer mag den Hinker und seine Sippe gewarnt haben?« fragte Yildirim Ahmed. »Als ich den Razziabefehl las und euch den Boten nachgeschickt habe, war es bereits zu spät, sie drüben noch rechtzeitig zu benachrichtigen.«

»Ich habe mit einem Feldwebel geredet, der bei der Razzia dabei war«, sagte Dschengis. »Der Rhodier hat seine Flucht ohne Hast vorbereiten können. Was er zurückließ, war wertloses Zeug. Selbst die Fässer mit dem besten Zypern-Wein hat er retten können. Man hat die Nachbarn verhört. Mittwoch um die Mittagszeit hat man Theo und Nico das letzte Mal in Pera gesehen.«

»Wenn sie in der Stadt geblieben sein sollten, wird man sie bestimmt bald ergreifen.« Kenan deutete auf das Blatt mit Nicos und Theos Personenbeschreibung an der Wand der Wachstube.

»Da sie so zeitig gewarnt wurden, daß sie sogar noch Wein abtransportieren konnten, werden sie wissen, daß man nach ihnen fahndet, und sich entsprechend verhalten.« Dschengis überlegte, was er wohl an ihrer Stelle tun würde. »Wenn sie klug sind, dann sind sie mit einem Schiff auf und davon.«

»Du denkst an Kaptan Sokrates' ›Seeschwalbe‹?«

Yildirim Ahmed zuckte mit den Achseln. »Ob mit der ›Seeschwalbe‹ oder sonsteinem Schiff, ist mir ziemlich einerlei. Ich hätte bloß gerne gewußt, wer Nico warnen konnte, noch bevor offiziell der Befehl zur Razzia gegeben worden ist.«

»Aber ich hätte schon gerne gewußt, wohin sie geflohen sind«, sagte Dschengis.

Yildirim Ahmed schaute ihn verständnislos an.

Kenan sagte feierlich: »Mein Bruder hat einmal Nicos Tochter unverschleiert gesehen, Herr. Seitdem ist er offenbar in sie verliebt.« Er kicherte. »Dabei könnte er sich als Großherrlicher Bogenmeister die schönsten Sklavinnen leisten.«

Dschengis lachte und tat so, als würde er sich auf seinen Bruder stürzen wollen.

Der Weiße Eunuch verdrehte die Augen.

Während die Zwillinge und der Weiße Eunuch im Bab-i Hümayun über Nicos unbekannten Retter rätselten, hob der Janitscharenkommandant von Galata und Pera eine knietiefe Grube im Garteninnenhof eines Hauses aus, das er vor einiger Zeit dank reichlich empfangener Bestechungsgelder hinter dem Rüstem-Pascha-Han erworben hatte. Neben der Grube stand ein bauchiger Tonkrug. Das Erdreich barg bereits etliche derartige Krüge, kleinere und größere. Erst vor einer Woche war ein Gefäß hinzugekommen, das die Münzen enthielt, die der Anführer der Zülfülü Baltadschelar seinem Landsmann geschickt hatte. Der bauchige Krug, den der Stadtkommandant nun umsichtig in die Grube hinabließ, war dreimal so groß und so schwer wie das Gefäß mit den Münzen vom Hellebardier-Oberst.

Der Stadtkommandant war ein gewissenhafter Mensch. Er hatte eine Razzia am Donnerstag versprochen, und eine Razzia war durchgeführt worden. Der Stadtkommandant haßte Wortbruch. Nico war nicht wortbrüchig geworden. Er hatte den bauchigen Krug bis zum Rand mit Goldstücken gefüllt, deshalb hatte sich bis zur Razzia auch keine Janitscharenstreife im Stadtviertel rund um den Pera-Turm gezeigt.

Lepanto

Nach der Niederlage auf Zypern schmiedete Venedig mit Spanien, Genua, Neapel, dem Papst und Malta eine antiosmanische Allianz, die »Heilige Liga«, und besiegte die Pfortenarmada in der Bucht von Lepanto zwischen dem Golf von Patras und dem Golf von Korinth. Dem Statthalter von Algier, Kilitsch Ali, gelang es zwar, 40 osmanische Galeeren zu retten, aber 244 Schiffe gingen den Osmanen verloren. Hoch waren die Verluste auf beiden Seiten, die Pforte hatte 30 000 Tote zu beklagen, die Christen 8000. In der Schlacht fielen u. a. Pertev Pascha und der Großadmiral, auf der Seite der Allianz der venezianische Admiral Barbarigo und der Geschwaderführer der Maltaritter.

Die Nachricht von der Katastrophe erreichte Sultan Selim bei seiner Ankunft in Edirne. Wieder wurde keiner der sieglosen Befehlshaber dem Henker übergeben, wie es unter den früheren Herrschern der Osmanen Gepflogenheit war.

Der Großwesir, es war immer noch Sokollu Mehmet Pascha, vom Padischah befragt, wie dramatisch der Verlust war, den das Reich hatte erleiden müssen, antwortete seinem Herrn: »Mit der Vernichtung unserer Flotte hat man uns den Bart rasiert, aber wir haben Venedig mit der Eroberung Zyperns den Arm abgeschlagen. Der Arm wächst nicht wieder, aber der rasierte Bart wächst noch stärker. Die Macht des Reiches ist solcher Art, daß wir in der Lage wären, die gesamte Flotte mit silbernen Ankern, Takelage aus Seide und Segeln aus Atlas auszustatten, falls Hoheit es wünschen würde.«

Venedig und die Verbündeten nutzten ihren Sieg nicht. Die »Heilige Liga« zerstritt sich gleich nach der Schlacht.

Sokollu Mehmet Pascha hielt sein Versprechen. Ein Jahr nach der Niederlage von Lepanto war wieder eine große Flotte vom Stapel gelaufen, und Großadmiral Kilitsch Ali Pascha inszenierte ein Seemanöver vor der Saray-Halbinselspitze.

Auch die letzten Festungen der Signoria in Zypern fielen. Am

2. März 1573 schloß Venedig notgedrungen einen Friedensvertrag, damit die für die Republik überlebenswichtigen Fernhandelsgeschäfte im östlichen Mittelmeer weitergeführt werden konnten. Die Staatskasse der Pforte füllte sich wie selten zuvor, denn Venedig zahlte immense Summen an Reparationen. Im Gegenzug genoß die Signoria wieder diverse Privilegien im Osmanischen Reich.

Nûrbanus Stunde war gekommen. Dem Padischah war es einerlei, womit seine Frauen sich beschäftigten, solange er mit seinen Freunden auf die Jagd gehen und pokulieren konnte. Canan und der Hellebardier-Oberst mußten kaum mehr verheimlichen, daß sie für Selims Erste Kadin private Geschäfte abwickelten. Mehr als ein großes Handelsschiff war im Auftrag der Kadin zwischen Venedig und Istanbul unterwegs. Dennoch sorgte Selims Erste dafür, daß das Ausmaß ihres Reichtums nicht allzu bekannt wurde. Die Neider am Hof und im Harem waren zahlreich, und eine private Schatulle, über die sie niemandem Rechenschaft schuldig war, mußte sie um jeden Preis behalten. Eigenes Gold zu besitzen hieß Macht. Und die wollte sie sich auch in Zukunft von keiner Rivalin streitig machen lassen. Das kostete bisweilen.

Yildirim Ahmed spürte es vor allen anderen, daß der Wind sich in eine Richtung zu drehen begann, der für ihn und seine Freunde nichts Gutes verhieß. Bei Audienzen oder offiziellen Anlässen stand der Agha der Haremseunuchen direkt neben dem Thron des Padischah. Der Agha des Enderun-Fechtlehrers, der alte Orhan, mußte den angestammten Platz hinter dem Thron neuerdings mit dem Anführer der Zülfülü Baltadschelar teilen, der durch Fürsprache Nûrbanus in den Generalsrang erhoben worden war und nun auch ein Saray-Agha war. Der Hellebardier-General ging dem immer noch über ihm stehenden Enderun-Fechtlehrer weiterhin aus dem Weg, aber Kenan ließ er bei jeder passenden Gelegenheit seinen neuen Rang dezent spüren. Als der General hörte, daß der Großherrliche Bogenmeister ein Zwillingsbruder des Kapidschelar-Oberst war, fing er auch an, gegen Dschengis zu intrigieren.

Sultan Selim hielt sich weiterhin vom lästigen Regierungsgeschäft fern, so es das Hofzeremoniell gestattete. Er kümmerte sich aber intensiv um die Prachtmoschee, die in seinem Namen in Edirne vom Staatsbaumeister Mimar Sinan errichtet wurde. Wenn der Padischah in Edirne weilte, kam es vor, daß er die Baustelle mehrmals am Tag besuchte. Auch in Istanbul ließ er sich regelmäßig vom Fortschritt der Arbeiten berichten.

Dschengis hatte mehrmals Gelegenheit, mit dem Staatsbaumeister über den Bau des Gotteshauses in Edirne zu reden. Er war ein würdiger Pascha, der schon unter Sultan Süleyman in vielen Teilen des Reichs gewirkt hatte. Auch er war durch die Devschirme zu den Janitscharen gepreßt worden, erfuhr Dschengis.

»Ihr seid also noch nicht am Ende Eurer Laufbahn, Bogenmeister«, sagte er freundlich zu Dschengis.

Mimar Sinans Meisterwerk in Istanbul war die Süleymaniye-Moschee auf einem der Stadthügel der Saray-Halbinsel. Auch das Mausoleum des »Gesetzgebenden« hatte er errichtet. Das große Gotteshaus in Edirne jedoch würde die Süleymaniye vermutlich an Pracht und Erhabenheit noch übertreffen.

Ein anderes Bauvorhaben, das Sultan Selim am Herzen gelegen hatte, war auch ausgeführt worden. Die Hagia Sophia hatte massige Stützpfeiler erhalten, denn die Fundamente waren im Lauf der Jahrhunderte schwach geworden. Der Padischah hatte ferner durch Mimar Sinan zwei Minarette und Schulen hinzufügen lassen. Um den Anblick der Moschee in ihrer Majestät nicht zu schmälern, befahl Sultan Selim, das Stadtviertel aus niedrigen, ärmlichen Holzhäusern zu entfernen, das die Hagia Sophia an drei Seiten umgab. Infolge der Abrißarbeiten kam es allerdings zu einer Plage höchst seltener Art in den angrenzenden Stadtteilen. Die Holzhäuser und Schuppen waren nicht nur die Behausung von Menschen gewesen, sondern auch die Brut- und Wohnstätten von unzähligen Nagetieren, die nun die Stadt heimsuchten. Die Chronisten vermerkten akribisch: »Es ist eine Invasion, die kein Haus, die keinen Bazar verschont. Außer Ratten und Mäusen plagen auch Horden von Mardern, Frettchen, Dachsen, Iltissen und Hamstern die Istanbuler auf der Saray-Halbinsel.«

Das Attentat

Der Winter des Jahres 1573 war hart. Wegen des schlechten Wetters konnte annähernd einen Monat lang kein Versorgungsschiff nach Istanbul gelangen. Es kam zu Lebensmittelengpässen in der Stadt, und das Volk begann zu protestieren. Sultan Selim versprach Abhilfe und drohte denen, die aus der Lage Profit schlagen wollten, schwere Strafen an. Verboten war es, die Festpreise für die Grundnahrungsmittel zu erhöhen oder Waren zu horten. Da dafür gesorgt war, daß die Soldaten immer ausreichend verpflegt wurden, blieb es bei einer murrenden Bevölkerung, obgleich es wetterbedingt noch zwei weitere Hungerwochen gab.

Der Padischah trank unmäßig in diesem Winter. Sein Körper war aufgedunsen und das Gesicht verquollen. Er litt oft unter starken Kopfschmerzen. Ebussuud Efendi redete ihm mehrmals ins Gewissen, und Sultan Selim gelobte, vom Wein zu lassen. Mimar Sinan erteilte er den Auftrag, eine Begräbnisstätte für ihn auf dem Areal der Hagia Sophia zu errichten. Aber wenn Sultan Selim einen Tag lang einmal nichts getrunken hatte, fühlte er sich sofort wieder besser und rief seine Freunde zu einem Zech- und Dichtgelage zusammen.

Dschengis zählte fast immer zu den Auserwählten, die mit dem »Herrn der Herren dieser Welt« in einem Pavillon hinter dem Enderun-Hof direkt auf der Saray-Spitze mit Blick auf den Bosporus und das Goldene Horn pokulieren durften. Wenn der Agha der Haremseunuchen mitzechte, hielt er sich, so gut es ging, mit dem Trinken zurück. Der Agha war dem Wein verfallen wie sein Herr. Nach dem neunten, zehnten Becher achtete er nicht mehr auf seine Worte. Im Rausch vergaß er, daß Dschengis der Bruder des Kommandanten vom Bab-i Hümayun und ein Freund Yildirim Ahmeds war. Der Agha redete dann, als gäbe es keine Zuhörer, und außer Dschengis lauschte auch niemand seinem Gebrabbel.

Und so erfuhr der Bogenmeister des Padischah eines Tages von dem Attentat, mit dem man den Enderun-Fechtlehrer beseitigen wollte. Sultan Selim hatte sich plötzlich unwohl gefühlt und seine Gäste aufgefordert, sich auch ohne ihn zu amüsieren. Durfte es jemand wagen, dieser Großherrlichen Empfehlung zu widersprechen? Der erlesene Zypern-Wein floß also weiterhin in Strömen.

»Ahmed der Blitz!« lallte der Schwarze Haremseunuch und besabberte sich, als er zu lachen versuchte. »Sie werden ihn morgen aufspießen wie Kebap, diesen räudigen Hund!« Der Agha griff nach seinem Becher und verschüttete die Hälfte des Weins, bevor er ihn zitternd zum Mund führte. »Abstechen werden sie das Schwein!«

»Wo, o Herr, werden sie ihn töten, diesen Hund?« flüsterte Dschengis.

Der Schwarze Eunuch leerte den Becher. Die Augenlider fielen ihm zu. Er rülpste. Dann rührte er sich nicht mehr. Dschengis schaute sich um. Er war der einzige, der noch nicht trunken darniederlag.

Ein Leibpage des Sultans eilte herbei, als er sich erhob. »Ihr wünscht, Herr?«

Dschengis ging wortlos an ihm vorbei. Zwei andere Pagen folgten dem Großherrlichen Bogenmeister bis zum Bab-üs Saadet, das die Weißen Verschnittenen bewachten. Es war bereits weit nach Mitternacht, dennoch wagte er es, Yildirim Ahmed wecken zu lassen. Der Enderun-Fechtlehrer hörte sich Dschengis' Geschichte an und ballte die Fäuste. »Ich danke dir, Dschengis. Deiner Warnung verdanke ich vermutlich mein Leben.«

»Darf ich fragen, was Ihr morgen vorhattet?«

»Einmal im Monat besuche ich den armenischen Friedhof vor dem Edirne-Stadttor. Der General wird meine Wege ausgeforscht haben wie wir seine. Ich habe bislang nie mit jemandem darüber geredet: Vor dem Edirne-Tor liegt das Grab meiner Eltern, sie haben nie von ihrem Glauben abgelassen. Ich habe sie von der Schwarzmeerküste, von der ich stamme, nach Istanbul geholt, als ich Stellvertreter meines Aghas wurde und es mir leisten konnte, ihnen hier ein kleines Haus zu kaufen. Sie sind schon lange tot. Dennoch ist es mir ein Bedürfnis, regelmäßig an ihren Gräbern mit ihnen Zwiesprache zu halten.«

»Zu welcher Tageszeit geht Ihr gewöhnlich dorthin?«

»Immer nachmittags. Eine Sänfte bringt mich bis zum Friedhofseingang. Dort ist selten jemand außer mir.«

»Dann wird man Euch vermutlich noch in der Sänfte überfallen.«

Yildirim Ahmed nickte. »Auf dem Friedhof kann sich ein Angreifer nur schwer verbergen. Das Gelände ist kahl bis auf ein paar Büsche. Aber der Weg zum Eingang ist für einen Hinterhalt günstig. Er ist von zwei Pappelreihen gesäumt, zwischen denen die Gesteinstrümmer einer alten Ansiedlung liegen. Wenn ich ein Angreifer wäre, würde ich mich dort auf die Lauer legen.«

»Dann versuche ich morgen früh von Hamza zu erfahren, welche Zülfülü Baltadschelar Ausgang haben. Er muß es wissen, denn er verwaltet neuerdings die Wachlisten.«

»Gut. Dann geh bitte auch gleich noch zu deinem Bruder. Er hat Tordienst. Nachdem du mit Hamza gesprochen hast, werden wir entscheiden, was wir tun sollten.«

»Fechtübungen der Zülfülü Baltadschelar mit den Kapidschelar heute nachmittag? Ich denke, das ist nicht gut möglich, Herr, falls Ihr meinen Einwand gestattet.« Hamza tippte auf eine Seite des aufgeschlagenen Wachbuchs. »Fünf Hellebardiere sind krank, dreißig haben Wachdienst, und weitere dreißig schlagen in den albanischen Bergen Holz. Außerdem ist der General ab Mittag auch nicht mehr im Palast. Und er wird dabeisein wollen, wie ich ihn kenne, wenn wir mit Euren Soldaten üben, Herr.« Hamza lächelte kaum merklich. Zülfülü Baltadschelar und die Torwächter vom Bab-i Hümayun verhielten sich wie Hund und Katze.

»So?«

»Ja.« Hamza schaute in das Buch. »Er will mit zwei Unteroffizieren zur Jagd. Ich muß gleich weiter zur Palastreiterei und drei Pferde für sie bereitstellen lassen.«

Kenan nickte. »Na, gut. Dann halten wir die gemeinsamen Waffenübungen ein anderes Mal ab. Ich werde den Termin mit deinem Herrn besprechen, wenn er von der Jagd zurück ist.«

Als Hamza gegangen war, kamen auch schon Dschengis und Yildirim Ahmed. Sie blieben bis zur Mittagszeit im Obergeschoß des Bab-i Hümayun und beobachteten, wie der Anführer der Zülfülü Baltadschelar in Begleitung von zwei Feldwebeln aus dem Palast ritt. Die Hellebardiere führten keine Schußwaffen mit sich.

»Wie gut kannst du mit Pfeil und Bogen umgehen, Bruder?«

»Du vergißt, daß ich in der Palastschule war – vermutlich also immer noch ganz passabel.«

»Und Ihr, Herr?«

»Meine Waffe ist der Säbel«, sagte Yildirim Ahmed. »Aber ein durchschnittlich guter Schütze bin ich wohl auch noch.«

Sie zogen sich im Haus eines verschwiegenen Mannes um, den Yildirim Ahmed kannte. Als sie wieder auf die Gasse traten, trugen Dschengis und Kenan dunkelbraune Jagdgewänder, und Yildirim Ahmed hatte die Kleidung eines reichen armenischen Kaufmanns angelegt. Kurz vor dem Edirne-Stadttor mietete der Verschnittene eine Sänfte mit vier Trägern. Einen riesigen gesattelten Kutschgaul, der in der Lage sein würde, den massigen Enderun-Fechtlehrer zu tragen, führten die Brüder zwischen ihren Pferden.

Der armenische Friedhof lag eine halbe Wegstunde vor dem Edirne-Stadttor inmitten einer mit Buschwerk bedeckten Senke. Dschengis war die Gegend einigermaßen vertraut, denn Sultan Selim hatte sie im ersten Jahr seiner Herrschaft oft zur Fasanenjagd aufgesucht. Die Doppelreihe Silberpappeln zeigten den Weg zum Friedhof schon von weitem an. Yildirim Ahmed stieg aus der Sänfte mit den vier stämmigen Trägern und zog hinter sich den schweren Brokatvorhang des Sichtschutzes wieder zu. In den Händen hielt er einen kurzen Reiterbogen und eine Pfeiltasche. Er sagte den Trägern, daß sie eine kurze Rast halten könnten. Die Männer setzten sich auf ein paar Felsbrocken und begannen ein Würfelspiel.

Dschengis und Kenan stiegen von den Pferden. Dschengis überließ seinem Bruder die Zügel und war für eine gute halbe Stunde verschwunden. Als er zurückkam, nickte er grimmig. Ohne daß die Träger ihn hören konnten, sagte er: »Wie ich es vermutet hatte,

Herr. Der Weg macht in der Mitte eine leichte Biegung und verbreitert sich dann. Dort warten sie zwischen den Bäumen. Sie haben die Bommelkappen abgesetzt und weite Staubmäntel übergezogen. Man sieht von den Uniformen nichts mehr. Wir sollten folgendermaßen verfahren …«

Dschengis und Kenan ergriffen ihre Bögen und Pfeilköcher und banden die Pferde an, den Kutschgaul an einen besonders dicken Ast einer Pappel.

»Sie wollen Fasanen schießen«, hörte der Enderun-Fechtlehrer die Träger tuscheln.

Wenig später tauchten die Brüder hintereinander ins Buschwerk am Wegrand ein.

Yildirim Ahmed wartete, bis er den Lockruf des Fasanenmännchens ein drittes Mal hörte, dann schlenderte er zu den Trägern. »Tragt die Sänfte schon mal bis zum Friedhof voraus. Ich werde versuchen, ob ich auch seitlich vom Weg einen dieser Vögel erlegen kann.«

»Ja, Herr. Bis zum Eingang oder weiter?«

»Zum Eingang genügt.«

Die vier Männer trabten mit der Sänfte in die Pappelallee und riefen sich Scherzworte zu. Einen Fettwanst von der Statur des Enderun-Fechtlehrers zu schleppen, reizte sie eher zu verhaltenen Flüchen. Yildirim Ahmed hoffte inständig, daß seine Angreifer das nicht bemerken würden, und kauerte sich mit gespanntem Bogen hinter eine Pappel.

Als der Weg sich verbreiterte, preschten drei Reiter aus dem Schatten der Bäume. Die Träger ließen die Sänfte fallen und rannten in alle Richtungen davon. Die Reiter beachteten sie nicht. Sie stießen mit ihren Hellebarden durch die Sichtvorhänge in den Tragstuhl. Nur einer von ihnen sollte erfahren, daß die Sänfte unbesetzt war. Dschengis tötete den General der Zülfülü Baltadschelar mit einem Kopfschuß, während Kenan einen Feldwebel mitten in die Brust traf. Der dritte Reiter hörte das Singen der Bogensehnen und gab seinem Pferd die Sporen. Dschengis schickte ihm einen Pfeil hinterher, der sich in seinen Rücken bohrte. Yildirim Ahmed verfehlte den Mann, traf aber das Pferd. Es bäumte sich auf und warf den Reiter ab. Er fiel dem Enderun-Fechtlehrer mehr oder weniger vor die Füße. Der Weiße Eunuch enthauptete ihn mit einem Schlag.

»Was ist mit den Trägern?«

»Sie werden die Hunde ausplündern und schweigen, wenn sie klug sind.«

Der Kutschgaul war ein gutmütiges Tier. Er erduldete Yildirim Ahmed ohne Protest auf seinem Rücken.

Die Nachricht von den gefledderten Leichen der Zülfülü Baltadschelar sprach sich am nächsten Tag im Neuen Palast in Windeseile herum. Ein Informant im Harem berichtete Yildirim Ahmed, daß der Agha der Schwarzen Eunuchen stundenlang getobt und dann um eine Audienz bei Nûrbanu nachgesucht hatte.

Nûrbanus Rache

Sultan Selims Erste schien zu ahnen, daß ihre Feinde wußten, wie das Gold mit dem Anführer der Zülfülü Baltadschelar immer in den Harem gelangt war. Nach dem Tod der drei Hellebardiere erreichte sie auf diesem Weg kein venezianisches oder französisches Gold mehr. Viele hohe Würdenträger hätten den Friedensvertrag mit Venedig lieber heute als morgen gebrochen, denn die osmanische Flotte war wieder stark, und die christlichen Herrscher blieben weiterhin untereinander zerstritten. Kreta müsse erobert werden, versuchten sie dem Padischah einzuflüstern. Nûrbanu war sich bewußt, daß sie viele Feinde am Hofe der Osmanen besaß. Sultan Selim winkte nur müde ab, wenn die Kriegspartei wieder das Gespräch auf die Besitzungen der Signoria lenkte. Er glaubte seiner Ersten Kadin, daß der Handel mit der Republik einträglicher war als ein erneuter Krieg. Dennoch wollten das Heer und die Flotte nicht untätig bleiben. Die Partei, die den Frieden mit Venedig unterstützte, schlug vor, Tunis der spanischen Krone zu entreißen. Der Padischah war im Grunde genommen kriegsunwillig. Krieg, das würde endlose Besprechungen mit den Heerführern und Admirälen bedeuten, Ansprachen zu halten oder ihnen beizuwohnen und Paraden abzunehmen – mithin lästige Angelegenheiten. Sultan Selim wußte aber auch um die Gefahr, die von untätigen und unzufriedenen Soldaten ausgehen konnte, deshalb stimmte er dem Plan zu. Serdar Sinan Pascha, der Eroberer des Jemen, wurde zum Flottenadmiral bestellt.

Es gelangte immer noch Gold und Geschmeide durch die verschiedensten Kanäle in die Hände Nûrbanus, aber um den Profit aus ihren privaten Handelsgeschäften schnell und unauffällig zu reinvestieren, ohne die antivenezianische Partei zu provozieren und um nicht die Begehrlichkeit der anderen Haremsfrauen über Gebühr anzufachen, hortete Selims Erste zumindest einen Teil der Schätze bei einem venezianischen Glaswarenhändler in Galata. Nach dem abgewendeten Attentat auf Yildirim Ahmed hatten Dschengis und Kenan die Überwachung von Canan verstärkt. Die Leibsklavin Nûrbanus – sie besaß nun den Status einer offiziellen Haremseinkäuferin – begab sich fast täglich nach Galata hinüber. Vorher hatte sie auch die Häuser der anderen christlichen oder jüdischen Handelsherren aufgesucht, jetzt galten ihre Besuche ausschließlich dem venezianischen Glaswarenhändler. Sein Haus neben dem Rüstem-Pascha-Han war eher bescheiden zu nennen, aber das war Tarnung. Kenan bestach einen Hausdiener, ihm einmal einen Blick ins Innere des Anwesens zu gestatten. Außen war das Haus des Glaswarenhändlers ein mittelmäßiger Bau, innen jedoch ein Palast.

Mit Beginn des Jahres 1574 kränkelte der Padischah häufiger als in den vergangenen Jahren. Es gab zwar noch die langen Zechabende mit den Freunden, aber sie wurden immer seltener abgehalten. Sultan Selim verbrachte viel Zeit im Palast, die meiste davon im Harem, und zur Jagd ritt er kaum noch aus. Gab es Entscheidungen zu fällen, so folgte er dem Rat seiner Ersten. Viele am Hof erinnerten sich noch gut an die Jahre, als Sultan Süleyman, der »Gesetzgebende«, den Einflüsterungen seiner Gemahlin Hürrem, »der Hexe«, erlegen war.

»Es scheint sich alles zu wiederholen«, sagte Yildirim Ahmed zu seinem alten Agha. »Nûrbanu zieht die Fäden vom Harem aus, und der Padischah läßt sie gewähren.«

Ein Diener trat zu den beiden Verschnittenen und verbeugte sich.

Der alte Eunuch seufzte. »Dann laß uns gehen, mein Sohn.«

Der Diener schritt voran. Orhan und der Enderun-Fechtlehrer begaben sich zum Großherrlichen Bankettsaal im Çinili Kiosk, einem Lustschloß, das unter Sultan Mehmet dem Eroberer außerhalb des Sarays neben dem Ersten Palasthof erbaut worden war. Die Pfortenflotte würde am nächsten Morgen aus dem Goldenen Horn auslaufen. Großwesir Sokollu Mehmet Pascha und die Saray-Aghas wollten die Admiräle und Kapitäne mit einem Festessen verabschieden. Die Sitzordnung brachte es mit sich, daß die Oberen der Schwarzen und die der Weißen Verschnittenen sich an den niedrigen Speisetischen auf den prunkvollen Seidenteppichen gegenübersaßen. Dschengis war auch bei dem Bankett zugegen. Er saß zwischen einem Janitscharen-Agha und Mimar Sinan, dem Staatsbaumeister. Während des Festmahls bekam Yildirim Ahmed einen Hustenanfall und begab sich in den Garten.

Eine Streife der Kapidschelar fand ihn wenig später zusammengekrümmt vor der Aborttür. Das Gesicht des Weißen Eunuchen war verzerrt und blau verfärbt. Der Streifenführer, Hauptmann Yilmaz, ließ sofort den Oberst wecken.

Sultan Selims Ende

»Der Mensch kann seinem Schicksal nicht entrinnen«

Der Adjutant des Obersten Torhüters verließ den Raum im Obergeschoß des Bab-i Hümayun, als Dschengis das Wachzimmer der Kapidschelar-Offiziere betrat. Er hatte sich Yildirim Ahmed von den Leichenwäschern vor der Beisetzung zeigen lassen und war dann umgehend zu Kenan geeilt. »An einem Knochen erstickt! Es ist lachhaft. Man erstickt nicht an einem Knochen und blutet aus allen Körperöffnungen. Jeder, der Augen im Kopf hat, mußte gesehen haben, daß Gift im Spiel war.«

Kenan schenkte seinem Bruder selber den Kaffee ein. »Und, hatte ich recht?«

»Selbstverständlich. Aber wenn der Arzt des Padischah als Todesursache Ersticken feststellt und niemand wagt, ihm zu widersprechen«, sagte Dschengis, und Bitterkeit schwang in seinen Worten mit, »dann war es eben ein Knochen, der Yildirim Ahmed zum Verhängnis geworden ist.« Er stocherte mit einer Eisenzange in der erkaltenden Asche des Kohlenbeckens, auf dem der Adjutant das Kaffeewasser erhitzt hatte. »Ich hätte nie gedacht, daß ich einmal ausgerechnet um den Menschen trauern würde, der uns aus der Heimat gerissen hat.«

Kenan trat an das Fenster zum Ersten Saray-Hof und schaute auf die exerzierenden Kapidschelar. »Ahnst du, was ich jetzt denke?«

Dschengis nickte. »Ja, Bruder. Die Schwarzen Haremseunuchen haben Yildirim Ahmed wie die Pest verabscheut, folgerichtig haben sie ihn als ersten beseitigt. Wir müssen jetzt auf der Hut sein. Er war ein einflußreicher Verbündeter. Ohne seine Protektion«, Dschengis stampfte mit dem Fuß auf, »könnten sich unsere zwei Häupter schnell in den Nischen da unten wiederfinden. Spätestens dann wird das der Fall sein, wenn Sultan Selim einmal nicht mehr ist. Der Padischah überwindet immerhin noch hier und da seine Trägheit Nûrbanu gegenüber, wenn er sich etwas – wie die Eroberung von

Zypern – in den Kopf gesetzt hat. Prinz Murad hingegen ist eine willenlose Marionette seiner Mutter. Ich weiß es von Yildirim Ahmed: Selbst jetzt, da Selims Ältester in Manisa als Statthalter sich im Verwalten und Regieren übt und er im Prinzip schalten und walten kann, wie er will, schickt er allwöchentlich eine Botin in den Harem, um den Rat seiner Mutter einzuholen. Sie wird nicht vergessen, wer ihre zahlreichen Handlanger getötet hat.«

Als Dschengis Ende April den Padischah und dessen Intimus Celal Bey zu den Werften auf der Galata-Seite des Goldenen Horns begleitete, brach im Küchentrakt vom Neuen Saray ein Brand aus, der erst unter Kontrolle gebracht werden konnte, nachdem auch alle Lebensmittellager, die Bedienstetenunterkünfte und die Konditorei ein Raub der Flammen geworden waren. Der Sultan ließ sich eilig zum Palast zurückrudern. Dschengis hörte, wie er zur Rauchwolke über den Küchen hochschaute und mit belegter Stimme sagte: »Ein Feuer ist nie ein gutes Omen, mein Freund. Aber ein Brand in den Saray-Küchen ist ein schreckliches Fanal. Bei meinem Großvater in Edirne haben auch die Palastküchen gebrannt, und wenige Monate darauf ist er verstorben. Der Brand ist mir ein Zeichen, daß ich meinen Ahnen bald nachfolgen werde. Der Mensch kann seinem Schicksal nicht entrinnen.«

In der Tat begann sich der Gesundheitszustand des Padischah nach dem Großfeuer ständig zu verschlechtern.

Sultan Selims Gelöbnis

Mitte Oktober traf die Nachricht von der Eroberung von Tunis durch Serdar Sinan Pascha und Kilitsch Ali Pascha in Istanbul ein. Sultan Selim, »Allahs Stellvertreter auf Erden« und »Siegel des Sieges«, aß und trank kaum noch etwas. Es gab Tage, an denen er sich von morgens bis abends nicht von seinem Lager erhob.

Als Dschengis zu seinem Herrn gerufen wurde, erschrak er. Der Körper des Sultans war aufgequollen wie der eines Verschnittenen. Nur das Gesicht war abgemagert. Die Augäpfel hatten eine gelbliche Farbe angenommen. Neben dem Diwan des kranken Herrschers hockte einer seiner Freunde, Süleyman Efendi, der Scheich des Halvati-Ordens.

»Du hast sicher vernommen, daß Ebussuud Efendi heute in den frühen Morgenstunden verschieden ist.«

»Ja, Hoheit, der ganze Hof ist in tiefer Trauer um den Scheyhülisman.«

»Du warst oft zugegen, wenn ich mit den Freunden gezecht habe.«

»Ja, Hoheit. Ich hatte die Ehre.«

Der Padischah richtete sich ein wenig von seinem Lager auf. Sein Blick war ernst.

»Ebussuud Efendi ist mir ein treuer Freund gewesen. Der Schmerz über seinen Tod zerrt mir an der Seele. In Gedenken an meinen teuren Freund habe ich gelobt, auf immer vom Wein zu lassen, und ich will, daß meine Untertanen mir nacheifern.«

»Zu Befehl, Hoheit. Euer Wunsch ist Eurer Herde Gebot.«

»Du hast früher dafür gesorgt, Bogenmeister, daß der Zypern-Wein fließt, sorg nun dafür, daß er vernichtet wird. Räum noch heute die Keller im Saray und schaff jeden Tropfen aus dem Palast!«

»Ja, Hoheit.«

»Mein Wille ist, daß der Kaptan, der die Keller belieferte, mit den Fässern und Amphoren ins Marmarameer segelt und sie fern der Stadt entleert. Nimm ein Dutzend Janitscharen oder Kapidschelar mit, damit ich sicher sein kann, daß man den Befehl auch ausführt.«

»Sehr wohl, Hoheit!« Dschengis verneigte sich tief.

»Wer von deinen Leuten ist vertrauenswürdig?«

Kenan zeigte auf zwei junge Torwärter. Es waren dieselben Männer, die Canan beschatteten.

»Nur Hanefi und Cafer?«

»Ja.«

»Dann muß Kaptan Sokrates noch ein paar Träger auftreiben.«

Die Kapidschelar schleppten mit den Schiffsjungen und den Matrosen die Amphoren, Fässer und Weinschläuche auf die »Seeschwalbe«. Der Skipper, Dschengis und Kenan warteten, bis die Ladung an Deck fachgerecht verzurrt war, dann gingen sie an Bord. Die Kaik umrundete die Saray-Spitze und nahm Kurs auf die Prinzeninseln am Horizont.

Der Wind war günstig, sie erreichten die nördlichste der Inseln, Proti, »Die Erste«, wie sie auf griechisch hieß, schnell. Das bergige Eiland war ziemlich kahl und unfruchtbar, besaß aber an der Istanbul abgewandten Seite kleine Sandbuchten. In einer von ihnen ankerte die »Seeschwalbe«. Auf einer Bergkuppe lagen ein Kloster und ein Dorf der Griechen. Man hatte offenbar bemerkt, daß Kaptan Sokrates' Schiff auf die Bucht zusteuerte, denn gleich darauf wurde ein Ruderboot vom Strand ins Wasser geschoben.

Nach zwei Stunden harter Arbeit war die Ladung gelöscht, und die Kaik segelte nach Istanbul zurück. Die beiden Kapidschelar waren jeder um einige Goldstücke reicher, die Matrosen und Schiffsjungen würden eh schweigen, sie waren Neffen und Großneffen des Skippers.

Die Geschwister trennten sich im Torgang des Bab-i Hümayun. Als Kenan in die Offiziersstube trat, reichte Hauptmann Yilmaz ihm zwei zerbrochene Pfeile mit kostbar gearbeiteten Doppelspitzen.

»Das hat eine Haremsdienerin in Begleitung eines Schwarzen Eunuchen vorhin für Euch und Euren Bruder abgegeben, Oberst.«

»Was soll das?« knurrte Kenan.

Der Hauptmann zuckte mit den Achseln. »Man könnte fast meinen, es sei eine Drohung.« Hauptmann Yilmaz gähnte. »Braucht Ihr mich noch, Oberst?«

»Nein, du kannst gehen. Aber schick jemanden meinen Bruder holen. Vielleicht weiß er, was es mit den Pfeilen auf sich hat.«

Dschengis warf nur einen Blick auf die Pfeile. Es waren die von Hussein. Jemand hatte sie aus der Rüstkammer von Kütahya nach Istanbul geschafft, und ihre Botschaft war eindeutig. Nûrbanu und der Herr der Schwarzen Verschnittenen gaben ihnen recht unmißverständlich zu verstehen, daß sie sie bei passender Gelegenheit liquidieren würden.

»Und was nun?« Kenan warf die Pfeile zum Feuerholz für das Kaffeewasser. »Warten, bis sie uns umlegen?«

Dschengis schüttelte den Kopf. »Das ganz bestimmt nicht. Aber wir sollten jetzt nicht die Nerven verlieren und unsere Flucht gut vorbereiten. Ich sehe morgen Kaptan Sokrates wieder. Wenn wir beide Istanbul verlassen, dann nicht mit leeren Händen, Bruder! Solange ich das Wohlwollen des Padischah genieße, wird man noch nicht offen gegen uns vorgehen.«

»Mir ist nicht wohl bei dem Gedanken, wie Yildirim Ahmed zu enden.«

»Das wäre wahrlich kein angenehmer Tod, falls es den überhaupt geben sollte. Aber gegen Gift in Speisen können wir einigermaßen Vorsorge treffen, wenn wir uns nicht mehr aus der Küche verpflegen lassen.«

Als Dschengis Sultan Selim erneut sah, lag bereits der Schatten des Todes auf dessen Gesicht. Er hielt sich streng an den selbst auferlegten Alkoholverzicht, obwohl sein Leibarzt Garsüddinzade und die anderen Saray-Ärzte ihm dringend rieten, wenigstens ein paar Schluck Wein täglich zu sich zu nehmen, damit der Körper nicht allzu heftig vom Entzug zerrüttet würde. Der Padischah brach sein Gelöbnis nicht, und auch als er vermehrt unter heftigen Schwindelanfällen litt und oftmals stürzte, lehnte er es entschieden ab, dem Ratschlag der Ärzte zu folgen. Er verließ kaum noch die Privatgemächer im Enderun-Hof und suchte auch den Harem nicht auf.

Im November sah es kurzzeitig so aus, als würde er wieder ein wenig zu Kräften kommen. Er empfing seine Freunde und feierte mit ihnen die Eröffnung der Selimliye-Moschee in Edirne. Mimar Sinan hatte kunstvoll kolorierte Zeichnungen des eindrucksvollen Gotteshauses anfertigen lassen und dem Padischah geschickt. Der Sultan war viel zu schwach für eine Reise in die alte Reichshauptstadt.

Am 1. Dezember des Jahres 1574 nahm er an einer Zeremonie teil, mit der die Eroberer von Tunis, Serdar Sinan Pascha und Kilitsch Ali Pascha, geehrt wurden. Der Sultan beschenkte sie reich und hängte ihnen eigenhändig Prunkmäntel aus schwerem Goldbrokat um.

Etliche Haremseunuchen nahmen an den Feierlichkeiten und dem Festmahl teil. Es war zwar unwahrscheinlich, daß sie es wagen würden, jemanden an der Tafel des »Königs der Könige« zu vergiften, aber Dschengis schützte dennoch Unwohlsein vor und aß und trank nichts.

Der Dezember war ungewöhnlich milde. Ein paar Tage nach der Siegesfeier verspürte der Padischah am Nachmittag das Bedürfnis, eine Bootsfahrt im Goldenen Horn zu unternehmen. Er ließ sich zu den Werften hinüberrudern. Nur Dschengis und die Leibpagen begleiteten ihn. Zur Bestürzung aller überfiel den Sultan auf dem Werftgelände plötzlich ein Weinkrampf, der nicht enden wollte. Erst auf der Rückfahrt zum Saray beruhigte er sich wieder. Mit dem Sonnenuntergang frischte der Wind spürbar auf. Sultan Selim zitterte wie jemand, der sich eine ernste Erkältung zugezogen hatte und nun unter Schüttelfrost litt. Er begab sich von der Palastanlegestelle direkt in das Großherrliche Badehaus an der Ostseite des Enderun-Hofs, um ein Schwitzbad zu nehmen.

Dschengis plauderte mit einem der Weißen Eunuchen am Bab-üs Saadet, als ein Page aus dem Badehaus auf sie zurannte.

»Der Padischah ist auf den Marmorfliesen ausgerutscht und schwer gestürzt! Schnell, den Arzt!«

Als die Weißen Eunuchen den Sultan in seine an den Harem grenzenden Privatgemächer trugen, war er nicht bei Bewußtsein und blutete aus einer Stirnwunde, auf die Garsüddinzade ein Seidentuch preßte.

Dschengis hielt den Enderun-Schüler an, der im Bad den Dienst des Großherrlichen Handtuchträgers versah.

»Seine Hoheit atmet nur noch schwach. Mehr weiß ich auch nicht, Herr.«

Wenig später trat Sokollu Mehmet Pascha mit einem Leibwächter in den Enderun-Hof. Ein Weißer Eunuch eilte ihm entgegen und geleitete den Großwesir in die Privaträume des Sultans. Der Leibwächter durfte sie nicht betreten. Dschengis kannte ihn.

»Stimmt es, daß der Padischah gestorben ist, Herr?«

»Nein. Er ist nur bewußtlos und noch am Leben.«

Nach etwa einer halben Stunde kam der Großwesir wieder in den Hof, begleitet vom Arzt Garsüddinzade und dem alten Orhan. Der Agha der Weißen Eunuchen winkte Dschengis heran.

»Ja, Herr?«

»Lauf zu deinem Bruder. Die Kapidschelar sollen bis auf weiteres niemanden zum Bab-üs Selaam vorlassen. Falls jemand fragt, warum, dann sagt, daß der Diwan tagt und der Padischah nicht bei den Beratungen gestört werden möchte.«

»Ja, Herr!«

Kenan befahl zwanzig Torwächtersoldaten, im Halbkreis vor dem Ortakapi, dem Tor zum Zweiten Palasthof, Aufstellung zu nehmen, dann ging er mit seinem Bruder zum Bab-i Hümayun zurück.

Am nächsten Tag, das erfuhr Dschengis von einem Weißen Eunuchen, war der Sultan mehrmals für ein paar Minuten bei Bewußtsein, fiel aber jedesmal danach wieder in eine tiefe Ohnmacht.

»Es sieht also schlecht um ihn aus«, sagte Kenan. »Kaptan Sokrates liegt mit der ›Seeschwalbe‹ drüben in Galata. Wir könnten morgen weit weg sein, wenn wir nur wollten. Ich habe das eine oder andere Goldstück beiseite gelegt.«

»Ich auch.«

»Also, warum zögern wir?«

Dschengis überlegte einen Moment, dann sagte er: »Wir müssen nichts überstürzen. Solange der Padischah lebt, dürfen wir nicht die Nerven verlieren und sollten lieber dafür sorgen, daß wir mit mehr als nur gefüllten Geldbeuteln gehen.«

»Wenn wir durch unser Zögern nicht unsere Schädel in den Nischen unten wiederfinden, bin ich zu einigem bereit, Bruder, das weißt du!«

»Wie sehr kannst du dich auf die beiden Kapidschelar verlassen, die bei der ›Weinvernichtung‹ geholfen haben?«

»Wenn ich ihnen genügend Gold gebe, tun sie alles für mich.«

»An Gold wird es nicht mangeln. Ich hätte da eine Idee, aber Kaptan Sokrates muß auch mitspielen, sonst scheitert der Plan. Wir benötigen nämlich einen Skipper mit einem Schiff, der das Meer auch im Winter zu befahren gewohnt ist. Also, mein Plan ist …«

Noch bis spät in die Nacht hinein steckten der Oberst der Kapidschelar und der Bogenmeister des Sultans die Köpfe im »Tor des vom Paradiesvogel beschatteten Kaisers« zusammen.

Eis für den Padischah

Vom 10. Dezember an ließen die Weißen und Schwarzen Eunuchen nur noch die Wesire und Ärzte in Selims Privatgemächer. Der Sultan starb am 15. Dezember 1574, an einem Mittwoch. Kenan und Dschengis erfuhren vom Ableben des Herrschers durch einen Koch am Donnerstag. Nûrbanu hatte die Leiche des Padischah in den Eiskeller unter den Küchenvorratsräumen bringen lassen. Sultan Selims Tod sollte verheimlicht werden, bis ihr Sohn aus Manisa im Neuen Saray eingetroffen war. Der Thronfolger war bei den Janitscharen und Sipahi so unbeliebt wie einst sein Vater.

Dschengis hatte sich ein Pferd aus dem Marstall der Palastreiterei geholt und führte es am Zügel zum Bab-i Hümayun.

Kenan erwartete ihn bereits. »Eben sind die Eilboten nach Manisa aufgebrochen.«

»Prinz Murad wird fünf, sechs Tage brauchen, um Istanbul zu erreichen«, sagte Dschengis.

»Dann gebe ich jetzt den Befehl, Bruder!«

»Gut! Ich alarmiere den Kaptan.« Dschengis schwang sich auf sein Pferd.

Kenan ging in die Wachstube der Offiziere im Obergeschoß des Tors. »Hauptmann Yilmaz!«

»Ja, Oberst?«

»Soeben kam der Befehl vom Zweiten Wesir, jemanden in Galata zu verhaften und sein Haus zu durchsuchen. Ich nehme mir vier Kapidschelar und fahre nach drüben. Wenn ich dir den Burschen schicke, sperr ihn in unsere Zelle, bis ich wieder zurück bin.«

»In Ordnung, Oberst.«

Das große Saray-Ruderboot machte neben einer bulligen Kaik am Kai vor dem Rüstem-Pascha-Han fest. Kenan und die vier Soldaten marschierten zum Haus des venezianischen Glaswarenhändlers neben der Karawanserei.

»Im Namen des Zweiten Wesirs, öffnet augenblicklich, oder wir schlagen die Tür ein!«

Ein verängstigter Diener, es war derselbe, den Kenan seinerzeit bestochen hatte, ihm das Haus von innen zu zeigen, machte sofort auf.

Kenan stieß den Mann mit dem Säbelknauf zu Boden. »Knebelt und bindet ihn!« befahl er Hanefi und Cafer und stürmte mit den beiden anderen weiter. Ein breiter Gang führte zum Wohnsalon.

Der Hausherr erschien mit einem Dolch in der Hand in der Türöffnung. »Verdammt, was soll das!« schrie er.

Kenan sprang vor und setzte ihm die Säbelspitze an die Kehle. »Wirf den Dolch weg!«

Der Glaswarenhändler kam nicht mehr dazu. Der Kapidschelar neben Kenan schlug ihm die Waffe mit seinem Streitkolben aus der Hand, und der vierte Torsoldat stieß ihm von der Seite einen Speerschaft in die Kniekehlen. Der Venezianer knickte ein.

»Knebelt und fesselt auch ihn!« befahl Kenan barsch. »Und dann schafft ihn gleich nach drüben.« Im Nu hatten die Soldaten dem Glaswarenhändler die Arme auf dem Rücken verschnürt und seinen Mund mit einem dicken Tuch verbunden. Kenan durchsuchte hastig die Kleidung des Mannes. An einer Halskette trug er unter dem Hemd einen Schlüssel aus Silber. Kenan zerriß die Kette und nahm ihn an sich.

»Was ist mit dem Diener, Oberst?«

»Den bringen wir später mit.«

Vom Haus des Glaswarenhändlers konnte man den Kai gut überschauen. Kenan wartete, bis das Saray-Boot mit den beiden Kapidschelar und ihrem Gefangenen abgelegt hatte, dann sagte er zu Hanefi und Cafer: »Einer hält vor der Haustür Wache, einer holt meinen Bruder und die Matrosen.«

Kenan schloß die Tür hinter sich, schleifte den gefesselten Diener ins Wohnzimmer des Glashändlers und entfernte den Mundknebel. »Wo hat dein Herr seine Schätze versteckt?« herrschte er ihn an. »Entweder du redest oder …« Kenan klopfte gegen die Säbelscheide.

Der Mann zitterte. »Ich weiß nur, daß er eine Kammer hinter seinem Ruhelager immer sorgfältig mit einem silberglänzenden Schlüssel verschließt.«

»Ist er das?« Kenan zeigte ihm den Schlüssel. »Den trug dein Herr am Körper.«

Der Diener nickte. »Ich glaube, ja.«

»Wo ist das Schlafgemach?«

Der Diener machte eine Kopfbewegung nach rechts. Kenan knebelte ihn wieder.

Während Kaptan Sokrates' Matrosen mit Hanefi und Cafer die Kammer leerten und Kiste um Kiste mit Nûrbanus Gold und Silber zur »Seeschwalbe« schleppten, sorgten Kenan und Dschengis dafür, daß sich keine Schaulustigen vor dem Haus des Venezianers sammelten.

Aber welcher Neugierige blieb schon stehen, wenn er von einem grimmigen Kapidschelar-Oberst und einem Offizier der Großherrlichen Leibwache dazu aufgefordert wurde weiterzugehen?

Als die letzte Kiste an Bord der »Seeschwalbe« verstaut war, lösten die Brüder dem Diener die Fesseln.

»Du weißt, wer ich bin?«

»Ja, Herr.«

»Dein Herr hat betrügerische Geschäfte getätigt. Wir haben seine Reichtümer beschlagnahmt.«

Der Diener fiel vor Kenan auf die Knie. »Herr, ich bin unschuldig. Ich habe von allem nichts gewußt.«

»Weil du mir damals behilflich warst, in Abwesenheit des Venezianers das Haus zu besehen, glaube ich dir. Pack deine Sachen und verschwinde, bevor ich es mir anders überlege.«

Der Diener verbeugte sich und suchte eiligst das Weite.

Es war ein klarer, sonniger Dezembernachmittag, als Kaptan Sokrates' Kaik die Spitze der Saray-Halbinsel umrundete und den Bosporus in Richtung Marmarameer verließ.

»Wann, denkst du, wird man uns vermissen?« Dschengis schaute zurück auf die Silhouette des Sarays und die vielen leuchtendweißen Kuppeln der Moscheen mit ihren lanzenförmigen Gebetstürmen.

Kenan grinste. »Wahrscheinlich, wenn wir gegen Abend noch immer nicht im Palast sind.«

»Sokrates ist überzeugt, daß wir längst in der Ägäis sein werden, wenn man anfängt, nach uns zu fahnden.«

»Das sehe ich genauso, Bruder. Ich glaube, im Neuen Saray haben die Paschas und Aghas jetzt ganz andere Sorgen.«

Die »Seeschwalbe« segelte an Proti, Antigoni, Pitta und Chalki vorbei und nahm Kurs auf Büyük Ada, das größte Eiland der Prinzeninseln mit dem griechischen Namen Prinkipo.

»Wir müssen dort noch ein paar Leute abholen, die dir und auch deinem Bruder keine Fremden sind, Oberst. Sie werden mit uns reisen.« Mehr war dem Skipper nicht zu entlocken.

Kenan stieg durch die Mittelluke zu Dschengis in den Laderaum hinab. Die Brüder waren jetzt gekleidet wie Matrosen. Auch Hanefi und Cafer trugen keine Uniformen mehr. Sie zählten noch immer das Gold von Nûrbanu.

»Mit dem Schatz könnte man ohne weiteres drei, vier Landgüter erwerben, und es wäre immer noch nicht alles Gold ausgegeben«, sagte Dschengis.

Kenan griff in eine der mit kleinen Silbermünzen gefüllten Kisten. Die Geldstücke rieselten wie Sand durch seine Finger. »Kaptan Sokrates träumt wohl eher von einem reichlich mit Kanonen bestückten Segler, um ein wenig Piraterie an den entlegenen Küsten des Reichs zu betreiben.«

»Darüber ließe sich auch reden.« Dschengis lachte und stemmte die letzte der Kisten auf.

Der Skipper beugte sich über die Luke. »He, ihr da! Ihr solltet jetzt besser alle an Deck kommen.«

Ein Ruderboot näherte sich der »Seeschwalbe«.

»Das kann doch wohl nicht wahr sein«, murmelte Dschengis fassungslos, als er Nico, dessen Bruder Theo und zwei unverschleierte Frauen im Boot erkannte, eine ältere und eine junge. Die junge Frau hatte er damals im Hof der Taverne gesehen.

Kenan grinste breit. »Zufrieden, Bruder?«

Dschengis schaute seinen Bruder verwundert an. »Du hast von allem gewußt? Daß *sie* an Bord kommt?«

»Natürlich. Es gab Tage, da hast du nur von ihr erzählt.« Kenan legte den Arm um Dschengis' Schulter.

Glossar

(in Klammern hinter dem Stichwort steht ggf. die türkische Schreibweise)

Acemi-Truppen sind militärische Einheiten zur Ausbildung von Janitscharenanwärtern (»acemi« = unerfahren, Anfänger).

Agha (ağa), der Chef einer Organisation im Osmanischen Reich. Die einflußreichsten Aghalar (Plur.) waren die Kommandeure der Janitscharen sowie der Agha der Weißen und der von den Schwarzen Eunuchen.

(Aktepe) Hane (Aktepe Hanı) (»Weißhügel«), Name einer Karawanserei

Al-Fâtiha, Eröffnungssure des Koran

Arz Odasi (Arz Odası), der prunkvolle Audienzsaal im Dritten Hof des Topkapi-Palasts (»arz« = Darlegung)

Bab-i Hümayun (Bab-ı Hümayun), Haupteingang zum Topkapi Saray (»Tor des vom Paradiesvogel beschatteten Kaisers«). Das Tor liegt der nordöstlichen Ecke der Hagia Sophia gegenüber. Zu Zeiten Süleymans und Selims besaß es einen Aufbau für die Wachstuben.

Bab-üs Saadet (»Tor der Glückseligkeit«), der Portalbau zum Dritten Saray-Hof, dem Enderun-Hof. Die Torwache wurde von den Weißen Eunuchen gestellt.

Bab-üs Selaam (»Tor der Begrüßung«), auch »Ortakapi« (Mitteltor) genannt, war das Tor zum Zweiten Palasthof.

Beyschehir See (Beyşehir Gölü), ein großer See westlich von Konya

Bostandschi (bostancı) waren eigentlich Gärtner im Sultanspalast, dienten aber auch als eine Art von Saray-Polizei und waren bei Bedarf auch als Vollstrecker von Todesurteilen des Herrschers tätig.

Büyük Oda (Büyük Odası) (»großer Saal, großes Zimmer«), das Unterrichts- und Wohngebäude für die älteren Palastschüler der Enderun

Devschirme (devşirme) (»Knabenlese«, »Knabenzins«), Rekrutierungs- und Ausbildungssystem von christlichen Knaben für den Militär- und höheren Zivildienst der Osmanen. Die Jungen wurden nach einem bestimmten Schlüssel von der christlichen Bevölkerung des Reiches eingefordert und zum Islam bekehrt. Istanbul und viele Inseln in der Ägäis, die sich freiwillig den osmanischen Sultanen unterworfen hatten, blieben von der Knabenlese verschont.

Enderun, die Großherrliche Schule der Palastzöglinge und Prinzen im Dritten Hof des Topkapi Sarays; der Dritte Hof hieß auch Enderun-Hof.

Ferman, Anordnung, (Schutz-, Geleit-)Brief, schriftliche Anweisung des Sultans

Gülgöl Hane (Gülgöl Hanı) (»Rosensee«), eine Karawanserei in der Konya-Ebene

Hadschi (hacı), ein Pilger, der die Reise zu den heiligen Stätten des Islam, Mekka und Medina, unternommen hat

Hakenbüchse, eine Muskete, Vorderladergewehr. Die Hakenbüchsen der Janitscharen waren im 16. Jahrhundert zielgenauer als die ihrer Feinde, auch hatten sie eine größere Reichweite. Dafür waren sie schwieriger zu laden.

Han, Karawanserei, Herberge für Mensch und Tier

Haydut (Plur. -lar), Räuber, Bandit, bewaffneter Bandenangehöriger

Hodscha (hoca), (religiöser) Lehrer

Ischkembe-Suppe (işkembe çorbası), Kuttelsuppe

Janitscharen (yeni çeri), Eliteinfanteristen des Osmanischen Reichs

Kadi (kadı), ein Richter, der mit der Auslegung der islamischen Gesetze und osmanischer Verwaltungskodexe betraut ist.

Kadin (kadın), Frau, Ehefrau, Gemahlin

Kalif, das geistliche Oberhaupt der islamischen Welt. Als erster osmanischer Herrscher nahm Selim I., Vater von Sultan Süleyman, diesen Titel nach der Eroberung der heiligen Stätten auf der arabischen Halbinsel an.

Kapi Agha (Kapı Ağası) (»Torherr«), der Befehlshaber der Weißen Palasteunuchen, der u. a. auch der Vorsteher der Palastschule war

Kapidschelar (kapıcılar), die Torwächter vom Palasthaupttor, dem Bab-i Hümayun

Kapikulu (kapıkulu), Staatssklaven

Kapudan Pascha, Großadmiral der osmanischen Flotte

Kara Aghalar (kara ağalar), Schwarze Eunuchen, Haremseunuchen

Kazan, der große Kochkessel aus Eisen, Kupfer oder Messing einer Janitschareneinheit. Gegen den Kazan zu trommeln war eine Drohung, ihn umzustürzen war ein Signal zum Aufruhr gegen den Sultan.

Ketsche (keçe), Janitscharenmütze aus Filz, der Kopfbedeckung der Derwische nachempfunden. Die Ketsche war mit Sägemehl gefüllt.

Kütschük Oda (Küçük Odası) (»kleiner Saal, kleines Zimmer«), das Unterrichts- und Wohngebäude für die jüngeren Palastschüler der Enderun

Mullah, ein religiöser Führer, Angehöriger der Ulema (Gelehrte, die über eine Ausbildung in den Traditionswissenschaften des Islam verfügen)

Padischah (padişa), Herrscher

Pascha (paşa), Ehrentitel, der einem hochrangigen Offizier oder Beamten verliehen wurde

Pastirma (pastırma), Dörrfleisch, mit Bockshornklee gewürztes Rindfleisch

Reis, Anführer, König

Sacro Consiglio, die Große (»heilige«) Ratsversammlung der Maltaritter

Schehzade (şehzade), Prinz

Scheich (şeyh) (»alter Mann«), Bezeichnung für einen religiösen Führer

Scheyhülisman, der Mufti (Gelehrter des religiösen Rechts) von Istanbul und damit die höchste religiöse Autorität im Osmanischen Reich

Seferli Koghuschu (seferli koğuşu) (»Feldzug-Raum«), Gebäude im Dritten Saray-Hof, wo die begabtesten Enderun-Schüler in den Militärwissenschaften unterrichtet wurden

Signoria (ital.: »Herrschaft«, »Beherrscherin«), Name für Venedig

Sipahi, Kavallerist der Palastreiterei oder berittener Lehnsmann des Sultans

Topkapi (Topkapı), Kanonentor. Der Topkapi-Palast hieß zu Zeiten von Sultan Süleyman und Sultan Selim II. noch »Yeni Saray« – »Neuer Palast«.

»*Trompete*«, Röhren aus Metall oder Holz. Sie wurden an langen Stangen befestigt und verspien eine flüssige, brennende Mixtur wie ein neuzeitlicher Flammenwerfer.

Tschikma (çıkma) (»zur Pforte hinausgehen«), die Zeremonie nach Abschluß der Janitscharen- oder Enderun-Ausbildung

Tschorbadschi (çorbacı) (»Suppenkoch, Suppenausteiler«), Offizier (etwa: Oberst/Hauptmann) der Janitscharen

Tugra (tuğra), der kalligraphisch ausgeschmückte Namenszug des Sultans, hatte die Funktion eines Siegels.

Wesir (vezir), Staatsminister, ein Mitglied des Staatsrates im Osmanischen Reich. Die vier dienstältesten Wesire hießen »Kuppel-Wesire«, weil sie im Kuppelsaal des Diwans (Staatsrat) zusammentraten. Der Zweite Hof wurde auch der Diwan-Hof genannt.

»*Yangin var!*« (yangın var!), »Feuer!«, »Es brennt!«

Zülfülü Baltadschelar (Zülfülü Baltacılar) (etwa: »Schmachtlocken-Hellebardiere« – »balta« = Axt, Hellebarde), Fußsoldaten mit einem eigenen Quartier und Exerzierplatz im Westen des Zweiten Saray-Hofes. Sie waren auch zuständig für das Feuerholz im Palast und im Harem.

Kein Buch wird von jemandem allein geschrieben. Für direkte und indirekte Hilfe, für Anregung und Unterstützung während des Schreibens möchte ich mich bei

Gisbert Haefs, Orhan Pamuk, Joseph S. Abela, Hajo Dürr, Jürgen Renken, Dieter Linne sowie Hatsue und Kunimori Yashiro

herzlich bedanken.

J.E.